北京文学

年度散文随笔精选

2017

北京文学月刊社 / 选编

光明日报出版社

前　言

文化读物正处在一个让人欢喜又让人忧的时代。

一方面，互联网时代和文化的多元，让读者置身于琳琅满目、应有尽有的文化大超市中；另一方面，当代社会生存压力日渐加大，生活节奏日益加快，八小时之外的有限时间，读者面临阅读选择的困难。如何在浩如烟海的网络信息和汗牛充栋的纸质图书中寻找到有价值的读物，以节省为数不多的业余时间，已成为读者面临的共同课题。

创刊于1950年的《北京文学》，迄今已走过了一个多甲子的光辉历程。50年代，《北京文学》因发表新编历史剧《海瑞罢官》而引发了全社会的广泛关注。“文革”之后，《北京文学》佳作迭出：汪曾祺的《受戒》和《大淖纪事》，张洁的《爱是不能忘记的》和《从森林来的孩子》、邓友梅的《那五》、陈建功的《丹凤眼》和《飘逝的花头巾》、余华的《现实一种》、刘震云的《单位》、刘恒的《伏羲伏羲》和《贫嘴张大民的幸福生活》等等，均成为广受传播的文学名篇。新世纪以来，《北京文学》锐意改革，本着刊物为读者办、编辑为读者着想的宗旨，贴近生活，关注时代，直面现实，体味人生，不断推出文学的精品力作，作品被转载率和被关注度一直在全国文学期刊中名列前茅，受到了社会各界尤其是广大读者的广泛欢迎。

为了让广大读者在有限的时间里阅读到《北京文学》每年发表的精品力作，领略《北京文学》的神韵与作品精华，我们决定编辑出版《北京文学》年度作品精选系列图书。

这套年度作品精选共四册，荟萃了2017年度《北京文学》发表的中篇小说、短篇小说、报告文学和散文随笔精品。作者阵容强大，既有名声显赫的众多著名作家，也有一批锐气逼人的文学新秀；作品风格各异，题材多样，内容精彩纷呈，一定程度反映了《北京文学》“中国文学的精品阵地，社会焦点的文学视窗”的刊物特征，相信是广大读者值得一读的年度优秀文学选本。

以后，我们每年都将编辑出版类似的优秀作品年选。期待广大读者的关注、阅读，同时也期待广大读者的建设性批评与建议。

北京文学月刊社

2018 年 4 月

目　录

天下中文

真情写作

天下中文

哀哉，植物人！

——自然笔记

杨文丰

会思想，是人不沦为植物人的基本条件。

——手记

一、是鬼还是人？

写这篇文章我很是无奈，在理性上，我并不想写这样的东西，在这个尘世，我希望植物人才最该前无古人，后无来者。我也不喜欢“植物人”这个词，这个词是1972年医学家在著名杂志《柳叶刀》上率先提出的，这是你在穹庐下被动接受的名字，写不进户口本也印不上身份证的名字。

增加了如此的名字，你一切皆空了吗？似乎是，又似乎不是，你毕竟还算活着，与“死去元知万事空”不沾边，尽管躺入了生活的最底层。白日依山尽的苍凉，愁煞人的秋雨，佳人沐月煮茶的雅致，于你，形同虚空。

你拜拜了思辨实证、逻辑推理、哲学思想、人文情怀，失去了对自身及周围环境的认知，失去了话语。

爱因斯坦说：“提出一个问题往往比解决一个问题更重要……发展独立思考和独立判断的能力，应当始终放在首位。”你做得到吗？思考力已与你离婚。

你入驻昏迷世界，情感功能，已被封存、屏蔽和删除。

望断的鸿雁久不往返，
山中红豆今红得多深？

何时你身边春风环绕？

你白天黑夜都在我心。

此等诗爱情怀，你还有吗？全然没有。

在医学上，你被视为“持续性植物状态”，即与植物生存状态相似的人体状态，仅保留植物也有的诸如呼吸、代谢等功能。你问题出在“头上”，却得长年累月躺于病床。你真的没有脑死亡，还有自主呼吸、心跳，脑电图还不是直线。

你能吞咽食物，入睡，能消化吸收、新陈代谢、生长发育，可以自主呼吸，脉搏、血压、体温也可以正常，只是没有觉醒。

我很怀疑你是否还活着？

陷入荒谬境地的你，受到外界刺激，还是能产生本能反射，会咳嗽、打喷嚏、哈欠连天，却又失去了明明白白的心，陷入僵化、封闭的盒子。记忆和理想，被厄运的风，吹得空空。

认识植物人，是防止更多的人沦为植物人。

半生看人的经历告诉我，看人关键要看什么？得看眼睛。

你眼神呆滞，毫无生机，并非熟视无睹，却又空白空洞，无法将幻想的双手向世界再伸出，比祥林嫂的眼神，更令人不安。

我无法不难过，也难于为你难过，不忍心可怜你。我想，你真不知是哪世修来的福分，居然能够游离在不明不白间，恍惚迷离间，已不知生死，似乎已淡然了一切，告别了一切。

真是忘我的大境界啊！比庄周的忘我境界更高妙。

如此境界，教我想起“玻璃人”，“玻璃人”让人看不出有何心思。更让我想到“精神病人”，也就是因了有害因素，以致大脑功能紊乱，精神活动异常，在感知觉、思维、注意、记忆、情感、行为、意志、智能及意识等方面，都存在不同程度的心理障碍，总要歪曲反映客观现实，丧失了社会适应能力，既伤害自身，还扰乱社会秩序的人。

疾病是人性的阴面。

——苏珊·桑塔格

你病得还颇有创新性。

只是这还能算人生吗？还是人生吗？全然不知甜酸苦辣。

你活不好，一时也死不了，在阳光下竟似水稻般分蘖着，传染着，即便在中国，每年也至少会新增10万植物人。

你是活着的死人！

二、思想也可以是尊严的陷阱

写到这里，我有必要造一个新词——"思想量"。

凡是思想量为零或者约等于零的人，都是植物人；假如思想量无穷大，无疑就是横空出世的思想家。

思想量，人皆有之，可如江海波浪无边，也可似冬溪水落石出。每个人，都有变成植物人的可能，也有成为思想家的危险。

至于一个国家、一个民族的思想量，又该由无数辉煌灿烂的思想汇聚而成，既是一个国家或民族文明的体量，也是对世界文明史的贡献……

这位大脑严重受损、失去交流能力的植物人，39岁，叫斯科特·鲁特雷，都认为他有意识，因为他还可以举大拇指、转动眼睛与人交流。伦敦大学的神经医师布莱恩·杨教授也说："我非常惊讶他还能够作出这些认知反应。"可我认为，即便相信他有意识，可他能辨识几只黄鹂鸣翠柳吗？能说他有思想吗？能为国家的思想量增值吗？

贝克辛斯基是波兰著名画家，一度沦为植物人，觉醒后，他画了几幅记忆画。

这幅画，飘悬半空的高楼六七栋，下部破碎，犹无根之树，周边粉尘飘悬，楼却干净清晰，悬浮自适，秩序井然。这一幅似船的底部，下贴黑色海波，船洞流出的红光，与黑云射出的红光相辉映。

"这就是死后的世界，看起来只有黑暗和绝望的世界。"贝克辛斯基说。我不相信，凭这些，就能说明他是植物人时，有思想吗？

我想，真正的思想，都是高级的、自由的思想，无法离开独立意识，萌蘖于对不自由现实的觉省，都基于变革现实，否定现行不合理的秩序，企望脱离禁锢，总要从个体、弱势、异质，走向哗哗作响的阳光。

真正的思想，总似胎儿，带着血水而至。

想想，我们人类拥有独立自由的思想，还是相当晚近的事情，最早也该在后酋长时代。遥远又遥远之时，思想量必定是江河之源，水量是很弱小的，谁能否认那时的人类，不是“准植物人类”呢？

那时的人类，生活起码还比较单纯，这或许是幸运的一面。这个尘世，任何东西都有两面性，甚至存在悖谬。

人，不就是会思想的苇草吗？

既如此，这人、思想和植物（苇草），一如血肉难于分离，又如何分出伯仲呢？诚然，人，不但各有思想，思想量也是不等量的。

如果引入极限的思想，当思想量趋至零时，“会思想的苇草”就成了躯体（苇草），只是新陈代谢的肉身，也就是说，此时的人，已是植物人！

其实，正是有了思想量的上升，才使人有了心灵，人与植物、动物才有了根本的区别。人，才得以昂起高贵的头，才符合笛卡尔的“我思，故我在”的命题。

笛卡尔这个命题，无疑在确立理性精神、思想原则。批判精神和独立思考，是要怀疑一切，凡事都要打破砂锅问到底，须“明明白白我的心”，明白发现真理至要，坚持真理至上。

我思想，我唯有思想，我这个“人”，才有理由存在，才算是存在！

这已等于向天地申明：唯有思想，才是人的本质！我想。

当然，这里有个前提，也就是人有无思想的前提，是得首先承认自己很无知。大哲人苏格拉底就说过：“人应当知道自己无知。”

植物人当然是无知的，然而，植物人知道自己是无知吗？

——假如你是植物人，假如你还明白自己是无知，那么，你还能是植物人吗？这和你不是鱼，不知鱼之乐，也有区别。

其实，知道自己无知的人，都是有自知之明的人，是有思想的人、虚心的人，既然虚心，思想还能不进步吗？虚心之人才是最有可能进入思想者行列的人。

那些连自己是无知的意识都没有的人，怎能企望其有思想呢？只能是植物人。

人无思想，人却存在；存在，却又没有思想——这样的人，还是人吗？然却又真还被看作是人！岂不矛盾？

然而这却是和尚头上的虱子——明摆着的事实。没有独立思考能力的人，没有多少思想的人，思想灰飞烟灭的人，丧失了人本质的人，在这个地球上，原来竟还如黄河长江，浩浩荡荡哪……

这些人，说得上拥有尊严吗？

别忘了，“思想——人的全部的尊严就在于思想。”（帕斯卡尔语）在于这既是尊严的起搏器，尊严的通行证，也可能是人生哈哈镜的思想。

读者该注意到，我发思想和尊严的议论，是以植物人也必须拥有尊严为前提的，尽管植物人尊严之有无，对于其似乎没有什么要紧，并不影响面子，尽管其对此一无所知。

现在我要转而强调的，是人的思想，也可能是一柄双刃剑，或许还是尊严的陷阱。

这全然取决于现实的土壤，取决于时代！

在不够科学的社会，非法制化的社会，没有思想，无思想量，对于人，真未必就是坏事。这就毫不奇怪，何以现实中，总会遭遇这样的怪现象——许多人装傻。

“这是一个需要思想而且一定能够产生思想的时代。”（习近平语）本该责无旁贷，本是社会和时代，都需要你建构创新的思想，需要你从事社会科学的理论突破，你却退避三舍，做起了思想的缩头乌龟……

这就像月光下的水银泻地，再明白不过：你在装傻！

装傻，成了本该是思想者们明哲保身的护身符。

装傻，乃精神的压抑，思想的阳痿！

“未经思考的人生不值得一过。”（周国平语）装傻是人心的变态，人格的扭曲，无疑是不值得过的人生。

装傻，不就似植物人在“入睡”吗？

依然可睁眼睡，眼球依然可无目的地动，不论白天黑夜地睡，梦游在睡在生死之间，如此，真还比不上冬眠的蛙，有很明确的目标：为了苏醒。

装傻之人，何来奋斗，连堂·吉诃德也比不上；何见精神胜利法，连阿Q也不如。

装傻的人，有快乐也是伪装的快乐，扭曲的快乐。

作家木心说："所谓催眠，就是我的意志控制你的意志。"装傻的人，问题也出在头上，都是头脑被控制、被催眠的人！是《红楼梦》中难免尴尬事的"尴尬人"。

装傻的人，不完全是明哲保身，也是怕受伤的人，无法解放自己的人，惧怕与时代对话的人，异化的人，亦是"空心人"。

装傻的人，也是思想罹病的人，思想患癌症的人，基本已是植物人。即便有尊严，也是伪装的尊严、扭曲的尊严——这算什么尊严？

谁还指望装傻之人，会成为什么思想家呢？

想想中外历史，就反观"文革"吧，不就是思想者尊严殆尽的浩劫吗？有多少人进入不敢思想的"持续性植物状态"啊？

诺奖得主辛格在小说《傻瓜吉姆佩尔》里说："我是傻瓜吉姆佩尔。我不认为自己是个傻瓜。恰恰相反，可是人家叫我是傻瓜。"原来，吉姆佩尔屡遭欺骗，并非心甘情愿，而是装傻，还装得很有水平，否则，谁能叫他傻瓜呢？

中外装傻之人都是相似的，都沦落至植物人的"木然"。

在这个地球上，该也是存在"木然村"的，我想。

在木然村里，大多数人都在装傻，客观上以植物人为荣。有思想的人都被嘲弄，得不到尊重，没有地位，甚至受压制。村里，自然就出不了什么思想家，即便出现，村民也不可能辨识，因为没有人想去明白什么样的人才是思想家。偶然有人傻冒些思想，特立独行，会被判识为不合时宜，也是傻瓜一个。无视思想，压制思想，并不违法，何况根本也不存在村法村规村纪，即便有，也等同于无。

你能遇见的，都是没有高度的人，在木然村……

三、黑暗生态促生植物人

或许你仍不明白，好端端一个人，何以就会变成植物人？

按国际医学界通行的说法，是人受到了外力“攻击”，造成颅脑外伤，陷入“持续性植物状态”，长期的意识障碍……

多发性脑梗死、痴呆等成人常见病情病因，儿童神经节脂质沉积，肾上腺脑白质营养不良、线粒体脑病、灰质变性等变性及代谢性疾病，突发交通事故、枪伤及产伤等非创伤性损伤，缺氧缺血性脑病，如心跳、呼吸骤停、窒息、绞死、溺水等，持续性低血压引发脑出血、蛛网膜下腔出血，中枢神经系统的感染、肿瘤、中毒，等等，都可以使人变成植物人，这无疑是外因通过内因而起作用。今天全球在恶化的生态，更是使这个世界上每一个人，都增加了成为植物人的可能。

有人蹲厕所就蹲成了植物人。这无疑是厕所环境所致。谁叫你蹲得只顾手机信息的味道呢。何况中国城市的厕所，普遍就没有乡村茅坑的通透，更不是被周作人津津乐道、礼赞的日本艺术味道浓重的厕所。中国人周围的厕所，多密闭、不通透、逼仄狭窄、密闭闷热，“办公”时间一长，血液循环还通畅得了吗？晕倒成为植物人，该不是很奇怪的事。

前不久，我听说有个“网虫”熬夜过度，成了植物人。

还有个说法，说是职场让人成了“不愿思想型植物人”，“假装有思想型植物人”和“看不到希望类型植物人”。此说红嘴白牙，说全都是因为职场的僵化，人的思维已然僵化，不再思想，遂成了植物人。

让我至今还深为震惊的，是我看过的一场电影——《我是植物人》，影片中的女主角叫朱俐，莫名就遭遇重伤，成了植物人，迷糊三年后苏醒，记忆却全部空白，还没了身份：“我到底是谁啊？……我不能永远找不到自己，永远不知道自己是谁！”最让我不忍看的，是她呆滞的眼神，还有向社会伸出的手，那颤抖无助的手……真是匪夷所思，邂逅她的记者刘聪还发现，有个女孩成为植物人，居然是被医院注射了未经生产实验和检验就通过审批的“药”——麻醉剂……至今还响在我耳际的，是刘聪说的那句话：“其实,我们都是植物人!”

确实,在这连人身安全都不很确定的世界,你如果成了植物人,命运还比不上丢魂鸟。

丢魂鸟是往苦看的,活着也像死过一回,

哭丧着脸,仿佛是废弃的飞行器……

——汤养宗《断字碑》

台湾散文家林清玄写过《人骨念珠》,那串神识脱离的念珠,用圆寂的僧人之骨做就,110 粒,不是手指骨,就是眉轮骨(眉心中间骨)。林先生大抵以为对人之生死、命运之无常,法师该比俗人体味得更深吧,遂借法师之口,云人骨念珠,更能让人感觉无常人生的迅疾、迷幻,连西天头那轮巨大橙红的落日,也形同一粒人骨念珠。

命运无常。人生不但短暂,又怎能完美?况且还存在颇多偶然,成了植物人,这人,就丧失了脊梁……当然,也会让这尘世,莫名减少一个因思想而痛苦的人,因良知而背负十字架的人。

任何时代都不是平面镜。镜子中的植物人,才是时代最需要走向完美的人。

这不等于说,谁会情愿变成植物人;做一个植物人,绝非大写之人的自觉!

本来,“中国是文明把人的生命照亮”(于坚语),可在当今中国,在过去几十年间,五千年文明的精髓不是被自毁,就是已失落得支离破碎,传统文化氛围不再,固有文明多已“失忆”“虚无”……中国人,大多记不清本该环绕于身边的中华文明是何样子了……

在这缺乏信任,不诚信如夏日浮萍正绿得泛滥的年代,连诺亚方舟都有可能被当劈柴,还不知刀斧来自何处,你能否明白,是否只有刀斧劈开的,那年轮上的血迹,才是统一划一的?如此的年代,我们又该如何“道法自然”?今天如此残破、污染的生态环境,“锦绣河山”,教你如何“道法”?又教我们的身心——生长良善思想的“身心环境”,情何以堪?

我只能想起被称为世界十大悖论之一的特修斯船的故事。

特修斯船是一艘海上航行了几百年的船，主要由植物构就，可说是一艘“植物船”。由于环境的严酷，海水浸泡，风凶浪狠，时间吞噬，船被不断修整，陆续替换“肉体”和“器官”。木板一腐烂，马上就被新的木板替换。到后来，船虽尚可航行，但浑身上下，已全然不是原初的“处女”之身了，还沦落成存在诸多问题的船——这船，还是原来的那艘船吗？如果不是，那么，是从何时开始就不再是的？假如“外因”将船上陆续取下来的所有老部件，重新组建一艘船，那么，与眼前被彻底改造成的，哪一艘才是真正的特修斯船呢？

险恶环境，摧枯拉朽，又怎能只是船难于抗拒？

显然，船被“异化”，与植物人“失忆”，被清空“思想”，主要是由外部环境起作用，由恶劣环境、腐败“黑暗”所致，何其相似乃尔……

四、何来更多“爱情药”？

据说在动物界，越高级的动物越救助弱小，越低等的动物越是不救。与人类基因近的哺乳动物大象，小象病了，必定会陪护；只有小象死亡，才哀伤着离开。鸟儿也会救护，鱼呢？离去。

苍穹之下最高级的动物——人，又焉能不积极拯救植物人呢？

何况，这植物人的复活还是“美”的复活，意识、记忆的复活，不只是身体的还原，肉体的复活。

植物人的复活，是对人沦落“荒谬”的告别。

植物人的复活更是有思想的人的复活！拯救植物人，本质上无非是救治植物人的思想，复活其思想，尽管植物人醒来成为思想家的可能性很小，但至少已能够思想。

谁又敢说植物人的复活，不是涅槃呢？你复习复习郭沫若的长诗《凤凰涅槃》，你就明白植物人的涅槃，一点也不亚于火凤凰浴火重生，一点也不亚于一个时代的涅槃。

唯有复活，植物人，才可能重新起立，独立自主，成为回归精神的大写的人！

道教不是一直认为人的灵魂，一为天魂，二为地魂，三为命魂吗？植物人已然“三魂魄散”，复活了，才算“三魂回归”！

显然，植物人的复活就像人的正确思想，也绝不可能从天下掉下来，只能靠救治，“去植物化”——尽管“去植物化”，远比你想象的要难……

何以？至少，多少也与人与植物，本有款款深情有关。抑或是有深深的联系，就别说人类的嘴巴离不开植物，植物还是益身心的“草药”。我们中华民族，更是喜欢与植物套近乎，赋予植物象征意蕴，人老了就是寿比南山，死则如松柏长青，修养要如梅兰竹菊四君子……人，更是被视作会思想的芦苇。

何况，植物又是何等的可爱！就说杨柳吧，那细叶鹅黄嫩绿，柳条儿活似小蛮腰，最让我醉心的还是那轻拂湖水的柳枝儿，轻暖春风里，荡过来摇过去，比美女微颤的秀发还好看。丰子恺总说杨柳是陶渊明宅边的好，我却最钟情西湖拂水的依依垂柳。

就我个人来说，相较于动物，我更喜欢植物。六七岁时，见到村小门口坡地长出一株幼小的植物，三几片绿叶，我将之移植至小饭钵，培土浇水，看着日长，方知这是龙眼树。喜欢植物的人，一般都喜欢天空大地，这便是我上大学何以选读农业气象学专业的原因。

似乎若有神助，就在我写本文时，随手一翻诺奖得主特朗斯特罗姆的诗集，竟就翻到这首《名字》：

“开车途中我困意袭来。把车开进路边的树下。蜷缩在后座上睡去。睡了多久？几小时。

黑暗降临。

我突然惊醒。不再认识自己。十分清醒，但无济于事。我在哪里？我是谁？我是后座醒来的某个东西，东闻西嗅，像布袋里一只惊恐的猫。谁？

我的生命终于回返。我的名字像天使一样到来。

墙外小号在吹（就像《莉奥诺拉序曲》）。拯救的脚步飞快地飞快地走下长长的梯子。是我！是我！”

诗中，诗人被睡入“黑暗”，“惊醒”后，却“不再认识自己”，不知道自己是“谁”，尽管“生命终于回返”……如此情景体验，不就是植物人昏迷、醒悟和思想回归的过程吗？其间，有多少爱的振荡，时间的煎熬，医治的艰难……

拯救植物人，就像搞任何行政工作，最重要的是思想上要高度重视，还要制定具体的拯救方案，用药固然重要，中医系统调治，我以为就很是适合救治植物人。中药制剂对植物人，也有极好的催醒作用，临床应用160余例，已促醒65%的外伤性植物人。当然，物理治疗同样不可忽略。高压氧可增加血氧浓度，改善脑部血液循环，促进网状结构的激活和大脑功能重建，促进苏醒。更要营造“小气候环境”，得有宽敞明亮的房间，得卧电子自控冲气床垫，垫卫生尿垫，预防褥疮，要冬暖夏凉，风清气正……

医学界正在深入“植物人模型”研究。第一军医大学神经外科徐如祥教授，就以猫建立“植物人”模型，发现传统的理论已不能完全解释“植物状态”和苏醒机理，多巴胺神经递质替代剂及其受体激动剂，对“植物猫”就有很好的催醒作用。

医药是物理的，爱是心灵的。

植物人，普遍存在球麻痹症状，呛咳、吞咽困难，长期卧床导致舌后坠、呼吸道受阻、肺功能衰退等病状。如此，更为需要社会的关怀……亲人的照顾，亲人爱的呼唤，床头带泪的呼唤……给予植物人的种种爱，可统称为“爱情药”！

人人都可以献出的爱情药，就是植物人“去植物化”“死去活来”的灵丹大药！

唯健全的社会，方不讳疾忌医，方敬畏好药，最离不开爱情药。

——万能的主啊，唯愿爱情药力促植物人复活！

15年前，我们煤气中毒，我醒了，你却成了植物人。每天，我把你从床上抱到沙发上，喂饭，再抱上床。按摩，整桶整桶地洗尿布，每隔几个小时，我重复着上面的动作。

老冯，你是不是胖了？我刚才把你抱上沙发的时候，觉得更吃力了，你1.75米，我1.57米，以前你每次把我揽在怀里都笑我，说你的老婆是个小人儿。

今天，又过年了。这是我从前盼，现在怕的日子。外面鞭炮声震天。我煮好了饺子，喂你一口，我吃一口。我低下头，眼泪滴在盘子里。

你为什么还不醒来？

老冯，我杨立英是你的老婆啊！你为什么不能再爱我一次？为什么不能再抱抱我？

你回答我，快回答我！

“杨立英——”这时，我突然听见一个声音，在含混地叫我……

假如离开爱情药，不敢想象，将如何拯救植物人？

你看过央视播放救治植物人的故事吗？丈夫每天15时必到ICU病房探视，每次都拿着手机趴在病床前，一边为植物人妻子放歌曲《因为爱情》，一边按摩一边哼唱……

这爱情药，不但是拯救植物人的大药，是任何救治方案的起跑线和融合剂，也是良好社会生态的催化剂。

只是这尘世，该有哪些举措，才能让“爱情药”，生生不竭如南海，蔚蓝深邃似天空……

五、该死，还是该活？

拯救植物人，就一帆风顺了吗？非也。对植物人该救还是不救，是让其死还是继续活，其实，已不只是医学问题，而是怎样对待人的问题，也是一个社会问题。而且，还存在太多的不确定，上升到了道德伦理的较量。

1990年，26岁的美国妇女夏沃，因为体内钾元素失衡成了植物人，已15年，她仅靠饲食管维持生命。其丈夫迈克尔向法院申请拔去饲食管，说让夏沃安乐死，理由是夏沃说过她最不愿意以人工方式维持生命，这是尊重病人的个人意愿，遭到了夏沃父母强烈反对。2001年4月，佛罗里达州法院准判迈克尔的申请，夏沃的饲食管被拔去。而另一法院两天后却作出相反判决，饲食管又重新接上。2003年迈克尔继续上诉，又拔去饲食管……逾两年，3月21日，没承想夏沃案竟惊动全美，国会为之挑灯夜战，以多数票通过了重新接上饲食管的紧急议案。为签署此案，布什总统还提前结束休假。翌日，联邦法院的裁决驳回了国会要求……13 天后，夏沃死亡。

这种被认定继续治疗无效，抑或不必要，让医生停止使用医疗器械，同时停食、停药的方式，实质上还是伦理学上所称的“听任死亡”。

诸如此类，“听任死亡”或“安乐死”的问题，但凡植物人都会面对。

我注意到，出自希腊文，由“美好”和“死亡”双词构成的“安乐死”，无非是指让人在外力作用下安然告别人世。

可是，究竟会有多少人认同让植物人安乐死呢？

至少是我，无法认同！

安乐死是对植物人人权的逃避甚至侵犯。

安乐死是草菅植物人的人命。

事实已是和尚头上的虱子，植物人的大脑并未死亡；只要生命特征仍在，就依然还是人！

但就是有人坚持要让植物人安乐死。认为生理和精神同等重要，人类从出生到死亡，遵行的虽然都是谁也无法超越的自然法则，但能够在生命的最后时刻掌握自己的命运，按植物人在健康时的意愿完成生命，也是对生命最大的尊重。更认为，安乐死与传统医德并不矛盾，更何况安乐死是在病人极度痛苦、生命濒危的情况下施行的，已百分之百合乎道德，更何况，植物人长期不醒，已和墓碑没有多少差别。云云。

你的生命已大半融入大地，
活着只是一个符号，让你安乐死去，
意味着是对生命的超越……

真是荒谬绝伦！

我认为，“听任死亡”也好，安乐死也罢，表面而观，似乎都是最顺然、最合乎良心的做法，然却一样存在伦理缺陷。很显然，今天的人类，对人脑就百分之百了如指掌了吗？谁能担保他就一定醒不过来呢？植物人从昏迷到苏醒的状态，或许只是晨昏线似的灰色过渡带也未可知。让植物人继续活，似乎让我们很难，让其死去，却是件容易的事，但却永远丧失了复活的机会，毕竟现代医学，对大脑的了解仍存在许多盲区。科学总期待突破，科学的发展，总源于突破和创新。这个世界，还有什么事情不可能发生呢？科学的进步，本来不存在忌讳，更不该设什么禁区。人类社会的发展，一直都是在科技与道德、法与道德之间寻找平衡而发展的，道路并不平直。很可能过不了多久，拯救植物人就不是多难的事，神效的治疗方案就会诞生，植物人就能轻易地促醒，也未可知。想想那肺结核，先前不也无法治愈吗？

至于那植物人苏醒的瞬间，又该是何等美妙啊——这该不是梦境吧？你嗅到了向日葵的气息，当然，还有血腥味亚洲铜味，你也听见了森林的声音、江海的呼喊，多么熟悉的声音。真是面朝大海、春暖花开的感觉啊！

你于是复活了巨大的力量，“轰”的一声，你即刻神一般立地顶天，雄起于天地间，走向太阳……

如此的情景，谁敢说就断断不会出现在你身上呢？只要找对“脑子的问题”，受损在何处？就像对待特修斯船那样，该替换的替换，该修的修复，成千上万的植物人就有可能山呼海啸般醒来……

问题是，你是否仍将植物人当人？我以为只要仍是人，就必须获得人的尊重，这才是最起码的生态伦理，最重要的人权！

当然，理想终归是理想，现实毕竟还是现实。

问题远没有那么简单。

甚至何祚庥院士已公开说：“如果大脑已死亡，成了‘植物人’，就没有理由再尊重已丧失思维能力的‘人’权。”对何院士所持这种无视植物人权的态度，我至今无法理解，依何院士的逻辑，植物人已然不再是人，就不但可以安乐死，甚至还可以被杀掉。

何至于此？我想，这就是观念、做法，皆由情感、经济等使然吧。

没有办法，于是乎，该让植物人“是死，还是活”的问题，就成了人类面临的严酷的难题……对此，我想最可悲的已不再是植物人，而是人类自身。人类何其悲，连被怜悯的资格都没有。

这无法不让我去想丹麦思想家克尔凯郭尔那篇著名的哲学寓言《朝圣者》：

“假如某个朝圣者已经历了十年漫游，并且一直是进两步，退一步；假如目前圣城已然在望，而他最终被告知那并非圣城——哦，那么他继续前行就是了——但如果他被告知‘那就是圣城，但你前进的方式完全错误。如果你想要皆大欢喜地进入天国，你必须彻底摒弃这种走路方式！’可他已经不遗余力地如此行进了十年！”

这难道不是在谕示我们吗？有些坚持，有些做法，我们总自以为是，结果却很可能原本就是错误的选择，你想改变，为时已晚。

但是，对于拯救植物人这个大是大非的问题，我想，任何被“爱情药”暖和的拯救观念和路线，都绝对不会错，也绝对不可能有错。何故？因为任何植物人的复活，都为的是让这个世界走向更美好的复活，都是为了让这个世界有更多美好思想的复活！一个国家，一个民族，如果复活的植物人越来越少，植物人势必越来越多……这人间，势必因了植物人多而越发拥挤。即便成功拯救一位植物人，就不仅仅只是复活了一个大写的人，而是从根本上使社会减少了一分演变成“植物人社会”的危险……

四季物语

冷冰

季节的声色，是大地最好的戏剧。人类既是其中的角色之一，亦是观众，或览全剧，或看折子，或取选段，再忙，也应存一帧小品。

季节教人学习专注。专注地下一场雨，专注地下一场雪，如果雨雪同下，必是一个季节走到了尽头。

春

当四月开始抽出闪电的皮鞭挥舞，驱赶大地上的生物，在雨水的掩护下，草木闯过了节气最后的防线，终于占领了整个春天。

田野里，土地复生草木的行动快速而高效，自由的生长显得肆无忌惮，甚至野蛮，但也让田野日益繁荣丰满，生动有趣。万物生长，这是土地最令人动容的表情。

谷雨，念出这个词的时候，眼前便浮现出一片田野景象：正孕育抽穗的青青麦苗，阳光下褐红的还未舒展的白杨树叶、鹅黄的柳叶，花儿已随处可见，幸运者在风中能遇到杏花或梨花雨。而春雨也来得正是时候，对初识世界的小花儿小草洒下关爱的话语，它们嘈嘈切切地说着，全然不顾雷声的催促，也不知春天给自己取了“谷雨”的别名。

春天不是从谷雨开始的，但是春天从谷雨开始繁荣自己的花草，春天的规模化发展，从这个节气真正开始。

玉兰、迎春开放时没有叶子陪伴，花尽叶来；桃花、杏花、梨花次第开放；山里或气温较低之处的花比城里或高温处的要晚些开放。花落时也一样，各自的花期到了，自然散香落瓣，安然消失。当桃花、杏花、梨花，一树又一树热闹地开放；梧桐仍无一花一叶，枝干清净。在春天发出口令之后，梧桐不是冲在前面的先锋，它安静地站立、等候，等着适合自己的气场，等着保证自己安全成长的时机。非时无我，这是一棵树的自信。

每一株花草按照自己的秉性生长，择地调时，不比快也不争先，不多留亦不少时，尽全守足，用过程诠释自己，呈现“这一个”生命的自然本义。

五月，果实开始秘密饱满，拼命地吸吮阳光，并悄悄地将它们积攒下来，慢慢融化进身体，连同祖先的基因，一同缓缓膨胀，构成新生命的家。

总有一些果实先成熟起来，比如此时，大片大片的麦子将田野重彩切割出来，展现丰收的壮观。而置身这色彩和喜悦之中的人，也会感觉到梦想在心里悄悄浮起来吧。端午前后，田野里，麦子挺直腰杆，麦田开始泛黄，天空灰云沉郁，有风西来，抚过密匝拥挤的麦穗，发出沙沙的沙响，如语如诉，似呼唤人要回家；麦芒相碰，或抵或挡，如顽虫触角相斗。大片大片的黄色，肆意铺洒，与凡高的笔法及用色相近相宜。北方大地开始成批奉献盛大的收藏，无须言语，仔细聆听，田野交响渐入华彩乐章。

一把镰刀几天或收割机仅仅几个小时，便了结了麦子经冬历春入夏的田野一生。而掐捏麦粒的那双手，也瞬间完成了付出的力气多少与麦粒的殷实大小的掂量对比。交易看似很不对等，其实是早已成交的买卖，除了见到的麦粒，双方在最后支付了各自的良心。

麦子黄了，旺盛的雨季也要开始了。更多更大的雨会接踵而至，在这田野上歌唱。

热，开始将此后的日子膨胀起来。

风带来潮湿之气。树阴下，一片绿草仰望着树和天空飘过的云朵，无声无息，与我告别它们的目光一样温和、透明——夏天就要来了。

夏

午间，一只匍匐在墙头睡觉的猫，将槐树的阴凉盖在身上。在不远的枝丫上，两只蝉比赛着作复式鸣叫。屋檐下的鸡冠花儿、江丝腊默默开着，整个夏天都是它们的花期，所以一派悠闲、不慌不忙的样子。葡萄架上，几串绿珠从叶间垂下来，我总希望它能在夜晚像灯一样被点亮，将整个院子照得通明，让我知晓夜间一些未知的秘密，或者看清天黑后回家的每个亲人。

蝉的热情旋律单调，墙头上野猫懒散，门口的狗放松了警惕，黄色的槐花落地无声，孩子手里的冰棍儿在快速消失，灶间水缸穿上了水珠"短裙"，打卤面已经下锅，黄瓜顶着花儿就要上桌。全都好了，就差一声母亲在胡同口的吆喝："别玩了，吃饭啦！"这个夏日的傍晚一下子清凉了。

夏日的酷热里，所有的果实已无所顾忌，拼命让自己成熟，吸收阳光、水分和积攒的各种营养。像孕期的女人，植物们显现出成长中贪婪的一面，母性张扬，为了生存，为了种子，它们时时作着抵抗或者改变，即使衰败和死亡之相正慢慢呈现出来。

夏日最好看的颜色是绿。一枝一叶，一草一林，一山一水，深浅浓淡，多寡厚薄，丰富多样，各具特色。绿，散发着阳光的芬芳，充盈着雨水的润泽，附着云雾的弹性与韵味，汇聚节气的力量与秘密，将七月的精神展现于天地之间，养眼养心养气养神。

七月，槐树开出金色的花朵，有的地方，整条街道或胡同两边站着成排的金色衣裙。风过，落花簌簌，像水滴，亦如落雪。在树下路边停久了的车身上，被落花覆盖，如披一身伪装衣。有顽童经过，用手扫落一下车身上的落花，似试探潜伏者的耐心。花儿放肆地开着、落着，在浓厚热热的阳光里，夏季打着蝉的节拍，走进了喧嚣的高潮。

在一棵白杨树下，我听着树叶沙沙作响，似与路过的风交谈。它在询问远方的消息吗？如果我是一棵树，是否会在坚守一隅时想了解远方，了解未知，了解自身之外的事物？

得此望彼，欲望无极限，但有此无彼，生命唯一，这便是生存的悖论，也是痛苦、无奈、幸福和希望的源头。

一棵树站在夏日的田野上，站在通向秋天的路上。

秋

立——秋——，念出来才好听，先高后低，尾音长出，有顿挫感。虽是节气名字，但可以当动词理解——立起一个秋天！多么宏大而有意义的一项劳动啊，改天换地，意味着成熟、收获、储藏，做不完的事。每次念出它的名字，让人立刻有起身抄工具进田野劳作的冲动。

立秋，与立春、立夏、立冬一样，像一道道门槛，迈进去，走出来，就换了人间。一重重的门，打开，关上，穿过的人，都跟着它走了。

把秋天立住了，不仅是坐稳了今年，还基本上赢下了明年。在铜质般的阳光下，这是多么美好的一件事啊！

走进十月，大地丰饶，成熟的欣然，色彩的堂皇，以及果实的芬芳，还有繁简相宜的理性，厚朴深挚的爱情，恍若人生的中年。

那些麦子、高粱、玉米等作物从田野里走出来，直到走进人们的身体，转化酝酿，然后将土地的愿望和人们的想法，以自然所呈现出的那么多样的形式表达出来。如此，每一种艺术形式、每一种观念都可以在大自然的植物、动物间找到知音。

田野里，一棵树还没有把它的故事讲完，西风吹来，树叶飞散，栖鸟鸣啾。

秋给每个生命故事都设置了转折的情节，或风后，或霜后，或雨后，一步一景，一天一别。有转折才有情节，有情节才有进展，有进展才有新的精彩，概如此理。

树是秋天的花儿。银杏灿烂的明黄，黄栌醉意的深红，松柏深沉的墨绿，将盛开这件事做到了极致，开得放肆张扬，旁若无他。但这些极致中隐藏着跋涉后的疲惫，成熟后的乏味，富有中的无奈，甚至既成后的迷茫。我因之看见暖色后的冷，风雨后的寒，以及雁去虫隐后的空旷与孤寂。一阵风或一场雨，只用一指力作推手，所有的艳丽、高亢都将叶落色飞，天高地远。

叶离开枝头在风中盘旋。叶子离开枝头时对树说了什么？分离的刹那谁撕痛了谁？树，骨感地站在风中，如果能再次丰腴，它是否记起上次的痛？它们将开始不同于枝上站立瞭望的日子。每片叶子都有不同的表情、不同的姿态，其实，接下来，它们也会面对不一样的命运，是的，每片叶子都会有不一样的命运,直到在某个地方腐化为尘土。就像我们每个人,命运不同,却会有相同的归宿。

看重命运的过程还是命运的归宿,决定了我们看世界的角度,对生活的态度,还有感受痛苦或者幸福的理由。草木荣枯,春种秋收,大自然给我们的教育远比书本更从容深刻。

从一片苍耳边走过,满身尖刺的苍耳子扎满了裤脚,小家伙让我带它离家去远方呢。不远的一棵栗子树,叶子已然金黄,一副心满意足富贵荣华的样子,树枝上满身尖刺的栗子,在阳光下咧开嘴笑着,越笑越开心,嘴咧得越大,结果将一直藏在心里的果实露了出来,风摇枝动,褐色的栗子落到地上,被机灵的松鼠迅速抱回家中。带刺生长的还有树下生长的蓟菜,小名就叫刺菜,虽然带刺,在远去了的饥寒年代,它也是支撑人们度过艰难的田野功臣之一。它不仅是菜,还是药,当人们的生活富裕了,有了高血压这样的病时,它帮需要的人降压,找回平常;抗菌、解毒,防范不良的侵扰。田野里,带刺是为了生存,人在生活中,有时候不也是带刺生长吗?所以,触碰到刺儿时,一别怕,二别急,先包扎,免得损失更多;再理解,世界处处有刺,换个角度看看,带刺的东西或许对自己有用呢。

繁后的简,荣后的枯,喜中的忧,有后的无,因一片落叶、一夜霜、一夜雨而转折成真。

冬

初冬的田野,万物归藏,声息色淡,天地安详。

一切都简简单单,庄稼尽收,翻耕后的土地坦坦荡荡地任风奔跑、回旋、漫步。土地只是被翻耕了,并未细作,一行行的犁痕清晰可辨,大小不一的土块散落在犁痕间。和庄稼生长时一样,人和大地共同保持着秩序的存在。

田野中站立着一排白杨,叶片落尽,清清瘦瘦,有两株的枝丫间各托着一个鸟巢,如怀抱婴孩的女人。一只长尾灰鹊飞落巢边,收羽四望,喳喳唤喊,如与树或巢中鸟伴言语。有生灵的地方就不会寂寞。冬季的田野依然显现着生机。野兔也许在不远的地方倾听着我的脚步;在土地的深处,更有无数生灵在冬眠的梦中,等待着春雷的闹钟唤醒,与万物共赴新生。

清亮的阳光下,树影印在大大小小的土块上,如湖面婆娑起伏的倒影,脚步踏在上面,却是坚实的,走着走着,心里也愈发安然了。

山脚小路边,野蒿、荆棘、葛藤举着无叶的枯枝,它们的身下铺着暄厚的败草,踩上去,柔柔软软。这时候可以放心地在田野里行走,不会担心误伤穿行在草丛中的蚂蚱、蚂蚁、百足虫这些小家伙们。秋季霜冻之后,它们早早地和野草的根或种子一起,躲藏进土层之中,沉沉地睡去了。即使我的脚步再沉重些,也不会惊醒它们的酣梦。

而我走过的小路,像大地为南飞的燕子、冬眠的知了画出的印记,为它们记下了家的位置、生活的边界。也像一种邀请的引导,引导我这样的田野漫步者走进自然的深处。

还有一些空荡荡的田野,只一棵树,干干净净的,一片叶子都没有,粗粗细细的枝柯指向四面八方,似刺探,似伸展,似接应,亦似舞蹈般的嬉戏。湛蓝的天空给了它深邃辽阔的背景,一棵落叶后的树显得干练、洒脱,又散发出淡淡的忧郁。我想象它在月光下的样子,是否有侠客的神韵。

每棵树都有自己的形象、性格,在冬日,一棵树呈现出它的骨骼和气质,让真正欣赏它的人走近。在田野里,我常会和一棵树对视,如面对一个人,与之默然相望,在心里与之交流。谁说这样的守静不是一种思考或陪伴方式呢?在这块大地上,其实一棵树比我活得自由、真实和深刻。手拾一片落叶望远,田野的尽头是山,山的后面是更高更远的山,群山远近叠掩,由深蓝至淡蓝、灰,颜色浓淡、影像轻重随意渲染,韵味悠长。那些山有些曾登过,被其山势、植被、气象震撼,知其蕴藏,但现在远远地看,它们只不过呈现大色块的轮廓,影像单薄如水墨画中淡淡的一笔。一座山原来是可以轻、淡至此的。

冬日的田间空阔而宁静,翻耕过的土地未平整,机耕翻起的土块保持着原状,一些干枯的落叶隐匿在土块之间。这些落叶终将化为泥土,田间的土更纯粹一些吧,憩身于此,我以为算幸运。一片树叶的命运其实叵测难言，如漂泊的旅人。

天空飘下雪花。雪是天堂洒落的花朵，这无根无味的花，无声地开放，卑微得不问归处，但万众的卑微汇于一时一处，便是惊天动地的改变，这种无声的改变，是冬的方式。

风

风穿过田野，草木俯仰，花落叶飞，似欢欣，如悲吟。风过，万籁俱寂，天地无言。

这世间发生过什么？

风不是流浪歌手，风是寻找者，寻找被它吹散的另一阵风。

人听到风声，知道世界有那么多不能存续的际遇，是否会珍惜眼前之物呢？

风吹过麦田，黄色波浪涌向白杨树竖起的堤岸。天空宁静辽远，我听见了大地的呼吸，看见了它谦卑的微笑。

天边来了不一样的云，它们御风在天空滑行，保持缄默，用身势表达风雨的讯息。它来到我能抬头远望的山顶之上，如果它能视我为朋友，我们就有了共同的远方。

风和云一样，无贫富之别，不择地而栖。冬日的街道上，风，独自而行。城市的街道无竞技者，风遇不到对手。车流人群熙来攘往，但路面见不到脚印、车辙，城市的路不是人走出来的，而是修出来的，像生活中的很多事，看不见，但真实地存在。风在真实的路上走，但它没有朋友，没有同行者。风走过城市的每一条街道，带走一座城市的地形面貌，带走一座城市的气味，成为旅行记忆的富有者。

风不重来，走过即过，每一次来的都是新人。认识一场风要站稳脚跟，感觉它拥抱的力量，看清它对花、树及飞鸟的态度。暴躁的风，无礼，像素质低的游客；走失的风，急迫，让人想扶它一把；有些风喜欢带某种味道，但更多的是轻率随性，不停留无牵挂。我喜欢春雨后的风，湿润地带着笑意，如婴孩的手，抚过脸颊。

雨

云,一个背包客。背囊里藏着雨、雪、虹、霓,也藏雷和闪电。

云把大地当书,从空中读。读书的云坐在蓝色的毯子上,优雅安静。它阅读的山脉、河流、村庄,披着云移动的影子,也是静静的,像目光抚摸而过。

雨钻出云朵,嘈嘈切切地边说边降落。临窗听雨,可听它们说天空的事,说云的八卦,说风的浪荡,说降落见闻,说寻找落点的计划,说前世所见的大地,说雨。

其实,雨的事,谁又能听得全,说得清呢?像我们经历和看见的生活。一滴雨落在一片叶子上,花儿对叶子说:“别捧着它了,快给根喝了吧,我们会更鲜艳的。”叶子回答道:“我想把这滴水留给那只小鸟儿,昨天它在枝头上唱的歌多好听呀!”

这片叶子告诉我们:你无意间做的任何事,都有可能被别人注意或记住。美好是世间最珍贵的东西,物物皆然,所以花才艳艳地开,山稳稳地站,风悠悠地吹,路远远地长。

一场预报的雨,爽约了,雨常与人开玩笑。没人知道雨去了哪里,为什么没有来,自行其道,无迹可循,这是自然的神秘之处。但人们知道天空中有一场雨,就像知道一个听说过名字但不曾谋面的人。这场雨在人们的意识中下过了,留下了意识中的“雨迹”。有些相遇亦如“意识中的雨迹”,隔空相视,意到而已。

一场真正的雨有自己的气势。乌云自莫名处汇集而来,相遇相撞,相互撕咬挤压,彼此消解变形,以雷呼号,以电相刺,倾雨作言,吐雾为容。一时间,天庭震颤,飞鸟惊散,厉风疾走,世相狰狞。莫非,云在开批判会、斗争会、宣判会,抑或其他?雷继续在天空低吼,风在大地应和,雨以排浪般的烟阵汹涌覆盖而来。远望出去,一面厚厚的水墙撑于天地之间,万物模糊其间。风闯进雨里,被雨淋透了。雨线缠绕、捆绑着风,风挣脱、拧动雨的束缚,前后腾挪左右翻卷,意欲包裹住雨。风雨交汇,风在雨阵中冲突,雨在风场里汪洋。稍待，云去雨歇，日出天晴，与云聚前无异矣。

这样的气场属于夏雨，这样的气势属于盛夏。且以此季节之性情，壮人性之胆略。

风雨相遇，随时随地拉开架势，打一场没有输赢的战争，但受伤的往往是观众。

傍晚，雨后初晴，西天边露出一片天空，在灰色云阵的包围中，如一潭沉静无波的池水，幽悠然，让人想走近它，看看这个城市的倒影。夜色渐渐浸润街巷屋舍，树叶和花草的罅隙，风微凉，雨意些微，而那片天空愈发地明亮。一颗星子顽皮地跃于明亮之上，像一声呼哨，地上的灯一下子全亮了。

雾与霾的假想

关庚寅

在北方初春与深秋之际，无论是清晨，还是傍晚，常常因为温差变化，在水汽含量饱和时，便会有一种气体悄悄地溜出地面，不知不觉间变成了“雾”。

于是，一幅浓淡相宜的水墨画，就会突然间呈现在眼前：远处巍巍的山影朦朦胧胧、时隐时现，近处房屋、树木影影绰绰、轮廓清晰，而这远近、高低的景物，在薄雾的笼罩之下，透过这透明的、似有滑腻质感的薄纱，便有了暧昧的层次感，体会了雾里看花、水中捞月、月下美人的朦胧美感了，也体会了变幻莫测、扑朔迷离的大自然的无穷魅力。

特别是微风吹来，白纱般的薄雾轻轻地飘动着，犹如下凡的仙女飘飘的衣袂，甩出了绵延不尽的衣袖，缠绕于山腰间，升腾在田野里，弥漫在大海上。

继而，她便会轻柔曼舞地混沌了天，罩住了水，挂在树梢上，藏在草丛中，轻柔地、缓缓地流动着，漫过了海面，漫过了树梢，也漫过了人们的心头，且缠绕在你的身边，久久不肯离去。使你明显地感觉到，她正用微凉、淘气的手，在婆娑着你的脸，你的双眸，撩拨着你的思绪，而当你刚要伸出手去抓，她又悄然地顺着你手的空隙溜走了，使你感觉触手可得但又可望而不可即。

这种撩人的美，惹得你心生爱恋，愈发心动了起来。

于是，这一份份快乐不经意间悄然弥漫，就有了与人分享这份快乐的冲动。啊，雾吸取了山水中的精华，化作薄薄雾纱，把唯美带给人间。雾霭变幻莫测，似花非花，又似雾非雾，置身其中，疑似身在仙境，飘然欲飞……

什么是雾？它又是被谁施展了魔法，制造出如此超凡脱俗的美景？

简单通俗点说，雾就是在水汽充足、微风及大气层稳定的情况下，气温低于露点时，在接近地面的空气中，水汽凝结而形成。如果雾气继续升高，离开地面，就变成了云。而雾形成的条件为：一是冷却，二是加湿，增加水汽含量。

其形态就是由大量水滴或冰晶微粒组成的乳白色的悬浮体，骤然间，使地面水平的能见度下降，气象学称这种天气现象为雾。而以能见度的高低，又可以区分为轻雾、雾、大雾和浓雾。轻雾通常在早晚产生，水平能见度在1～10公里；雾的能见度在0.5～1公里；大雾的能见度在100～500米；浓雾时能见度小于100米。而雾的种类繁多，还有辐射雾、平流雾、混合雾、蒸发雾、烟雾。

为此，我内心深处一直想给那些自己经历过的、影影绰绰、虚无缥缈的雾，莽莽苍苍、风起云涌的雾，汹涌澎湃、气势磅礴的雾，下个准确定义，来提炼、概括雾之美。

可是，不知是悟性太差、想象力太迟钝，还是文笔太愚笨，没有回天之力，竟拖来拖去，直至写这篇散文时，才诚惶诚恐地硬写下了三条：第一，雾具有飘浮、流动之美；第二，雾具有虚无缥缈、朦胧之美；第三，雾具有神秘莫测、神秘之美！

自然，在我眼里，雾是千变万化的，纷繁复杂的，凡是雾派生出来的，与雾沾边的、融合出来的"气象现象"，便都是充满了无法想象的美妙。

试想一下，无论大雾天漫步在海边"雾锁山头山锁雾，天连水尾水连天"，使海水和天空合为一体，分不清是水还是天，那种使人不知是在水上飘，还是在空中飞的感觉；还是置身于那些名山大川的雾谷，那前赴后继的雾潮云浪，那充满遐想的奇幻美丽，那雾霭悠悠，像万马奔腾，像万匹绸缎，像万千群鱼……使人感觉迈一步是深渊，退一步是绝壁，那种命运仿佛在雾里寸步难行的经验！

无论是大雾融合在植物身上，便神奇地拥有了点石成金的功效——那浓浓的雾缠绕在树木、花草等植物上，立即经过凝结、汇聚成水滴落下，看起来像下雨一样。如果此时,微风吹过,就会产生那种奇绝的“雾雨现象”,使人仿佛沐浴在江南梅雨中。

还是大雾派生出来“忽如一夜春风来,千树万树梨花开”的“雾凇奇观”——因为雾凇形成需要两个条件:一、气温很低,二、水汽充分,同时能具备这两个形成雾凇的极重要而又相互矛盾的自然条件更是难得。而雾凇形状主要有两种:一种粒状雾凇,另一种为晶状雾凇。

为此,雾气就像轻盈洁白、长袖善舞的仙子,她在寒流滚滚、冰封大地、万物萧条、失去生机之时,附在谁的身上,谁就会蓦然间出现奇迹——她附在柳树上,就会结出晶莹闪烁的冰花;她附在松树上,就会绽放出美丽皎洁的银菊;她附在千里沃野上,大地突然间就会盛开出无数凌霜傲雪的雪莲,因其与“窗霜”形成的道理相似,被称之为“霜花”;她附在繁华的城市上,一夜间就会制造出好似“广寒宫阙、琼楼玉宇”的仙境,因其如同精美艺术品,又被称之为“琼花”;她附在千沟万壑之间,就会制造出一个琼树银花、盎然怒放的冰雪世界。因为这一切都与冰雪很近很近,还被称之为“冰花”。

此时此刻,当你走进雾凇世界,就仿佛走进了仪态万方、独具风韵的奇观,如梦如幻、如诗如画的幻影,一尘不染的玻璃水晶世界,而沉浸在那洁白无瑕、纯洁高雅、不可思议的白色里,又犹如被尘世遗忘,灵魂回归……

其实,雾凇在科学上,更具有神奇、玄妙的作用——雾凇是天然大面积的空气“清洁器”、天然的氧吧“负氧离子发生器”、天然的环境“消音器”。

“清洁器”比较好理解,谁都能在雾凇天,感觉到空气格外清新,就像被清洁的水过滤了一般,使人如痴如醉,心旷神怡;“消音器”,也不难探讨,由于雾凇具有浓厚、结构疏松、密度小、空隙度高的特点,能吸收和容纳大量音波。

因此,在雾凇密集的树林里感到非常幽静,就像置身于实验室里,没有一丝杂音,使人返璞归真,飘飘欲仙。

而“负氧离子发生器”,还是用科学数据说话为好,以吉林松花江畔雾凇天为例,据测负氧离子每立方厘米可达上千至数千个,比没有雾凇时的负氧离子可多5倍以上。因此,雾凇身上凝聚着一种无法言说的神秘的生命力，给人一种超越自然的深刻……

然而，这数千万年如诗如画、如梦如幻的美妙，却被2013年冬日，那场突如其来的雾霾，彻底驱散了！

2013年1月12日清晨5点，我为了躲开高峰期的车，到沈飞西北郊去采访，刚一出门就发现天突然像扣个恐怖的大锅底，放眼望去，一座座高楼大厦被雾霾笼绕，看不到根基，只有顶部朦胧之间时隐时现；往日那条宽宽的辽河已不见踪影，依稀可看到空中一条粗粗的黑带……那一刻，仿佛就像盘古开天地，到处暗无天日、浑浊混沌；仿佛就像世界末日来临，到处雾蒙蒙、灰沉沉的；还仿佛像坠入18层地狱，使人感到毛骨悚然、十分恐怖。后来才知道那是百年不遇的雾霾。

于是，面对这残酷的现实，我不得不深入了解这位“不速之客”，那什么是雾霾呢？

很显然，雾霾，从字面上理解为雾和霾的组合词；而这一切起源于雾，没有雾，就不会产生雾霾。

但是，雾是雾，霾是霾，雾和霾之间还有很大区别。我们肉眼就能分辨出：雾的颜色是乳白色、青白色，霾则是黄色、橙灰色；雾的边界很清晰，过了“雾区”可能就是晴空万里，而霾则与周围环境边界不明显。

为此，中国气象局曾在《地面气象观测规范》中，为其下了这样的定义：“大量极细微的干尘粒等均匀地浮游在空中，使水平能见度小于10千米的空气普遍有浑浊现象，使远处光亮物微带黄、红色，使黑暗物微带蓝色。”

而雾和霾的区别主要在于水分含量的大小：水分含量达到90%以上的叫雾，水分含量低于80%的叫霾。

对于雾，古往今来，在中国都是重要的审美意象，无论是“雾失楼台，月迷津渡，桃源望断无寻处”，“薄雾浓云愁永昼，瑞脑销金兽”，还是“晓雾忽无还忽有，春山如近复如遥”，无数与雾有关的诗词佳句千古流传，不仅使她不仅成为美的化身，还成为了生态环境的标志。

而霾呢？也称灰霾（烟霞），就有些恐怖了——它是由人为活动造成的空气中灰尘、硫酸、硝酸、有机碳氢化合物等粒子组合物，而二氧化硫、氮氧化物以及可吸入颗粒物，这三项是雾霾产生的主要罪魁祸首。前两者为气态污染物，最后一项颗粒物，才是加重雾霾天气污染的杀手。

而这些有毒颗粒飘浮物，需要排座次的话，首先是汽车尾气，继而，才是北方烧煤供暖所产生的废气、工业生产排放的废气、建筑工地和道路交通产生的扬尘……

于是，就在2013年，我们刚刚与多彩的秋挥手告别，雾霾就再一次预警人类——那一场不以人们意志为转移的、罕见的、大范围雾霾，袭击了大约25个省份、100多座大中城市，受影响人口高达6亿多人。

这是任何自然灾害无法涉及的范围。香港《南华早报》形容北京遭遇的浓密雾霾"令人窒息"，空气质量的污染程度达到了"危险"的水平，而雾霾中的PM2.5成为最新的健康杀手。

谁承想，再往下来，就在2014年辞旧迎新、刚刚迈进新年门槛之际，第一波雾霾便杀气腾腾迎头而来……很显然，中国接二连三地出现雾霾气象，且频率越来越高——这个凶悍贪婪的杀手，就像一头无所不在、巨大而无形的"女巫幽灵"，长时间地在城市里到处游荡，使尽了浑身解数，硬挤进门缝、窗缝，愣钻进人们的鼻孔里，呛辣使人流下无奈的泪，PM2.5撞击着肺腑，人们发出痛苦的喘息。

也像当年日军侵华一样，它们采取蚕食的征服策略，并很快就由重点进攻，改为全面进攻，不但攻陷了东三省，轻取了京津冀，而且突破了淞沪防线，鲸吞华中大地，渗透西部大后方，它们严重影响环境，影响农业、交通、航天、航海，影响生产。

更可怕的是，它们肆无忌惮地破坏人类生存的最基本条件——空气被毒化了。在人们毫无防范之时，这些颗粒污染物就会悄悄地侵入人体呼吸道和肺叶中，从而引起呼吸系统疾病、心血管系统疾病、血液系统生殖系统等疾病，诸如咽喉炎、肺气肿、哮喘、鼻炎、支气管炎等，而长期处于这种环境里，还会诱发肺癌，引发心肌梗死，造成心肌缺血或损伤，严重时甚至能造成窒息死亡。

由此可见，雾霾已经成为人类生存的最大危害。而要彻底治理雾霾，首先要搞清楚它的来龙去脉,了解它的形成与历史。

其实,雾霾不是中国独有的。只要翻开西方国家发展史,就会发现他们在征服自然,用工业化推动现代文明时,已经产生了这个加速毁灭的"雾霾恶魔"。比方,美国的大城市纽约、洛杉矶,在20世纪下半叶,曾先后赢得了同伦敦一样的"雾都"之名——1953年11月,一场雾霾使纽约200人死亡;而英国真正的"雾都"伦敦,在60多年前,曾被雾霾夺去1.2万人的生命。

为此,1956年,英国政府颁布了世界上第一部现代意义上的空气污染防治法——《清洁空气法案》。继而,1970年美国出台了《清洁空气法》。

再往下来,他们治霾的精神持之以恒、丝毫不松懈。比方,纽约市改变了公交用车结构,大量燃油汽车被电动汽车、自行车取代,新建了约300英里的自行车道,许多纽约著名地标建筑附近都有自行车租用站,改变近3000座建筑物供暖方式,以更洁净的能源取代原先较为"肮脏"的燃料。

同时,风能、太阳能等清洁能源也得到大面积的推广利用。而纽约市的昆士区、布鲁克林区林立的工厂,已经被金融、媒体、服务业所代替。随之,雾霾在纽约市也渐藏踪迹。不过,雾霾就像顽皮的孩子,还会时不时地在纽约小露一面,把人们吓一大跳。如此看来,在这个世界上,无论在哪里,治霾都会是任重道远的。

当然,中国处在自然、社会天人合一的雾霾下,在一片恐惧、一片忧郁、一片谴责、一片喊打的声音中,各种奇谈怪论、各种主义也纷纷出炉:有的义愤填膺、慷慨陈词,有的阴沟放声、装神弄鬼,有的庙堂高论,有的草野哀鸣。

真可谓高论迭出,浅见遍地。比方路透社说:中国污染物阻挡阳光有助减慢全球变暖!是对人类的巨大贡献!而中国那个军事专家张召忠却说:雾霾是对美国激光武器的最好防御。

今日欢呼孙大圣,只缘妖雾又重来!

很显然,雾霾并不可怕,可怕的是人们头脑里各式各样的"雾霾"——在20世纪80年代以后,中国曾沿袭西方发达国家走过的道路,以牺牲资源和环境为代价,换来了GDP的高速增长,牺牲的资源换来了资源的日益贫乏，而牺牲的环境换来了今天的雾霾。

于是，那浑浊的雾霾，便成就了无数官员的升迁梦，为无数官员脸上贴了金。

与此同时，执政者却低估了工业污染的严重性，因而大范围严重雾霾，给全社会敲响警钟，也给政府上了严峻一课。因为，时下中国还有几十亿吨煤在燃烧，每年还增加近2000万辆车在释放着尾气，如果不彻底根治，将危害千秋万代。

无疑，治理雾霾要立即行动、不等不靠。不仅不能靠老天的恩赐，靠风去驱散，靠阳光驱散，还要像那些治理雾霾成功的国家学习，依靠科学去战胜它——那就是在立法的同时，整个中华民族要团结一致，目标清醒，积极地行动起来。

万幸，由非营利组织“国际中国环境基金会”主办的中国雾霾治理论坛于2016年6月17日在华盛顿举行。中美两国环境政策和技术领域的官员和专家认为，中国空气污染治理正取得进展，相信到2030年“蓝天常有”。

虽然美国城市治理雾霾用了三四十年时间，但多名与会专家认为，中国不需要这么长时间。中国清洁空气联盟秘书处主任解洪兴说，中国的情况跟伦敦和洛杉矶不同，洛杉矶光寻找雾霾污染源就花了三四年时间，而今天的中国已经知道污染源是什么、怎样控制，因此他相信，到2030年中国绝大多数城市的空气质量都能达标，“这不是一件容易的事，但我相信我们能做到，我对此保持乐观”。

是的，这将是一个很艰难的过程，也是对中国社会集体真诚的一次考验，中国现代化进程的难度，看来比我们原来想的更难得多。

但是，只要望着逐渐晴朗的天空，我们就有希望：不积跬步，无以至千里；不积小流，无以成江海。只要心中有了大爱，就会持之以恒，充满了阳光，鼓荡起春风，先将心中的雾霾吹散。而我先从自我行动起来，坚信：天蓝地绿山水青，冬去春来桃花红；为了淫雾不再来，愿化苍穹一缕风。换句话说，当人人都成为一缕风时，治理好环境、治理好雾霾的日子就为期不远了……

回乡散记

陈仓

1. 舌尖上的幸福

这次回陕西，除了带着儿子，还有老婆与岳母。她们与儿子一样，都是地道的上海人。但是一下飞机，我还是不顾她们的感受，直接把她们拉到了一家饭馆。没有去钟楼边上的同盛祥百年老店，直接进了一家路边店，当然吃的东西还是一样——羊肉泡馍。坐下来之前，老婆犯了嘀咕，当然是嫌弃这样的小店，主要是害怕不干净。我与老婆各要一碗羊肉泡馍，岳母则要了一个水盆，也就是羊肉汤。吃完之后，我是等她们抱怨的，但是她们大汗淋漓吃完后，得到的却是赞不绝口。这可是从未见过的，上海人饮食习惯与北方人天地之差，何况羊汤泡馍这种四不像的食物，对她们来说无异于另类。我说，你们是不是因为太饿了？她们说，那羊汤醇厚，那羊肉也是量足，加上配着糖蒜，确实是吃得过瘾。

从西安回塔尔坪的路上，她们不断咂着嘴，看样子她们的赞美是真诚的。这种认同感，让我十分开心。在上海的日子，由于饮食差异大，她们任何东西都喜欢放糖，而我则喜欢放盐，所以我们虽为一家人，由于味蕾的不同，幸福的感觉也就不同了，这么多年可以说，大家是有隔阂的。一个和谐美满的家庭，有时候很大一部分，是建立在舌尖之上的。于是我提议，在回来的时候，我还要带她们去喝羊汤，吃羊肉泡馍，但不是那家小店了，而是直接去西安中心的同盛祥。我的提议遭到了老婆与岳母的共同反对，他们认为这种百年老店，就是一块牌子，不可能有这么纯正的东西，所以要吃还得到那家小店。

对于她们的要求,我是很赞同的。在坐飞机回上海的那天,我开着车绕了很远的路,几乎是找了几个小时,还真是把这家店给找到了,我们又各点了自己喜欢的东西,但是仍然离不开这几样。吃完之后,我说,是不是已经没有第一次的味道了?她们说,谁说的?还是这么好吃啊。她们说,在上海不爱吃羊肉,不爱吃这北方的东西,不是因为这些食物品种出了问题,真正的原因是原料变了,加工食物的人心变了,比如在上海喝的羊汤,简直就不是羊汤,是一碗加了调料的白开水而已。还有那些羊肉恐怕还是注水的,或者用激素喂养的,是吃不出羊味的。而在西安,羊是满山咩咩的羊,肉是现场宰杀的肉,汤是漂着一层油珠子的浓汤,就连那分量,也是沉甸甸的,一碗中足有四五块之多呢。

离开故乡时,发生了几个有趣的现象:岳母一贯以江南大米为荣,竟然一改往日的态度,买了一袋十斤装的大米,意思是专供我儿子;还有一包糖蒜、一些核桃和天麻。这些东西确实是值得她们带回上海的。上海虽然什么都不缺,想买什么有什么。可惜的是,在上海买到的新米,它的新不是以收割时间来算的,而是以工厂包装时间为准的;特别是核桃与天麻这些农产品,你看着商场里摆着的核桃壳薄仁白,天麻金黄透亮,而且切了片,配了漂亮的包装袋,那多数都是硫黄处理过的。没有处理过的这些山货,就像没有精心装扮的农民一样,不会有这么亮丽的。

不是我对城市有什么偏见,单从吃的角度来说,城市还是不如农村。可以总结出一个道理,无论从食物的颜色还是味道,离土地越远的地方,越不食人间烟火,就越偏离了原有的本色。

2. 八十里外的庄稼

在老家,我有两个姐姐,分别嫁到了塔尔坪左右。小姐比较近,就五里路的地方。大姐相对远一点,在三十里外的镇上。大姐家相对条件要好一些,十几年前就盖了红砖水泥房,几年前又换盖了三层的小洋楼,用上了自来水、热水器与电冰箱,生活基本是现代化,不但与城里没有什么差别,而且比城里还要宽敞很多。

所以每次回家，都会把小姐一家以及父亲，全部接到镇上的大姐家里，一家人在大姐家团聚。开始的时候父亲与小姐都是有意见的，父亲的意见是说，回家一趟不在自己家里住一夜，算什么回家呢？他每次在我回家前，都会把床上的被褥浆洗干净，然后再抱到太阳下晒上几天。但毕竟都是土房子，加上深宅老院，显得特别阴暗，别说是老婆孩子不习惯，就是我这个在老房子里出生的人，每每躺到那张床上，听着窗外潇潇风声，忍受着老鼠叽叽歪歪的尖叫，就是勉强入睡了吧，也尽做一些年少时的噩梦，毕竟在这张床上去世的，已经有几个人了，起码就有哥哥与后妈。

小姐的意见不太一样，有点怕我嫌弃她的意思。每次回家他们都想着各种各样的办法来招待我，哄我们高兴。除了杀鸡煮肉之外，就是想尽办法留我们住宿了。小姐为了能让我们住好，狠了狠心，把家里房子全部收拾了一遍，不但把墙全部用石灰泥得雪白，地板上也铺了青砖，专门辟出一间客房，添置了新的棉花被子。他们还怕我不满意，干脆跑到县上买了一台电视机，把天线拉到了后边的山梁上，才勉强可以收到两三个节目。这些东西都是专门为我回家预备的，因为平时把这间新房子空着，只有我一年到头回家的时候，才打开来用用，连那些比较要好的朋友或者亲戚，都是享受不上的。对此，我曾经提出过抗议，说自己一两年回家一次，用不着这样，他们可以自己住着。小姐却说，我们这些泥巴人，不把这些东西弄脏了？有一次，为了平衡两个姐姐家的关系，我带着老婆在小姐家住了一晚，她家的床仍是土炕式的，炕上虽然铺着新麦草与新被子，但是老婆睡一夜起来，整个身上起了大块大块红斑，又痛又痒，不知道是过敏了，还是被虫子咬了。从那次起，这种平衡就打破了，我们基本就不在她家住宿了，小姐一家为此耿耿于怀，大概意思是我偏心，嫌弃他们没有大姐家好。

这次刚到西安，小姐就不断地打电话，问我到哪里了，我一会儿说到蓝田了，一会儿说到秦岭了，一会儿说到商州了。快到丹凤县城的时候，小姐让我从县城的老街过，她让小姐夫已经等在街上了。小姐家的闺女在县医院上班，他们一家就经常聚在县城里。这些情况我是十分清楚的，我以为小姐会与以往一样，会搭上我们的车一起去大姐家，在大姐家聚会。但是等我到了丹凤老街，小姐一家三口，笑眯眯地站在街上，把我们接到了巷子深处的一个小院落。老街可以称得上古香古色，青砖的小屋有着雕梁和画柱，在丹江河边蜿蜒着，有着江南水乡的味道。因为百年之前，陆路交通还不发达，这里是北通秦晋、南接襄汉的交通要道，是很重要的水旱码头，全国著名的船帮会馆与马帮会馆，就在这条老街上。进入的这个院落，也十分清幽，两扇黑漆大门里，种了一株合掌粗的葡萄。这葡萄自然是法国品种的，因为丹凤有一个古老的葡萄酒厂，大概将近一百二十年了，是当年法国人建的，为了酿酒，在周边又配套建起了法国式的葡萄园。这株葡萄树，顺着围墙一直爬到了两层楼的屋顶，把整个院落一下子装扮成了一个美丽的别墅。

小姐指了指两间房子，与两张铺得绵软的床铺说，都是新晒过的，你们就在这里住一夜吧。我很吃惊小姐一家的变化。他们原来一家世世代代住在村里，离县城八十里路，要翻几个大岭，而且十分狭窄，大门几乎顶着山的，村子里连个小卖铺都没有，买油盐也得去十几里外。我说，你们终于在县城买房子了？小姐不语，小姐夫说，哪里呀，我们租的，一月两百三十块钱，是不是很便宜？我说，当然便宜了，这么大个房子放在上海的话，起码需要三千多块吧。小姐与小姐夫听了，就十分满意，以为我们自然在这里住一夜了。不想，我又问，你们住到县城，老家的地不种了吗？在县城靠什么营生？小姐夫说，地当然要种了，我们刚刚不是从山里收完小豆回来吗？现在路修好了，骑着摩托车很方便的。我说，骑着摩托跑八十里路去种庄稼？这样的话住在城里有什么意义呢？小姐夫说，哎呀，要什么意义啊，孩子在县上工作，我们在这里给孩子做做饭，而且县城也热闹一些吧。

我一下子理解了他们的意图。其实他们在山里种庄稼，世世代代都在种庄稼，意义又在什么地方呢？如今在县城，虽然房子是租的，种地要跑八十里路，但是一家起码可以住一起，有了天伦之乐，农闲时还可以到街上转转，过年过节还可以看看灯听听戏，这些生活在山里是没有办法享受到的。在小姐的出租屋里，我看到了一台电视和一台电脑，可以收看几十个电视节目，可以上网聊天与玩游戏，这在山里是万万没有的。另外，凭什么我可以跑到上海,他们就不可以跑到县城呢?

我很想在这么美丽的小城留宿一夜,听听丹江缓潺的流水声,顺着老街感觉一下当年那种兴盛。但是儿子在陌生的环境里实在太闹了,所以只好告别了小姐一家,继续驱车向大姐家赶去。来到大姐家,大姐不止一次地对我说,你们没在县城小姐家过夜?真不知道他们想干什么,住在县城没有一分地,房子又不是自己买的,那算一个家吗?每次听他们这么说,我都只是笑笑,表示十分理解。但是因为没有在小姐家留宿,小姐一家好像有些生气了,甚至为这些还吵过架了。小姐夫给我发了几个短信说,对不起,我们没有头脑,但是老家庄稼肯定会好好种的,我现在就回山里种庄稼去。我听了这些话,觉得十分心酸,赶紧打电话跟小姐夫说,我们没有生气,你们在县城的家也非常好。

在离开塔尔坪时,我还是提前赶到了县城,赶到了小姐家。小姐已经准备了蒸洋芋和煮扁豆,这些都是我小时候爱吃的,她是有意为我准备的。我十分开心地吃了两大碗。但是老婆与岳母不太习惯,就没有动筷子。我感到十分为难,于是问,县城里有没有地方喝羊肉汤?你们请我们去喝一碗羊肉汤吧。可惜的是,小姐在县城已经住了一年时间,看上去从来没舍得到街上下过馆子,这个县城遍地都是卖羊肉汤的小饭馆与路边店,她竟然一无所知。

3. 那些虚假的街市

大姐家住在峦庄镇,离县城有九十里路,需要翻越两座大山。大山高到什么程度,用气温是可以量化的,在县城气温是 24 度,到了山顶上气温却只有 16 度了,相差了整整 8 度。老婆说是出现了耳鸣,明显感觉到了海拔的上升。山高,公路自然就弯曲了,全是“回”字形的盘山公路,几乎在悬崖上走钢丝,是十分吓人的,儿子与岳母很快就被晃晕了,岳母出现了晕车症状,而儿子则哇哇乱叫。就是最为开阔平坦的地方,前山抵着后山,中间只有溪流湍急,沿途人烟是稀少的。加上这几年出现了进城大潮,这些艰苦地方的居民基本迁移了,就显得更加荒凉了。

当翻过第一座大山之后，有一片大峡谷，溪流形成了一个个小瀑布，瀑布冲击出了一个个深不见底的水潭。小时候，我扛着木头经过的时候，父亲给我讲过一个潭子的传说。大意是，这个潭子下边是一个宫殿，里边住着龙王爷一家，方圆有谁家过红白喜事，只要在潭子边烧一炷香，磕几个响头，就会从潭子里浮上来几桌酒席。父亲讲故事时，我正饿得头昏眼花，于是立即跪地磕头，但是潭子中除了泛着白色浪花之外，并没有任何动静。我对父亲说，骗人的吧？父亲笑着说，原来很灵的，后来炸山修路，把许多山石填入了潭子之中，所以就不灵了。我说，为什么呢？父亲说，恐怕是潭子被填浅了，龙王爷住不下了，人家就搬走了吧。

还没有绕出这个峡谷，只见那潭子边上，沿着盘山公路出现了两排房子，全是首尾相连的小洋楼，是依着江南水乡的样子建的，飞檐斗拱，清水白墙，门牌上雕着龙凤，门楼上挂着灯笼。正好夕阳西下之时，在暮色之中突然见之，我以为是个幻觉，或者是天上的街市。驱车从街上穿过，发现一个个院子里，正在摊晒着黄豆，门楣上挂着一串串的玉米棒子，还有三五个老爷爷坐在门槛上吸烟，我才相信这是真实的。

后来大姐夫向我介绍说，这是政府统一修建的，就是所谓的城镇化，把山沟沟里的农民，全部集中起来，建成了这么一个街市。地是不要钱的，建房政府补贴一半，农民自己拿一半。我说，房子很好，只是有人住吗？大姐夫说，都是空的，年轻人外出了，没有空的也住着一些老人。后来，沿途又看到了几个这样的“街市”，可惜的是基本冷冷清清，没有任何商业，连一个小饭馆、小旅馆都没有，除了房子连成街市的样子，其实是虚假的街市。原来的农民散居在沟沟岔岔里，是因为那些赖以生存的土地，散落在沟沟岔岔，他们之所以祖祖辈辈隐居其中，那是有道理的，为了方便收收种种。如今把大家全部集中到一起，好像是形成了街市，官方的说法是城镇，但是这样的城镇有什么意义呢？听大姐夫说，好多农民为了不荒掉土地，如今都有两个家。每到春种秋收两季，他们会回到沟沟岔岔的那个家，住下来种地，等农闲的时候再回到城镇里的另一个家，晒晒太阳。

这就是所谓的新农村，这就是所谓的城镇化。我感觉城镇化，不应该只有楼房，只有一条街道。这是形似，想做到神似，就应该有实质内容来支撑，这实质的内容就是城镇生活，在城镇生活里，应该有商品的交换，有丰富的娱乐节目，有彼此间的交流与沟通。在暮色中穿过，我从后视镜里，回头再看那些陷入巨大阴影中的城池，那种死寂让我觉得不是给人住的，倒有点像一座坟墓一般，更加衬托出了农村的荒凉。

还有一点值得一提，在建这些豪华楼房时，用的不再是原来的青砖绿瓦了，而用上了钢筋水泥。加上要保证街道的宽度，为了开山取石，两边的山被开挖得七零八落。特别是这些小城镇建设，配套设施并不齐全，比如说原来用的茅坑，可以把大小便及生活垃圾，全部积攒在一起作为农家肥。如今楼房配的，全是现代化的厕所与厨房，这些厕所与厨房同样设了下水管道，不过与真正城市里的管道是不一样的，城市里的管道统一布局，全部流向了一个地方，然后进行集中处理。但是这些城镇建设中，是没有集中排污管道的，每家每户的排水管道的出口，就在房子背后，大小便与生活废水，全部直接排到溪水之中了，使得一条原本干干净净的清泉，如今变成一条臭不可闻的小河沟。

大姐夫家如今从大宅院里，同样搬到了镇上最繁华的一条街道。那天我带着老婆孩子到街道背后的小河里戏水，这条河是武关河的上游，河里有娃娃鱼与野生鳖等珍稀动物。小河有一尺多深，一丈来宽，是由周边各条山沟沟里的山泉汇聚而成的，河水原来是清清亮亮的，小时候我们都直接饮用，十分甘甜可口。但是当我们戏水时，有几个人就劝我说，玩水可以，千万不能喝水了。再问原因，他们一致的说法是，这条河脏。有几个妇女，只在这条河里洗衣服，问他们平时吃水洗菜怎么办，她们告诉我说，饮用的水是从山头上接下来的，洗菜如今只能进山了，找那些没有被污染的小溪。

唉，真是可惜了一条自然的小河。这条小河向下流去，先进入武关河，再进入丹江，再进入汉江，一路下去就进入长江了。民间有一种说法，水走百步为净，我不知道有没有道理，不知道这条小河会不会一路流下去，会不会把我们整条母亲河都给弄脏了。

4. 父亲的脚与月亮是相似的

每次回乡，我都会陪父亲睡觉，我不知道除了陪他睡觉，还能为他做点什么。我们之间，已经没有任何共同的话题了，两个人在一起的时候，只是大眼瞪着小眼，彼此心事重重地望着对方。只有陪父亲睡觉，恐怕才是最深入的交流了。

第一晚陪父亲睡觉，父亲给我讲了好多话，都是一些家长里短的。他说，叔叔去世后，院子真的空了，自己在空院子里栽了一棵核桃树，不想邻居家就反对了，硬把树苗子给拔掉了，双方还吵架了；说到妈妈坟前的那块地，我一个表哥出一百块钱，想拿去做菜园子，他舍不得，双方就闹翻了；说到家里的几亩地，给小姐夫种了，但是他们住在县城里，地里荒草连天的，根本不像种地的料子，现在都秋后了，黄豆还晾在地里没有收。

种核桃树，还是我的提议，父亲一直担心自己百年之后，塔尔坪的家当就成了别人的，于是我让他种核桃树，说是核桃树长大了，别人是占不去的。父亲很同意我的说法，就把房前屋后全部栽了核桃树，他把自己身后的家全部寄托在了核桃树上了。家里的地让给别人种，这是父亲自己的主意，因为父亲连走路都很吃力，哪有力气种庄稼呢？而且现在种一亩地，化肥农药用下来，如果把工夫也算上，几乎是亏本的。

父亲说什么，我都劝说他，看开一点，这么大年纪了，还计较那些干什么呢？我还举了叔叔的例子，他那么凶狠地与你争，如今他一去世，不全都是你的了？你哪天去世了，这些也自然就是别人的了。话题又引到了塔尔坪。我说，我最担心的，是他一个人过日子，没有一个照顾的人。父亲说，吃饭是最大的难题，一个人，一顿就一碗饭，做多了，吃不完，下顿吃就坏了。我说，不如给你请个人做饭吧？父亲说，请人一月六百块，就三顿饭人家还不愿意，现在的人刁得很。我说，你就不能找个伴？像后妈一样的伴？我两个姨娘呢？接一个回来不行吗？父亲说，小姨娘前半年已经死了，得胃癌死了。我才知道小姨娘死了的消息，小姨娘与家里人赌气嫁到了河南灵宝，生活十分艰苦，临死前一直想陕西的家，让大家去见最后一面，几个人还没有约好去河南，不想她已经断气了。父亲说，把你二姨娘接来，你真的愿意吗？我说，怎么不愿意？这是好事情啊。父亲说，她坐不了车，哪天有空，先去看看她再说吧。随后几天，我一直盯着二姨娘的事情，父亲说等空了，就坐班车去。这事情被大姐知道了，大姐说，二姨娘连床都爬不起来，自己都照顾不了，哪能照顾得了父亲？我有点生气地说，你们怎么不替爹想想？他们只要高兴在一起，谁照顾谁有什么关系呢？起码有个人说说话吧？我听说，二姨娘的病情确实十分严重，根本照顾不了父亲，但是父亲难道仅仅是需要一个照顾他的人吗？二姨在我们心中，她不仅仅是父母这一辈唯一一个亲人了，而且她还是母亲的亲妹妹，这跟母亲有什么差别呢？我想，如果母亲还活着，恐怕日子才会好过得多，父亲才能真正过上一个安然的晚年吧？

第二天晚上，父亲的话少了，他睡得十分踏实，我无论起床看书，还是外出赏月，弄出再大的动静，都没有干扰到他。在他打呼噜时，我是踏实的；如果没有呼噜，我就十分担心，担心他还有没有呼吸，还有没有生命的体征。回峦庄镇前，是下过很长一阵子秋雨的，回到峦庄镇后正好天晴了，而且又碰到了农历八月中旬。我抱着父亲的一双脚，看着窗外徐徐升起的明月，心情是十分复杂的。父亲的脚彻夜都是冰冷的，而天上的月亮一直也是冰冷的，它们在我的面前是多么相似啊。天上的月亮宛如父亲的脚，父亲的脚又宛如秋后的月亮。半夜，月亮升到山头时，照得整个小镇如白天一样，恍惚中像是城市的午夜，街灯仍然没有熄灭一般透明。我悄悄披衣起身，站在三层楼顶，看着寂静的大山，看着缓缓流动的小河，看着洒在庄稼地上的月光，我感觉时光果真停止了，或者是这个世界上，并没有真正的生命存在，只有自然，只有宿命。

我拿出手机与照相机，希望拍下那厚厚的月光，或者是月光下的树影，但是月光就是月光，它与阳光与灯光是彻底不同的，阳光与灯光是可以反射的，照相机的成像原理才会有效。但是月光是拍不出来的，无论我用什么格式，都是拍不出来的。我突然领悟，月光其实不是光，仍然是黑暗，或者说掺进了太多的黑暗，像面粉里掺进了太多的水一般，是烙不出大饼的。

月光从窗口照进来,洒在父亲的身上,丝毫没有打扰到父亲,反而已经融入了父亲,让我感觉父亲与月光格外相似了,甚至他就是一摊凝结的月光。父亲年轻时,充满了活力与生命力,闪耀着火热的光环,随着岁月的流逝,他的生命之光里渗出太多的苦难和黑暗,慢慢就转化成了死亡之光。死亡之光就是月光,同样是没有反光的,是无法复活与再生的,只能自我流逝。

山里的秋天,温差是十分大的,白天有太阳的时候是 24 度,晚上就降到了十多度了。父亲肩膀裸露在外边,他却浑然不知,在一个人睡觉的日子里,没有第二双眼睛发现他的冷。一个人的冷暖,除了自己的感知,再不被第二个人发现,就是说一个人的身边,如果只有自己的眼睛,只有审视自己内心的眼睛,那么这双眼睛一旦闭上了,整个世界就为之关闭,这才是真正的孤独。我替父亲掖了掖被子,尽量把自己的身体靠近他的身体,把他的脚尽量揽在自己的怀里。整整一夜,我没有暖热父亲的脚,当然那轮月亮还是冷的,照样没有生出一丝反光。

陪父亲睡觉的那几天,我还发现父亲的穿着十分特别,最贴身处穿着夏天的 T 恤,是藏蓝色镶了红边的,睡觉也没有脱下来;中间是一件秋天的衬衣,方格子的长袖;再外边是一件黑呢子大衣,只有冬天才用得着。父亲的这种混搭,别人是看不出什么名堂的,但是我一眼就看明白了。老婆说,爹穿的衣服怎么那么眼熟?我说,这都是我淘汰的旧衣服呀。在上海,每次老婆要抛弃一些旧衣服时,都遭到了我的极力反对,要带回家给父亲。但是老婆说,人家哪能看得上?应该给父亲买新的。有次父亲到上海,我就搜腾出几件旧衣服给了父亲。那件 T 恤与那件衬衣,是我穿剩下的名牌,那件黑呢子大衣是岳父的遗物,这三件衣服在父亲的眼里,应该是最好最美的衣服了。所以为了迎接我,他不顾春夏秋冬,把几件统统地裹在身上了。也难怪,平时他穿得再好,对于一个孤独的人,有谁会去欣赏呢?恐怕给自己图个好心情的想法也没有了吧?

5. 专供儿子的大米

这次回乡,给大姐家带来很大的负担,大姐不但有个孙女要照看,而且大姐在家里刚刚摔了一跤，把盆骨给摔碎了，在医院里动过大手术，还没有彻底恢复，两腿几乎是站立不稳的。但弟弟带着一家回来，大姐一家是十分高兴的。大姐整天跛着脚，天不亮就在厨房里忙着，想尽一切办法让我们吃好。早晨一人一大碗核桃浆，一堆的馒头与包子，一锅黄亮黄亮的玉米糊。还会炒几个菜，有新鲜的青菜，有正宗的腊肉；中午除了炒菜，是一大锅排骨汤，还有土豆焖扁豆，扁豆是刚刚采摘的，全是嫩生生的，还煮了手工饺子，与一锅大米饭；晚饭是糊汤或者稀饭，再炒一个粉丝和鸡蛋，然后再烙一个大锅盔。几天下来，有汤有水，有米有面，总是十分丰富，不但大人吃得满嘴流油，就连孩子们也吃得十分舒服，仅仅几天时间一下子体重长了一公斤。关键是一日三餐丰富得让老婆这些城市人，连连发出感叹说，农村真好啊！

我说，看上去天天过年似的，其实农村真比城市好吗？这只是大姐给我们造成的假象而已。因为平时他们吃的喝的，基本还是清淡而单调的，最多一盆子酸菜，一锅红薯糊汤，中午时再加一个锅盔罢了。特别到农忙时节，收收种种的，人已经累趴下了，哪有精神再准备这些饭菜呢？还有，随着农村的城市化，种庄稼与生活已经分开了。原来是自己种自己吃，如今种的东西都会卖掉，然后到吃的时候再去购买，也就是说大姐吃的东西，无论是西红柿、洋葱和大肉，全都是在市场上买回来的。

我的这个说法，很快得到了岳母的证实。有天早上她像在上海一样，带着孩子去了一趟菜市场，除了提了几斤水果之外，还提了一大堆排骨。岳母惊呼着说，真是太奇怪了，在上海大肉没有排骨贵，排骨要二十多块钱一斤，还得提前预订的，但是这里不一样，大肉很贵，而那么好的排骨竟然只要四块钱一斤！在岳母的提议下，从那天起我们天天早上、中午都会熬一锅亮生生的排骨汤。老婆几乎每顿都得喝上两大碗，一边喝一边说，在上海不吃肉，原因不在自己身上，问题是出在肉身上了。这是城市与农村的差别了。这种差别恐怕一年两年是无法改变的，哪怕农村看上去已经是城市了，他们的价值观就像对待一头猪一样，城市人永远都是喜欢排骨的，而农村人还是喜欢实实在在的大肉，毕竟大肉是可以吞下去的，而排骨呢？

除了喝汤,还是要扔掉喂狗的,甚至连狗也咬不动看不上吧?

说到吃肉,为了让老婆体会一下农村的肉,我们决定进山去买一只散养鸡,于是跑了几十里,在一个山沟沟的玉米地里,鸡飞狗跳地捉了一只乌鸡,不到两斤重,花了一百零五块钱。大姐夫提到河里杀了,然后交给了岳母,用上海的方法,放了花椒与大茴,还放了葱与姜,熬了一锅鸡汤。这农村和城市相结合的办法,确实做出了一顿十分难得的美味。

不知道是什么原因,我在上海一直都是大便不顺,小便污黄,时时还会伴发胃痛。自从吃了家乡的饭,喝了家乡的水,吹了家乡的风,我的肠胃一下子顺了,整个经络像是一下子被打通了,不但大小便顺畅了,几乎是稀里哗啦,而且整个人也神清气爽。老婆归结于这里的东西自然环保,我则把它归结于水土。我在这片水土中出生,又在这片水土中成长发育,我的血液与身体存储了这片水土的记忆,能够识别这片水土一滴水一丝光的密码。这恐怕是故乡的又一层含义了。出门在外吃的穿的,好像并不比故乡差多少,为何心里一直感觉不对头,身体感觉不怎么协调,这就是服不服水土的原因吧。

在上海时,老婆总在不停地更换大米,要么嫌江南的大米太软,要么嫌东北的大米太硬,有时候还觉得有一股子霉味,是陈年的。老婆对大米似乎很敏感,于是在离开峦庄镇时,父亲装了核桃、木耳与茱萸,小姐夫专门从树上摘了两袋子野枣,大姐夫给提了香菇、板栗,这些老婆统统都没有带,而是对我说,想买二十斤大米回上海。这个想法,在我看来是离奇的,因为峦庄是山区并非水乡,是不产水稻的,这里吃的大米依然是从别的地方运来的,说不定就是江南或者是东北运来的。但是老婆难得喜欢,大姐夫就在镇上的小卖铺,花四十块钱给我们买了一袋子大米。

老婆说,这些大米很珍贵,只能专供葫芦娃,给葫芦娃煮粥。我笑了笑,心里十分得意,她对这些大米的喜欢,就是对农村的喜欢,也就是对我故乡的认可,原来在吃饭当中的磕磕碰碰、不愉快全部消失了。让一个地地道道的上海人,能够低眉顺眼地认可农村,这是多么不容易啊。

有一阵子,我对城市化产生过恐惧,大山里的人向镇上迁移,镇上的人向县上迁移，县上的人向市里迁移，我曾经武断过，再过几代人，农村总有一天会消失的。但是现在我不再这么认为了，哪怕这里没有一个我的亲人，但总会有别人的亲人住在这里，只要这里的生活还有让人依恋之处，还有可以让城市认可的地方，那么它就永远会存在下去。离开峦庄镇时，正是早饭时刻，我看着大姐家屋顶上的烟囱，还在飘着袅袅的炊烟，似乎像一个人温暖的呼吸。

只要炊烟不灭，就能证明这片土地还活着，证明这个偏僻的小镇还活着，证明我的故乡还是富有生机的。

你的眼神

赵殷

一

巷道口卖菜的农妇,在路边铺开一张塑料布,将嫩绿的瓜摆成尖塔状,垂手站立等人来买。

走来一位穿裙子的女人,问瓜多少钱一斤?农妇说,一块五毛钱一斤。女人说,能不能便宜些?农妇说,一块四毛吧。女人伸手选出三只小瓜,农妇称过说,两块二毛钱,你拿好。女人说,那就两块钱吧?农妇说,那可不行,两块二毛钱,称得高高的,少给我赔本。女人说,赔啥本啊?你自家地里长的,那就换个大的,我给你两块二毛钱。说着从袋里取出一只小瓜,拿起瓜堆里最大的一只放进袋里。农妇说,那不行,你的钱我不要,瓜你留下。女人将塑料袋甩在地上,拧身走了。农妇捡起塑料袋,取出三只瓜,一只磕破一块皮,农妇用手背将破掉的瓜皮儿推了又推,还是缺少一小块。农妇朝着满是尘土的地面看了又看,也没有找到那一小块瓜皮。农妇把缺一小块皮的瓜,伤口朝下放在瓜堆上,把女人甩在地上的塑料袋捡起,放在自己的膝盖上面,拉直、抹平、叠好,装进红布包里。

农妇抬起头,平静无澜的眼睛朝四处搜寻,仿佛被人窥见她内心波动处,那一缕幽邃的闪烁,她装作若无其事地高声喊叫:卖瓜嘞!卖瓜嘞!

二

村街叫石门街,四周尽是石头叠加起来的山峰,距离市区武都仅十多公里,几千年来一直趴在白龙江边陡峭的山岩下,像一只蛰伏于沙漠中的蜗牛，头都不能轻易动一下，因为覆盖于头部与身体各部位的石头，一定会随身体的轻微转动溃散崩裂而导致一场灾难。

这种环境对生命的褒赏，不是自然的善意奉献，是生存在石门街的人，用尽力气从峭拔干旱的石头缝里，拼命夺取养家糊口的粮食。

可在这里遇到的人都在微笑，村民老李快乐地对我说：村里的柿子一个能卖一块钱，都被从兰州下来坐小车的人买走了。村里的西红柿送给城里的亲戚都说好吃，大白菜更好，一斤能卖一块两毛钱。

村口，她像一只蜗牛的黑影，正往村里挪动。走近了才看见是一个天生直不起腰的侏儒，她背着柴草，每走四步放下背上的柴草歇息，腰弯曲得近乎直角，头是抬不起来的。旁边的年轻媳妇说，老人年轻时结过婚，因为长得太小，不生育，男人另娶妻，说好要养她到老。坚持了几年，人家自己管自己，再也不养她了。她一不哭，二不闹，自己到山上捡柴，爬到坡上找吃的。多少年过去了，就那么大点身躯，一不向政府要，二不向村民讨，还过得好好的。

她看着议论她的人，目光毫无意识，就像一棵树看到另一棵树。她刚从石头坡上捡回来一捆小得像小女孩的马尾辫的干柴草，放在她小得精巧的脚边。一只婴儿般的小手，拿着一只伊利酸奶的空盒子，另一只小手拄着比她长的锄头定睛看我。我问她，她不开口，始终用老羊般布满血丝的眼神看着我。

三

南桥段的桥墩下面，白龙江被一道沙滩分为两条，江水分绕到桥北桥南，中间突出的沙岛上，住着捡破烂的夫妻和他们唯一的女儿。

女人蹲在沙上，穿一身红色塑料雨衣，收拾啤酒瓶和长长短短的木棍，男人穿长筒雨鞋，从江边一趟一趟地往沙岛背塑料瓶子，女儿赤脚踩水抱着纸板跟在父亲身后。

太阳西斜，父女俩把家当全部从江岸搬到孤岛。

女人脱下雨衣，穿起男人脱下的长筒雨鞋，将蜂窝煤炉子提进桥洞，双膝跪地，用麦秆扇子扇火，扇着扇着，女人呛得一声声咳嗽，一股股浓烟从桥洞蹿出。

女人钻出桥洞，双手揉搓眼窝，到沙岛去取挂面，叫女儿不要再折腾堆在沙岛上的泡沫纸板，自己到桥洞里捞面吃。女人煮好挂面，又到沙岛上去取饭碗，来回四趟，把一碗漂浮着绿菜叶的面条递到男人手里，男人端过饭碗朝女人吼叫："盐呢？"

女人被男人吓了一跳，惊呼着反问自己："盐呢？"

女人问自己时，眼睛仿佛两颗煤球，发出一道让煤球燃烧的光。

四

白龙江流到东江，在一片菜地边拐了一个弯，弯里站立着一排白杨树，树与树之间挂满江水从上游带来的杂物。跛腿的老婆婆拿着铁耙，弓腰站在树下，用铁钯钩挂在树中间的柴草。老婆婆一遍遍钩拉，还是没有钩下来多少，一次次扑空，又一次一次成功，她终于钩过来一堆干柴草。

老婆婆拄着铁耙坐在江水退潮的地面歇息，风吹她苍老的面额，吹她弯曲如弓的脊背，吹她稀少的白发。

老婆婆坐着歇息打起盹来，树上几只喜鹊，鸟瞰老婆婆坐着睡觉。喜鹊觉得老婆婆真睡着了，跳下树飞到老婆婆的背篓上，朝老婆婆喳喳叫，老婆婆睁开眼睛，喜鹊哗啦飞上树。老婆婆拉起铁耙，颤巍巍站起来，将乱柴草装进背篓，几根飘散额头的白发，总是遮掩那双曾经如一汪水井的眼睛。老婆婆揉搓迎风流泪的昏花眼睛，靠白杨树蹲下来，使足力气，背起背篓，身体前后趔趄、站稳、挪脚，一瘸一跛地走上堤路。

老婆婆再回头时，江水和喜鹊，突然鸦雀无声。

五

老婆婆八十三岁了，用一条板凳做成架子，将盛满烧饼的竹笼放在上面，自己坐条矮板凳，从早到晚卖烧饼，老婆婆的烧饼养活着一大家子人。板凳一侧，老婆婆给天生智障的小孙子，用一张塑料布做成放置鞋油、鞋刷、鞋垫的台子，给路人擦鞋。她之所以将小孙子的擦鞋摊放到眼皮底下，是因为小孙子只知道擦鞋不知道收钱。

在老婆婆与小孙子的对面，有个年轻男人，用泥巴草根做成一个粗糙的灶台，灶台上放大铁锅，灶边放一麻袋板栗，男人握紧小铁锹用力翻炒锅里的板栗。

老婆婆闻香起身去买板栗，称好两斤板栗后，男人身旁的孩子突然摔倒。男人转身抱孩子，老婆婆迅速从锅里掬起一捧板栗，放进给她称好的塑料袋里。男人抱起孩子转过身，接住老婆婆递过来的钱。这时，小孙子来到炒锅前，像奶奶一样将手伸到锅里抓板栗。老婆婆伸手将孙子的手打出铁锅，圆睁怒目，光聚眼球，振振有词地说："人活着绝不能拿别人的东西，要自己出力气去挣。"

男人听得动心，从锅里捧起一把板栗，送给老婆婆的小孙子。

六

看见女孩时，她正拿着一把被人丢弃的扫帚，从北街扫到南街。扫得灰尘飞扬，行人躲避，她不知疲倦地挥舞扫帚，快乐得大喊大叫。

女孩是个疯子，实际年龄不到十八岁。

整个夏天，满脸污泥的女孩都在挥洒自如地扫大街，无拘无束地唱歌，随意奔跑，没有人知道她从哪里来，她叫什么名字，她夜里睡在哪里。

女孩见谁都笑，仿佛从天上掉下来的精灵，脏污的脸蛋闪烁着贼亮的光。

一天，女孩扫大街时，看到一个大男孩踩着扫帚走过，女孩追上去，看着英俊的大男孩傻傻地笑。男孩被突然追上来的疯女孩笑得不知所措，赶紧拐到巷子，走进挂教育局牌子的大门。

从此，疯女孩扫着街道，盯着蒸包子的妇女转过身，快步跑过去抢一个包子，跑到教育局，将包子放在大楼传达室的窗台上，然后，飞跑出大楼，蹲在房檐角落蜷缩一团，眼睛像被黑泥包裹的两颗祖母绿，盯住大楼独自嘿嘿发笑。

起初，女孩扫大街，趁机抢包子，后来干脆扔掉扫帚，躲藏在角落盯着蒸包子的蒸笼揭开，空中飞人般跑过去，抓起滚烫的包子跑进教育局，放在大楼传达室的窗台上，再跑回去抢苹果、抢香蕉、抢地摊上花花绿绿的水果糖，将抢到的食物一一送到男孩上班的窄窄的传达室窗台上。

国庆放假，教育局上班的人大多外出旅游去了，就连平时坚守大门的门卫白天也不在。女孩一如既往地往大楼传达室的窗台上送抢来的包子、苹果。空荡荡的大楼里，传达室窗台上的包子、苹果，整齐有序地放一排。一个干得裂了口的包子上面，有女孩抢包子时，被包子的主人用包子夹打破手指滴在上面的血迹，飘零的银杏树叶落在血迹旁，很生动很凄美，却没有人明白包子上面的血迹意味着什么。

冬天的下午，缩在大楼门口冻得发抖的疯女孩，看到男孩从大楼出来，突然跑上去抱住他不放。男孩甩开她，将她推翻在地，一脚踩破女孩乌黑的脸蛋。她将要站起来时，男孩再次将她打倒在地，扬长而去。

不知是哪一天，疯女孩腆着大肚子，脸蛋糊满黑泥，眼睛溜溜转，笨笨的身体，在人群中走来走去，依然天马行空，一副得意洋洋的样子。

又过了些日子，她背着女儿，站在小吃街，眼睛贼溜溜转来转去，看见蒸包子的妇女一转身，上前抓起滚烫的包子，跑到墙角的阳光下，哈哈笑着喂给女儿吃。

在小城，满脸乌黑的疯女孩背着同样黑的小女儿，总被人追得满大街跑，跑过的地方总是留下一串串欢快的笑声。

想不起是哪一天，小城再也看不到她肆无忌惮的眼神，再也听不到她鸽铃般回荡在小城上空的笑声了。

七

一周前，四岁的嫣嫣，被姥姥领到北京，第一次穿上粉红色泳衣，在湛蓝清澈的游泳池里手舞足蹈，这是妈妈在北京用端尿盆赚的钱，送给女儿四岁生日的礼物。第二天早晨七点四十分，妈妈背着嫣嫣，从某一条深巷走进安定门二号地铁，乱发掩面的妈妈望着向上升行电梯上的人潮，犹豫着走上旁侧高陡的人行台阶，到自动售票机前，腾出背部紧揽女儿身体的右臂，手里攥着被汗水浸湿的十块钱，用拳头按自助售票机，机屏未动，她怔怔地盯着，茫然的眼神告诉我，她识字不多，几乎就是文盲。

她站着，将右手与背部的左手扣连，用力提抖身体，尽量让背上还未睡醒的女儿舒服点，全然不知手里的十块钱，在她抖女儿身体时，掉在匆促而过的乘客的脚步底下，我弯腰从匆促脚步的起落间隙，捡起被几番踩扁的纸币。问她去哪里？她张了张嘴，连问三遍才听清楚人海里传出来的回答声，她要去六里桥汽车站。由于又湿又皱的钱币沾满行人脚底的灰尘，无法投进机器。我换了张纸币投进去，机器吐出一张与纸币同样脏的车票。安定门至六里桥汽车站的票价为五块钱，线路为二倒一倒九，里程大约一小时。她拿过脏兮兮的票，盯着我手中尽失尊严的十块钱，在额头沾着汗液的乱发后面，露出年轻卑微的半张笑脸。不屑地说："用那烂钱作个留念吧。"我说一起走吧，我也坐今天的车。她顿时变得像个孩子，急忙说，我妈就在车站等着我呢。

上早班的人将车厢挤得无立锥之地，我们来回三次，终于挤上第三趟地铁，她背上的女儿惊醒又睡着，睡着又惊醒，她背女儿的身体一直紧靠车厢门壁，全身闪烁着戒备，从二号线换至一号线到九号线，我与她摩肩挨背，却始终没有看到她完整的脸，只看到一件汗水湿透的粉红色短袖缠紧她瘦弱的身体，下面是一条长至鞋面的黑色裤子。

到六里桥汽车站，带她至 C 口出去，她躲开我，跑进车站，穿过拥挤的候车室，通过四号检票口，把女儿背上我乘坐的甘 K13300——北京至礼县的省际班车，递给脸黑沉沉的她的妈妈，转身下车，与正要上车的我擦肩而过。我站在车门口，望着她奔跑的背影，双脚鲜艳的红色北京布鞋，在水泥地面快速起落弹跳，像长跑运动员的最后冲刺，冲出了长途汽车站。

她终于在女儿醒来前跑掉了，气势宏大的北京六里桥长途客运主枢纽，在她脚下震荡出绝望的回声。

嫣嫣在妈妈放进姥姥怀里的瞬间醒了，等她回过神来，发觉妈妈不见了，像一只疯狂的小狮子，一只手扯住姥姥的衣领，一只手摇晃车铺床架拼命哭喊，她暴打姥姥，拳击自己的头、脸，挣脱姥姥去撞车门。时间在嫣嫣的哭闹声中过去了半小时，北京七月中旬的高温，让哭喊不停的嫣嫣和紧抱嫣嫣的姥姥，汗水蒸腾。热烘烘的车厢里，有人低声说："这娃再闹下去，要出人命！"车终于开了，出北京城，姥姥哄嫣嫣给的一块一块的纸币，被嫣嫣愤怒地撒向车厢，似一片片的咒符乱飞。嫣嫣哭叫妈妈的声音，像撕裂车厢的沙尘暴，这风暴的哭声，像从远古突然降临的罪恶昭彰，让整个车厢陷入寂静。姥姥将嫣嫣乱抓的小手捂进怀里，乱蹬的小脚死死夹进两腿中。嫣嫣无助地哭，放声地哭，不要命地哭，都好像达不到她此时此刻被妈妈抛下的痛苦。

北京渐渐远了，嫣嫣的哭声低了，沉了，所有人都装睡着了，唯有一对年轻打工夫妻三个月的男婴，被嫣嫣的哭声吓得歇斯底里地哭，年轻的妈妈紧抱婴儿，稚气未脱的爸爸，挤在狭窄过道，轻拍哭泣的母子。

车轮滚滚，两个孩子的哭声隔绝了外面的喧哗，吓得车厢里四十多位乘客和其他六位农民工怀里的六个小孩安静无声。这趟省际长途班车，似乎只为远送一个丢了妈妈的四岁女孩，和一个出生三个月，就要急着回故乡的男婴。

嫣嫣哭睡着了，男婴也哭睡着了。我担心嫣嫣是哭晕了，发生不敢想象的昏厥。俯身见姥姥用一只手按往嫣嫣的脉搏，另只手抱着嫣嫣摇啊摇，摇啊摇。

至山西境内，我从车窗望见夜色中的滚滚煤烟时，睡在姥姥两腿之间的嫣嫣，还在一车农民工的酣睡声中，哽咽着叫妈妈。她第一次醒来，是凌晨四点多，地点在古道长安，她叫着妈妈，声音嘶哑、无助，继而又在长安的夏夜沉睡。第二次醒来，是早晨八点，地点在天水一带，她满含笑意爬到我的上床铺，晨光照亮她哭肿的眼睛和雪白肌肤，映出眼底的杂乱血丝，拉扯交织的红血丝衬托着明亮眸子，将她眼睛里的那片蔚蓝搅得模糊浑浊，黄毛小丫头雪白的脸蛋上泪痕后面的红血印，仿佛被一双无形的指甲抓烂了脸。她歪起头好奇地看着我，在我躺的床铺东看看西瞧瞧，吃到蜜糖般地笑。她一定觉得上铺是一个神奇的地方。我抚摸她被泪水汗水抹得黏糊糊的小手，眼泪夺眶而出。她则伸出另一只脏兮兮的小手，为我擦拭溢出眼窝的泪滴。

年去岁来

孔建华

一

袁浦过年！

手握一张硬座票，高高擎起，挥舞着，随欢喜流奋进。火车一路嘶吼，用八言文，大声叫唤：过年回家回家过年……

通往春天的路上皆年客。车厢内外，年天年地，年日年月，年男年女，年长年幼，年胖年瘦，年高年低，年站年坐，年吃年喝，年说年笑，满脸是年，满嘴是年，满眼是年，一身是年。

哐的一声，抖一抖，轻晃一下，刚得平衡，杭州站戛然停住。续倒三回公交车，便是我的嫡嫡亲的故乡钱塘沙上。黄沙桥站下车，一脚踏实，一年到头。

回袁浦过年，是出门在外的种田人一年里极庄重的大事。

回来得好！早先是父亲，后来是母亲，早早地站村口迎了上来。暖心的话刚出口，村口一声熟悉的“砰”！仿佛火星从乐开的嘴掉进胸膛，点旺了胃。

制作逗米糖的“钱塘老人”，把米倒进椭圆形、一端开口的黑铁肚子里，架在火上转呀转，烤到火候，对着粗麻口袋，拉开嘴，砰的一声闷响，爆出膨松的米花，溢出一股熟而甜的米香。抓一把填嘴里，攥两把塞兜里。

米花做出来，“钱塘老人”一勺蔗糖，搁进锅子里，遇热化开，和米花搅匀，压紧切块，就是醇香怡美的逗米糖。还未咬上，涎水馋出，伴糖米花，击中味蕾，从舌尖到胃底快感成一线。

我爱这鱼米之乡的“不同稻香”：稻花香、稻浪香、稻谷香、稻米香、稻草香、稻田香。未能抛得袁浦去，一半勾留是此稻。钱塘无稻，不知袁浦为何乡；钱塘无糖，不知童年为何年。不吃逗米糖，枉做钱塘人。

二

一户户炊烟，连绵起一串串泡泡云，袁浦坠入爱的年河。灶间的稻草鱼，一条接一条，欢畅地扬明眸、伸鱼腰，扑闪扑闪，每一根鱼刺都是温暖，咯吱咯吱，打着节拍，唱响《田歌》：“油菜花开黄似金，荞麦花开白似银，草籽花开满天星，蚕豆花开黑良心。”

奶奶拿出早先备下的净沙，倒进柴锅，翻覆去湿，腾起细浪。

一样样炒货，从边角旮旯寻出，集拢起来，常见的有年糕片、番薯片、老蚕豆。年糕片色浅白，也有带黑芝麻的，和沙子混了，在柴锅里滚翻，忽而出沙，倏而入沙，三两分钟，失水皲裂板结的糕花，润圆起来，欢喜地膨胀，泛起诱人的乳黄白。年糕的醇香，大抵渗透了木头、石头、稻头、沙头的欢情爱意，用钱塘独一无二的草木香诱惑了你的胃，禁不住摸一下肚子，抚慰年糕的魅惑。

番薯片色淡黄又敏感，起初不乐意，好像使了性子，在沙地里背着手，给你怨伤的颜色，黄白的斑里，透着无所谓的神情。待这翻着热浪的净沙，煨暖薯心窝，逸出阵阵甜甜的体香，挺胸收腹翘臀，为悦薯者容，给你饱满的笑颜。捏两片甩一甩，去了烫，咔嚓咔嚓，碎倒在牙床上，薯香随呼气借了这热，扑哧哧直往外冲。这炒货的火候须拿捏准了，一旦过了热劲，薯片不乐意了，顷刻搬上忧郁的颜色，黑色素上现酥黄脸，煳焦味烘烘而起。

老蚕豆是褐色的，遇了热沙，抚摸一会儿，禁不住痒，抖抖身子，将外衣鼓撑起来，像男孩含了两粒水果糖的腮帮。这豆瓣相拥，搂着转着，出了膘肥，慢慢虚胖起来。豆胖子隔着外衣看这朦胧昏沉的豆房，渐黄渐圆渐亮，终于耐不住好奇心，挣破了豆袄，来看这美妙新世界。

两片夹一豆，鼓舞起种田人的味蕾和视觉，盛放在嘴里、眼里，勾引了舌头、牙齿和咽喉，都骚动起来，急着上口哩。

一方水土一方糕花。钱塘糕花温甜如邻家女孩的笑模样。品尝故乡的糕花，仿佛芋艿的稠、南瓜的甜、豆角的清，一起涌上眉眼，酥软了种田人的舌头，向你的食道迅跑。一入故乡的领地，所有的矜持也都抖搂了，一丝不挂地将心捧了出来。

三

家祭是袁浦过年的仪礼。所谓祭，是托请之意，由一家之长操持行礼，请列祖列宗享这营收，报告年成人事，告慰先人。

祭席设九座，北向三席，东西各三席，每座一副筷子、一个酒盅，筷右盅左，斟半杯老酒，仪程一半，临末再斟些许。主桌菜蔬，应季令时，有什么摆什么，并不考究，一般不少于六盘。下方桌上摆香炉一只，大红高烛一对。年成好时，西侧一块生猪肉、一盆米饭，东侧一条活鱼、一叠豆腐干，鱼头及身贴一块大红纸，边上搁一把菜刀。祭席南侧近前底下放一跪垫。

仪礼开始，父亲或母亲主事，延燃蜡烛，点三支香，用白描方式，极简报上收成人事，祈求人健财旺、平安吉祥。禀告毕，持香拜三拜，插香炉里。家人依长幼序，分别点香三支，有话当说，许了诺言，禀过先人。拜的仪礼毕了，桌前右下方，将新诵念的纸钱烧了，另取一些摆大门口右侧去烧，敬过母亲一系的先人。

待火烬熄了，主事宣告：明年再来过！先松移了座，默念眼前这恭奉的神稳重地踱开，整饬祭祀物品，烛台和香炉移至堂几，换上新置筷、碟等物，一家人享用这祭过的吉食。

子曰："祭神如神在。"三十年前所见，钱塘沙上的种田人，对先人极为恭敬孝顺。古钱塘仪礼年年传，老年人笃信不移，晚辈后生默而从之，是一地文脉所系，乡下圣明所依，蕴藏了浓浓的乡情。

钱塘沙上，袁浦地面，历经大唐以来千年续发，20世纪帝制崩塌，国民政府，日据暴恐，人民政府，"文化革命"，市场经济，和谐社会。种田人家守这祖制民俗，过年家祭，禀告先人，是吾民族有信有守有情有义的种族。此等仰信，此等族群，历千万祀，与天地同在，与日月同辉。

四

百子炮一个接一个，扔上天，响下来，这一声，那一炸，点出灰云天的小喜庆，连连绵绵二十天。小鬼头不惧冻，不怕冷，一脸绯红，鼻涕成绳丝，抽抽又坠坠，三五成群靠靠紧、跑跑开，开心地把太阳牵出云层来。

在这冷冻天、火药味、毕剥响里，种田人的除夕年夜饭，隆重上场了。

钱塘鱼米之乡，稻舟为证，文明数千年，食字大如天。这年夜饭，是天底下一年里团圆圣洁恭敬欢实的一顿饭，年成好，年成欠，一样吃，要吃好。

年夜饭，人人上手，一年一新，我眼见这四十多年，像一件陈年夹袄，褪了颜色，穿了温暖，不在保温，而在念旧，旧得心安；像一坛陈年老酒，埋在地下，除夕取出，不在好喝，而在闻香，香得亲切。年夜饭是每年发的新芽，一年一发，长在了故乡的结实粗壮得抱不过来的香樟树上。

香杉瓦舍时光，寒气由透风的木门、屋顶和檐墙交接处嘶嘶往里灌吹。有一回周围这一片瓦房突地跳了电闸，一下坠入无边的暗夜里。奶奶摸索着点起蜡烛，这一夜透出一种别样的魅惑。

灶台喷吐腾腾热气，沿木质蒸屉同铁质柴锅的接合处，冉冉升起，一家六口身影碌忙，穿走在打着烛光、曳摇探照的雾云里。

点续几条稻草鱼，燃三两根硬柴木，我坐在灶壁角，这一房最红最暖处，脸烤得泛起赤潮。前胸和膝盖是暖的，索性脱了鞋，将冷脚掌伸到灶口，慢慢去了湿潮，脚心痒暖起来，热的快感传送上来，通彻一体的舒泰。抄几个番薯、洋芋艿，埋灰堆里，敷烤出生气，散出甜香，悠悠地萦绕在灶壁角的小天地。

父亲掀开柴锅的大木锅盖，呼喇喇一阵骤雨般的急响，好似天上落冰雹，厨房盈充起肉的浓香。一锅白汤肉，顷刻捉了黑的眼，推开夜宴的软香帷幕。

淡薄了香雾，细致看去，是年夜饭的一道主菜——一只猪头陪煮两只童子鸡。靠近了往下瞅，有肋条肉两刀、鸡肠两串，白汤里泛起一小堆一小堆亮油，色翠金黄。奶奶舀一勺盛碗里，还带个鸡胗，给我一碗，也给我弟一碗，吹开热气，小口啜这宴前鲜汤，肚子像公鸡一般，发出咯咯咯的轻唤声。

熟猪头、童子鸡趁热开拆。我最喜猪头上下颌骨，骨上肉八成熟，最有嚼头。童子鸡的肋下肉，看着十分可喜，一丝丝脉络贯注，层次不紊，撕下一条，拿住了，挑起来，一角蘸了蒸过的酱油放嘴里，小口吃着，做一回钱塘沙上“活神仙”。

还未出灶间，我已三分饱。有这汤肉垫底，一夜不愁。只是亏负了番薯和洋芋艿，闻见烤焦味才想起来，急切里拨将出来，拧开来看，唯余俏皮的小黄心和小白心。

五

屋外七七八八争先恐后炮仗澎湃，堂屋烛光婀娜多姿，涌出种种无名的颤动，生活被春之吻挑开了。

种田人心中的这顿饭，寓意安定和美好。爷爷说，年夜饭，要团团圆圆，一气呵成，图个顺年。我记了这话，一晚上紧抓两根筷子、一只饭碗，这是不能掉、不能碎的，既要吃饱吃好，又要谨慎合礼，用种田人的虔敬，守护千年传统。

烛光里，一家人的面庞，浮现朝霞的煦暖，驱散了冷风，把人间天上映衬得无比绚烂。有田种，有饭吃，有屋住，合家团圆，这是种田人一年最朴实的祈盼。

年夜饭的座位大有讲究，东首大，北次之，西再次，南为下。奶奶说，旧时女人和孩子不上主桌，往往在另一桌。我记事起，大抵早已不分男女，依长幼坐了。夜已向晚，堂屋的大门开着，和瓦舍外一样冷，从厨房端出的菜，经这冷夜的风覆，热气不消一会儿温凉了。15 瓦的灯在风里摇曳，心里充盈的都是欢喜。

许多年里年夜饭吃什么，往往记不得，倒是年年除夕那闹热的气氛，却萦绕在心里。好像一年必得有的一个盛大的仪礼，同时光一样，一年归一年，逝而不返，失了这礼，这一年便总是过不去，而新的一年便要笼在阙如里。谁家的某某回来过年,是一样合乎仪礼的规矩。倒是某一年谁未及时回来,未在家吃饭,记得还十分准确,常在一年才一见的除夕夜被提起的。

夜宴毕,我们节制而有序地坐着,可说是非礼勿动。母亲把赭红色的八仙桌重新整理,端上逗米糖、年糕片、红薯片、炒蚕豆,泡一壶石墓村后山的粗茶,端着白瓷的水杯,闻着茶香,嚼着糕花。爆竹像跃起的孩子,试着去触摸星空,大地跟着略微摇一摇,连片的瓦房沉沉地扯亮除夕的夜,把每一颗人心带着欢笑拖入深处。

吃一会儿,父亲说,分岁了。母亲拿出预备的红包,全家六口,每人一只,用闻家堰的喜庆红纸,包一张平整的角票,画面是劳动者的盛欢。

六

大年初一,一早起身下床,穿戴整齐,先给爷爷奶奶拜年,出门去,依了风俗和虔敬,拜年拜到正月十五。我这样的小客人,每进一家,常得一杯糖茶,其实是蔗糖或白糖的甜水,没有茶叶,喝了茶,吃过饭,或住一宿,一站一站走亲戚。

杭州乡下拜年,路上遇见来往的熟客,大抵带一只大包,包里方方正正摆了闻家堰的糖包。糖包上一律压一张红纸,用黄色的绳子方正地绑好,纸上有“白糖”“红糖”字样。还有萧山的麻酥糖包,也是方正的,拆开是一个个长方形的小纸包,像一块又一块微缩的砖头,只是颜色像芋艿磨的粉。一家的亲戚,各人也似了然于胸,拜年的日子大致固定,依了各家成年男女的社会关系,一家一家走过。

兄弟姐妹多的,叔伯兄弟多的,午饭在这家吃,夜饭在那家吃,也都是轮流着来。譬如上年在邻家大房吃的,这年该在二房吃了,轮到的以为是一桩喜事,像节日一样对待。排在下一年的,也都早早地在心里预备了,至于这夜饭的菜蔬,也都提早想好在了心里。正月里准备夜饭的,也不限于这一家,邻近各家的女人,也都一起上手帮衬。

近前的邻居,父亲的小弟兄家,附近村落走走就到,极有趣的。拜年吃饭,最恭敬的是老年人,见了莫不亲切,促膝叙旧。青壮年喜闹热,见面搂了肩膀，兴奋莫名，大声说着话，旋即支起一桌，打一通纸牌或麻将，抑或下几盘棋。孩子们在地上掼辟纸、抽旋陀螺，一样样引人起兴欢笑。

我家嫡亲，往往住得远。正月初二开始，坐船过江，步行、骑车或坐车去闻家堰、大庄桥、义桥、高桥、渔山等处，各处语言不同、风俗相异，礼节却无大的不同。亲戚往往这样，越走越近，越远越亲，拉半天手，走时唏嘘留恋半天，也莫不怀了期待，来年再会。

七

袁浦过年，初三四里，龙灯竹马相继上场，唢呐、小号、大鼓一通喧响，桥头孩子们一阵骚动，一路跑一路喊，龙灯来了！龙灯来了！

六号浦两岸，立时沸腾起来。乡民们从屋里涌出来，下棋的、聊天的一时停下来，聚集在浦两岸。打牌的一时还停不下来，捏到好牌的握紧了高举着，牌不好的借机掼桌上，一边高叫着：收了收了！

八个青壮年，举一条金黄的稻龙，上下游弋，穿进了村，打头的举一盏灯笼，挎一收红包的皮袋。龙后随一支乐队，对着天空、民居、田野，又吹又打，呼唤春天。

这稻龙，俗称掼龙灯。我以为，这上下翻腾飞沙走石的，是要抢出一条希望的路，除旧布新的缘故。龙头、龙尾各一，龙身十余节，节之间灵活善变。龙灯从六号浦南身东岸头排穿进，从北头穿出，再从西岸北头穿进，南身穿出。凡开了门，点了蜡烛，得了允许，一家一户，一层一层，挨屋绕一圈。青壮年们使足气力，一刻工夫，冒一身汗，替换的后生，接举过龙，秀一番身手。一条龙，三五日里，排场阔大，游行在村，这农历的新年想必也将风调雨顺。

竹马紧跟龙灯，黄布伞打头，摇摆着进村。通常五六骑，竹马由竹篾扎出骨架、糊了彩纸，装饰俏丽，引来浦沿两岸女人和孩子好奇地张望。骑竹马的手扬马鞭，节奏舒缓自如，如意词且行且唱，唢呐锣鼓叮叮咣咣。《竹马调》说：“正月十五闹元宵，龙灯竹马来热闹；热热闹闹田稻好，一年四季步步高。”竹马的音乐，多是地方曲调，寄托了美好祝愿。

戏文以黄梅戏和越剧为主。印象最深的，是越剧《红楼梦》唱段：“天上掉下个林妹妹/似一朵轻云刚出岫/只道他腹内草莽人轻浮/却原来骨格清奇非俗流/娴静犹如花照水/行动好比风扶柳/眉梢眼角藏秀气/声音笑貌露温柔/眼前分明外来客/心底却似旧时友。”这一段，一年四季常唱不歇，百听不厌，进了乡音。搭了戏台唱的戏文，只有富裕人家请得起，或一家单请，或几家合邀戏班来唱。母亲爱看戏文，不仅在村里听，也到邻村去听，可背下几段常听易记的。

八

嚼着糕花，看龙灯、听戏文，正月七跳八跳，闹过元宵，在外求学或谋生的四散了去各奔前程。

吾回去得！过去是父亲，现在是母亲，站门口，看我坐车远去，从门口站到浦沿路中央。我扭身看寻，母亲的身影，越来越远，越远越小，脑中的影像却总是不小的，似乎愈放愈大。

车过九溪，眼前翻过香樟树，暂抛袁浦去。

手里举张硬座票，亮一亮，随落寞的人流挺进火车站台，向北去了！

涂抹人生

戴红梅

一

我被时间抹杀在来时的路上。

这个念头刚一露头，就吓了我一跳，赶忙掩饰似的把它强压下去。但是仿如一颗种子，一旦发了芽，就会抑制不住地生长，它丝丝缕缕地缠绕而来，毫不理会我挥向心念深处的那把剑，斩断了，又固执地疯长起来，让我处于七月桑拿天的身体，爬满凉意。

我想我是暂时走进了思维的某一个维度，陷入到一种情境中了。实际上不仅仅是思维，我的身体也同样处在这种尴尬而有些莫名其妙的情境中。这是一间三面是玻璃墙的房间，里面杂乱而毫无秩序地堆放着满满的陈年资料，散发出纸张与空气发酵后特有的味道。我走进时，七月的热风同我一起挤进这个房间，被封存的时间瞬间惊醒，携同那些已消散的经年往事，一股脑涌向我。

走进这间屋子的目的，是要在这些繁杂的资料中，找出一个二十多年前的我来，确切地说，是证明我二十多年前曾经在这里工作的一些证据。比如一张写有我名字的工资表、盖有我名章的工作单，或者任何一种有关我这个人只言片语的文字性材料都可。条件似乎并不苛刻，实际上不仅仅是二十多年以前，二十多年后我依然还在这里工作，我所有的工作经历都在这个单位里，也理所当然应该被隐藏在这个单位的某一份资料中。但是我自己知道，不可忽略的是一个时间节点，20 世纪 80 年代末至 90 年代中，整整八年的时间。在这个时间节点上，我不是这个单位的正式工作人员，只是一名临时工，只能默默工作，不能享受这个单位除工资以外任何待遇的临时工，当然，也不能享受被整理进档案资料的待遇。关于这一点，在走进这间资料室之前，我就已经作好了心理准备，找到这些证据资料的可能性几乎没有。但有时候人就是这样，明明知道不可能的事，涉及自己时依然还是会心存一丝侥幸，所以我还是怀抱着一丝希望走进来，希望真的能有只言片语证明我这个人的存在，让我不至于白走这一趟。

二

许多年以后的现在，连我自己都快要忘记那些曾经走过的路时，时间居然自己找上门来，需要用它遗留的蛛丝马迹来证明我那些明明摆在那里的工作经历，这是我始料未及的，却刚刚好与时下正流行的“证明我是我”有异曲同工之妙，没想到我于无意间竟也搭上了这趟末班车。

只是当我真正要求证时，才知道这是一道多么简单又复杂的问题，在我有限的数学知识里，这道题竟然无解。缘由是这样的——单位的上级主管部门核查人事档案信息，在一大堆令人眼花缭乱的档案资料中，有人独具慧眼地挑出我在这个单位最初的那一张原始档案表，那是一张我被聘用为单位正式干部的审批表，上面记载我于某年某月某日被单位正式任用，在表格的简历部分有我手写的“于某年某月至今在本单位做临时工”。这本来是无可厚非的事实，但这个事实现在看来却缺少了证据，就是在我的档案中没有这八年时间里，我在这里工作的任何文字性证明材料。换句话说，如果我拿不出这个证据，那么我这八年的工作经历将被抹杀掉，我的工龄将减掉八年，而彼年的审批表中，在工龄一栏已经明明白白写着的是八年，这等于说在审批那一刻，我这八年的工作经历是被认可的，但是现在有可能不被认可了。

事实上如我这种最初做临时工，之后转成正式干部的人，单位里还有多个，但是据说他们都不缺少相关证明资料，唯独我。所以，当人事部门找到我时，我很轻松地微笑，这个好办，单位里至少有一半的人都可以证明我一直是在这里工作的，随便找几个人给我证明一下，不就行了？得到的回答却出乎意料，人证不可以，必须要有白纸黑字的证据。

我的笑容还来不及收回就僵住了，做过档案工作的我知道，单位的档案里基本不可能出现有关临时工的任何资料，何况还是二十多年前，单位又经历了机构分设和重组。

三

浮生真若梦一场，大多数时候，一直向前走的过程中，我们往往忽略了一直尾随自己的时间，似乎经历的一切都只在昨天，只要回回头，就可以轻易地捡拾起过往，所以我们就只顾着埋头向前走，把一路的经历暂时收入行囊。待到一个偶然的契机，才会猛然惊觉，其实已经走出很远，时间也很远了，曾经想要刻意记住的一些东西，早已经模糊不清。

沿着这些越来越模糊的记忆，我按下人生的快退键，努力把光影定格至那八年的片段，断断续续地在记忆中剪接还原出那个丢失的自己。

十九岁那年的夏季，学校高考集体落榜，同学中大部分人通过社会上最后一次招工考试，陆续走向工作岗位，我成为剩下为数不多的人之一，因为是农村户口，没有资格参加任何招工考试，所以找一个单位做临时工成为我的唯一出路。幸运的是，父亲的单位正好缺少一个打字员。

许多年后，当我沿着记忆留下的蛛丝马迹找寻至此，试图还原当时的情景时，却徒劳地发现，依稀出现在那里的，只剩下薄薄的一张时光碎片——我跟随在父亲身后，略显羞涩地走进挂着单位牌匾的大门。那一年所能提供给我记忆的，就只剩下这样简单的一个场景而已，却因为隔开了岁月，我和父亲的面容都已漫漶不清，唯一清晰的是那块牌匾，单位的名称在清晨的阳光里格外醒目，那一刻我的目光一定在那上面多停留了几秒钟。不然，在二十多年后，它一定也会褪色成模糊的影像了，而在那几秒钟里，我的心里曾经涌起怎样的念头，出现了怎样的情绪，因为世易时移，却是无论如何再也找寻不到了。而现在的我，站在光阴的彼岸，真想穿越时空，告诉那个懵懂的我，踏入这个单位大门那一刻，生命将就此注定。此后的二十多年乃至一生，都将被困在这扇门后，由着光阴一点点打磨锻造，直至年华老去，爬满岁月的皱纹。

四

十九岁至二十六岁，如今想来，那是多么好的一段年华。人进中年，那些年轻时光里从来不曾留意的片段和光影，总会在不经意间挤进现时的某一个念想里，或露一个头，或电光石火间快速的一个闪回，时而真切，时而模糊，让人疑惑着是否它真的在自己的生命中存在过，抑或那只是流年光影中某一刻臆造的情节，若没有真实可触的证据，还真有些难以捉摸。

当我在这间陈旧的资料室中翻动旧时光的这一刻，心底那些堆放记忆的角落里，有些杂乱的思绪开始肆无忌惮地生长，经年往事藤蔓般缠绕而来。

那个刚刚踏进社会大门，扎着马尾辫的小丫头，还不知道什么是真正的工作，什么是真正的生活，只知道每天乐此不疲地重复做着同样的事。在老式打字机上不停地搜寻着方块字，"咔嚓咔嚓"按下手柄，在涂满油墨的油印机上将一张张白纸推开变成散发墨香的文字稿。彼时的工作于我，不过是将一篇篇手写的草稿打印、装订并整理成一份份公文，上传下达至各相关部门，简单得如同背一篇课文。那时的我，在单位里是年龄最小的，所以除却分内的工作之外，打杂、跑腿是家常便饭，加班加点也是常事儿。谁有什么需要我做的事情，只要在楼道里喊一声名字，很快我就会出现在他们面前。

时光简单而单纯，我把生命中对工作最初的热情全部倾注于此，除却"临时工"的自卑感和偶尔感叹待遇的不公平外，几乎算是比较让人满意的了。

五

教我打字的"师傅"仅仅比我大一岁，是个性格鲜明的女孩子，彼时正与一位帅哥热恋中，我的到来让她得以将更多的时间投入到自己的恋爱中，在分享着她的喜乐与忧伤里，时间飞一样流转而去。一年后，这段爱情无疾而终，我的"师傅"带着她的爱情伤痛离开单位。我则升格为"师傅"，新来的女孩小我一岁，纯真而阳光，我们两个像是长在山谷的野百合般在单位最不引人注目的角落里绽放着自己的春天，工作紧张而忙碌，生活单纯而富于想象，每一天的阳光都充满无尽的活力。而今隔开岁月，再翻看那时的光阴，真的就是一生中最美好的段落。虽然那个时候工资很少、地位很低、从来都被排斥在单位的正式名单之外，但是我们拥有着"年轻"这一最宝贵的财富，所以，一切都无所谓。两年时光如薄薄的两页书纸，轻轻一翻就过去了，女孩后来因为一场重病离开单位。我再次成为"师傅"，年长第三任搭档三四岁，可能年龄有了差距，也可能是为人处世的态度不同，我们之间的沟通和交流不甚顺畅，但是年轻的我们尽管偶有芥蒂，依然在属于自己的角落里没心没肺地忙碌工作着。一年后，她找到正式工作。我又重新再做"师傅"，与另一个女孩成为新搭档新知己，开始走我打字生涯的第五个年头。这一次，最终离开的人换成了我，而她则一直与这份打字的工作死磕到底，直至二十多年后的现在。

这一年是我参加工作的第五年，我已成为单位里临时工的"元老"。向后看，是暗自蹉跎的岁月；向前看，看不到任何工作明朗的希望。又因为结婚和生女，我已打算放弃，但是就在彼时，一个机会从天而降，单位要通过考试公开招聘干部，抱着襁褓中的女儿，在昏天黑地地复习一周功课后，我终于在一百多名应考者中脱颖而出，幸运地成为被录用的几人之一。

至此，似乎一切都有了柳暗花明的迹象，我的正式工作生涯即将开启，前途将会是一片光明。

但是命运就是一个顽皮的孩子，时不时要恶作剧一番，就像一部影视剧，总要在关键的节点上设置一个峰回路转的情节，而不巧的是，这个情节正好被我赶上了。

确定被录用后不久，单位开始实行机构分设，由一个单位分设成两个独立的单位，人员、财物、软硬件设备等均一分为二，自上而下，一片忙乱。我们这几个尚未办理正式工作手续的人被遗忘了，两个单位都顾不得管理此事，待一切步入正轨，又出现了由谁来管的问题，几个人就这样被不尴不尬地晾在了那里,只好边做临时工边等待录用的消息。

却不承想,这一等,又是三年。在这三年里,我离开打字的岗位开始正式接触单位的业务工作,一切都是新鲜而陌生的,一切重头来过。学习和熟练掌握业务的过程充满个中滋味,我开始渐渐融入到这个单位,融入到我所接触到的社会,却因为身份问题,还只能给别人打下手,名字还不能出现在单位的任何文件、表格乃至工作单中。

彼时尚觉无所谓,因为心底存了希望,时间一晃也就磕磕绊绊地过去了。当走过二十几年的风风雨雨,在需要找回过往的今天,那些我为之努力奋斗过的日子,真的就如雁过无痕,被时光不动声色地给抹掉了。

对了,我在这间资料室里感到身体爬满凉意的这一刻,突然想到了一个最初被忽略的问题,那就是所有的文件、档案、资料等都会有打字人,尤其是一份正式的文件,它的后面一定要标注打字人的姓名的。那么,在我打字的那五年里,应该也会留下一份打字人的信息吧。

带着这个希望走进档案馆,在一份份档案目录里,我与年少时自己青涩的字迹不期而遇,它们安安稳稳地排列在二十多年前,那是彼时我整理单位档案留下的印记,与它们的重逢,让我倍感亲切,精神亦随之一振。但是再向后看,建档人的署名却是当时单位的正式干部,我所留下的,就只有那些字迹而已。

不甘心的我沿着当年自己的指点一份份文件查找过去,奇迹开始一点点显现了,刚刚好,在我打字的那几年里,所有的文件都还没有标注打字人的信息,而自有标注打字人的那一年起,我却刚刚好离开了打字的岗位。

六

世事就是这样阴差阳错,有时候真的堪比一出戏剧的情节,而最让人唏嘘的是,走在情节中的人茫茫然一无所知,若不是有这样一个回望过往的由头,我还不会发现如此多的巧合,不会知道我是怎样一天天在时光里潜移默化地生长。褪去青涩与单纯,再一点点加进阅历与风霜,又是怎样在社会这个大熔炉里被打磨、锻造,渐渐出脱成现在的我,却又被紧随其后的时间亦步亦趋地涂抹掉身后的光影。

生命其实更像是一支笔，而时间，就是一块橡皮，你一路写，它一路修改，一路涂抹，到最后画上句号那一刻，你自以为是完美的一篇锦绣文章，其实已经被修改得面目全非了。

至此，我的有关工作的证明戛然而止，答案是：没有证据。

那个青涩的自己是真的消逝不见了，我是真的被抹杀于来时的路上。

时间最终证明，在那八年的光阴里，我这个人真的就不曾在单位里存在过，没有任何白纸黑字的证据可以说明这一切，就连我自己，也开始怀疑起那段记忆的可信度，它们真的就在我的生命中那样一闪而过了吗？虽然此时那些时光还尚在我的记忆里若隐若现地流淌着，但是谁知道，它们会在哪一天，就如同那八年里被我遗忘的其他事情一样，走着走着也就消失了呢？

岁月的残酷莫过如此。

多年以后的现在，当我在时光里感叹命运的不可知，才后知后觉地发现，生命中每个人真的都只有唯一的一条路可以走，走过了这一条，就绝不会有另一条可以选择，人生因此注定没有如果。但是当察觉到那些曾经的光影，被时光涂抹得面目全非，恍惚之余，仍然忍不住在心底里假设，如果那个初秋的清晨，我没有随父亲走进单位那扇大门，那么我又会走进哪一扇门，遇见怎样的一些人，经历怎样的人生？是不是在过去这么多年后，也同样会在一个偶然的契机里蓦然回首，拂开来时的风风雨雨，遥指当年，以一句唐诗的心情道出心中的感叹：伊昔红颜美少年。

除此之外呢？

赣南血型

简心

1

这里不见英雄,却处处英雄;这里不见伟人,却站着巨人。

清明,写下这句话,我屏住了呼吸。面对中国一隅,江西南端版图。

向南,向南……来自西伯利亚劲烈的风,刮过辽阔苍莽的中原大地,到了赣州,怕也要歇一歇吧。往前跨一步,便是岭南,这一步,是横亘大庾岭的梅关。百越人从这里走过,始皇的十万大军从这里走过,客家人从这里走过,张九龄的故乡从这里走过,钟绍京的书法从这里走过,苏东坡的诗歌从这里走过,王阳明的思想从这里走过,江浙的丝绸从这里走过,景德镇的瓷器从这里走过,汤显祖的牡丹亭从这里走过……

再坚硬的心,来到这里也要变得柔软;再柔软的心,来到这里也将变得坚强。中原来的客子,征途太过遥远,迁客、骚人、贬官、商旅、文臣、武将……战乱、灾荒、饥谨……登上赣江源头,早已有些失魂落魄。拧一拧被浪花打湿了的衣襟吧,烫一壶水酒,洗洗尘,暖暖身,压压惊,再上路!或者,来一碗松枝烹煮的新茶?赣南的水酒格外香醇,从石城,从于都,从信丰,从瑞金……声音一路一路吆喝过来,悠亮而绵烈,抵也抵不住。这一喝,头一昂,颈子一硬,从此在赣南安家落户。

这是江西的南大门,更是整个中国的一个大闸口。翻开中国的历史版图,会发现,中原文明,是以院落式一进一进向南挺进的。过了黄河,是长江,顺着荆楚轴线,再要往南走,已是重峦叠嶂,路途变得格外逼仄。再仔细琢磨,又会豁然一惊,江西,是逼仄处的一片开阔;鄱阳湖,是烟波浩渺的入水口。盘古开天时，到了江西，似乎铆足了劲，西引一座罗霄山脉，东按一座武夷山，底部横一座南岭，把个江西围个滴水不漏。没错，中原的政治、经济、军事、文化，甚至繁密的人口，跨长江汤汤而来，要抵达南疆，除了潇湘，似乎只有赣水，才是一泻千里的通道——溯赣江，登陆赣州，然后沿着章贡二水，攀过南岭、罗霄、武夷山关隘，分别向四周辐射，直抵闽、粤、湘，直指南洋……历史，必然要在赣州凿开关口，梅关的风，筠门岭的雨，见证了中原文明南行的一个个脚步。

明亡后，张家玉劝唐王迁都赣州时说："天下形势，关中为上，襄阳次之，建康又次之，下此则虔州一块土，尚属兴王地也……驾出虔州，右连三楚，左达八闽，后屏梅嶂，出两粤之粟，前跨章江南九，有建瓴而下之势，骑天下之脊号召之。"

有几分道理，但穷途末路，话未免绝对。

江西，实际上是整个中国消化道上的一个巨大胃囊，来自中原的声音，在这里沉淀、中和、消化，而赣州，恰是沟通丹田肺腑的豁口，一个开满梅花的幽门。

明白这一点，才能明白两千多年前，雄才大略的始皇帝统一中国后，目光何以要越过辽阔的荆楚大地，在这当时人烟荒渺的瘴疠之地，按下赣南的第一颗政权棋子——南野。明白这一点，才能明白绿豆般大小的赣州，何以成为今天全球近以亿计客家人念念不忘的摇篮；明白这一点，才能明白赣江何以成为中国历史上显赫一时的黄金水道、南方丝绸之路。明白这一点，才能明白宋时的虔州造船厂（场），何以在全国十一个造船军州中名列第一，明白这一点，才能明白赣州何以成为赣文化的源头，明白这一点，才能明白隋末的林士弘何以横刀立马，据虔州建大楚国，北起九江，南至番禺，在隋末唐初二十几支最大起义队伍中，拉出了最大的版图。明白这一点，才能明白四海瓜分豆剖的五代，宁都的卢光稠何以能乱世挺起，在四面割据政权之中，以虔州、韶州雄峙于淮南岭表间，保持稳定和发展三十多年……

明白这一点，才能明白，九百多年前，辛弃疾何以在赣江造口壁书下

"郁孤台下清江水,中间多少行人泪"的忧愤词句。知军孔宗瀚何以将三江合抱的虔州城打造成铜墙铁壁。杀身成仁、舍身取义,赴火蹈刃、死不旋踵,儒墨这些除暴安良、保家卫国平天下的钢铁人格,何以在赣南积聚得如此血脉偾张。

看看历史的几个大拐弯处吧。

南宋绍兴年间,陈颙等揭竿而起,朝廷汹汹镇压,赣州衣锦乡一带四百多营寨彻夜苦战,朝廷招降,没有一人屈膝,山河为之动容。

南宋末,太后下勤王诏,南宋没一军州应召,唯有赣州三万五千多义士,在赣州知州文天祥率领下,铁血飞扬,与国家民族共存亡,历史为之惊叹。

清军进占江西,南明政权以赣州为中心组织大规模的抗清保卫战,南安、赣州二府激血飞扬,抗清起义遍及瑞金、石城、兴国、龙南、赣州、宁都等地。1646 年五至十月赣州被围,杨廷麟、万元吉等以大义鼓励市民,全城妇女孺子磨槊制梃人自为战,贡江两岸军民誓师祭天,江水为之咆哮沸腾。城破那天,当杨廷麟殉身清水塘,万地吉抱恨投章江,战死者全城比比皆是,忠勇之士大多举家以殉国难时,清军将领为之感慨鞠躬。

……

2

这些都还不算。

收起笔,让我们轻轻步入上一个世纪。

二三十年代,在军阀如麻、天下纷争中,赣南,这片春秋属吴,后被越风楚雨和中原文化精魂瓢泼了数千年的精神烈土,才真正开始龙盘虎踞,以 O 型血在中国乃至世界咆啸起来。1929 年,在硝烟滚滚的极度包围中,一支并不庞大的军队扛着红旗从井冈山突围,悄悄拉进了赣南。随后,白手起家,吞吐壮大。这里成了国共两党第一次国内大对伐的主战场。金戈铁马,山呼海啸,继井冈山革命根据地之后,共产党以赣南为中心,"中央革命根据地"在此盘地而起。1931 年,中国历史上第一个全国工农政权在这里突现——中华苏维埃共和国临时中央政府,历史性地矗立在了赣州瑞金……

世界的目光聚焦过来,中国各界政治、军事、经济、文化精英们纷纷涌来,数百万扶犁扛锄的赣南老表们风雷激荡起来……赣南,这个中国文化通道的幽门,不仅成了当时中国各阶级政治军事较量的战场,成了世界各种文化力量直接或间接较量演练的历史场所,更成了中华儿女探索民族出路的巨大实践疆场。共产主义,三民主义,儒墨传统文化,封建军阀主义……几大世界文化激流拍打着滔滔赣江,在赣南3.94万平方公里的地域里猛烈交汇撞击,溅射的火花,如一叠眩目的瀑布,大珠小珠,直落华夏九千里天空。

这里,一度成了中国乃至世界的思想理论造血中心。自鸦片战争始,到太平天国运动,到戊戌变法,到辛亥革命,到五四运动,到国民革命,到共产革命……中国一直在民族出路隧道上向内向外左冲右突,赣南,猛然为中国打开了一个政体亮口。许多国外引进的革命思想和建国理论在这里筑巢,完成了中国化进程,然后,饱满成型。从此,这里开启了一个震惊世界的称谓——红都。赣南,为中国开发了一个浩浩荡荡的时代精神水系——中央苏区精神。

在生生死死的暴力革命中,赣南老俵以成千上万的人力、财力、物力,为共军、为国军,为中国"革命"一词源源不断输血。同时,又被大批革命精英以共产主义为基因大规模精神造血。事实上,这场精英领导下的平民革命,以及革命的延续,改变了这块土地的命运,改变了这块土地的文化,也最终改变了中国的命运和世界政治版图。

3

一片不显山显水的地域,每到历史紧要时刻,怎就如此风生雷动?

"赣之为邦,其山耸而厉,其水湍以清。耸而厉,故其民果而挟气;湍而清,故其民激而喜争。"寥寥几句,赣南的人地关系密码,被南宋诗人杨万里悄然揭破。

没错。这里山多田少，水湍地薄。山嶂包围下，红艳湿黏的酸性土壤，间歇式的雨水，南北气流回旋交接的盆地式形势养育了这里独特的人文地理。这里的土山敦厚而倔强，这里的溪汉浚急而清亮，这里的季风潮湿而回转，这里的云雾绵薄而多变，这里的崖石粗粝而坚峭，这里的草木丰茂而驳杂，这里的乡村狭长而宁静，这里的人任气而硬颈，这里的口音跌伏而绵荡，这里的采茶戏浅白而热辣，这里的口味咸辣而悠长……

登上赣州城北的八境台，是何等平和景象。远处，云峰雾嶂，田园村寨；近处，骑楼瓦巷，商埠市街……赣南诸水穿山越谷汇成章江贡水奔突而来，拍打着斑驳的城墙轰然交合，汇成苍莽的巨型"人"字，切割北围山岭，闯过凶险的十八滩，浩浩荡荡，直奔烟波浩渺的长江。

地险俗悍，五方杂处。没有高山大泽、广田厚土的地气储备，这样的山水人文，往往抗震性小，总是在轻描淡写处，暗藏着激流和险峰。农耕时代，山田地里刨食，生存成本比平原不知要艰辛多少倍。封闭多阻的山川地理，贫瘦的黄泥土地，生存资源的有限争夺，使这里的人不放过每一点细微的生存利益。每一份口粮的获得，都是花大力下狠劲与自然苦干苦拼的结果。这磨砺了赣南人坚拔隐忍而又悍勇好斗的习性。稍稍有点自然或人为灾害，便容易风激水起。

即便是风，也常常从四面山峰埋伏过来，在这里南北旋流对接，暗暗较劲。

听一听十八滩凶险的号子，踏一踏高低不平的山田地，爬一爬云遮雾绕的齐云山，望一望雄气十足的通天寨，尝一尝桃李枇杷梅子橙橘，就会了然这片地域的脾性和肝肠。

"民风近悍尚斗""山峻水激，人多好胜""在万山中，其人亢健而任侠""山峻水驶，民质刚劲"……这类饱含雄性激素的词句始终分布在赣南各县县志里。

人文是什么？翻开《易经》的"贲"卦卦辞："文明以止，人文也。观乎天文，以察时变；观乎人文，以化成天下。"文，在古汉语造字时，是纹理之纹，也就是纹路的纹，引申为规律、法则等等。"纹"与"理"有表里之分，一个在事物的表面，一个在事物的内里，根本上却是相通的。想想今天我们说的“文科”与“理科”两个词，基本就一目了然了。文科是纹天地人之大道，理科是道天地物之大理，而根本上都是同一条秘密通道——揭示天地宇宙和人的相互运行规律，这规律形而下来说可以是纹理，形而上来说就是道理。文的作用是什么？《易经》说得好，“观乎天文，以察时变；观乎人文，以化成天下。”“文”的目的是“化”，以天地人之纹理大道教化天下；正如“理”的目的是“解”，理解理解，以“理”解天下。

尽管今天的“文化”释义已经具象到社会生活的细枝末节，根本上，任何文化都是人与本土天文地理人文同参互照相互磨合的结果。

“地者，万物之本原，诸生之根菀也，美恶、贤不肖、愚俊之所生也。”《管子·水地》说。

为官赣州的文化大腕杨万里，是参省了斯山斯水的，更了然此地的天精地气与人文密码。

4

仅仅凭天文地理来决断一个地域人群性格，是否也陷于偏激？果敢厉气奋激之外，赣南人是不是还应该有点什么？

定一定，先看看这块版图上的人脉源流变迁。

“中州万古英雄气，也到阴山敕勒川。”中国历史上魏晋南北朝乃至唐宋三朝的汉人胡人杂处，是中华民族内部人口大迁徙大融合时期，北方游牧民族入主中原，汉、胡文化的双向流动，南北文化的巫山云雨，以汉族为核心的新的民族融合体从而产生，形成了汉民族的独特性，吐纳四海的大唐风韵终得以化合成型。

如此，赣州春秋属吴，战国时先属越，后被楚国占领。这期间，吴音蛮语，楚风越歌，经过了多少吴人、越人和楚人的血缘杂居？秦汉时期大量派兵岭南，以赣州大庾岭为标点的较大规模北方驻军，是否开启了赣地汉越楚吴杂处的篇章？给赣州的性格和地域文化带来怎样的影响？之后的一次又一次大规模中原汉人南迁，造成的客家人与赣南土著北南文化混血，是否也打造了赣州大唐飞歌般的胸襟与气度？唐朝马祖道一何以能在此开天下丛林，使赣州马祖岩成为影响深远的“洪州禅”道脉之源？杨筠松何以能使赣州成为堪舆学的发源地？宋朝周敦颐何以能在赣州开创理学，使赣州成为理学原乡？明朝王阳明的“致良知”心性学说何以能在赣州落地生根？明清两朝陆续返流的闽粤客家人群，是否给赣南带来了海岸线上的文化风候？

时间模糊了原相。

中国内陆间互相武力征服的结果，是大规模叛逆人口的逃亡性迁徙，随之引爆劳动力、生产技术、文化意识的一次次征服与迁徙。相对历朝活跃的政治经济文化中心来说，赣南三面环山，广大未开发的处女山区就像个绿色的保险柜，是亡流的上佳收容所，也是思想文化的筑巢与隐居地。秀慧细腻智巧素雅的吴文化，开拓进取崇尚性灵的古越文化，率真悍勇敢为人先的楚文化，尚贤兴利任侠除暴的墨家文化，恪守礼乐崇实达理的儒家文化，乐天全性清虚无为的道家文化……就像火山喷发后的岩浆，先后回流盘旋沉淀到这里，与原本土著文化杂糅融合，构成了赣南富丽斑驳的文化沉积岩，支撑着当今的客家与红土地文化地表。赣州，以吴头楚尾、粤户闽庭的肺活量，吸收吐纳，逐步形成自己浓郁地方特色的精神文化系统。

人是一切地理人文要素的载体。

历史的线条清晰照影：唐朝以来，禅学、理学、心学，乃至现代中央苏区精神……每当民族思想文化流线面临波折的时候，赣南，总是以宏大的精神受量，以思想造血基地的身份，出现在华夏大地上。某种程度上说，赣州，其实充当了筑巢中国时代文化的一个窗口。客家文化是儒、墨文化在南国的地域造血性发展，中央苏区文化又是客家文化在新时代的造血性发展。因此，当我们今天用红色文化和客家文化来标志赣州的时候，绝不是一个简单断代的外来文化概念，它的血脉积淀和历史纵深，其实要上溯整个中华民族的文化根系。

看看明清王朝交替之际，脖颈子最硬的赣南客家文化精英群——隐居在宁都翠微峰以魏禧为首的“易堂九子”干了些什么。当明崇祯皇帝自缢的消息传到宁都时，魏禧父子食不甘味，寝不安席，每日到公庭哭临。一时盗贼蜂拥而起，魏禧，这位慷慨节义以文啸世的明末文化精英，积极招兵买勇，筹划起兵勤王。他的父亲魏兆凤甚至举家破产，相助维持地方安稳。明朝灭亡后，忧愤交加的魏禧变卖所有家产，举家隐居四面悬崖绝壁的翠微峰，与儒者风骨的李腾蛟、性情豪迈的同学曾灿、重道尚义的彭任、感慨激昂的南昌士人彭土望、慨然有当世之志的明宗室林时益（原名朱议滂，字确斋，明亡后更姓林）等志士，结庐山间挖池耕植自养，每日围坐读史论世，研读讨论《易经》，并把读书之地命名为"易堂"，力图以翠微峰为基地建立一个秘密的反清复明团体。后来，魏禧以布衣之身，多次出游淮吴越考察地理形势，拜谒忠烈遗士，结纳四方贤豪，传播他"明道理、识时务、重廉耻、畏名义"的学说，立志图强恢复大明朝，直至康熙二十一年十一月十七日客死旅途。

在极为有限的财力、物力、人力资源下，面对占据全国之力并蒸蒸日上的清政府，以魏禧为首的大明遗民文化孤峰何以能昂首独立于赣南一隅数十年之久？

异道同理。避开现实的政治口水，冷静想一想，面对时据中央政权并炙盛全国的国民党的全面进攻，中共领导的苏维埃革命何以能在赣南、闽西一个狭小地域内，坚持五六年之久？

原因是政治星象性的。革命队伍如此浩浩汤汤，共产党的出色领导与组织毋庸置疑。可抛开这些想一想，你能否认赣南血型里没有越人卧薪尝胆韧拔强悍的进取基因？你能否认没有"楚虽三户，亡秦必楚"的楚人硬颈尚勇好斗因子？你能否认宋明理学忠孝节义在此地的大规模教化与长相驻守？根本上一点，不能否认赣南人奔涌不息的杀身成仁舍生取义除暴安良保家卫国的浩浩儒墨精神气脉。

当今天的学者惊呼南宋灭亡后，中国真正意义上的古典中原文化几近消失时，悄然发现，以赣南为摇篮的数千万客家人，恰恰是古典中原文化精髓的最忠实衣钵传承者，以客家为文化地表的红色赣南，又恰恰是吴越楚文化的原始灌木林地。客家，这些犹太人式的辗转迁徙到赣南，转而流浪到南国各地的中原文化精英后裔，恰似当年楚国的大木，兼容并蓄，立而不改，和而不同，长出南国文化根茎一片。

赣南，以及以赣南为摇篮而流居全国各地的数千万客家人，他们，其实是儒墨任侠节义不畏强暴、修身齐家治国平天下的典型综合人格载体。

5

“乱石崩云，惊涛裂岸，卷起千堆雪。”这是个风雨如磐、血气填膺的地方，以至它的村坊瓦巷中，每一口井、每一棵树、每一块石头都写满侠肝义胆。在民族历史抉择的关键时刻，那些深居赣南山区的作田佬、木客、铁匠、打锤佬及其他，昂着头，硬着颈，忍着痛，一群一群，丢下锄头与钩刀，一批一批地冲到了最凶险的浪口风尖上。他们金刚怒目的血性，在这块鲜艳的土地上得到了前所未有的挥洒。从男人到女人，从老人到少年，从房舍到盐谷，从衣被到钱币，甚至每一双草鞋每一块门板……赣南人咬着牙根，抛家舍业，前仆后继，家园作战场，热泪成热血，亲人变亡人，绝望变守望……一切，为了自己，也为了国家。

历史每一场大较量，最终，总是以战争的浩劫无情收场。战争，是解决战争的血泪手段。历史选择了赣南，赣南，最终选择战场。没有选择的历史抉择。

让我们把镜头拉向最近的那场战争。

瑞金沙洲坝杨荣显一家“八子参军，壮烈牺牲”；兴国高兴乡邱会培一家 12 口，“全家革命，满门忠烈”；兴国籍烈士李美群“马前托孤，义无反顾”……仅赣南，13 个苏区县总人口约 240 万，青壮年有 50 万，先后参加红军的有 33 万余人，支前的有 60 多万。中央红军长征出发时 8. 6 万余人中，赣南籍红军就占总数的 65% 。在牺牲的 20 余万人中，有名有姓的烈士为 10. 8 万余人……

让我们把笔贴近比战争更辽阔的改变命运的战争表情。

最疯狂、最残酷的杀戮，被报复性施加于战争留下的亲人们。“石头过刀，茅草过火，人要换种。”仅兴国、瑞金等 8 个县统计，被杀害的干部群众就达3.6万余人。“无不焚之居，无不伐之树，无不杀之鸡犬，无遗留之壮丁，闾阎不见炊烟。”当国民党亲手记录下赣南“无人村”“血洗村”“寡妇村”情形时，这些村庄只剩了一个表情——零。

赣水汤汤。多少英魂，湮没在历史风波里。

这仅仅是数字，被战争击倒并躺在大众视野内的数字。掀开历史的遮蔽，至今，无法估量那场战争削去了多少生灵、多少山头、多少地产、多少情感、多少尊严、多少幸福、多少安宁……

一批一批的赣南青壮年感召于国家民族沦亡危机呼吁，子弹式地把自己推向了中国革命的枪膛。甚至，来不及辨别革命的面貌，仅仅为了一口口粮。革命大旗展示的理想和未来如此波澜壮阔，没有人不为此豁命去搏一把，那些搏去了丈夫、父亲、儿子、兄弟的女人，在战火硝烟中埋没，最终，选择了坚强。

撇开政治纷争和政治朝圣式的歌颂，今天，我们仍会为赣南人当年改变家国命运而赴火蹈刃的勇义和决绝所征服、流泪、慨叹。尽管这背后有各种暴力、愚昧、图谋、纷争、挤迫、青涩、背叛和沉渣。

革命，这个“命”，到底革谁的命？天命，时命，生命……以无数浩浩热血生命，乘天地巍巍之时命，革旧势力之天命。

在20世纪席卷全球的世界革命中，一场空降的平民革命，引爆了一次赣南思想革命的大空降。历史引爆了南昌，南昌引爆了井冈山，井冈山引爆了赣南，赣南引爆了中华大地，从遵义，到延安，到西柏坡，到北京。

《十送红军》的曲调悠然响起，赣南人的歌音跋山涉水，回环往复，长征般掠过华夏大地，一如秋风般深切婉转……

当一个地域找不出一个英雄名字来涵盖它辽阔的英雄群体时，这个地方只能给他一个名字——英雄。

6

如此血型的地域，为何始终没有步入中国最前台？

仅仅凭借几个历史事件去看一个地域，往往失之肤浅。

“酒尽君莫沽，壶倾我当发。城市多嚣尘，还山弄明月。”酒喝完，老兄你就别再舀了，喝光这壶我就走。城市嚣尘滚滚，我要回山中捣弄那轮明月去。一个隐居赣南深山的伐木客，偶尔与世人对坐在街市一角，你能说这小酒喝得不够温情酣畅？可你听听山都木客率真而决绝的历史歌声，可以想象这块地域酒壶背后的任侠与率性。

至今，没有人能绝对清晰定义木客的原始地理身份，只知道至少在秦朝，他们奔放不羁的歌声和着伐木声，已自由飘荡在赣南苍苍莽莽的原始森林里。有人说是秦皇为建阿房宫派往南国而逃亡居此的伐木者，有人说是秦朝为屠睢、任嚣五十万大军进戍岭南而随军派去的伐木修路者；有人说是原居水滨擅长造船的古越国遗民，他们因国灭而逃入深山，成为山行水处的木客……无论何种地理出身，幽深茂密的山林，始终都掩藏不了他们的共同身份——山居遁世。“城市多嚣尘，还山弄明月。”能够吟出这样的辞句，木客，至少也不仅仅是个简单的木客吧！

再来读一段《宋史·隐逸》：

“阳孝本，字行先，虔州赣人。学博行高，隐于城西通天岩。苏颂、蒲宗孟皆以山林特起荐之。苏轼自海外归，过而爱焉，号之曰玉岩居士。尝直造其室，知其不娶，戏以为元德秀之流。孝本自言为阳城之裔，故轼诗有云：‘众谓元德秀，自称阳道州。’嘉之也。隐遁二十年，一时名士多从之游。崇宁中，举八行，解褐为国子录，再转博士。以直秘阁归，卒，年八十四。”

载记的是阳孝本。这位引中国一代文化大师苏东坡专程拜访，并“深讶相遇之晚，遂为刎颈之交”的赣南著名乡贤，二十九岁便游学汴京（今河南开封）上庠（大学），被左丞蒲宗孟聘为西席（教师）。可他一生却只做了一件轰轰烈烈的事：炒了当朝左丞蒲宗孟家庭教师的鱿鱼，船载千卷书，迢迢回到赣南，散尽家资，隐居赣州城外通天岩读书。

同类相通。志载宋代，“合肥包拯，字希仁。过虔，师事邑人陈晦之于崆峒山中。”包拯即名垂青史的“包青天”。引赴任广东端州而过虔州的包大人专门登山拜访求教的陈晦之，系当时赣县隐士，其一生结庐于赣州城南之崆峒山中，耕田种地，读书治学。陈晦之死后，包拯还特为陈晦之作墓铭曰:“文高表正,学希人圣。静退不竞,深潜笃行。”陈晦之到底学养胸襟何如,时隔近千年,已无从细考。可是,仅就他潜山耕读、承铁面无私的包大人为他作墓铭这一点,多少见真性。

这些“真”与“性”,如微生物,世伏在赣南土壤里,渐渐会氧化一个地域。又何止只有阳孝本、陈晦之?

大事大非见风骨,平居处事看性情。走进历史的波谷,会发现,赣州其实平日里是避世无争的。历史的大多数时期,赣州,他只是个隐居在中国深山的木客,不声不响,不惊不乍。春秋战国秦汉以降,魏晋南北朝隋唐宋元明清,历朝历代,流亡到这里的客家人,经历了太多的战火纷飞,太多的流离失所,太多的悲欢离合,好不容易有了自己的明山静水,何不调养生息,安居乐业?“安吾居”“乐吾庐”只要看看这里白墙黑瓦民居门楣上的题字,就明白七八分了。

再来看《宋杨万里章贡道院记》中,杨万里留给赣州的文字:“民毅而直,少咄必见于色,小伸即释,可以义激,亦可以理息,其俗古矣。”什么叫“小伸即释”?什么叫“可以义激”?什么叫“亦可以理息”?南宋赣州的最后一任知州文天祥这样分析赣州人:“山川之绸缪,人物之亢健……不可以刑威慑,而可以礼义动。”水土之性,气习之尚,责任在一方地域长官的主持风化罢了。明白了这些,自然明白每到国家戡乱之时,这里何以能义激愤起;每到国家安治之时,这里何以理学心学播衍、州学府学教化成风。

赣地皆山农,地瘠而民拙,不习技巧。重峦叠嶂的封闭地理,抵挡了过多外来习气的干扰和商业文化的侵略,高纯度的山区农耕文化涵养了这里俭啬质朴、安土重迁的精神秉性。这里的人“力穑不事商贾”(《董德元记》),“居不求华,服不求侈,饮食不求异,器用不求奇”(《于都县旧志》),“业微业、利微利,以役手足、供口腹而已”(《赣州府志》)。没大贫大富之家,没有太大的奢求和野心,即便是铤而走险闹革命,也更大程度上,是为了求得一份起码的生存口粮……权势纷争,富贵荣华,那都是政客商贾们的事,赣州,他只回到赣江源头,一心一意经营着先人留下的那片秦风汉土。

或许是从心率性道法自然的庄楚文化隐性基因？或者周部落太伯与仲雍让位三弟季历而出逃至勾吴的血脉使然？或许是马祖道一“即心即佛，非心非佛”布道所然？或许是“天人合一”为本的堪舆学流播所然？或许是周敦颐“明心见性”的理学教化所然？或许是王阳明的“致良知”心性学说所然？或许是……

似乎风马牛不相及。可你能说没有万分之一道理？

战争，作为改变特定时代国家、社会、家庭、个体命运的超能量利器，存其所当存，止其所当止。

赣州，以及与赣州相仿的南国各处客家聚居地，它们的神奇在于：这里多次诞生革命，但是，这里又恰恰成了修复弥合革命创伤的最好场所。

每一场猎猎风云过后，赣南，他只是拍拍袄子，掸掸浮尘，转个身，继续过他原有的安静日子。

看得多了，也便知道，赣南，在整个中国，其实是个侠士，闲时且耕且读，乱时且侠且义。在文人武将眼里，他是个驿站，贯通南北；而在更多的老百姓眼里，他又是个家园，文武相生。赣南，是一段文化征程的终点，同时，又是征程的起点。

“郁结古今事，孤悬天地心。”历史，走到赣州，总要舍舟登岸，借此住上几宿。姑且煮一壶水酒，冲一杯香彻的茶，祭一祭英雄地，再走吧！大庾岭上的梅花，香飘万里，只是千枝一瞬，而岭下的赣江，亘古千堆雪，一片马蹄声。

沈公榕，眺望大海 150 年

梁衡

世人多知左公柳，而很少有人知道“沈公榕”。

历史竟是这样的浪漫。在祖国的西北大漠和东南沿海，各用两棵树来标志中国近代史的进程。左公柳见证了新疆的收复，沈公榕却见证了中国近代海军的诞生。

一、栽树明志，从一篑之土筑新基

2016 与 2017 年的岁尾年初，“辽宁”舰穿过宫古海峡进入西太平洋。中国航母编队的首次远航，虽然刚跨过第一个年头，而中国海军却已整整走过了 150 年。150 年了，中国海军才迈出家门口走向深蓝。这个时刻我们不应该忘记一个人。

150 年前的 12 月 23 日，福州马尾船厂破土动工，中国人要建造军舰。近日，马尾船厂正在筹备大庆，有一个熟人知道我在全国到处找有人文价值的古树，就来电话说：“马尾有船政大臣沈葆桢手植的一棵古榕树，见证了中国海军史，你不来看一看？而且，船厂马上要乔迁新址。将来这树被丢在那里，还不知会是什么样子。”我连忙于 19 日赶到马尾。

马尾船厂是 1866 年 12 月开工的。当时请法国人日意格任总监督，一切管理遵从法式。我走在旧厂的大院里，像是回到了 19 世纪的法国。西边是一座法式的红砖办公楼和一个现存的中国最古老的车间——船政轮机厂；南边是当年的“绘事院”，即绘图设计室；东边是一座五层的尖顶法式钟楼。当年拖着长辫子的中国员工，就是在这钟声中上下班的。他们好奇地听金发碧眼、高鼻梁的洋师傅讲蒸汽原理，学车、铆、电焊。我要找的沈公榕就在钟楼的侧前方。150 年了，它已是一棵参天巨木，浓荫覆地，大约有多半个篮球场那么大，郁郁乎如一座绿城。树根处立有一块石头，被绿苔紧紧包裹。我贴近树身，蹲下身子，用一根细树枝一点一点地小心清理，渐渐露出了“沈公榕”三个大字。这榕一出土就分为三股，现已各有牛腰之粗。一枝向左，浓荫遮住了厂区的大路；一枝向后，如一扇大屏风贴在一座四层小楼上；还有一枝往右探向钟楼。可是，正当它伸到一半时却在空中齐齐折断，突兀地停在半空，枝上垂挂的气根随风舞动，像是一个长须老人在与钟楼隔空呼唤。我一时被这个场面惊呆，有一种莫名的惆怅，静静地仰望着这 150 年前的历史天空。

别看我现在脚下的这一小块土地，它是中国近代最早的舰船基地，中国制造业的发端处，中国飞机制造的发祥地，中国海军的摇篮，中国近代教育的第一个学堂，中西文化大交流的第一个平台。学者研究，这里竟创造了十多个中国第一。现在我们来凭吊它，就只有这几座红砖房子、一座钟楼和一棵古榕了。

鸦片战争后，清帝国被列强敲开了国门，国势日弱。老祖宗传下来的大刀长矛，在洋枪、洋炮面前是那样无奈。镇压太平军起家的湘军名将彭玉璘，看到江面上飞驰的洋人炮艇，被惊得目瞪口呆，大呼：“将来亡我者洋人也。”说罢口吐鲜血而死。洋务派深切地感到必须学习西方先进技术，“师夷制夷”。

1866 年 6 月左宗棠上书，请在福建马尾开办船厂，立被批准。但 10 月西北烽烟突起，左宗棠被任为陕甘总督，西去平定叛乱，收复新疆。他不放心刚起步的船政大事，遍选接替之人，最后力保时任江西巡抚，正因母丧在福州家中守孝的沈葆桢出任船政大臣。历史有时是这样地匆忙。沈守孝在家，被逼上任，而当大任。当年曾国藩也是守孝在家，太平军起，政府命他就地组建湘军，而成为晚清名臣。天将降大任于斯人也，与你没商量。

沈葆桢是林则徐的女婿。从小受过严格的儒家思想教育，忠君报国，一身正气。但他也看到了世界潮流，力主“师夷制夷”，变革图强。在晚清睁眼看世界的先进分子中，他是晚于林则徐、魏源，早于康有为、梁启超的过渡人物。当时政局，一团乱麻。帝国主义势力插手中国，多国角逐；朝野保守与开放的思想激烈冲突。经镇压太平军、捻军而兴起的湘军、淮军等地方实力派，各封疆大吏互相掣肘。在这一团乱麻中要理出个头绪，师夷制夷，造船强军，谈何容易。况且在家乡，关系更复杂。本来，沈葆桢是不想接这个摊子的，但左宗棠三顾茅庐力请出山，并亲自为他配好各种助手，请“红顶商人”胡雪岩帮他筹钱，又一再上书朝廷，催其就职。忠孝不能两全，孝期未满的沈葆桢就走马上任了。

马尾，地处闽江入海口。形同马的尾巴，地低而土软，要建厂就得清理地基，类似现在的“三通一平”。他们先打入 5000 根木桩，加固岸基，填高近两米的土层，然后遍植榕树以固定厂房、船坞的周边。沈葆桢带头栽下了第一棵榕树，然后挥笔写下一副对联，悬于船政衙门的大柱上：

以一篑为始基，自古天下无难事；

致九泽之新法，于今中国有圣人。

他要引进新法，以精卫精神，一筐一筐地填海筑基，开创近代中国的造船大业，不信事情办不成。

二、“权自我操”，逆流而上，沈葆桢快刀斩乱麻

沈葆桢坐在船政衙门的大堂上，看着外面熙熙攘攘的工地，堆积如山的物资，特别是门外榕树上那些七长八短、随风舞动的气根，心乱如麻。

“船政”是一个洋务新词。是指海防及与船舰有关的一切事务，包括建厂、造船、办船校、买船，延请外国专家，制定相关政策，办理对外交涉等等。总之，都是过去没有过的新事，所以专设一个“船政衙门”，直属中央。类似我们改革开放初的“改革办”“特区办”。

1866 年的世界，西方工业革命已经走过了 100 年。西班牙、荷兰、英国、法国都有了横行世界的蒸汽机舰队。而中国还在海上摇橹划桨或借风行船。思想开放的左宗棠，曾在杭州西湖里仿造了一条小洋船，但行之无力。逐决定引进洋技师、洋工匠开船厂、办船校。

新事物一开始就遇到保守势力的顽强阻挠。还没有造船，就先是一场

思想大论战，这很有点像中国改革开放初的“真理大讨论”。许多朝中和地方的大员说，只要“以忠信为甲胄，礼义为干橹”就能战无不胜，“何必师事夷人”。左宗棠痛斥这帮迂腐之臣，他上书说：“臣愚以为，欲防海之害而收其利，非整理水师不可。泰西巧，而中国不必安于拙也；泰西有，而中国不能傲以无也。”“安于拙、傲以无”，左宗棠尖刻地画出了保守的当权者的嘴脸。

当时的福建地方官吴棠愚顽不化，沈葆桢来马尾办船政，他在经费、人力、材料、土地等方面，事事发难，处处拆台，几乎是“逢沈必反”。此人有一个特殊的背景。他早先在苏北运河边任一小知县。某日，一位曾有恩于他的官员扶柩南下，停于河上。吴遣差人送去银子三百两。正巧，有一位在旗少女扶父亲的灵柩北上，也停于河边。阴差阳错，差人将银子误投到旗女的船上。吴明知投错，也不好追回。谁知，这位少女就是后来的慈禧太后。天上掉馅饼，吴后半生有了一个大靠山，不断被提拔，处处受保护。现在他与沈不合，上面虽知船政重要，但总是和稀泥，劝沈与他和衷共济。有时一个重大历史的节点，就“结”在一个人身上，一个人可以绑架历史，影响国运。沈愤怒地上书：“船政之事，非诸臣之事，国家之事也”“非不知和衷共济”，而“大局攸关，安忍、顾虑、瞻徇，负朝廷委任”。表示“唯有毁誉听之人，祸福听之天，竭尽愚诚”。

他是本地人，工厂一开工，亲朋故旧都上门来找饭碗。他平生最恨劣幕奸胥，裙带相缠。为洗刷旧衙陈腐之风，他以法治厂，半军事化管理，甚至不惜开杀戒。一官员买铜不报，他批“阻挠国是，侮慢大臣”，就地立斩。他有一姻亲，触犯厂规，批军法从事，杀！布政使知是沈家亲戚，请求缓办，他坚持立即开堂问审。这时他父亲送来一信。他知必是求情，便说：“家父的信是私事，等我办完公事再拆不迟。”喝令立斩。然后拆阅，果然是求情信，但已无用。一些劣绅还借助迷信煽动地痞与不明真相的群众闹事，阻挠开工。他一边做说服工作，一边捕杀两个为首之徒，事态当即平息。

开山用大斧，乱世用重典。向来成大事者必用铁手腕。沈葆桢、左宗棠、李鸿章、曾国藩，这一帮晚清名臣，本都是手无缚鸡之力的读书人，但他们都遇事不乱，刚毅过人，竟也杀人如麻。曾国藩的外号就是“曾剃头”。晚清的回光返照，全赖他们支撑。马尾船厂，这个中国近代工业的序幕，终于经沈葆桢的铁手腕轻轻拉开。

办洋务，最难把握的是与洋人的关系。沈的原则是：“优赏洋员，权自我操。”经济上给予高酬重奖，政治上一寸不让。船政是个复杂的联合体，其所属的工厂、学校、设计、绘图、管理等部门，经常保持有洋人技师、领班、教师、工匠、翻译、医生等六七十人。所以，船政衙门，也可以说是中国最早的“外国专家局”。沈给他们高薪。十年下来，雇用洋人共用银93万两，占船厂支出的18%。法国人日意格为总监督，从头到尾参与了船政活动，尽职尽责，起了极大的作用。沈给他月薪1000两，而他自己的月薪才600两。洋技师月薪200至250两，而中国工人的月工资最低4两，最高21两。这样的高薪买技术，沈认为值得。

但是在管理权上，沈葆桢绝不松手。当时清政府与列强定有屈辱的领事公约，通商中凡涉洋人之事由领事馆裁决，所谓“领事裁判权”。福州不是通商口岸，也未设领事馆。但法国驻宁波的领事却老远跑到福州来干涉船政。沈义正词严地说：“根据万国外交惯例，领事是为通商而设。船厂非商务机构，与贵领事何干？”左宗棠还逼法外交部正式表态，再不干预中国的船政。

沈与洋人订有严格、细密的合同。最终目标是对方必须教会中国人自主造船。前三年，洋人手把手地教；后两年只在一旁指导，让中国工人自己动手干。直到造出船，又能驾船出海，这样才算履行了合同，可兑现薪酬。对不遵厂规，不听指挥，不尽职守者开除、解聘。1869年，新造的第一艘轮船下水。总监工达士博要求用洋人引港。沈说，在中国的闽江口试航，我们熟悉水道，为什么一定要用洋人？不能开此先例。博以总监工身份相要挟，不答应就不上船，还煽动工人怠工。沈再三相劝，并因之推迟试航日期。博仍不让步，沈当即将其开除。而对尽职尽责的总监督日意格，沈除给予他重奖外，还奏请朝廷赏加提督衔并顶戴花翎，这是洋人在华获得的最高荣誉。正是有了高薪和沈的灵活把握，总体上中外合作是愉快的。

那天采访船政旧址时，我意外地碰到一个正在为日意格筹备的个人回顾展。这是船政纪念活动的一部分。一位法国友人提供了他在华工作时的100多幅照片，还有他在法国工程师协会介绍中国船政的一个法文讲稿。这是一批极珍贵的船政资料。日意格是这样来评价他的两个中国合作者的。关于左宗棠，他说："因循守旧的北京政府，仅知道满足于在别人呈递的奏折上批文签字。左宗棠不得不为此计划独自担负全责。此项创举若是失败，他在中国官僚机构中所能达到的最为辉煌的职业生涯将毁于一旦。左宗棠决心无论如何要孤注一掷了，他不再听任其他官员对他将要进行的大业指手画脚，他的眼中只有一件事，就是迅速地将中国推上发展道路。他知道要迈出这至关重要的第一步需要有人勇挑重担。我真希望手边拥有这份左宗棠呈送皇帝的理由充分、勇气十足的奏折，你们若是读了这份奏折，一定会惊叹于他的观点。你们将会看到这些通常被我们认为滑稽可笑的人，品德是多么高尚，见识是多么深远。"他评价沈葆桢："中国政府特派一名钦差大臣来到此地担任总理船政大臣。这位官员名字叫沈葆桢，是一位出类拔萃、精明强干、意志坚定、善于指挥的将才。"

到1874年福州船政共完成15艘轮船，包括11艘军舰。左宗棠的计划，在沈葆桢手上已全部实现。近代中国的造船工业挤入了世界十强，技术水平与西方国家已相当接近。最大的"扬武"号已相当于国际上的二等巡洋舰。

三、洋为中用，落地生根，开放接纳促变革

沈葆桢栽榕时，也许没有想到他的洋务事业如这榕树一样，枝垂气根，根又生树，蔚然成林。

榕树生长于热带、亚热带，树形特别庞大。它有一个特殊功能，就是可以从枝上垂下细如毛发的丝绦，密密麻麻如帘如幕。当这细丝飘在空中时有如一团乱麻，随风来去，看不出有什么用途。但是，它有点像希腊神话里的安泰。只要柔软的须尖一接触到地面，就见土生根，再难撼动，根又成树，树又吐根。就这样连绵不断地延展开去，一树成林。国内最大的榕树

家族有梁启超的家乡，广东兴会县的“小鸟天堂”，一树成林占地6亩。我见过海南岛昌江县的一棵榕树成林，占地竟达九亩。福建是盛产榕树的地方，福州就简称榕城。马尾建厂之时，沈葆桢带头植榕，一时闽江口内外郁郁葱葱，蔚为壮观。每当沈葆桢坐在船政衙门大堂上办公，看着窗外日渐繁茂，已覆盖了山脚海滩的榕树林时，特别是那些气根落地又生出的第二代、第三代榕树时，心里就有了一些宽慰。

办厂之初，最缺的是人才。中国从汉到清独尊儒学，以文章选人立国。好的一面是礼义廉耻，修炼人的品德；琴棋书画，修养人的心性。不好的一面是重文，轻工、轻商，更不研究自然之理。在唯心和自我陶醉中生活，个人自我感觉顶天立地，国家自封为天朝，闭关锁国。1866年左宗棠上书办船厂，其时上溯200年，即1666年，牛顿已经发现万有引力，而中国却还没有物理学这个词；上溯100年，1765年瓦特已发明了蒸汽机，而中国的主要动力还是人力、畜力。在中国的教育体系里只有文科，没有工科。知识体系里只有经、史、子、集，没有自然科学知识。明代刘伯温有一句名言，“半部论语治天下”，论语里只有礼义廉耻，而没有物理化学。“安于拙，傲以无”，盲人骑瞎马，在用人类的一半知识来治国。这怎么能立于世界民族之林呢？

在这种教育和选官体制中，左宗棠屡试不第，他就愤而不再应试，在家里自学农桑、水利、地理等有用之学。沈葆桢倒是按科举制度中了进士，点了翰林，走入仕途。但是他一与西方人打交道，发现自己简直就是一个文盲。他痛感一个国家的落后是文化落后、人才落后。现在要造船，牵一发而动全身、动全国、动了老祖宗。首先动到了中国的教育体系。千百年来科举制培养的秀才、举人、进士，一个也用不上。他们决定边办船厂，边办学校。从西方引进造船业像栽下了一棵大榕树，但这树如果只有树干，而没有“气根”，永远只是一棵树，不能繁衍，不能成林。左宗棠上书说，花上几百万两银子，只造出十几条船，这不是目的。最终是要培养出自己的人才，能造船，会开船。他请办一座“求是堂艺局”，他要让洋人给他下崽。一听这个学校的名字就很有意思。既不是传统的“书院”，也不是后来叫的

"学堂""大学"。而取名"局"，在"局"中求自然之"是"（规律），学习具体的技艺。"艺"是从传统的六艺而来，中国还没有"技术"这个词。它生动地反映了中国教育机构的进化过程。就像一条进化中的美人鱼，已有人头，却还留着鱼身。

沈葆桢决心要在洋务这棵大榕树上多生一下点气根，接入中国的土壤，完成由洋到土的转化。船厂一开办，他就同时办了两所学堂：前学堂与后学堂。前学堂用法文授课，教造船，培养技工；后学堂用英文授课，教驾船，培养海员。沈亲自出题，招考最优秀的学生。学校实行最严格的"宽进严出"制度。每两个月考试一次，依考分划为三等。一等赏银十元。如三次一等，另赏衣料；如三次三等则除名。开办之初共收生300余人，只有一多半的人读到了毕业。现在看当时的办学章程，实为在中国近代教育史上打下的第一根界桩。兹录如下：

《求是堂艺局章程》

第一条　各子弟到局学习后，每逢端午、中秋给假三日，度岁时于封印日回家，开印日到局。凡遇外国礼拜日，亦下给假。每日晨起、夜眠，听教习、洋员训课，不准在外嬉游，致荒学业；不准侮慢教师，欺凌同学。

第二条　各子弟到局后，饮食及患病医药之费，均由局中给发。患病较重者，监督验其病果沉重，送回本家调理，病痊后即行销假。

第三条　各子弟饮食既由艺局供给，仍每名月给银四两，俾赡其家，以昭体恤。

第四条　开艺局之日起，每三个月考试一次，由教习洋员分别等第。其学有进境考列一等者，赏洋银十元，二等者无赏无罚，三等者记惰一次，两次连考三等者戒责，三次连考三等者斥出。其三次连考一等者，于照章奖赏外，另赏衣料，以示鼓舞。

第五条　子弟入局肄习，总以五年为限。于入局时，取具其父兄及本人甘结，限内不得告请长假，不得改习别业，以取专精。

第六条　艺局内宜拣派明干正绅，常川住局，稽察师徒勤惰，亦便剽学艺事，以扩见闻。其委绅等应由总理船政大臣遴选给委。

第七条　各子弟学成后，准以水师员弁擢用。唯学习监工、船主等事，非资性颖敏人不能。其有由文职、文生入局者，亦未便概保武职，应准照军功人员例议奖。

第八条　各子弟之学成监造者，学成船主者，即令作监工、作船主，每月薪水照外国监工、船主薪银数发给，仍特加优擢，以奖异能。

沈葆桢是为了造船才同时培养人才的，无意中他成了中国工科教育和职业教育第一人。中国的第一所工业专科学校，也是中国的第一所职业教育学校诞生了，这是一个伟大的创举、一座历史的里程碑。

过去儒家教育强调义理一面，遇强敌入侵幻想“忠信为甲胄”，这种唯心论有如义和团“刀枪不入”的魔咒。结果无论疆土还是肉体都被洋炮炸得粉碎。可见唯心论是因为不明自然科学。沈开办船政学堂之初，中国的孩子还没有一点科学基础。他只能选品德好、性聪明的少年重新打造。他先以儒家观点考其品学，为首期考生出的题目是“大孝终生慕父母”，考得第一名的是后来的大思想家严复。但学生一入学，就再不要这块敲门砖，金蝉脱壳，甩掉“之乎者也”，立即钻进科技书堆中。沈自己也恶补科学。学堂开的课有代数、几何、物理、微积分、机械，还有船体和蒸汽机制造两门实习课。他又选 15 至 18 岁，力大、聪明的孩子办了一个“艺徒班”，这是中国最早的技工学校。他又发现，只跟着师傅照葫芦画瓢学造船还不行，还要能自己画图设计，于是又开设了“绘事院”，这又是中国最早的工业设计院。总之，沈葆桢借船政，牵一发而动全身，牵出了近代教育，催生了近代先进思想和科学技术人才，牵动了历史。这也是他始料不及的。

中国的文化人大致有五个阶段。一是古代传统文化人物，读经书，过科举，守儒教；二是近代文化人物，虽出身科举，但开始吸收西学，从张之洞到梁启超；三是现代文化人物，上过私塾，但已废科举，后又上了西式新学堂，如鲁迅、胡适；四是有旧学底子，后又接受马克思主义，如陈独秀、毛泽东；五是当代文化人，在新中国成长起来，先接受马克思主义教育，改革开放后又再次学习西方文化。在这个文化传承的链条中，船政学校正当古代文化到近代文化的过渡，是第一类文化人向第二类文化人的桥梁，是一次文化大变革。它培养的人才，填补了从旧式经学到新式实用科技的空缺。而且他们在接触西方科技的同时，又必然接触西方的思想文化。于是这批人又成了东西方文化的桥梁。他们中间出了翻译《天演论》的严复，翻译《茶花女》的林纾，修了中国第一条铁路的詹天佑。而船校几乎培养了中国海军的全部骨干。

1871年，30余名船校学生，驾船进行了第一次航海训练。南至新加坡，北至辽东湾，这是中国近代海军的第一次远航。而在20多年后的甲午海战中，中方参战的12艘舰的舰长（管带）14人，有10人是马尾船校第一期的同班同学。其中4人阵亡，3人战败后愤而自杀。美籍历史学家唐德刚在《晚清七十年》一书中说，这是"一校一级之生而对一国"之大战。辛亥革命后，大总统孙中山即到马尾视察，他说："到马江船政局，乃知从前缔造之艰，经营之善，成船之多，足为海军之根基。"民国时期的海军军官，绝大多数都是马尾船校出身。新中国成立前夕，张爱萍受命初创海军，他一个一个上门拜访的海军宿将，还是马尾旧人。1949年8月28日，毛泽东接见国民党海军起义将领时说："1866年马尾船政学堂开办起来，中国算是有了近代海军、现代海军。"民国海军部长萨镇冰活了95岁，见证了三个时代的海军事业。

在马尾闽江口，沈葆桢亲手栽下的这棵巨榕，绵延海疆八千里，荫庇华夏百余年。要论其大，远超兴会和海南的大榕。沈公榕的生命力极强。我们在老厂区采访时，随便在办公楼的走廊上、窗户下，都能看到墙缝里钻出的榕树苗。而院子里，更是大榕蔽日。福州身为榕城以榕树为骄傲，现从马江口到罗星塔顶，建成了一座大型榕树公园。满山的榕树攀山附石，层层叠叠，绿云压城。气根从天而降，密如天幕，有的竟穿透石块，石上生根，直如弦，挺如柱。它们都是沈公榕的后代。而路旁、草地上的树下，因地取势，遍立了严复、詹天佑、林纾、邓世昌等几十个船政人物的雕像，他们都是沈葆桢的学生。都或坐或立，仰望大海，还在关心着中国的海疆，中国的命运。

四、最遗憾，未能狠揍日人一棒，历史遂成糜烂之局100年

正当沈葆桢全力以赴造船强军，冀为病弱的大清帝国快快生肌长肉、

补气壮骨之时，列强也加快了对中国的挑衅蚕食。

与马尾一水之隔的台湾，历经荷兰人侵占，郑成功收复，后又回归祖国。岛上只有薄弱的清兵守备，管理松散。日本早就对台湾垂涎三尺。日本是一个岛国，其传统文化中的海盗基因、扩张本性难改。无时不在寻机挑衅，总想咬邻居一口。

1871年冬，时属中国藩国的琉球派69人往广东中山府纳贡。返途遇风暴漂至台湾，淹死3人。余66人误入当地高山族的一支“牡丹社”住地。时高山族还未开化，有杀人取头之习，多者愈受尊敬，推为酋长。又有54人被追杀。余12人被知县保护，送至省城福州。休养一段时间后，送回琉球。此事与日本毫无干系。1873年日派员到华交换通商条约。借机质询两年前的杀人之事。中方答：“台、琉二岛皆属我土。杀人之事，裁决在我，与贵国何干？”但日人已铁心要侵台，继续在做文章。1874年3月，日照会清政府：“前年冬，我国人漂流其地，被杀戮者数十名，我政府将出师问罪。”这种强找借口，占你一地，甚至灭你一国，向来是帝国主义的本性。就像一条狼对一只羊说：“你的邻居吃了我窝边的一棵草，所以我要吃掉你。”即使没有借口，它也可以随便制造一个。1937年的卢沟桥事件，就是日军假说他在训练中走失一个士兵，要强入宛平城寻人。接着就开枪开炮，占北京，占华北。

1874年4月，日本判断清政府不敢抵抗，正式宣布组织远征军侵台。5月17日，日军3500人在台湾南部登陆。清政府反应迟钝，到5月底才连忙下旨“沈葆桢著授为钦差，办理台湾等处海防兼理各国事务大臣”。沈接任后提出，一边办外交，以理屈敌；一边“储利器”积极战备。要求速购两艘铁甲舰，并召回马尾船厂经年所造的，已在天津、山东、浙江、广东等沿海服役的各舰备用。又建议速铺厦门到台湾的海底电缆，以通军情。他摆出决战之势，以震慑日本之野心。随后沈于6月19日到达台湾，坐镇指挥。而这时日军已控制了台南的地盘。所到之处一如后来侵华时的“三光政策”，到处奸淫烧杀。日人之本性原本如此，国策以侵略为本，治军以兽性为纲，育人用武士道精神。我高山族同胞一面以原始刀矛奋起抵抗，一面请求沈葆桢保护，愿协同官军一致抗日。

沈一面备战，一面抚民、修路、练兵。“结民心，通番情，审地利”“全台屹著长城”。他始终以软硬两手对敌。先派人谈判，以理屈兵。他在照会中说：“琉球虽弱，亦俨然一国，尽可自鸣不平”“即贵国专意恤怜，亦可照会总理衙门商办”，为何要出兵？再说，当时只“牡丹社”一社杀人，而今天日军报复，却在整个台湾南部杀人掠土，波及无辜。严正声明“无论中国版图，尺寸不敢与人”，并指出你军后勤补给已出现困难，粮运已为我控制，就不想想后路？“本大臣心有所危，何敢不开诚布公，以效愚者之一得”，我真替你捏一把汗呀。这义正词严、软中带硬的照会，使敌一时不敢妄动。

他深知日本人是在讹诈，一再吁请朝廷切不可退让。他说：

“倭奴虽有悔心，然窥我军械之不精，营头之不厚，贪骛之心，积久难消。退后不甘，因求贴费，贴费不允，必求通商。此皆不可开之端，且有不可胜穷之弊。非益严儆备，断难望转圜。”

他积极调兵，又请日意格雇来洋匠在台湾安平修筑了巨大炮台，基隆、澎湖等地也加筑炮台。马尾船厂这几年建造的“扬武”“飞云”“万年清”等十多艘兵舰全部调来台海。又请日意格出面租借外轮，从大陆运来当时中国最精锐的陆军——淮军。清军渐成绝对优势。而这时日军后勤补给困难，师老兵疲，士兵思乡厌战。到七月疾病开始流行，每天运来之兵不抵送回之病号。侵台高峰时士兵、民夫4600人，病死者达560人。随着时间的推移，对日方愈加不利。沈又托日意格物色到一艘丹麦铁甲船，并交了定金，清军更如虎添翼。

当时中日的军力对比，日并不比我强多少。日本是1867年开始明治维新的，到1877年内战结束，前后十年才正式完成。它也曾经历了闭关锁国，被西方欺侮，订立不平等条约等和中国一样的过程。而这十年也正是中国觉醒，大办洋务自强的十年。历史巧合，1867年日本颁布维新令，这年中国马尾船厂开工、洋学堂开学。中日两国同时睁开眼向西方学习，在图强路上赛跑。但是，双方文化背景不同，一个是谦谦君子，学习是为了自卫；一个是海盗本性，学习是为了扩张。而明治维新除了发展工业外，在体制上还埋下了天皇制和军国主义的种子。李鸿章评价日人“其外貌恭谨,性情狙诈深险,变幻百端,与西洋迥异”“日人情同无赖,武勇自矜,深知中国虚实,乃敢下此险著”。日本看准了中国官场的腐败、偷安、避战,如狼伺羊,不咬一口,总觉吃亏。

这时候沈葆桢的头脑最清醒。他认为,最好的办法是当其未成气候之时,猛击一棒,打断脊梁,灭其野心,一除后患。他的计划是,在台湾一举歼灭侵台日军,然后我舰队在琉球登陆,挥师长崎港,聚歼鹿儿岛舰队,迫敌订城下之盟。一战慑敌,使之数十年之内再不敢妄动。自古凡有战事,总会有投降派跳了出来,这时“各路劝勿开仗之信,纷至沓来”。沈一边应付日本人的侵略,一边还得应付国内投降派的掣肘。枪杆子、笔杆子,他一手提枪对日备战,一手握笔与投降派论战。他说“倭备日顿,倭情渐怯”“倭营貌为整暇,实有不可终日之势”“虽勉强支持,决不能持久也”“若欲速了而迁就之,恐愈迁就,愈葛藤矣”“臣等汲汲于备战,非为台湾一战计,实为海疆全局计。愿国家勿惜目前之巨费,以杜后患于未形”。否则“急欲销兵,转成滋蔓”。正当沈葆桢秣马厉兵,要直捣黄龙之时,北京传来议和消息。清政府赔银50万两,换取日本撤兵。侵略者未得到惩罚,志得意满,体面收兵。

从1866年沈葆桢接手办船政,到1874年10月,日本侵台罢兵。八年间,沈从无到有,打造了一支中国海军,在当时的世界上已进入十强之列。正因为有了这支海军,才镇住了日本的侵台野心。但正当他要挥起这把利剑,剁敌魔爪时,清政府议和了。1875年7月他遗憾地从台湾返回。

8年洋务,8年蓄势。功亏一篑,一朝放弃。臣子恨,恨难平。

沈葆桢郁郁不乐,回到了他的马尾船政衙门,猛抬头看到了柱子上手书的对联:

以一篑为始基,自古天下无难事;

致九泽之新法,于今中国有圣人。

新法已学到手,圣人却寸步难行。没有技术不行,只靠技术,政治不强也不行。日本是一个搬不走的坏邻居,中国失去了一次震慑恶邻的机会。

而从此，日本渐渐坐大，野心更加膨胀，日后给中华民族造成的麻烦，如沈所言“愈迁就，愈葛藤”“急欲销兵，转成滋蔓”，一直葛藤不断，滋蔓了一百年。先是20年后，1894年的甲午海战，中国大败。日本不忘在台败于沈的旧根，立逼清政府割让台湾。1931年日又发动“九一八事变”，侵占了大半个中国，我艰苦抗战14年，牺牲军民3000万。至今日还在东海寻衅、南湾挑事，一如当年。这国际关系就和人与人一样，你一回示软，人家欺侮你100年。

五、壮士断腕，华丽转身求再生

现在我们再回到文章的开头，当年马尾厂区的那棵老榕树，横空断枝，留下了一个秃兀的树身。这断下的一枝哪里去了？

老榕断枝，是马尾厂史上的一件奇事、大事。

到了本世纪初，马尾船厂早已不是150年前跟着洋人学造船，而已是订单遍五洲，洋人上门来买大船了。船厂已扩大成集团公司，老厂区再装不下这个大摊子。近年来，他们在海边选址，建起了更大的船坞、码头和办公楼，只等150年庆典一过就搬新家。搬厂房、搬船坞、搬设备，这些都好说。就连那个法式的老钟楼，也都已按原样在新厂区复建了一座。但是，那棵巨大的沈公榕怎么办？它连着马尾人的心，难割舍，却移不走。

还有一年了，搬家工作开始倒计时。正当大家苦无良策，一筹莫展之时，七月的一个晚上雷声大作，风狂雨骤。一道闪电划破夜空，轰隆一声，有如陨石落地，震得厂区都轻轻一动。第二天起来一看，沈公榕之一枝齐齐地断裂于地，青枝绿叶，团团气根，整整盖满了半个院子。而树梢在地上伸展开去，直抚着老钟楼的墙根。雨停了，榕树的叶片被洗得洁净油绿，在橘红色的晨辉中愈发光彩照人。平时如一团乱麻的气根，也被雨水漂洗得干干净净，梳理得齐齐整整，就像船甲板上一盘备用的新缆绳。正是上班时分，人愈聚愈多，大家围过来看着断枝，都不说话，像是在肃穆地行着注目礼。谁都知道沈公榕是马尾厂的魂。当此船厂更新换代之际，老榕有灵，高呼出门。壮士断腕，要华丽转身！

这意外的事件倒给厂领导带来了灵感，虽说榕树靠气根繁植，我们能不能试一试整枝栽培呢？他们请来园林专家，把这枝合抱粗的断榕小心清理，扶上卡车，护送到新区，一年后居然成活。为我们纪念沈葆桢留下了一件活着的念想之物。

沈葆桢是一位很低调的人物，他的历史贡献与他的知名度很不相称。他从左宗棠手中接办船政，晚年又与李鸿章分管南北洋海军，为朝廷重臣。他一生不忘强军固海，1879 年在生命垂危之时，仍口授奏折，要朝廷加强海军，警惕日本，报此旧恨。“倭人夷我属国，虎视眈眈，凡有血气者，咸思灭此朝食”“臣每饭不忘者，在购买铁甲船一事……倭人万不可轻视……倘船械未备，兵势一交，必成不可收拾之势。”可惜天不假命，他只活了 60 岁。灭倭而后朝食的壮志未能实现。

沈葆桢是林则徐的外甥兼女婿，很得林的家风。“苟利国家生死以，岂因祸福避趋之”，他只求报国，不求闻达，一生清贫。甚至在世时身为高官，常要借债度日。临终也没有给孩子留下一间房、一亩地，反而留下一份这样的遗嘱：“身后，如行状、年谱、墓志铭、神道碑之类，切勿举办。”有点鲁迅说的只求速朽。他本人的著作也不多。只是随着时间的推移，中国海军和造船事业的发展，及国际形势似曾相识似的循环归来，人们才又想起这位开拓者、预言者，近年才有了些对他的研究。

2016 年 12 月 20 日，在 150 年庆典的前三日，我来到马尾船厂新区。沿海边的几个大型船坞里停着十几层楼高的在建大船。岸上滑动的巨型龙门吊，就像一道移动的彩虹。李厂长手指海边，讲解说，那一艘是在建的地质采矿船，可直接从 1500 米的深海下采矿、粉碎、装船。那一艘是科考船的生活船，本身就是一座七层楼的活动大旅店。我们头戴红色安全帽，在机器的轰鸣声中要大声喊话。人行走在这如山的大，船旁和悬在半空的龙门吊下就像几个正在蠕动的小甲虫。

新区已建成了一座 12 层高的办公大楼。楼前广场上刻意保留了有当年船政记忆的三件标志物：沈葆桢雕像、沈公榕和法式钟楼。沈的雕像，背靠大楼，面向大门，雄伟高大。感谢马尾人，恐怕这是中国大地上唯一的沈葆桢雕像了。他顶戴花翎，身披长袍，手执一卷文书，许是新船的设计图或者是将要上奏的船政方案。海风拂动他的长袍，他挺身眺望着碧浪滔滔的大海。他看见了什么？看见了150年来海面上的滚滚不停的巨浪，看到了头上的天空诡谲多变的风云。他还在翘首瞭望，他放不下这颗赤子心。雕像高1.866米，寓意1866年，船政也即是近代中国海军的开创年份。底座高4.7米，寓意他在47岁那年接此重任，启动了中国近代海军史的历史车轮。而在他的右后方，就是那棵新栽的“壮士断腕榕”，主干有一抱之粗，上面的细枝已吐出翠绿的叶片和团团的气根。整个树形，昂首向东，指向古钟楼，如一匹伏枥的老马，随时准备飞腾上阵。

有趣的是沈葆桢雕像的面部和沈公榕的树梢都还蒙着一块薄薄的红色纱巾，在微风中如一团火苗。厂长说，要等到三天后，大庆正日子的那天早晨，才会在锣鼓和鞭炮声中揭去这块红盖头。为的是要给沈公一个惊喜，让他看看150年后，今天中国的新船政。

我的“候鸟”生活(外一篇)

李林

在海南的几年“候鸟”生涯，让我有幸结交了不少文朋诗友，其中家住儋州的五十出头的王先生，递给我的名片上写道：民间苏学研究协会秘书长，自称专门研究东坡居士的“偏史”。一次，他站在我身旁，指着成群结队的游客，神秘地问我：

“你对苏东坡了解一些吧？”

“略知一二。”我说。

“你也是‘候鸟’吧？”

“是。”我肯定自己的身份。

他附在我耳边，悄然耳语：“苏东坡老先生早就知道你们会来。”

我张大了嘴巴，半天闭不上。

他却更加神秘地对我说：

“当年东坡居士流放海南岛，从儋耳(今海南儋州)几经周转，长途跋涉到了琼州，掬一捧万泉河水，遥指五指山峰，二目如炬，捻须长叹曰：‘莫笑今日苏某流放孤岛寒酸寂寥，莫笑孤岛系“化外”之地犹如弃儿无人问津，然千年以后，国人如对海岛惊鸿一瞥，必以为仙境，且猝然弃陆登岛，蜂拥而至，其浩荡之状，犹如“候鸟”耳。’”

王先生不等我插话，又接着说：

“宋代大诗人，诗风道骨苏东坡，穿越千年，一语成谶哪！”

我说：“《苏东坡传》里没有这段啊！”

王先生摇摇头：“他们研究正史，我研究别人不知道的历史。”

“啊——”我摇头，少顷，又点头。

改革开放以来，国人生活提高，讲究生活质量，全国各地，尤其是东北地区的人们，冬去海南，春夏返回。自此，“候鸟”一夜成名，且响爆大江南北。

海南黎苗兄弟还风趣地调侃出一首打油诗：美丽风光海南岛，来了一群东北佬，女的多男的少，老的多小的少，下飞机脱棉袄，哩啦歪斜带踮脚，自己称自己为“候鸟”……

鄙人本是东北人，生于斯长于斯，春日赏花，夏日戏水，秋采红叶，冬弄冰雪，几十年来，倒也悠哉惬意。可自改革开放以来，犹如井中之蛙蹦跳到了大河之滨，不安分的眼睛一下子瞥到了南方的花红柳绿，就对黑乎乎的北方，顿生厌恶之心。

那是2009年12月份，一场暴风骤雪，气温降到零下30多度，走出室外，露脸脸麻木，伸手手僵硬，寒风凛冽，筋骨萎缩，连个头都被严寒压迫得矮了一截。据媒体披露：在冰天雪地中，有多名老人跌倒骨折，住进医院。

对寒冷的折磨忍无可忍之时，我终于鼓起了与厮守几十年的老家——哈尔滨分手的勇气，背起背包，边走边嘟囔：“这个鬼地方，一天都不想待！”

走出三亚凤凰机场，双脚落地海岛，便似误闯了仙境，尽管眼球快速转动，还是揽不住热带风光的奇观妙美。首先扑入眼帘的是晃眼的绿——漫山漫岭的绿，铺天盖地的绿，绿得通透，绿得厚实，绿得苍翠欲滴，绿得千娇百媚。难能可贵的是，海岛的绿，非昙花一现，而是春夏秋冬四季常绿，号称“绿岛”的海南，山川一色，积绿堆翠，一派葱茏，着实迷人，在全岛3.4万平方公里的土地上，竟然不见枯枝败叶，不见草木凋零，直把从寒土黑地走来的人看得目瞪口呆。

一边欣赏与迷恋海岛的靓丽妖娆，一边想到了东北灰暗呆板漫长的冬季。是啊，绿色展示生命与青春，而晦暗预示枯萎甚至消亡——人在好恶的临界线上，容易褒贬鲜明，立场坚定。

海南的多彩犹如一道赤橙黄绿青蓝紫的彩虹，你看，那一树橙红的木棉树，那整坡整岭仿佛被彩霞镀了金的三角梅，你再看那颠覆了花开花落的凄美轮回魔术般演绎了永不凋谢的火焰木，还有争奇斗艳令人凝神敛气的兰花。就连海南的树，也不像北方树木那样单一粗糙，而是灵动多姿风姿绰约。大王椰子树的高耸入云，槟榔树的白皙与修长，尤其是榕树的壮硕与雍容，那深入地下几百米盘根错节的地根、旁根，像寿星老人潇洒飘起的须根，还有大如屋顶的树冠，眼望枝干遒劲婆娑婀娜的榕树，一句“月上柳梢头，人约黄昏后”的诗句，定会飘然入耳，且让你浮想联翩。

海南的居宅，少有关门闭户，大都门窗大敞，皆因空气清新，纤尘皆无。据权威部门预测，海南的空气中每立方米含负氧离子七千到一万，这等于天老爷把一根氧气管子含在了你的嘴里，且常年免费供应。海南的水无污染，蔬菜无污染，土地无污染，江河无污染。据不完全统计，仅一个海南省三亚市就有东北“候鸟”30 多万。且很多人到了海南，疾病减轻了，身体强健了，因此，来自全国各地的人们，尤其老年人几乎都把海南当成了健康长寿的一方净土。

我时常看到，一队队爬山的“候鸟”们，一边登山一边深呼吸，精神亢奋时，展开双臂，深情高呼：“海南岛，我爱死你了！”那神情，让人想到蜜月中洋洋得意的新婚男女。

一位哲人曾说过，头脑发热出悖论，头脑冷静出妙论。人，往往关闭理性，漫漶情绪。

譬如海南的潮湿，就是健康的克星，让很多颐养天年的老人难以忍受。在海口和其他城市，冬季常常连绵阴雨，这时，屋内便阴冷潮湿，满屋积水，气温下降，那滋味比北方大大方方的冷更难以忍受。曾有一位大庆的老人，忍受不了那里的阴冷，一赌气连春节都没过，就跑回了东北老家。一位在三亚居住的邢女士，回到哈尔滨对闺蜜抱怨说：有一种小蚊子也不知道从哪里钻出来的，咬你一口就起红疙瘩，越挠越痒痒，烦死人了。史料记载，海南的潮湿，古来有之。苏东坡在海南流放时记载：“岭南天气卑湿，地气蒸溽，而海南为甚。”有一天，苏轼与儿子苏过发现，好多白蚁死在他们的床上。我认识一位家住哈尔滨的石先生，到海南后几乎天天爬五指山，可突然有一天，口吐鲜血，暴病身亡。他老伴抱着他的尸体一边恸哭一边说：“要知道这样，咱们不来海南了。”笔者在海南连续当了六年“候鸟”，亦几次患病住院,潮湿让我的皮肤极度不适。

在海岛看到听到的体会多了,认知逐渐明朗:世间没有白璧无瑕,更无长生不老。重温老人家的教诲——任何事物没有绝对,只有相对。真理亦如此。

我终于从对海南的痴迷中惊醒——海南有海南的好,北方有北方的好。北方像一位坦荡的绅士,把喜怒哀乐挂在脸上——冷就冷热就热,坦然面对,四季分明。纵然外面天寒地冻,屋内却温暖如春,那飘飘洒洒的鹅毛大雪,那苍茫无垠的千里冰封,还有那雕栏玉砌般的冰灯冰雕,从雪山飞驰腾跃仿佛从天而降的滑雪健儿,都是南方人一辈子看不到的精彩。一方水土养一方人,据权威中医专家讲,冬暖夏凉的四季分明,最适于人的健康成长。

北方下雪的时候,是人们宣泄欢乐的好时光,小伙子打雪仗,姑娘堆雪人,年轻人跑到雪窝子里打滚儿嬉笑疯闹,任凭一串串爽朗大笑让凛冽朔风裹挟而去。其实,北方最美的时候,应是伴着你的美梦与鼾声,一夜悄然落雪,清晨推开门窗,放眼一看,白雪簇拥天地,四野苍茫,宇宙雪亮,大地甜美酣睡,房屋、牛舍、树木、厂房,什么都被淹没了,只有浅雪之处,隐约露出房脊上的一方黑瓦,还有几枚青绿的松枝柏叶,北国一派静态美景,狗吠鸡鸣销声匿迹,唯有乡村一排排房屋上,一缕摇曳飘忽的炊烟,像一幅水墨丹青,为皎白的大地留下缓缓蠕动的一抹。

“北国风光,千里冰封,万里雪飘”“须晴日,看红装素裹,分外妖娆”,谁人小觑北疆?就连伟人毛泽东都曾为北国的大气磅礴,挥毫泼墨,为我们留下了千古咏叹。

有媒体报道,2015 年冬,南方普降大雪,看到晶莹剔透的片片雪花,江南人沸腾了,男女老少走出家门,到外面玩雪戏雪,人们笑得前仰后合,仿佛进入了百年不遇的魔幻世界……

爱美之心人皆有之,人,可以爱美、寻美,甚或创造美,享受美,但切勿移情别恋,多一些形而上,少一些形而下,无论是对人对事对地域对风景,皆然。

我筹划,2016 年坚守在冰城哈尔滨,身披霜花,在雪地漫步。有空了,再到南方转转……

温馨的端午

中国几个传统节日，我最喜欢端午节。

春节固然热闹火爆，但正值天寒地冻，黑黢黢的大地，白茫茫的冰雪，像黑白相片，呆板而沉郁。中秋节是团圆节，阖家老少，欢聚一堂，火辣辣的亲情，暖得人心喜滋滋的，但隔窗望去，枯叶飘零，秋风萧索，别有迟暮之凉。而正月十五元宵节，纵千灯万盏龙腾虎跃，比起热气腾腾的春节，直觉气势矮了一截，仿佛春节的衍生品，又像后宫里的妃子、当下的小三儿，人前背后，或站或坐，终为陪衬。

而端午节，轻轻地来了，没有振聋发聩的鞭炮锣鼓，没有没完没了的叩首揖拜。清风白云，梨花带露，空谷足音，虫唧蛙鸣——处子般的恬静与清新。五月端阳，像开江的水，清澈见底；像青山如黛，川谷滴翠；像淡淡的涟漪，柔柔地荡来又荡去；像一首长诗，载着屈原的如虹气节，还有粽子的香味，把人们引领到山麓水畔，把酒邀明月，合家舞蹁跹。

前些年，我喜欢清晨去踏青，在郊外青山，在溪水河畔，在碧绿的草场，畅游美景、采撷花草、结伴嬉闹。折一枚柳枝，采一把艾叶，回家挂在窗前，再把红红火火的各色彩纸叠成的葫芦，拴挂在柳枝上。

一处原本平淡的小家，立马就生机盎然起来。

这几年，年岁大了，脚步迟了，身子懒了，似乎无心踏青赏景了。夜晚又浅睡与失眠，早晨就喜欢恋床与辗转挪腾。

待到红日高照，家人催我吃早餐，我才慵慵懒懒地起床穿衣。可一抬头，却看见挂壁的电视左上角，垂着一个造型精美的红色小荷包！我上前用手轻轻地抚摸着，自言自语地笑言：真挺好看。可当我慢悠悠地穿袜子时，却发现脚脖子上，系了一根五彩斑斓新颖别致的丝带！我问："这是谁给我系的？"老伴贾先生说："你睡觉时你姑娘给你系的。"我在胸腔里一笑，呵呵，我女儿是怕老爹过早地"跑"了哇！我自问自答："那葫芦也是小波买的啦。"

女儿并不富有,但女儿的心,总是缜缜密密的;女儿的手,总是纤纤巧巧的。

我用手捻搓着系在脚脖子上的丝绒绳,笑容,像自来水般在脸上喷洒开来,身体的柔软部分倏然间跌落在蜜糖里,一个久违的词——温馨,突然就充溢到整个大脑。

温馨,像五月的清风,从不喧嚣造势,轻轻地来到你的身旁,融溶到你的心里。温馨,像一位儿时好友,带着童真般的真挚,暖暖地亲亲地贴在你的肌肤上。温馨,不需要豪宅巨款和红顶权胄,只需要一指纤细的拨弄,就会让你的心甜甜的、酥酥的,像半开的花,像微醉的酒……

人老了,企盼儿女们的关注,渴望的是温馨。

年轻时不经意的细微之节,在耄耋之年,却倏然间倍感亲切起来。我不知,这是衰草暮阳的寂寥,还是人到晚年,退去了浮光掠影返璞了生命的真谛。

五月端阳,暮春初夏,草长莺飞,大地蓊郁,碧草蓝天,七分璀璨,三分迷离,正是,人间最美五月天。

“羊肉泡馍”传奇

阎纲

端的一碗人物传奇！事涉中央领导、著名作家、文人学士和陕西乡党，还有那世情心境之沉浮。煞是有趣。

端的一碗艺术品！红白相间，肉面浑然，色嫩、汤鲜、馍筋、质滑、味醇，从视觉到味觉，全方位的刺激和享受。

再看它又荤又素，又软又硬；又干又稀，又香又辣；又俗又雅，又贱又贵；又有嚼头又好嚼，油而不腻；又能经饱又不撑，筋而不塞，不管年老年少有牙没牙，一概食如甘饴，吃一顿饱一天。

“羊肉泡馍”是最富传统色彩、最有地方特色的名吃，是陕西人以至西北人与生俱来的美食，在全国饮食界独树一帜。“羊肉泡馍”看似简单，制作却十分精致，从挑羊、宰杀、选肉、配料、炖煮到打馍，形成一套极其严格的操作工艺。家乡传统的饮食文化自小滋润着我艺术审美的胃口。

吃法独具匠心，就餐者与操作者必须配合。馍掰得越小、越细碎操作起来越拿手，吃将起来才够味。自己掰的自己享用，参与感使你倍感亲切。行家吃泡馍，讲究“蚕食”，切忌翻搅，须从碗边选准突破口，逐渐向纵深发展，由点到面，像挖坑一样，一镢头一镢头地刨，一大口一大口地吞，动作快捷而方寸不乱。掰馍可是一种享受啊！三朋四友，七大姑八大姨，大家围坐一起，清茶一杯，边谈边掰，不在匆匆填饱肚皮，只求细细剖白心迹，亲情、公关、解馋三不误。慢慢地掰着，慢慢地说着，慢慢地喝着，茶逢知己千杯少，碗中珍珠不厌多。该说的话最好在掰馍时消消停停地说完，等到泡馍端上来时，各人顾不得斯文，猛虎扑食一般，迫不及待地和那发出刺鼻香味的碗中物激战起来。只见满脸汗珠子一粒粒直往外冒，只听见嘴巴忙忙碌碌呼哧呼哧直喘气，这时候，只有这时候，天大的事你得搁在一边，天塌下来也得把碗打扫干净了再说。

似乎多日来受些风寒头痛脑热的也去了大半。

“羊肉泡馍”和我有缘，情节生动有趣，没齿难忘。

“羊肉泡馍”，那时叫“牛羊肉煮馍”或者“羊肉煮馍”，打小是我的最爱，全家人是西安鼓楼“一间楼”的常客。

全家人坐定，全身放松。席面当间是香油浇拌的辣子酱（西安特制的“酱辣子”），另外两盘是糖蒜和芫荽（香菜），一边掰着馍，一边说着话，又时不时地掰出稍大一块，伸手蘸上一疙瘩香喷喷的麻油辣酱，细嚼慢咽，然后倒吸一口气，连连“嗯！嗯！”几声表示满意。

20 世纪 50 年代中期，毛泽东主席听身边的同志说“泡馍”如何如何好，主席玩笑似的说：“那你给习仲勋同志捎个话，说我想到西安尝尝‘牛羊肉泡馍’。”汪峰和习仲勋闻讯喜不自胜，随即联系西安市市长方仲如，结果，将我小时常去的“一间楼”分出一半迁址京城，坐落在西直门内的新街口，招牌挂记“西安食堂”。那时，你要说西北有美食，其名曰“泡馍”，人家莫名其妙，像是听说洋人除了法国大餐之外还有什么“热狗”一样，但是对我这样的陕西乡党却成了挡不住的诱惑，四时八节，趋之若鹜。

1956 年秋，10 月 6 日，我在苏联展览馆参观完“日本商品展览会”，边走路边叹息，觉着一排排太阳旗在高空飘来飘去太刺激中国人！进西直门，走着走着，神使鬼差地进了西安食堂，只见一阵慌乱和兴奋。掌柜的是老陕，回族人白帽，一口唇音突出的长安话，说毛主席吃泡馍来了，“哎呀，把我吓的，就在这儿……”他惊魂未定，颤巍巍地继续唠叨着。“我没敢叫他亲手掰馍，发动大伙把手洗得净净的，掰得蕞蕞的，端上一碗精制的‘水围城’（泡馍的一种，煮好后馍在当间汤在周围），他竟然说：‘好吃，你们辛苦啰！’这不，刚走！”

事有凑巧，也是 10 月 6 日当天，毛主席到西郊机场送别柬埔寨贵宾回来，进西直门，过新街口，突然提出停车，走进西安食堂，点名要吃泡馍，显然是有备而来，圆他的“煮馍”梦。

伟大领袖光临，惊天动地却秘而不宣，不然的话，消息传开，毛主席都爱吃泡馍，“羊肉泡”不知要火成什么样子。

到了80年代，不少人开始知道“泡馍”的大名，但不敢问津，觉得那玩意儿像是野人吃的，“不就是把馍泡到汤里吗?”不幸而言中。60年代天灾人祸，我仍到新街口那家馆子解馋，呀，可不是味精汤泡馍！气得我找来意见簿，上写“质量太差，丢陕西的人!”但正宗的“泡馍”哪里是把馍泡到汤里？“馍”其实是特制的半死面饼饼，经得住大火烩煮，但吃时不觉其硬；“汤”也非一般高汤，汤是关键，千百年来，秘密就在这汤里；“泡”实则为煮，我小时在陕西老家，称它作“羊肉煮馍”，倒也写实，天晓得怎么变成“泡”字！现在好了，西安设宴招待外宾，“泡馍”成了香饽饽；北京满世界是“西安羊肉泡馍馆”，风味餐馆不能落下它。经过一番渲染和品尝，说泡馍坏话的人越来越少。我看时机到了，展开宣传攻势，但也不能强加于人，任你眉飞色舞天花乱坠，言者凿凿而听者渺渺，人家广东人直摇头，奈何?

1983年秋，我和作家王蒙、崔道怡、董得理三人从延安返回西安，路上饿了，见是高陵地面。我一下子兴奋起来：“羊肉泡馍!”转身问王蒙：“敢不敢吃?”王蒙说：“我在新疆巴彦岱那么长时间，什么都练出来了。是羊肉我都爱吃。”我们在小镇的一家羊肉馆子坐定，连同司机一共五人，挤在三条一拃宽的长板凳上。设备太简陋，杯盘不齐全，不承想吃出陕西的真味来。老崔大汗淋漓，辣椒之故也。他能吃辣子，可是在陕西辣子面前败下阵来。王蒙是首次在陕西吃泡馍，印象极佳，却在满满一大碗将尽之时扒拉着碗底突然惊叫起来：“什么什么？这是什么?”一块似肉非肉的东西出现在碗底，我伸头细看，原来是只蛐蛐，顿觉脸上无光。王蒙不愧是大家，有涵养，什么也没说，仰头哈哈大笑。老崔借机罢吃，正好为残留不多的、辣香辣香却难以横扫的碗底解了围。

约两年后，我将此事写成文章在《西安晚报》上发表。事有凑巧，次年3月，我和周明、萧德生也是从延安返回西安，也是在快到西安的一家饭馆吃泡馍。见我们来自北京，一位当地看客近前搭话，撇着嘴揶揄道：“哼，你们北京人啦，写文章说在我们馆子吃出个蛐蛐!”周明闻言，大笑不止，一把将我拽住,狠狠地在我背上捶了一拳,用浓重的秦腔指着我说:“就是这狗日的写的!”

1985 年 12 月 21 日,全国文学报刊工作座谈会在西安举行,各省市都有代表参加。我极力怂恿大会招待一次泡馍,不料,《延河》《小说评论》和《长安》等编辑部早有安排。一日中午,几十位南北美食家朋友在钟楼脚下“同盛祥”楼上坐定。我从掰馍开始说到这种吃法的乐趣,又从好吃说到周天子如何用“羊羹”大宴宾客。据说周朝的“羊羹”就是今天的“羊肉泡馍”,千多年的历史!如此推开,想必汉武帝、司马迁、唐太宗、李白、杜甫、“小李白”李贺、“小杜甫”杜牧、避难来西安的慈禧太后、为西安易俗社题写“古调独弹”的鲁迅以及“双十二事变”华清池饱受惊吓的蒋介石衮衮诸公都吃过或者听说过“泡馍”了?查无实据。但于右任、张学良、杨虎城肯定有此口福,无疑还招待过宾客。有人回忆说,老蒋面对一碗热腾腾的羊肉泡曾经连连称道:“吃得消!吃得消!”

我猜想,羊肉泡不一定是陕西人的发明,也许是风餐露宿于西域、北国、大漠、黄土高原上的征战者慌乱时迫不及待的方便食材。据说陕人(以至西北人)喜食的“锅盔”,它的前身,就是兵士们急中生智以头盔当铁锅烙出来的“死面饼饼”。凭着这醇香耐嚼、酷似压缩饼干的死面饼子转化的热能,大西北的“愣娃”小伙子长出一身刀枪不惧的黑疙瘩,忍饥耐寒,其声如大吼秦腔,其势如捶打腰鼓,拼命地奔跑和厮杀。既然有了现成的锅盔馍,那么,杀猪宰羊,炖一锅汤,急中生智,把锅盔掰碎扔进去煮泡,咕嘟嘟地冒热气,然后起锅,你一碗、我一碗,大碗冒尖、危如累卵,味道好极了,何等地省事!我国最早的羊肉泡馍(饼)就这样诞生了,中国第一碗“泡馍”可不就是“把馍泡到汤里”?

窗外不断传来秦腔的怒吼,那是跟京剧、越剧、黄梅戏全然不同的风味腔调,四座恐难找到知音,然而,泡馍吃得津津有味。我开始在记忆中搜索。当年享有盛名的“一间楼”好像离此不远,钟楼以西不过一箭之遥;由穆斯林孙氏三兄弟于整整百年前的 1898 年兴办的被誉为“三秦第一碗”的“老孙家”,在钟楼以东的东大街东段路南,但都消失在红火的过去,可是这块黄金地段、黄金时期挡不住的羊鲜扑鼻的诱惑却远胜今时。此刻席上，诸公交口称道，连最顽固的几个南方客也表示愿意接受，说“作为大众饭食，物美价廉，佩服！佩服！”显然，他们从普及“俗文学”的角度，有限度地肯定“羊肉泡”的实用价值，其实，西安也有与大众化的羊肉泡大异其趣的宫廷菜肴“雅文学”——“唐馔”。唐馔复如何？只有留待来日。

近些年来，我们家乡醴泉县——唐太宗昭陵所在地的羊肉泡出了名，后来中国北方数省文学青年作家会议的代表去乾陵参观，路过我的家乡，但愿一识泡馍真面。不少朋友后来告诉我，回回马明义兄弟的手艺如何之高，“吃马明义”成了醴泉人美餐一顿的代名词。如今，马明义兄弟分店经营，顾客趋之若鹜、高朋满座。一年，我回县，也凑热闹，进了马茂义、马秀贞的夫妻店，果然名不虚传。吃泡馍就是吃文化，贵在内涵和氛围，我依然怀念当年的“一间楼”“老孙家”。

1991 年 3 月，再回西安，画家罗国士夫妇设宴，吃泡馍！意欲何往？说是你去就知道了。室内布置奇特，伊斯兰味十足，余香满口，过足了馋瘾。索墨，上书四个大字：“西安一绝”。门面重开，招牌高挂，闻香下马，“老孙家”在此！

1995 年继“同盛祥”在北京饭店对过开张之后，“老孙家”也来北京。开始，肉鲜汤浓，声名大噪，牌子亮了，萝卜快了不洗泥，陕人胃口大伤。1998 年 1 月的一天，我冒着六级大风跑进民族饭店后面敞亮的“北京老孙家饭庄”。热乎乎的泡馍不料清汤寡味，馍粒既生且硬，用力咀嚼时不意撕拉出一根长长的头发，心里说不出的懊丧，情绪陡然降至零点，心想：还不知有多少根什么人的油腻腻的青丝，囫囵地咽下自己的食管。步出饭庄大门，颇有奋力挣脱之感。“鲤鱼脱去金钩钓，摇头摆尾再不来。”

告别恶心的羊肉泡，顶着刺骨的西北风在长安街上赶路。20 点 05 分以前务必赶回方庄寓所，生气事小，可不能误了风靡京城、有滋有味的 43 集电视连续剧《水浒传》第 29 集：《醉打蒋门神》。

光阴荏苒，日月如梭，“闷头发大财”的时机来了，吃香喝辣，过度消费。山珍海味吃腻了，洋人大餐也绅士过了，来点土的吧！加之社会上日渐刮起西北风，一时间，京城开遍泡馍馆，什么“食府杂粮”呀、“兰花花”呀，巨型筵席犹如满汉全席上也来一小碗泡馍请君品尝，大市场的小吃城里也泡起馍来。我所在的方庄小区就开了三家，西安著名的“西安饭庄”也来这里开设分店，门前车水马龙。

挡不住的诱惑啊！我挨个儿跑着去品尝一番，久违、久违，好吃、好吃！一大碗下肚，虽无青丝之恶心，也无留口的余香，罢了，罢了！“橘生淮南则为橘，生于淮北则为枳”，受温差、降水量和光照的影响，强令羊肉泡馍挪窝移栽，生生地离开它的地母，水土不服啊！

月前，儿子回西安开会，会上招待羊肉泡，恰好在其分店设于北京的“老孙家”。蓝盈盈的伊斯兰风格，幽深爽目，清真与羊鲜扑鼻，南北食客、外国洋人们无不啧啧称羡，儿子差点没流口水。儿子求证心切，单独一人又跑到街上一家小店泡了一碗，原汁原味、地地道道，也过瘾，是橘不是枳，加肉，大洋十八块。

屈指数来，羊肉泡北漂六十余年矣！羊肉泡传奇六十余年矣！管它是“橘”是“枳”、水土服还是不服，羊肉泡已经落户北京，作为陕西的名片充斥大街小巷，目挑心招、招摇过市。

空碗朝天（外一篇）

张金凤

端起碗，就端起人间的无边岁月。

天上一颗星，地上一个丁；地上一个丁，人间多只碗。一只碗，就是一个丁、一个人在人间的身份，是你的地位，是你的谋生。一只碗在民间的分量有多重？它跟生命是等价的。

人生来就端着一只朝天的空碗，向这世界讨要你的生计。岁月在你的碗里添水添羹加米加饭，你靠着一只碗在世间存身。

民间的碗，多是广口的泥陶碗、粗瓷碗，这些大黑碗里盛着粗茶淡饭，稀汤薄水，就像穷人带补丁的棉袄，立不直的腰身，说不硬的话语。一个粗糙的泥陶碗若盛上一碗肉，那日子就有点轻飘飘不切实际；一个穷了数代的寒酸泥腿子，若是突然坐上了八台大轿，簇拥着兵丁奴婢，这样的日子他也过不踏实。狗肚子里盛不住三两荤油，穷汉莫有非分的念想。有碗饭吃就很好！一个个穷人，捧着自己粗枝大叶的海碗，吃着半菜半粮的三餐，安分、知足，从不妄想。

碗是一面镜子，它承载着岁月的沧桑，见证着民间的悲凉，喜乐悲哀都在碗的肚子里盛着，碗不说话，只知道喂养。碗是一个生命的图腾，碗里有时候是一碗稀菜汤，映照着稀薄的希冀和渺茫的未来；有时候是喷香的米，从土地中长出，从汗水里抽穗，开出暖暖的花朵；碗里有时候是半碗白酒，那去意已决的心，饮尽这酒，碗落地而碎，听到的似乎是生命终结的声音，那个人，摔了碗，从此背负着一个故事消失于江湖；碗里有时候是半碗草木的汁液，幻化出苦涩酸麻的银针，刺向肉身里的邪气和恶气；碗里有时候也盛着阴谋，是蛇蝎的心搅拌在蜜糖里，是裂肌穿骨的刀，剔除无辜的血脉。

碗的造型当初大约取样于乳房。一个孩子出生先是以母亲的乳房为碗,三餐都从那里淘换,母亲们不管吃下的是怎样低劣的饭食,端上来的一定是热烘烘雪白的汤汁。一个能够独立吃饭的孩子就拥有了自己的一只碗,孩子从小就知道——端好自己的碗,不能打了饭碗,打了碗就丢了饭,日子怎么支撑?每个人一生都抱着碗,就像婴儿时抱紧母亲的乳房。

端好自己的碗,吃自己的饭,眼睛别向别处瞟,这是吃饭的规矩,也是做人的规矩。人家的细瓷碗盛着肉香和鱼鲜,那是人家的日子,人家的命。不看、不闻,只管把自己这碗饭吃得香甜。更不要吃着碗里的看着锅里的,人不能贪,一旦贪了,自己眼前这碗饭也未必保得住。长辈们指着碗敲打着孩子。一只碗奠定了乡村孩子粗陋的人生观,完成了不识字的爹娘对孩子的基础教育。孩子端着那只碗,没有办法不去想那只细瓷碗的香。他日头下一次次偷偷仰天追问,黑夜里一次次辗转难眠,还是禁不住去羡慕。终于,端着半碗糠菜的孩子不再言语,他已经从牛槽边、粪堆边、河滩里、大田里梳理出了碗的走向,他已经偷偷从祖父那本老书卷里窥见“王侯将相宁有种乎”的禁语。他冲手心里吐了口唾沫暗下决心,他知道,土坷垃里永远刨不出金疙瘩,那几本泛黄的旧书里也许有神秘的咒语。他从碗里看见了“断齑画粥”的范仲淹,看见了忍辱奋发的韩信,他看见了草莽皇帝刘邦,也看见了忠义将军岳飞。草根里跳出来的英雄豪杰,像一碗胡辣汤,刺激得他热血沸腾,捧着粗糙大碗的孩子,另一只手悄悄捧起了书,白天里挥动锄镰的手,月光下拿一杆苇管,悄悄在细沙地上写写画画。

一只细瓷带花的碗,常常被奉若神明,但是细瓷里的人生却满怀惆怅,他不知道细瓷之外还有多么坎坷的世途,描花之外还有多少等待缝补的棉麻。细瓷碗的人生没有远方,没有了俗世的艰辛,也没有了人世间的悲喜萦怀,它在绣楼上郁郁寡欢,它在书斋前素手调琴。没有人生的碗,素淡得成了一种祭器般的摆设,锦绣年华都付诸没有梦想的荒芜岁月,它眺望烟火鼎盛的人间,却正好遇见那只粗瓷大碗伸长了脖子往这厢张望的目光。

不管细瓷的还是土陶的碗,每一只碗端起一个宿命、一段人生。宿命不同，碗里的悲喜各异，但故事并不如碗的身世一样尊贵或卑贱。持老烟袋的手，早就看清了那孩子的心性，不紧不慢，他的训导像一袋老辣的烟：不管土陶的还是细瓷的碗，你端着它，就有一碗饭吃，生活就是安宁的。如果饭碗丢了，那么人生就玄乎；如果碗摔破了，前途就渺茫了。端着野菜粥的碗心里是苦的，但端碗的心可以是甜的，如果两个都苦，穷人还有活路吗？

一个丢了碗的人，在世间如何行走呢？碗是一种差事、一种奉献、一种责任。要让生活不空碗朝上，那个捧碗的人就要在世间勤勉地耕耘和奔走，携带着世间的风雨和尘埃，劳劳碌碌。一辈子，不就是为碗饭吗？人们感叹着。

空碗朝上的日子是悲惨的，空碗朝上的人生是屈辱的。街头那破衣烂衫的叫花子就是空碗朝上的践行者，这最寒酸的乞讨境地，都需要一只碗来支起生活的帷帐。那只碗，有时候是破的，豁开一个大口，兜不住这个人人生的种种；有时候那么脏，挑剔不得生活的泥沙。他们拿着一只破碗，佝偻着、萎缩着举过卑微的头顶，那时候，碗里的一口吃食，已经远远高过了头颅，高过了他的尊严。有时候，他窘迫得连一只破碗都没有了，寻到一只破瓢、破瓦瓣做碗，那半片瓢片、瓦瓣伴随的是多么残缺的人生啊！最让人心酸的是有些叫花子，连一只残破的碗也没有了，在这世间，没有了碗的人，他随时都可能被一阵风吹走，被一片尘埃淹没。他只有努力地伸着手，不断地伸着手向一个个行人求乞，它将手掌擎着，做成一个浅浅的小碗状，乞食在碌碌的红尘。连一只破碗都守不住的人，如世间的一粒飘蓬，更似一粒尘埃，落到哪里，便在哪里归于泥土。

端起碗，必是端起了沉重的人生，端起了肩上的责任。端起碗的时候，看见食物，还得看见食物背后的艰辛和劳作，想起碗边的一粒谷来自哪一滴汗水的浇灌，碗边的每一粒米都有恒远厚重的身世，都是春耕秋收的一帧记忆。

一只碗，陪伴一段生命的旅程，你不论在何时都离不开碗支撑的岁月！你贫瘠时，碗会流泪，它恐惧着、难过着，它盛着淡淡的汤、稀薄的米，它哀怨地看着自己空有一只巨大的乳房却挤不出一滴乳汁。懂碗的人,抚摸着碗,安慰着碗,他无能为力,只能愧疚地说,阳光灿烂的日子,我怎么就没有去耕种?满地庄稼的时候,我怎么就没有去收割?可是为什么有些人一辈子把自己埋在庄稼地里,埋在劳碌奔忙的生活里,手里那碗饭依然摇摇晃晃,依然吃不饱肚子,碗不明白,端碗的人也想不明白。

碗边的岁月有时是悲凉的,有时是困顿的。一只碗,是有灵性的,它最担心自己没有终生陪伴主人,在瓷的光泽尚鲜润的青壮年月里,一纸红签的批复,将碗的终点定在午时三刻。在人生的终点处,那个即将被执行酷刑的人,接过一碗送行的酒,咕嘟嘟饮尽,身着囚衣的他,喝完了酒,用牙齿咬住碗的边缘,此一生,这是最后一次与碗亲近了。"啪"的一声,他将碗摔掉,就如摔掉这一世的所有牵挂和刑枷,傲然地走向了断头台。那一声响,是他自己亲手画上人生终结的句号。敢死队是一群热血的汉子,他们在饯行酒面前,袒露着胸膛,或许还要歃血为盟,一股热血冲击着他们的灵魂,"咕嘟嘟"几口,浓烈的白酒喝下去,"啪啪啪",碗碎了一地,那些碗片疼痛啊!疼痛的还有他们亲人的心,但是,他们赌上了自己的命,为了某一种执着的事业。

有时候,一只碗是短命的;有时候,一只碗的岁月比人生还要难挨。这只碗,如果去陪伴一个心在高处的青年,碗的怀抱里也充盈着梦想和激情;这只碗,如果去陪伴一个凄凉晚景,薄荫凉寒里,颤抖的手端着一碗或半碗残羹冷炙,碗也黯然伤神;碗有时候空空地等在桌上,那副寂寞的筷子都闲出伤痕,碗始终没有等到那个人。那个人,闯外去了吧?也许有一天衣锦还乡,也许再也不回来,碗只能被陈列在供奉桌案上,满满的思念化作满满的忧伤。放在供桌上的碗是神圣的,它将那些美好的祈愿和感恩呈献给天,呈献给地,呈现给人们的祖先,更呈给它曾经服侍过、惦念过的人。那些好似是虚无缥缈的神迹却是人类精神的支柱,供桌上的碗,完成了从物质到精神的桥梁沟通,是人与灵魂世界的红媒。

有时候,人们在灯红酒绿里,在杯盏碟盘中忽略了碗,忘记了碗,那只碗被一个一直等待在暗处的人悄悄拿走了。锣鼓一停,妆容卸下,那些围绕着他、取悦着他的面孔一个个褪去各自姣好的戏装，转身消失在茫茫人海，那个惊醒的梦中人，再也找不到曾经相濡以沫的碗了，他蹲在戏台下号啕大哭。

碗，取土而成，聚火而做，在高温里赋予它神圣的使命，赋予它喂养一个生命的使命，赋予它分享一个人一生悲喜的使命。一只碗，盛过一碗稀粥、半碗苦药，盛过年的一碗素饺，清明的一碗薄酒，盛过大块吃肉大碗喝酒的豪爽岁月，盛过一日看尽长安花的飞扬。一只碗，它走着走着就面目斑驳了，就纹理粗糙了，就棱角模糊了。碗，停留在岁月的边缘，看着它的主人，眼神苍老而疲倦，换一个更新的碗吧？碗不难过，它感觉主人有了新的前程那是它的荣幸，那是它喂养的主人啊！就像母亲看着自己的孩子一天天长大长高一样，未来自己会孤单会落寂那也是心甘情愿的。那个人乘上快马走了，借着高枝飞了，碗被遗落在一个角落里。有时候，盛上一点水，滋养院落里的小狗小猫；有时候，放下一点粮，成了鸡鸭鹅甚至树上鸟儿的食钵。碗无怨无悔，不管去喂养谁，只要还能喂养，还能用水和食物给一个生命生机和活力，碗就是幸福的。碗的一生就是这样，别让它空着就行，空碗朝天的岁月是多么难过啊，那一只惊恐的口张大了问天，天哪，为什么这样？

端谁家的碗受谁家的管。离开粗瓷大碗的人生，端起另一碗饭，那被叫作铁饭碗。一碗饭有一碗饭的规矩，一碗饭有一碗饭的难处，新的饭碗教会了他尊重和真诚，也教会了他顺从和无奈。他有时候也怀念粗瓷大碗的自由岁月，碗有时候也是一副镣铐啊，锁住了自由的翅膀！光看见人家吃肉，没看见人家挨打啊！碗边跌落他一声叹息。

碗满了空，空了满，摇摇晃晃走得很累。洗洗涮涮的日子，叮叮当当的碰撞，盛来盛去，半满不浅，鸡飞狗跳，鸡毛蒜皮，一碗水怎么端平，谁家的碗里不是苦乐各半呢？

碗里的岁月有时候是苍凉的，碗里的岁月有时是厚实的。伤感的碗，喜悦的碗，尝尽生活百味的碗，更知道母亲的辛劳。母亲精打细算，就是经卷里开出的花朵。有时候一块山芋也会被母亲煮出甜，煮出蜜，煮出四季的芬芳;有时候,一碗粗茶也会被母亲捋出诗,敲出歌,捻成曲。榆钱饭、槐花饼、野菜粥,它们被母亲用心的五味调制,将它们付与春风般的荡漾。

碗在桌上陪伴着你,碗在地头供养着你,碗最难忘那些流浪在田边的岁月。劳动力在大田里一去一整天,一天三顿饭有两顿是在田里吃的。村庄里,那些从古老的岁月里走出来的小脚老太太们,干粮、烙饼、咸菜、咸酱、萝卜干儿,塞满一只只海口的碗,碗跟随颤颤巍巍的小脚来到了地头,去安抚那些在酷热里流汗拼打的胳膊。用它的温柔去安抚他海啸的威力,喊叫着的饥饿。然后,碗把自己身体的水、酒、糖、醋,换出了人生的酸甜苦辣咸,从毛孔里走出,走过了人生、走过了人体的碗里的那些内容,突然觉得坐地成佛了。

碗的劫难有时候来得突然,一层经年的油垢附着在裙子上,盛不住一碗水,轻轻一端,就"啪"的一声滑脱在地,碗分两半,兄弟们各奔东西。碗含着泪也含着期望走上了手术台。"哧啦哧啦"的金刚钻钻得碗皮疼肉疼心肝疼,碗片上三三两两的钻孔,是一个个咕嘟嘟涌血的弹孔,一块小铁,是最好的药,安抚着伤口,重新箍起分道扬镳的兄弟,重新挽救了碗破损的生命。一只被锔补过的碗,时刻提醒人们,世途凶险,且仔细保平安。

碗磕磕绊绊走到最后,还是躲不过破碎的命运,在洗刷时,它与另一只碗轻轻的一个拥抱,就把自己碰伤了筋骨,他太苍老了,经不住那股激情。或者,在小姑娘的手里一打滑,从空中落了下来,碗碴碎了一地,人小心地捡起来一块碗瓣,微微叹息。等土豆出土,人们做餐的时候,捡起一块小小的碗片,刮掉那块茎上的皮,碗的残躯成为了一个利器。它远远地看着这些食物送进锅灶,再盛进一些新碗的怀抱。碗又微微叹息了一声,那些美好的过往,我也有过啊。碗默默地回到角落,守着蛛网交织,守着缓慢的落日,守着人间依旧火热的生活。

一个人在世间奔走着,那只碗跟着它风风雨雨,开口向天;一个人走完了世间的路,归于尘土,那只碗仍然护佑着它,扣过来,扣成一个尖尖的坟头,呵护它的灵魂。

簸箕

"簸，簸，簸簸箕，米过来，糠过去。"一首遥远的童谣穿越时空而来，久远的乡村往事汹涌而至。突然强烈地想念簸箕，想念那些粗衣大襟的乡村女人。

簸箕是大腹便便并不美观的农具，就像那些被困苦遮掩了光芒的乡下妇女，粗陋简单但心性刚烈。簸箕的职责是筛选。与筛和罗不同，筛和罗是从眼睛上筛选，看表面，谁大谁小，尺度恒常，谁也蹚不了浑水，小的就让你过去，大的留下来。可簸箕不这样看，一张文凭就能糊弄得了我吗？冠冕堂皇的外表不是我审视的尺度，我是簸箕，专门挑内核、选品质。于是，簸箕凭空制造了风，将那些混迹在粮食中外表靓丽的虚空的伪君子们吹出了原形。干瘪的种子、徒有其表的壳子、假冒的草籽，簸箕将它们一一擒拿出来，吹出自己的视线，将体系庞大的杂草摘除，将内心坚硬恶劣的石块剔除，最后，只留下最根本、最诚实的粮食。簸箕就这个脾气，衣襟肥大，粗人一个，挑选的标准却谁也更改不了，你看不上簸箕的相貌，可是你得敬奉它的为人。

北方的簸箕是用匀称的细柳条编成，脱了皮的柳条雪白，一张新的簸箕便雪盈盈的。那些柳条刚刚定格的青春还有些生涩，纯洁的梦想还没有经过雨露风霜的打磨，它们意气风发地面对粮食和草糠。柳条的筋骨密匝匝排列着，形成一个半开放的器皿，两张簸箕扣起来，就是一个薄薄的长方体。簸箕有宽大的肚腹，用来装那些饱满的种子，有坚硬的边沿，用双手来把住，还有薄木片儿镶嵌而成的"舌头"，"舌头"薄如锹刃，在盛粮食的时候，它可以"嚓"的一声，长驱直入粮堆，将粮食装进自己的肚腹。那薄薄的"舌"似乎还要说些什么吧，端簸箕的农妇一定最懂它的话。

簸箕闲置的时日就挂在山墙上，跟那灰不溜秋的麦糠抹泥的墙作伴，闲听灶房间油盐酱醋的争吵，观看院子里鸡飞狗叫的烟火日子。簸箕在灰尘与蜘蛛网的覆盖下打瞌睡，不选粮食的日子，这个严格的考官，日子风清月白。闲时，簸箕也怀旧，想念它青春挺拔的河滨岁月，它是水滨的柳，乡下人就叫它水柳，也叫它柳子。它喜欢这些乳名，就像农户里母亲们嘴里喊的狗娃、杏花、小芹一样亲。水柳在河边婆婆娑娑地生长，跟大片的芦苇耳鬓厮磨，跟紫凌凌的水红花遥遥对歌，与明晃晃的溪流镜花互照。溪流的雾水氤氲洗浴，野地里的野风亲切抚摸，每一枝柳条都窈窕婀娜、身量纤细、风韵绰约。正是柳叶眉，眉弯弯，杨柳腰，柔纤纤的时候，一把镰刀，收割了青春飞翔的梦。斫叶去皮，青涩的心事雪一般洁白，在一把斫刀下羽化成仙子，在粗糙灵巧的手指下，翩然飞舞，组成浩大的阵容，编成柳条篮筐、柳条笸箩、柳条升，种种珍贵的器皿在柳条的舞蹈里生成。柳条编得最多的是簸箕。柔韧的水柳条，在一把亮闪闪的斫刀下褪下暗绿的盔甲，露出雪亮的内心。太湿或太干，都容易折断，一截新鲜的柳条，必经过日头的锻打、月光的淬火，不经过霜露的滋润和炉火的燎烤，终究是青涩不谙世事。只有一次次的磨砺之后，一段柳条，才走上成大气的舞台。

湿润的枝条在层层打磨之后，才具有了柔软的筋骨，阔大的承载胸襟。一扇专事筛选的簸箕，成长是一帧月光里的史书。一根经过了多次磨砺的柳条，柔软如线若丝，左插右穿，见缝插针一般，经纬缜密，变格匀称。需要它直行时它勇往直前，需要它迂回时，就是折腰屈膝也不抱怨。

经烈日刺痛，历风霜浸润，火光映烤，时光腌渍的柳条，从芬芳水泽转身走进村庄，走进一户户农家，走成一个个腰身阔大的婆娘，去完成一个新赋予的使命。

簸箕是属于乡下女人的，是女人认养的一个孩子。一个乡村女人，针线饭食固然重要，那是作为女人的本分；打理庄园也重要，那是碗边的花朵；收拾场院，筛选粮食和种子更是责无旁贷，那是关乎烟火和繁衍的头等大事。上得厅堂，下得厨房，拿得起针线，端得起簸箕，这是评判一个庄户女人的硬道理。

簸箕就是农家的日子，它盛着二十四节气。早春里，用簸箕盛出种子，再挑选一遍。秋日里储存下的种子，谁沾了湿气，谁走了油，谁遭了虫咬，这些变节的失身的种子都瞒不过簸箕，簸箕没有眼睛，但它心里经纬分明、一清二楚,“唰唰,唰唰”,谁该去,谁该留,它最有数,就像那黑脸的包公,绝不容私情。被簸箕筛选出来的种子总是不辱使命,在广袤的田野里吸水照日头,用露水洗脸,用月光照着悄悄生长,一年年将饱满的穗子,丰收的芳香送回村庄,送进簸箕的怀抱。

最忙的是收获的日子,簸箕在场院边缘闭眼打坐,心如明镜。哪一粒粮食被浮土悄悄吞下了,随着扫帚的风浪悄悄溜到了场院边缘;哪一粒粮食潜藏在壳子里,不愿意与它的故交糠壳们分开;哪一撮稗子的籽粒暗度陈仓想混进农户的粮囤里去过温暖的冬;哪些土块好想冒充高等作物接受崇高的礼遇。簸箕不说话,但心里那笔账明明白白。女人也不慌,看着那些明修栈道暗度陈仓的浮华者,只管忙碌着,她知道,最后由簸箕来把关,丁是丁卯是卯,谁都乱不了秩序。那些堕落的麦子谷子豆粒苞米粒,连同浮土被簸箕吞进来,女人开始颠簸箕,双手握住簸箕的两边,运匀了气息开始簸动:左边一下、右边一下、前面一下、后面一下,双手力道不同,粮食在簸箕里起伏的方向就不一样,涌起的波涛不同,暗流的潜伏就有不同的杀手锏。女人的身体微微起伏,像一首节奏鲜明的乐曲在她心田荡漾,她在用肢体的仰俯倾侧暗合着美妙的旋律。她的颠簸动作很有讲究,上下交替是平簸,左冲右突是颠簸,从里往外是顺簸,把外面的收到最里面来是跳簸。她的每一轮颠簸都是奏鸣曲:序曲、展开、呈示、高潮、华彩。簸箕像一首巨大的交响乐强弱对比,快慢交替,将单调的劳作播出节拍,簸出律动,簸出无限想象力。

簸箕是她的帅字旗,调动着千军万马,左一挥,千骑卷平岗;右一舞,鼙鼓动地响。那些麦啊、谷啊顺着她指挥的方向流动、汇集、咆哮、飞翔。她左手高颠一下,左翼腾空而起,围魏救赵,将兵力集中到势单力薄的右侧;右侧抛空一甩,谷物又沿着力道的方向挺进中原。看技术娴熟的村妇簸簸箕,就好像看一场大戏,锣鼓铿锵,出将入相,走马观灯,千朵艳艳。声响像咆哮的海浪,像塞外的朔风,像跌落的潮头,像万马奔腾的蹄音。而她就像个隐藏在幕布后的人,慈悲地微笑着,看那些糠皮、碎草作飞雪的姿态飞走,看那些莹润的粮食在簸箕的后沿稳如泰山、神情安然。“簸之扬之,糠秕在前”,谁躲得过岁月的簸箕呀,那些丰满的粮食不着急,着急的担忧的是那些混迹江湖的幌子。

一扇簸箕用久了就有了这家女人的气质,它饱经了谷物的打磨、草糠的挑衅、石块和土坷垃的进攻,甚至蒺藜种子的匕首,光鲜逐渐褪去,硬度变成韧性。一扇在农家驻守过的簸箕,连把手上都是被劳作的手抚摸得光滑可人的光芒。那处处领先的“舌头”最先在一次次的突围中破损了,它的肚腹也磨得几乎透明。那个已经苍老的妇人取出斫刀,砍来柳条,给老旧的簸箕打一个个补丁,还没有老得不成样子,哪能就这样退下生活的舞台?

农事不忙的日子里,她耐心地把簸箕交给孩子。总要担起生活的担子,再心疼也不能护一辈子,该交给她们了。不就是扇簸箕吗?心高气傲的姑娘不服气。可是,端一扇簸箕没那么容易,看人家像舞蹈一样有板有眼地颠簸,到了自己手里,就是扭麻花。扭着扭着她羞红了脸。“腿要沉稳如磨盘,脚要扎牢如树根,手上有劲不费力,臂上平衡定乾坤。”老得脸上蹙起菊花的婆婆在那里轻描淡写般唱着歌谣,一辈子都风风雨雨过来,面对一扇簸箕,她淡定得像一个神仙。不仅教孩子们簸簸箕,更要教会他们筛选。人要学会挑选,你选外表华丽的,还是要那诚实牢靠的,别听人家怎么说,你自己得有一扇好簸箕呢。姑娘红着脸假装没听懂,夜里却辗转反侧,那些轻飘飘的面孔就被簸出了姑娘的梦。最后的两个后生在她的簸箕里翻过来簸过去,天亮的时候,她终于握住了其中的一颗太阳。

一个会挑选的姑娘做就了一生的踏实和幸福,一个会挑选的娃娃,懂得从庄稼行里看见一轮明月,从黄土地上读到黄金,懂得从露珠里找到珍珠,懂得从锄头下去除杂草留下丰收的希冀。母亲也是懂得挑选的,她从六个娃娃里选中老大去学木匠,选中老二去读书,选中三娃去赶牛犁地,选中五娃去当兵。多年之后,没有一个孩子走错路,没有一个孩子抱怨母亲的选择。母亲就是一扇老簸箕,老是老了,可心里的那杆秤准星没歪,她知道谁家的日子需要帮衬,谁的心灵需要缝补,谁该加润滑油了,谁该给打打气了,谁该给敲敲警钟了。一扇老簸箕,即使补丁加身,不散架,使命就扛在肩上。

接过簸箕的闺女，在虚虚实实的岁月里眼不容沙，将日子过得滴水不漏；接过簸箕的儿子，将虚浮踩在脚底，把诚实根植大地，活得掷地有声、堂堂正正。

土里寻食的母亲，硬要儿女学习簸簸箕。现在都什么世道了，还要这些老规矩！世道不管怎么变，理是不变的，一扇簸箕要端平，只有端平了，才会有嘴去说话，你若心不平，谷物和糠秕就永远分不明白。你可以身体微倾但簸箕不能倾，面对粗糙的甚至带血带疤的生活，你可以低头甚至屈膝，但灵魂不能缴械；顺风顺水的时候你更不能张扬，你若护着自己的短，把簸箕往后仰脖子了，胸是挺得高高，但是藏在肋骨间的糠秕永远簸不出去，那些缺点会毁了你。簸簸箕的时候，心要沉下来，只有沉到底，你才能像一颗丰满莹润的粮食或者种子，永远不被生活的风扇到边缘。生活的路有千万条，你选择走哪一条呢？每一条都有不同的风景和坎坷，你选好了就一条道走到黑，可别这山望着那山高，把人生荒废了。絮絮叨叨的簸箕觉得不传递这些箴言，自己真的就没有用了。

簸箕口的薄木片就是生活的舌头，不管酸甜苦辣，总是由它来先尝。尝过了人生百味，练就了大肚能容，人生也是一场场颠簸，不经过九九八十一难，难读懂生活的真经。女人在那里颠簸着麦粒谷粒，也掂量着自己的人生。在苦熬苦煎的日子里，她坚信，这些都是会被颠簸出去的尘土和碎屑、秕谷糠草，一定有沉甸甸的饱满日子在后面等候着。

空虚的日子，浮夸的品行，在簸箕面前藏也藏不住，扇出虚头巴脑的空壳子，留下的就是诚心实意的胸怀，留下的是饱满晶亮的日子。母亲们的簸箕，还盛满她的子女，孩子在颠簸中成长，那些坏毛病还不等长大，一冒芽就被簸箕掐掉了，扇走了，在簸箕的眼里，谁敢走歪道？那粗糙的手掌，抚摸着，揉搓着，那些青涩和硬外壳就褪掉了，簸箕云淡风轻地训教着。总有些跟你拧着干的粮食，无论你的簸箕怎么苦口婆心，他都油盐不进。你发现，有些还带着糠壳胞衣的粮食，总是簸不出去，它比粮食还沉，你也不忍心就此把它们与糠放在一起，任它在灶台下燃烧了辛苦长大的青春。于是你苦口婆心地揉搓。这孩子在打场的时候欠了些棍棒的重力，不是谁欠它的,而是生活原本就不够均匀,经历的敲打少了,就难以成才。你想起村上那个被劳教的半大孩子,都是爹妈娇惯太多,管教没跟上啊。你将那些不成材还靠着胞衣求庇护的粮食聚集在簸箕前端,用粗糙的手一一狠搓,每搓一掌,你的掌心都火辣辣地疼,你知道,管教的时候,他疼你也疼,可是,你不能不狠下心来。当年,那个选择念书的孩子突然跑回家,你逼着他在工地上打了半个月小工,双手磨起血泡的时候,他回来恳求,你仍然不赦免。如果没有那次经历,他不会那么珍惜他的书本。他在工地的日日夜夜,正是你坐卧不安、失眠痛苦的日日夜夜。

端正一颗心,该去的都会去,该留的一定留下来。簸箕是送种子出征的地方,也是验收种子的后代回归的地方,生活就这样周而复始地轮回,日子就是在庞杂里选择丰盈、丢弃芜杂。种子在这里怀揣使命出征,粮食在这里怀抱荣誉接受检验,母亲这扇老簸箕,怀抱里多半生的时光是空的,似乎种子的来去,只是在她们这里举行一个仪式,这仪式短暂却神圣,照耀它们的一生甚至更远。

乡村的女人在簸着簸箕,簸箕在她们手上那样自如,像一个展演的道具,在竹篱茅舍的庭院,在庄稼婆娑的田边,在青篱流水的溪旁,在麦粒金黄堆积的场院。她把日子放在里面颠簸,剔除风霜雪雨,留下春暖花开;她把人情放在里面颠簸,忘记家长里短,记住滴水之恩;她把苦辣酸甜放在里面颠簸,在苦里开出黄花,在酸里泡制咸菜;她把色彩放在里面颠簸,把黑色装点做梦的夜晚,把白的洒向一树树洋槐花,把红的挂在阴天的苍穹,把绿的变成碗边的美味菜蔬。端着簸箕的她,颠着簸箕的她,肋下夹着簸箕的她,在乡间从容行走着,走着走着就走成了一帧风景、一段念想、一缕灵魂。

打满补丁的簸箕最后挂在墙上,闲下来的簸箕感觉到筋骨都松散了,补丁再硬也掬不住时光的散沙,老了就是老了。那个端了它一辈子的女人也被手术刀缝缝补补打满了补丁,她说,一只满身是裂纹的破陶罐,说不定哪一天就哗啦碎了。当有一天,那个簸箕思念了好久的女人终于回来,和它一样挂在墙上,簸箕默默合上了眼睛,一朵泪花包在一片脱落的碎屑里落在地上。

戏里乾坤大

刘洁

戏曲来自平实的生活，天然带着对世情的了解。台上热热闹闹地说着是非曲直，无不是世道人心的表达。年深日久，有些剧目就成了人情世态的集大成者，能被仔细掰扯一下。

龙凤呈祥

一出戏能传承下来，必有其中的道理。就像一首诗，上溯100年，想认识字家里都得是土豪，如果是女孩，家里即便是大土豪也不让认字，女子无才便是德嘛，认了字家里花了银子早晚还要嫁给别人家，为人家生儿育女添枝散叶去，不能给娘家作丝毫贡献，老话还说女生外向，也印证了这一点。那时认字的人在总人口中比例太小，写首诗能流传下来殊为不易。而戏曲面对的是普罗大众，那是天然的市场经济，没有观众，一出戏死掉非常容易。戏曲尽管是下九流，也没挡得住多少高人为它呕心沥血、佳作频出。只是时代的改变往往会让某些流传了很长时间的剧目消失，运气好点的，碰到能加以改造的高手绝处逢生，最鲜活的例子是《花为媒》。当初的一男二女大团圆结局明显和解放后的一夫一妻法律不合，如果不是吴祖光给添上个男二号贾俊英，让男女比例协调了，就冲两女共侍一夫的结局，这戏从此别演了。《花为媒》是新凤霞的拿手戏，吴祖光为了让他老婆新凤霞开心，救了一出戏，吴老先生也是够厉害的。既救小我又全大戏，正是做人的最好结果。

另一个流传的原因是人性。比如到了年节就要喜庆，说吉祥话，看喜上加喜的戏，营造天下同乐的氛围。只要这种心理存在有出戏就一直会演下去,还经常动不动就名角齐上阵,凑一台“恭喜发财”的好彩头给观众,这就是《龙凤呈祥》。

许多名角都演过这出戏,里面有经典人物经典唱段,像乔玄乔国老的那段西皮原板的名唱“劝千岁”,马连良、奚啸伯他们都唱过,千古流芳百代不毁。每次看到乔玄唱这段,我的小心脏都会暗自晃悠,琢磨着孔明让刘备过江东后首先去拜访他还送上厚礼,对后来他频繁给刘备到处说好话起多大作用。好玩的还有个人物,他的老管家。这老东西看见刘备递过来的礼单,乔玄还在和刘备客气呢,他自己倒抢过去先接下来,还一直说“皇叔送来的,你不收皇叔就不欢悦了”。姜妙香演过这个角色,他的声音里有种奇怪转折,演到这里脸上的表情理直气壮得要命。这个话其实很通人情世理,说出了刘备和乔玄各自的心思,知道乔玄肯定不好意思直接收,但是不收刘备又下不来台,所谓“宰相门前七品官”,做相爷家的管家,年纪大了,知道进退,知道什么时候要做点老爷不方便做的事,既不违反大方向,还各自落了应得的。乔玄没欠刘备的,他知道大敌当前,应该孙刘欢好,如果平白让他出力,以他的地位,大、小乔的爹,孙策周瑜的老丈人,也不能随便给什么人说好话。他犯不着。

1957 年,为了庆祝北京京剧团成立,马连良、谭富英、裘盛戎和张君秋联袂主演了这出戏。两年后,梅兰芳、马连良和裘盛戎也唱了这出,而我最早看到这出戏大概是上世纪 80 年代早期。当时留下的最深刻印象是服装的异常美丽华贵:怎么可能有这样简单的舞台和打扮无不庄重的人物,尽管当时觉得那些人唱的频率太慢,还是没能抗拒美丽的冲击,居然也看到了结束。彼时裘盛戎还在,他在刘备携孙尚香回荆州与众部下相会于长江的船上时,给战斗在前线的刘备、赵云,甚至提前到达的孔明都道了辛苦。和孙尚香见礼后,孙尚香说“三弟免礼”,那一次,张飞居然捏着小嗓子重复了一遍“三弟免礼”,声音脆、人物带着稚气状,和他一身渔夫装刚刚与周瑜对峙的情势撤下来完全没有违和感。我知道表演者是裘盛戎,高龄的他仍然在舞台上利利索索地上蹿下跳,圆场也跑得欢,脸谱带着笑模样,跟别人演这个戏里的张飞不一样,倒是后来看剪纸动画片《张飞审瓜》的时候,那个感觉很接近。而这一段在1957年的录音里并没有，验证了演员在舞台上是有即兴之作的。还有一个例证是同样在这出戏里，刘备进洞房的时候，孙尚香只是说撤下刀剑。而在另外一版里，孙尚香还说过一句话“厮杀半生尚惧兵器”，这话在这个时候说出来，带着孙尚香对刘备的取笑，正是年少的郡主看着半百的新郎，萌生出的亲切又带着撒娇意味的表白。都是同一个演员的表演，弹性原来随时在的。就像甘露寺相亲那一折，据说原来刘备介绍家底的时候，乔玄没什么戏，只坐在孙权身边陪着，可马连良有想法，他主动加上对每个人物的说明，向吴国太推介刘备和他的手下们，强化刘备的个人价值和他背后的势力。反复被孙权斥责啰嗦，但频频施礼而继续犯错，大有“虚心接受，坚决不改”的架势。好演员能想到一般演员不能想到的，也能做到别人不可能做到的。所谓的进步就是由这些细小的改变堆垒而成。可惜，现在的人动不动就要推翻了重来，这样于发展真的有利吗？

《龙凤呈祥》这出戏能吸引如此多的名角出演，因为这出戏体量很大，折子戏多，人物多，还都出彩。当年创作这戏的人是高手，他知道中国人天性中对圆满的渴求，也许生活里做不到，那就到舞台看一下古人的圆满也不容易得到。“入戏太深”对许多观众都不陌生，“和我一样生活得不容易”，总能让观众更容易接受，这样的自觉代入很好地把舞台上下连接在一起，即使今天的电视剧电影，也无数次用到了这个手法。如果今天的观众能耐下性子就会发现，老祖宗很高明，各种戏剧原理用起来随心所欲。就像写小说，今天许多人说某种形式是自创的，说明他的阅读还有欠缺，古人早就把这个事研究透了，现在出现的小说形式，以前妥妥都备齐了，而出现的年代之早，令人很绝望。

刘备娶孙尚香那年，已经五十多了，须发皆白，所以乔玄让自己的老管家给他送去染须发的药，好让第二天国太相看新姑爷的时候过关。后来情节发展，这对老夫少妻感情还不错，和我们一贯认为的政治联姻一定不能琴瑟和谐的理解不大一致。那个时候的人是一根筋，嫁就嫁了娶就娶了，他们没有推托或者抗拒的念头。倒是今天的人复杂，替他们操了许多没必要的心。不过从来都是操心太过，更容易被嫌弃。许多时候人热情过分，以为自己不可或缺，其实多半是自作多情。戏里是这样，人生中更是。

追鱼

《追鱼》是越剧名剧，湘剧也有这出戏，好多优秀演员都演过。许多年前还拍成了越剧电影，由徐玉兰和王文娟主演。当年这两个人还主演过越剧电影《红楼梦》，一时间风头无两。盛名之下，《追鱼》这出戏就没那么出名。

故事来源于明传奇《鱼篮记》，基本的故事框架和现在很接近。它说了个嫌贫爱富的故事，女方家贵为宰相，从爹到女儿都看不上未来的姑爷，打算翻脸赶走男的另谋佳婿。这样的故事任何时候都有可能发生，有意思的是如果性别颠倒过来，女方很可能就被顺利接受了，说不定还能上演一出真情动人的爱情神曲。《追鱼》里的书生张珍除了相爷一家子琢磨他，还有另外一拨人也关注他——和他做邻居的鲤鱼精以及她的亲朋好友们。鲤鱼精的出现是个让人脑洞大开的安排，既然平凡的俗人看不上不能接受他，那来个妖爱吧，比道德有瑕疵的相府小姐真牡丹和她爹段位更高。这个故事至此进入了编剧遐想的部分，让一个精怪进入故事并担当故事的主要推动者，恰恰说明生活里遇到类似的事情不少，也没什么更有效的解决方案。如果事情僵了，冥冥中希望有个外力来推动甚至颠覆结果，是人的本能反应，凭空创造的鲤鱼精刚刚好符合了多个要求：可以变成真牡丹小姐的样貌，保证了张珍立刻接受她；能调动虾兵蟹将到相府搅局，这本领比一般小老百姓的能力大得多了；而她自己能内做美人伴书生读书，外御强敌武艺高强，真真的让小民百姓盼着自家也有这样一个美人。张珍也是好样的，他知道了一直陪伴的牡丹小姐是鲤鱼精扮的，始而惊讶后来情绪平复后，居然没什么心理障碍就接受了。对一心盼着能得到爱情的鲤鱼精来说，他的表现非常重要且有决定意义：鲤鱼精能下定决心过了炼狱般的历练，是因为他的真情打动了她。能得一人心，白首不相离，是女子的共同愿望，哪怕她是鲤鱼，也有爱情的理想。

李代桃僵在这出戏里是鲤鱼精代真小姐，类似的替代在“二拍”里有一个故事《小姨病起续前缘》，说的是和人定亲的大姐死了，借着妹妹的身体陪伴郎君一年后，才回到家乡揭露此事，郎君又娶了妹妹的故事。虽然都是替代，但是《追鱼》里是妖精替代活人，利用了空间的不通畅做成了事。而“二拍”里的故事，同样运用了空间转换，可见类似的故事需要一个能隔绝外界的条件才能成功。倒是山东吕剧有出戏没有空间问题，解决问题的办法还简单粗暴，但结果很好。吕剧《姐妹易嫁》里没成婚的大姐夫因为家道中落被大姐嫌弃，虽然岳父和小姨子都不认可大姐这样做，架不住大姐逼着小伙子去赶考，小伙子中状元回来不愿意暴露真相，就布衣的样子给大姐看，大姐当然不嫁。解决的办法来自内部，小姨子为了解父亲的危局挺身而出嫁给了姐夫，姐夫成了妹夫，她的回报很可观，做了状元夫人。这样的结构虽然有点荒诞，但是人世间什么都可能发生，怀着好心对人总会有好结果，说起来这样的故事更具有某种教化作用。这出戏的原作者很厉害，是蒲松龄。作为短篇小说高手的他，写的这出人性激烈碰撞的戏，更像是由模本改编。从来都是真实事件更跌宕起伏，创作总也追不上活生生的现实。《追鱼》就简单得多，尤其是现在看到的版本，抛弃了封建迷信的成分后，一个结构完整的爱情故事出现了。鲤鱼精遇到困难，也有各种水族出现，和《白蛇传》里虾兵蟹将用来推高长江水位逼法海放了许仙的用途不一样，他们是为了和包公带的一拨人抗衡、混淆视听来的，果然达到了相爷都不敢肯定哪位是真的包大人的效果。后来张天师请来更大的神仙，混战一番后没有灭掉鲤鱼精，解决的办法是提个条件：如果鲤鱼精要和张珍在一起，就要舍弃千年的道行。鲤鱼精选择了舍弃，经历了痛不欲生的炼狱般的痛苦，她的鲤鱼鳞被拔除了，得到了和张珍一起生活下去的权利。瞧瞧，对个妖精来说，想过平凡人的生活不太容易，也不简单。这个情节不由得让人想到安徒生童话《海的女儿》里的一个桥段，海里的人鱼公主为了能和心爱的王子在一起，喝下巫婆的药让鱼尾消失变成人的两条腿，但每走一步都如在刀尖上疼痛万分。为了爱情，无论中外，女子的心都是一样的，没有什么比它更倾心、更热望，即使天天生活在刀尖上，只要能看到爱人也可以忍受。

和许多地方剧种比起来,越剧的影响力要大得多,名演员也更为人所知。越剧拍过的电影不少,远的如《梁山伯与祝英台》《红楼梦》《追鱼》等。近些年小百花剧团的《五女拜寿》,其中第五个女儿的扮演者何赛飞后来成了多栖演员,出演过《大红灯笼高高挂》等名片,和赵丽蓉一样打开了戏剧演员的发展空间。徐玉兰和王文娟的戏曲演员身份从未有过挪移,他们那个年代出名的倚靠就是唱戏的本领了。徐玉兰最出名的唱段是"天上掉下个林妹妹",当初看《红楼梦》的时候,这段唱打动了众多观众,许多人学她,卡拉 OK 里点唱率很高。她那洒脱奔放的声线,放到今天应该有更大的发展空间,最简单的做个声优也有广阔的天地。王文娟的另外一个身份是曾经演过《永不消逝的电波》里李白的演员孙道临的太太,据说那时孙道临要拍《雷雨》,太太繁漪穿的丝绸制的拖鞋始终找不到合适的,王文娟跑到剧团的道具部门翻出来一双,恰巧符合要求,解了难题。

朝阳沟

现代戏特指的一个群体,在许多人的印象里好像只有八个样板戏才是正宗。其实当年《朝阳沟》出现的时候,其他的多半连影毛还没有呢,豫剧又像以前一样对社会热点作出了准确的预测和反应,真真是给这个群体带了个好头。这是一出颇富喜剧色彩的戏,当年曾经大热过,众多人物成了经典,甚至带着普遍意义被传唱,经久不衰。各地的地方剧种脱胎于当地的水土人情,风沙土石都会潜移默化地影响一个地方的人的思维方式和表达手段。就像观众看秦腔《大祭桩》,被戏里表达悲剧情感更深地打动了一样,豫剧在表达欢乐或者说用欢乐的方式表达情感方面,比其他剧种更加生动喜感。《花打朝》和京剧的《三打陶三春》虽然故事情节不同,但都有以下犯上的情节,且都是女子干的,处理方式绝对不同。豫剧《朝阳沟》由于当时的轰动效应过大,许多地方剧种都做过移植,结果都和淮南的橘子到淮北之后的命运差不多。到底如梅兰芳一样把豫剧《穆桂英挂帅》移植到京剧还大获成功的范例不多,那也是有本领才能做到的。我们可以推断的是，移植中假如没有再创作，想成功应该不大可能。

《朝阳沟》1958年公演的时候，新中国建立还没到十年，知识青年的未来在哪里，期待着有人指出方向。农村作为就业方向这个解决办法此时悄然出炉，应该是某些知识分子给出来的。有经验的知识分子给无经验的知识分子指条明路，所谓相爱相杀，好玩得紧。当然，这样想，是有点暗黑了。《朝阳沟》的故事，今天看来程式化明显，线索单一，人物脸谱化也很强烈，发生在家庭内部的戏剧冲突使得没有确切的坏人出现，造成情节设计和编排时会有简单化的倾向。情节和人物上的对立面，排第一的是女主角的妈妈，这样的设计后来成了惯例，这是当初的创作者没想到的。有意思的是，如果把人物的语言单独拆分出来，戏里的每个人物都在故事的推演中说过生动活泼的台词。比如栓保看见银环锄地的样子很不合范式，做了样子给她指导："你前腿弓，后腿蹬，心不要慌来手不要松，哎——哎——又叫你把它判了死刑——"这台词画面感太强了，知识青年没有摸过锄头没有种地经验的实底暴露无遗。许多人看了这出戏后，都会学栓保的唱词，做动作，然后和周围人一起哈哈大笑。二大娘和栓保娘一起给银环娘做思想工作的时候，银环娘说女儿平时在家里："针线活她不会，端碗还嫌手腕麻。"我的天啊，这姑娘比皇帝家的公主还娇贵，针线活不会也就罢了，从来都有手笨的人，确实做不来。那个年代物质贫乏，针线活几乎是每个姑娘的必备技能，而银环娘单独提出来说明她家姑娘养得多娇。后面那句更要翻天了，不仅十指不沾阳春水，吃饭居然端碗都不行，这是要上天吗？老婆婆竟然也没二话，"吃穿不用她沾手，现有巧真俺娘儿俩"，这是多么有爱的婆媳才能处出来的待遇。只是看到这里总有点疑惑，这和平常人家的生活状态差得也太远了，更像一个有经验的女人对付另外一个胡搅蛮缠的女人的暂时性对策，反正你女儿在我这里，平时生活是什么状态，你走了又怎么知道呢？天长日久的，我日日调教，还怕不能教出来？银环娘显然想到了这一点，她和所有的妈妈思维方式一样，对策是我就住下来看着你们，不让你们这些狡猾的家伙欺负我的宝贝。

早期的版本里，名演员汇聚，银环娘的扮演者是常香玉，总在扮演年轻姑娘的常香玉演了一回娃她娘，演得很好，可惜那个时候没有视频留下来。而魏云、王善朴和高洁等人都是这个戏捧红的，和歌手凭一首歌红了后，再到各地演出总被主办方提出要他“再来一遍”一样，时间长了也很无聊。演红了《朝阳沟》的这班人，后来再演别的戏总不太能让观众入戏，明明穿着古装，唱着古人的悲欢离合，也被观众在台下大声叫出来“这是栓保!”完了，从此他们别想演其他戏了，观众没法从《朝阳沟》里出来。所谓成也萧何败也萧何，他们的体会一定深得多。

朝阳沟确有这个地方，且和戏曲很有缘分。据说原来叫曹家湾，河南曲剧的名剧《卷席筒》的故事就发生在这里。《卷席筒》的主人公苍娃的哥哥进京赶考，苍娃的母亲是填房，设计害前房儿子的媳妇，没想到毒死了老爷子，和哥哥没血缘关系的弟弟苍娃出面顶了缸，法场上被中状元的哥哥解救，但嫂子不知情带着席子去收尸。经典桥段就是嫂子拿了裹尸的席子卷成筒状，苍娃假装被杀，反复在卷成筒状的席子中跳来跳去，把嫂子吓得不轻。每次看到这里，我都乐不可支，嫂子的悲痛和苍娃的淘气形成鲜明对比，戏剧冲突特别强烈，结局当然是大团圆。只是故事后面的发展出人意表，中状元的大哥多年后因事获罪，整个湾子受株连，曹姓人闻得消息连夜改了姓才躲过一劫。而改成朝阳沟是因为戏出了大名。一个地方在两出戏里出现且如此戏剧化，很让人意外，须知这是个非常小的地方，在深山沟里。

苯日神山

凌仕江

一

“尼洋河岸就是苯日神山啊!”

牧羊人手指的方向,一片种满经幡的山峦,成了小城林芝遮挡风霜的旗帜。而林芝,在藏语里,一直被喻为太阳宝座。那些经幡像一株株长势喜人的粮食,它们的营养来自风和阳光,以及朝圣者装满信念的眼睛。经幡憎恨雨水,如同鸟儿憎恨飘飞的尘埃。因为雨水,经幡将停止愿望的生长、传递,雨水让所有载满祈祷文的翅膀飞不起来,而苯日神山也将陷入一场病患的沉默。

当一座山沉默的时候,山下的城只能发出几声咳嗽,无比尴尬。既吐不出痰,又流不出一滴血。此时,响亮的则是永不枯竭的尼洋流水。

流水的最终去向是印度洋。

唯有一路的山眷恋一路的水。

工布人习惯朝圣苯日神山,只因山比水更靠谱。山就像头上的一根天线,接通另一个世界的丰饶。工布人一生一世都生活在看不见的丰饶里,而水始终是要流到别处去的,如同情人的情人,瞬间聚散,谁也不能靠谁一辈子。

“我的羊儿们都知道那座山的名字,你们当兵的什么也不知道。”牧羊人坐在太阳宝座上,他挥舞手中的“乌尔朵”,笑容比阳光更有温度。那时,我最着迷的就是牧羊人手上那个玩意儿。当兵的叫它“投石器”,是用羊毛编织而成的绳物,长约一米半,中腰部位成小兜。每当有羊不听使唤的时候,牧羊人就将乌尔朵以小兜为中心对折,将有小环的一端套在中指上,末端捏在手中,接着在小兜中装上石子,然后跑几步,趁惯性加大,挥舞乌尔朵,趁势松开末端,大呼一声“嘞嗦嗦!”把石子投向那只不听话的羊。有时,遇到危险情况,牧羊人也将乌尔朵打向猎物。这旧年延续至今的牧羊细节,它的使用可追溯到聂赤赞普时代,无枪的藏人也曾用乌尔朵追打侵入藏地的英国人。

可是牧羊人看都不准我看,更别提摸一摸了。

二

山尖尖,雪堆白;小水沟,冰洁白;树梢上,一片白;牧羊人,发如雪;训练场,兵成雕;营房顶,落雪饼。面对银装素裹景象,我常常把左手交给右手,钻进袖筒子,靠抚摸自己取暖。边地寒流带给人的,除了肉体的冷,还有日光杀不住的萧瑟,直扑灵魂。似乎军营对人之约束,目的就是不想让一个新来的人,把驻地弄得太懂。其实不然,那些长了胡子的带兵人,对营地少数民族地理文化的胡子,一根也没弄懂,他们一个个大脑袋,装的全是女人的事情。但他们凭的是威严眼神,与钢铁铸就的军权,掩盖真相。

初来乍到,不懂军规的我们,喜欢打破砂锅问到底,可带兵人拼命严防死守,生怕军事机密被一个小兵偷走。多年后,反思兵之初的这段经历,发现不懂驻地藏民俗的带兵人,是相对失职的,他们才是真正的无知者,伪装绝对称得上他们戏弄“敌人”的成功法宝——新兵蛋子,问那么多干啥?真是B话多,想逃跑吗?给老子老实点,记住:不该问的不要问!

如此蛮横回答,让人心里很窝火,这答案毫不接地气。带兵人嘴里冒着烟,眼睛随云飘忽,活活将眼前一枚火花闪现的小炮弹,狠狠踩死成哑弹。同时,带兵人踩死的还有面对集体主义,找不到出口的个人乡愁——他们既看不到想了一年又一年的女人,又要保持官大压死人的傲慢本性。

可戴着故乡面具的新兵们,还信以为真带兵人拿得出异乡的精彩答案?尼洋河岸就是苯日神山,这在当时我们几乎谁都没听说过。好在岁月恰当时候,给人迂回机会。牧羊人的嘲笑,让我对他的职业产生了神圣的敬畏，至少他比驻地的兵者对土地更有感情。对于青春驻扎过的地方，时光去得越是久远，一旦被人驾上时光之翼，岁月淘洗出来的本来面目，恰如一座神山显现。过去营地早已迁徙，剩下的只有墟土、砖块、石灰、水泥、木材，还有向天疯长的杂草树木。间或，有橘红色的蛋子花，米团似的珍珠籽粒，每株花朵与籽粒间，皆藏匿着一窝金龟子，它们不分大小，群起而攻之，在光天化日下，偷吃果实的心，连野花绽放的寂寞，也不放过。

想起小时候，在故乡玉米地捉金龟子，突然在高原的花朵与往事面前，有些憎恨它外表的美丽与可爱。

那棵紧挨着炊事班的青冈树，体积能够遮盖半个连队，叶子像吮干了水的老鹰茶，散发着炊烟味儿。它不离不弃的守候，换来的是不见人烟的孤独。这与报纸上常出现的留守老人孤独相比，何其深重？即使内心再荒芜，年老的青冈树也要忠于内心的守候。

戍边人走了，牧羊人走了，野马晨出夕归，青冈树身上剩下的只有风烛残年。满脸斑驳皱纹的老青冈，主干上结满如佛珠深邃、光亮、慈祥的痂。

一只断奶期的羊羔，在青冈树下自由出没。少了牧人陪伴的它，恰如一个人因失去军规捆绑，获得的另一种自由。羊羔目中无人，只有青草和蚊子。它偶尔用力甩动尾巴，看不顺眼干扰自己啃草的蚊子。我蹲下来，坐在庞大的树桩上，和一朵蓝幽幽的野花，静默地看着它立在风中的静默。风从密林的深纹路里，有秩序地穿出来，波浪似的压过正欲生长的秘密往事。

站在一座营盘留下的灰烬中，仍能想起几张模糊面孔，他们嚣张的样子，似乎早知道苯日神山的存在。

三

的确，苯日神山过于陌生和无知。与之相伴两年多的兵生活，几乎没当它存在，更不可能把它当神山崇奉敬仰。如今，听说这座山居然与西藏原始苯教有关，这就引起我的警觉和兴趣了。

不知谁赋予了这座山一个神乎其神的传说，使得我这样的聆听者肃然起敬。岂止一个传说，在《圣地苯日山志》记载里，民间的许多传说，书页中都可以找到相应的具体描述。工布地区，包括林芝、米林、工布江达都有着苯教的发源地。从某种角度看，苯日神山象征的是一种守望，即工布人民对自己文化的守望，他们看似一生只做了一件事，那就是对一座山周而复始、不知疲倦地朝圣，其实他们表现出的是对苯教发源地的坚守与呵护，这也彰显了藏地文化的强大尊严。

带着传说，从连队遗址走出来，过尼洋河，穿过林芝市区，进入 318 国道，老远看见山门石头上，红色标记刻着——比日神山。面对经幡飞舞的山门，我的眼睛显得有些惊疑，究竟是苯日神山？还是比日神山？论青藏高原山脉形成，从林芝八一镇到雅鲁藏布江北侧的米瑞乡，这一地带的山脉完整性，找不出任何分割与断裂痕迹，它应该是一座山，何以生出一字之差的两个山名？而在米瑞乡，看到旅游标志分明又是苯日神山，这究竟有何区别？

长期以来，藏地存在藏汉双语同音译的变通使用，许多时候，在传达意境上显得不够准确，尤其是汉文化的急于渗透，多少带有点强硬化的嫁接，导致进入后现代的快速开发与经济增长，使藏语本身的意境，在这些行为中消解了原有自然生长的味道。将“苯”与“比”划定成两座不同意义之山，当是来自沿海地区的援藏者们干的事，不知他们在成为造山运动主力军时，是否对藏地宗教有过真正的体悟和考量。

苯教，最早的发源地为古象雄王国，别名：本教、本波教，也称之为古象雄佛法，是辛饶弥沃如来佛祖所传的教法。修行苯教者，追求的是圆满，成就虹的化身。苯日神山，在我看来就是辛饶弥沃的化身。最初在此的驻守，我不止一次见到尼洋河升起的彩虹，那时我对苯教一无所知，因此就没往这方面多想了。

如果按来自文君故里邛崃导游小吴的解说，从林芝尼洋河一直延伸到米林县雅鲁藏布江边的山，都叫苯日神山。那么，一个地方对一座山何以两种书写？小吴琢磨了半天，也难以结论。最后，她说造山者有造山者的想法，而当地人有当地人的利益考虑吧。小吴坚持她的解说：反正山就在那里，你自己看吧。这是她出于地理山脉形成的自然道理。若我再多问几句，小吴又将陷入吞吞吐吐的不自信境地。

这的确有些让人生疑，更多叫远道而来者产生迷惑。

山路上，我在想是不是一切与高原相关的景物：树、兽、经幡、溪流、草滩、沼泽、玛尼堆、寺院、石头、小僧与大师，好像都有为传说而存在的理由。在人们四处奔走的相传中，山中的人与物聚集了一种内在力量，令无数人向往而产生神授的行为，那就是观想。其实每个人的生活都存在观想，只是虔诚与否，答案各不相同。

为了克服山名带来的不确定，我执意带着虔诚之心观想一座神山，超出原有世界的认知，朝着山上攀越，期待遇见一些奇迹，如我冥想中的那样出现。

在藏地，想必还有许多看似不起眼的山，值得由视野抵达心灵去观想，可以说，每座山里都住着神。不同的山，有着不同的神。太多躲在深山老林里的神，一直不愿接受信徒的造访。神是否担心，突然有一天被一场造山运动，改写神的尊严？

神有神的性格，观想神山的人，心情也有所不同。

第一次从成都飞抵林芝，快落地米林机场之前，近距离地看见舷窗外的山，雪在天际线上睡美人的妩媚姿态，差点将我带入梦幻，那种近乎小时候擦脸的百雀羚的白，让人产生了冲动的比喻：像盐，又像棉，没有丝毫停顿，直接选择把它比作化肥，才算了却眼见为实的审美震撼——因为雪的生死使命，是为了让缺少营养的山肥沃起来！

这绝不是我的主观比喻，而是自然山神的欢喜赐予，“化肥”一词几乎没有经过任何繁复的思考，一跃脑门，带给我灵感冲击。

没错，那就是苯日神山。

四

山上的林芝自然博物馆，并没有吸引我停下。

陪同我的廖姑娘是四川渠县人，十五岁就与林芝这块丰饶之地结缘。

十多年后，当生命满树花开，她却放弃舒适的大房子，失去太多太多，最终一无所有地去了日光城拉萨。走时，真是义无反顾的决绝，然后重返熟悉的地方，却又不断生出反悔叹息。她劝我好不容易来了苯日神山，必须进入自然博物馆，又声称她朋友的妹妹在此当解说员。一路上，廖姑娘主动介绍起馆藏的五百余种植物，以为可以带给我兴趣，可她哪知我对待自然的态度？相对而言，当年老艺术家黄宗英笔下《小木屋》的主人徐凤翔在林芝对待生物的举动与持续的努力，着实令人感动，更令自然起敬。但我并没有对廖姑娘讲徐凤翔20世纪70年代援藏的事。

在一切生态面前，只要进入博物馆的生命，在我看来都已失去自然的本色了，还有什么值得看的呢？人为标注的生命物种，在它活着的时候，没有人去欣赏它，非要在人置它于死地之后，让更多人来欣赏它的死亡之美，这是人于自然生命的不道义。想着那些标本成天待在玻璃闭合的世界，氧气不足，却要面对人类不同眼光的反复打探，在另一个世界，即使死，它们也死不瞑目。

那样没有水分的躯壳，看着它还能产生情感之美的联想吗？博物馆给我印象不好的一面，总是残酷的历史拷问，多于现实生命的呈现，不去也罢。

顺道而下，天气急变，一场雨水，伴着雪蛋子，显示了神山与普通雪山的区别。神山上，天气的变化，总是带有几分神气。灰暗的天空，突然把乌丝与蛋清交织的云杉，压得很低，阳光如同焊接工手上爆出的星子，从树与树之间的缝隙，刹那间落到眼前，踩上去，很快，便听见了水流声。

清脆、洞彻、充满器乐敲打属性的流水声，在一派低矮的丘冈下，咚咚响起。这一汪流经神山血脉，流进谷底的山泉，好比诗歌在自然与人类的血管里流淌。

长满青冈和青松的丘冈上，中间夹杂着云杉，远处的树，在阳光返照下，碧波万顷，奔腾、荡漾。下面是狭窄的河谷，空中有零乱的经幡，如同神女腰间飘飞的彩带，在穿云过雾中，若隐若现。外面的世界突然被林间的事物遗忘。与树相偎的光线，被肉眼折叠、反转，被流水声牵引。如此景象，让我眼前跳出阅读中获得的句子“魔鬼在细节中”。

转山的人，排着队从流水声进入树林，又从树林中往返于流水的声音。而同样的树木，一直重复地伴着我，渡过一座木桥，再往上攀援，直到那片青稞地出现。

旁边是一座小小的寺院。

树林掩隐深处，可见寺院的金顶，一道阳光瀑垂落在上面，走近才知，寺院被木栅栏围着。里面有油灯在闪烁，光影处，阵阵法器，节奏鲜明地传出。面对寺院，静默伫立，看着自己留在大地上的长影子如同树木的倒影，感觉另一个世界，早已沉沦，而寺院里却是常人不易听懂的喧嚣。在喧嚣中，一边诵经，一边击鼓的人，名叫平措旺杰。他十七岁从苯日神山里的村庄出家，如今已二十三岁，从没离开这座森林与流水萦绕的寺院。

面对我们的出现，除了眼神里的欢悦，平措旺杰并没有停下手中击鼓的佛槌，诵经声像殿堂外雨后的太阳，照常升起。我向着寺院里坐着的每一尊佛，双手合十，顶礼膜拜，依次布施，然后平静地坐到平措旺杰身边，向他请教如何吟诵苯日神山的祈祷文。

“师父下山云游去了，我在功课中，暂时回答不了你的问题。”

廖姑娘问师父多久回来？

“十天半月，没有一个定数。出家人与你们出门人，怎么能一样呀。”

我们踏出寺门，跟随一个来自昌都的信徒，围着四方上下两排经筒，转了三圈。一排排旋转的经筒，在强烈的阳光下，闪着铜质的光芒。一只通灵的猫和狗，在寺院门前，拈花微笑。我一眼认出的芍药、黄菊、灯笼、指甲、卓玛，在寺院里像失散多年的伙伴，它们的出现忽地点燃了我的少年情。那些生命之花与疯长的野草，在光合作用下，仿佛一切面目都已静止。廖姑娘忍不住侧身卧在草地，她摘下墨镜亲吻花草，满脸弥散的自信与幸福充满，她真的听见了草儿在阳光下拔节的声音。花朵对她微笑，她对花朵微笑。佛前的花朵安静、热烈。她的微笑寂寞、璀璨。廖姑娘的愿望是能够在寺院里住几天，暂时忘却来时的拉萨红尘。当然，寺院里的僧人，已胜过她对家中亲人的熟知程度，过去此地是她每周必须光顾的地方。

我记住了苯日神山，一座在原野中深远的寺院——唐拉拉康。它的隐秘，可以说很多林芝人至今未能发现。因为它的内部世界，只有两个念经的人，平措旺杰和他的师父，不分昼夜面对一座座虹的化身佛。我在心里默念，有一天，祝愿他们也能修为苯日神山上的虹。

原本真可以在寺院里住下来，加持体验寺院生活，但想着此次还有更远的行程要事等着，我想，机缘定有让我重返唐拉拉康的那一天。

五

唐拉拉康成了廖姑娘每次观想苯日神山的必去之地。几乎每周她都会到此进行灵修。寺院里的堆石供、火供、水供、会供、煨桑、朵玛、酥油花、擦擦、金刚结，这些源自古老象雄文化的符号，好比她家中的各类生活用具，在她眼里，一点也不陌生。相反，多维度审视苯日神山的不同效果，她也早得出经验。从寺院出来，她便决定将我徒步带往另一方向，进入苯日神山的栈道。

那里可以观看林芝的全景图。本地人与外来者，早已通过朝圣的方式，在经幡舞动的栈道上留下深深浅浅、或浓或淡的心痕。

路上经过一些藏族人家，他们的屋子修建得格外气派，几乎都是石头堆积而成的别墅，这种建筑比普通的砖块构造，显得财大气粗。但在形式上已经不是藏民原有的特色居所，而渗入了太多现代都市的审美趣味。屋门前到处都是开阔的青稞地，由高到低，一直沉入谷底。一条宽敞的路，直接将山外的文明输入到家，看似苯日神山替他们挡住了外面的尘嚣，但他们饮的是雪山之上的冰冻水。据说这里的孩子都在林芝享受优越的教育，到了周末，他们照样要进城去接孩子。远处是林涛起伏的山峦。若隐若现，一群羊在山中吃草，像白色的蚂蚁蠕动。

二十年前，面对林芝的山，我眼里无法生出如此鲜活的细节。如牧羊人嘲笑我们的那样——当兵的什么也不知道。我想了很多年，那时我所知道的只有把被子叠得像一块死豆腐，才不会被人修理。

而遮盖这一切的就是那些细节中的魔鬼。他们的肩膀比山更高，他们的脸谱像斧砍的木雕，他们把持纪律的力度远远胜过铁匠，他们保密的神情不像特工就像特务。

那时我以为山只是山，水只是水，根本不知山里还有路，路上有人家。我不知道水里有雪山，雪山上有树和鱼，还有鹰、经幡、牧人、羊、牦牛、虫草。现在想来，牧羊人当年嘲笑我们也是没有错的。

一群牦牛在路上，大摇大摆，它们向着太阳落山的地方，不急不忙地赶路。而有的牦牛累了，直接把大路当温床。任凭摁喇叭的司机，多么着急，它也不管三七二十一。

深入山中的栈道，眼见山下的林芝城，完全是地球上的另一种格局。红色的小方盒建筑，如同孩子们的拼图游戏，铺满了大海一般的沼泽地。而我们曾在林芝仰望的苯日神山，只是一片浅浅的山峰，它由一杆杆风马旗和草地拼在一起，像山脉里神灵随时对万物的点名召唤。如此壮观氛围，走在苯日神山栈道上，令人唏嘘，神山不愧神山！

我看见十万风马旗在大风中舞蹈，它们是神山撩动的衣裳。格萨尔王的马蹄在云中升腾，飘然的经幡，在光影中幻化成多彩祥云，但我清醒地知道，它们只是神山的信徒挂上去的，一团又一团的经幡阵，从万米千米百米的山那头，牵扯到山这头，有的纵横交错，有的横竖成林，有的像飞行表演排出的齐整彩虹，在山的怀抱隆起、升腾。苯日神山上，经幡是一种势力，神山也是一种势力，风则是功不可没的推手。有风的存在，就有朝圣者。每个朝圣人朝着神山捕去的同时，他们先是捕到了风。他们不得不与风合作，在他们的生命里，最安全的地方都是留给风居住的，风让他们的愿望向着光明飞升。我没有真正地见过格萨尔王，来此朝圣神山者，也没有谁见过格萨尔王。但有了十万经幡的吹送，何止是格萨尔王，只要你想见到的人，经幡都能够将他们呼来唤去，人人得以神赐力量，个个都是武林高手。在经幡阵里穿来梭去，见与不见，不再是问题，所有的观想，都会照进你的现实。这是满世界的经幡汇聚在一起的力量，它与风景无关。

“你在这山里跋涉了那么多年，怎么不说苯日神山一句？”

廖姑娘笑了。她的笑其实不是真实的笑。她只在真实的哭里笑，她不知真实的苯日神山究竟藏匿着多少人生的答案。在苯日神山清澈的目光里，她只是另一个看不清的自己。她修得的力量不足以破解眼前的经幡阵，她在黑夜里弄了些诗句，表达苯日神山的爱恋。她把心中的诗默诵给苯日神山，可苯日神山并没有如她所愿，派一位神将她与妹妹互换世界。有一阵她逢人言说的都是那句话："妹妹比我聪明，该去那个世界的是我，而不是妹妹。"

十年前的苍茫冬夜。苯日神山脚下的米林县城，一位少年持刀翻窗抢劫，廖姑娘的妹妹在反抗中，倒在血泊中。

我想问问哪一片经幡能够代表她的诉求、祝福，抑或是她内心对神山产生的敬仰？可疑问还没抛出，她的眼色，比迷雾深重，比流水忧伤，比乌鸦叫声绝望。一个电话出现，突然打破了她的观想，她说太神奇，十多年前为她治病的医生，自从她离开林芝，再也没有联系，怎么会知道她回了林芝，还要请她晚餐。

这次廖姑娘真的笑了。她什么也不说，双手合十，独自走在狂舞的经幡中，像一行飞天的经文，强烈的光照刹那将她背影融化。

我停在半山腰，喝了几口冰水。再俯视山下，一幅完整的林芝画卷，尽在眼底。天色开始收光了，当凡尘落素都被岁月雕刻成皱纹，当那些无知者无法再用军权管制人性本有的思想，而无意中以读者眼光打量我笔下的苯日神山，他们是否还能神气活现？

六

世上究竟有多少传说者与被传说者打过照面？苯教信徒阿穷杰博被传是保护比日神山的英雄。若要追问个水落石出，很多风景的核心，其实都经不起有心人推敲。

廖姑娘自称神山是她内心的秘密之山，她不仅每天早晨和中午上班之前，通过秘道独自转山，还为神山书写诗一样的情书，发表在海外报刊。她从不轻易带人来此山中，走她曾经走过的秘道，因为这些秘道里，布满她太多不可告人的心事。其实，这只是一种苦行，属于她个体生命虚妄的苦行，或许她还不明白,不是所有的苦行都能开出彻悟的花朵。我以为她知道太多苯日神山的属性,可她真正的回答顿时让一座神山失去几分神性与尊严。

“不知,真不知,你明知我的空白装不下一座山的内容,我只希望一个人走在山里,可以开心,也可以伤心,然后一切随风中的经幡,化为乌有。”

在一个不再写诗的诗人看来,苯日神山的传说,远比查良镛先生制造的武侠小说精彩,但查良镛先生肯定不认识制造如此神山传说的那个人,我不知道这位高人究竟何许人也?廖姑娘更不知道,对于她剪不断理更乱的心事,或许只有苯日神山符合她的躲藏与想象。要是那位高人能现身神山,真想拜托查良镛先生前来与他神山论剑,要是他的剑,论不过查良镛先生,那么他很可能会改变规则论神,这样说不定查良镛先生,可能会选择甘拜下风。论神者气度不凡,他是这样讲的——

当年佛苯相争,敢于反对佛教的苯教徒阿穷杰博与莲花生大师在此比试法力,打得不可开交。

我能想象两个影子在山峰与河流之上平步青云的架势。

莲花生大师到达雅鲁藏布江与尼洋河交汇处时,凭借法力调集狂风,试图将村庄和树木全部吹倒。阿穷杰博则以巨石,压住树木使得莲花生的法力失效,重灾得以幸免。接着,两人交锋打到苯日神山脚下的古鲁村。莲花生想彻底摧毁苯教,于是用力击掌,竖起禅功,吹了口气,将苯日神山推入尼洋河。阿穷杰博在水上漂,几个转身功夫,轻轻松松将苯日神山,物归原地。

由此,工布地区的苯教得以保存兴盛。

至今,信奉苯教的工布乡亲在神山上依然供奉有大石、神鸟和天梯崇拜。我没找到人们相传的那棵通天树,因为山里,树太多,不知那棵是哪棵?只看到山上满树挂着经幡和祭品。逆时针围绕神山转经,通常是工布乡亲过节必做的功课。

苯日神山下,陕西路上重庆小面馆的女老板,说她每年春节都会上山,参与工布人的转山仪式。不难理解,一个汉族人在藏地的神化,首先是从朝圣一座山开始的，尽管她可能还算不上信徒，但远离内陆城市的高原生活，在远离了太多琐碎与应酬之后，静下来的时间，就容易接收到一座山赋予人的灵性，同时也容易接收到山补给人的内气。

在藏语中，苯日神山被翻译为猴子山。林芝自然博物馆旁边有两只被关进笼子的猴子，它们的处境很是让人不安，尤其是一些小游客丢石子对它们的玩弄，都快让猴子急疯了。倒是树林里的松鼠可爱，随处可见，它们的灵敏。不难想象，山中密林活跃着种类繁多的动物，尤其是不知名的鸟儿，它们与人的关系在这里和谐共处。不少游人经过的地方，都留下了为它们准备的矿泉水、面包、饼干、松籽等食物。

七

半月后，从察隅回到林芝，我决定在苯日神山下的卓玛旅馆，住上几宿。背靠苯日神山的夜晚，可以望着山上一行一行的五彩粮食，与神耳语。那些日夜拂动的风马，伴随星辰的祈福，替读到它们的人，做来生与今生的对接。我时刻把脸迎向神山之上，眼睛却看着风马在天空中飘拂。

每有驴友来此，我都会主动劝他们上山看看。正如廖姑娘当初劝我进博物馆看看一样，充满了个人熟知的热情。只是我劝他们上山看的是灵活的自然，读的是每时每刻都在律动的心愿。那不是个人的心愿，而是物赐天愿，如果有缘，他们会自然地走进唐拉拉康。尽管我也有下意识地说出山中那一座苯教寺院的名字。

当然，我也听到一些，从苯日神山下来，对这座山产生摇头的人，说没意思的话。似乎他们上山不是为了下山，下山也不是为了上山，只是他们活在自己的理想中，但世界早已脱离他们的世界，真正的世界保存在有心人的世界里。没错，对于西藏的其他名胜之山，尤其是在天气好的时候，很多都能在远处目睹山的主峰上雪堆白的灵光乍现，视见者都认为好运。但苯日神山并没有突出的主峰，它只是一组山峦紧紧地连在一起，且随时被阳光、风雪与经幡缠绕。加之多云多雾又多雨的光临，肉眼能看清的东西实在少之又少，只好全凭心的阅历了。看山不看山的外表，读一座山，需要的不是钱，更不是权，而是心的时间。读一座神性的山，更需要圣洁的感情和缘分。读一座地理上完全超越了神界的山，更需要把一块地域的神秘底蕴保存在心里，而具备这种透视雪山的人，也只有与山有缘的人才能承接。

生命旅途中，开始许多人，走着走着就只剩下自己一个了。下午，卓玛旅馆来了个武汉小伙，他披着一身雨具，放下背包，吃完泡面，闲得在阳光下打瞌睡。我掀开他头顶的塑料帽，摇醒他。我说要带他去看苯日神山。他顿时来了精神，问苯日神山在哪里？我并没有走过去熟悉的路子，而是随便从山下正在修房子的村庄出发，自作主张地走了一条想象中该有的路子。一开始我就是奔着唐拉拉康去的，因此绕过了林芝自然博物馆。荆棘密布的山道上，奇石怪状，野花乱开，一片潮湿，绕了一段，就没有路了。我们原路返回，见推土机师傅打出的手势，才又调转路线，继续上山。

山中的石头，有的像杨过与小龙女，合炼玉女心经的玉石床，床上隐约可见一些米饭，有拖着长尾巴的鸟，站在石头上，打望山下的林芝。而山上遍布矮小的青冈树，几乎已经顶着云层了，树上挂着的牛仔裤，证明此地有人来过。地上随处有长得血汪汪的野山果，让人多看一眼，便口水直流。有时，我们挨着乌云，在山上找路，一不小心，撞着树枝上挂着的布条，那物状像裹紧的尸体，心里油然生起一丝惊恐。

终于来到一块光滑的大石头面前，上面沾满了油亮的酥油，挂满了哈达。石头上显现了十多尊佛的面孔。旁边有煨桑的痕迹。来不及多想，也没多余的时间停下来观察了，我们加快步伐，一个多小时后，终于见到了那块青稞地。

半月前，还是泛青的青稞地，如今已是一片金黄。它与寺院的白和红形成鲜明的对比。藏地美图上的造物主真是一位比文森特·威廉·凡高更懂色彩格局的大师，青稞地与一座小寺院组合在一起，无论什么季节，延伸的只可能是无限诗意与无限遥想。这种观感，我想住寺的僧人一定拥有超乎诗人与画家想象的艺术境界，因为他们每天陪伴的环境就是诗意。成熟了的青稞，带给我荷兰画家文森特·威廉·凡高画布上向日葵般成熟稳定的气场——那是一种永恒的印象，它既是安全的，又是危险的。危险的是我面对青稞熟了的激情与花朵绽放又冷静的寺院，连同阳光已在笔管里提前熊熊燃烧。手里采摘有一把野山果的武汉小伙，面对青稞，终于露出微笑。与刚才密林里的紧张穿行，他脸上表露的害怕，明显被一种暖色的安全带走——那是寺院与青稞叠加在一起的色彩。当狗吠声传来，随之而来的是阳光垂直落地。如此天气，与上次来此地一样。雨后的阳光打在红光满面的寺院。而周围，或更远的地方，依然被雨雾缠绕。武汉小伙一边品尝酸涩的野山果，一边让我帮忙拍照，他手指那片金色的青稞地，寺院金顶自然成全他当背景。

刚进寺院，上次出现的猫和狗，就从木栅栏里，飞了出来。武汉小伙蹲下来，开心地抱起它们。谁知这一抱，就松不开手了。瞬间，寺院周围飞来的猫和狗，越来越多，一只比一只袖珍，它们的争吵声，足有一个合唱团庞大，全部往一个人身上蹦跳，将武汉小伙，即刻绊倒在地。

平措旺杰听到响声，远远地伫立在寺院门前，笑了。

他转过身，告诉我，他师父已经归来。

我们走进去。见师父正在念经。头也不愿抬，一句话也不讲。平措旺杰把头靠近师父耳朵，说了我的来意。师父仍一句话不说。这和初次来此的廖姑娘，遇到的情形是一致的。她说，平措旺杰的师父，从没与她说过一句话，尽管她十多年的涉足寺院，但在眼睛与眼睛的重逢中，她坚信师父是世界上最懂她的人。

八

我们选择悄悄离开，天上突然下起滂沱大雨。只好加快奔跑的速度，雨从不同方向撵来，让人无处避害。苯日神山的雨，就像不可触摸的风，说来就来，落满山谷，通向地心，绝不容许有过荒芜之心的人再长一棵荒草。有些地方的雨，只能落到身上；苯日神山的雨，落进我心里，让我看见生命中不少令人唏嘘的空白。有些地方，人们就身在其中，却不懂得安放自己的灵魂，反而还在满世界的拼命找寻。有些人，总在带着满身尘嚣回眸来时的方向，才发现原来被自己抛弃的所谓安静，一直生长在最初的伤口上。

当我抬起头，扬起手拭一绺打湿的头发，便听见了苍老的歌声。放慢脚步，停下来，坐在哗啦啦的流水边，缓慢地转过身，搜寻那个歌声。

雨中飘荡的武汉小伙，倚在石头边，像一棵神色慌张的野草。

不远的山坡上，出现了牧羊人。

是他在歌唱，是他的歌声绊住了我们的去路。那是我熟悉又陌生的歌声，忽远忽近，忽高忽低，忽明忽暗，忽悲忽喜，忽快忽慢，忽唱忽说，仿若寺院里看不清脸的师父在拨动心上的念珠。我站起身，朝着歌声走了几步，在一块静静的玛尼石上，意外拾起一件东西，那是牧羊人遗失的乌尔朵。我把它一直带在路上，再也不想让它成为岁月的遗物。直到经年，我的歌声被雨水打湿，像一道彩虹在苯日神山上空升起——

“总摄太阳宝座的神山呀！”

离开安平的伍秉鉴

许谋清

几乎整个世界都在说伍秉鉴，安海（安平）古镇的人才抬起头来问：谁是伍秉鉴？

伍秉鉴和中国茶

我长期注视那条伸向大海的三里古街，清代诗人有诗句“古塔东西排两岸，大江南北渡千帆”。当代诗人颜长江有诗句：“长长的五里桥，瘦瘦的三里街。”这都在勾画安海古镇的风貌。这是一条有屋脚架的小街，在多雨暴日的南方，屋脚架是小街两侧店面前边的两条不间断的长廊，风雨烈日不影响做生意。我思考这条由于从海港码头搬运货物、由海水汗水滴答形成的路而后形成的街，我叫它蓝色的街，从远古到现在，立体地观察曾经出现在这条街上每一个青史和野史上留名的人。中国千万条古街，它很容易被淹没。可它又有擦不掉的辉煌。人们听到朱熹行走的木屐声，也听到郑成功战马的嘶鸣。那个古港快填没了，那座跨海的五里长桥却是国家级保护文物。但是，有一个家族悄悄从这里离开，我疏忽了，我也疏漏了伍秉鉴。

2000 年，美国《华尔街报》评出 1001 ~ 2000 年世界 50 巨富，中国有六人：成吉思汗、忽必烈、刘瑾、和珅、伍秉鉴、宋子文。两个皇帝成吉思汗、忽必烈，一个明朝太监刘瑾，一个清朝贪官和珅，一个国民党四大家族的宋子文。草根的就一个伍秉鉴。

伍秉鉴是他那个时代的世界首富。尽管那时西方由于工业革命已经强盛起来，东方的伍秉鉴仍然是世界上最富有的人。

伍秉鉴(1769～1843),马克思(1818～1883)曾提到他的商名——伍浩官。

后来,在欧美多国,找到保存下来的伍秉鉴的画像,可见伍秉鉴在海外口碑不错,有其深远的影响。

查一下伍秉鉴,是广东十三行之首,十三行被称为“天子南库”,那他远在天边,偏偏他又近在眼前。这个商业巨鳄简介的结尾处却缀上几个字:籍贯福建安海。

安海,就是我注视的那条街。

安海没人知道伍秉鉴。

这么重要的人物被遗忘了……于是,我开始我的寻找。

伍秉鉴跟安海的关系就只有几个字:伍家在康熙年间移居广州,祖上伍灿廷,是安海的一个茶农。

安海、内坑、东石、永和原先有很多茶山,产出的茶叫本山茶。

一个农民为什么要移居?兵匪?灾荒?瘟疫?没有这方面的依据。

伍灿廷是一个茶农,靠茶为生。

关于茶,伍灿廷在安海的年代,究竟发生了什么事,让他下决心离乡背井?

明末清初,郑芝龙郑成功在安海,明朝实行海禁政策,但那时王朝受到东北满人和西北农民起义的冲击,已经风雨飘摇,无暇顾及东南沿海,只好把这一线海岸、这一片海交给郑芝龙,所以,安海这个口岸其实是开放的。安海成为海禁中的唯一出入口。郑氏家族和外国人做生意,和荷兰和西班牙和法国和日本和东南亚。做的是什么生意?出口生丝、陶瓷、糖和茶。郑芝龙郑成功离开后,清朝沿用明朝的海禁政策,安海这个出入口被封起来了。这就是伍灿廷离开安海的背景。

伍秉鉴的家族是一个敏感的有商业意识的家族,他的祖辈在康熙年间就移居广州。也就是说,郑芝龙、郑成功掌握的那个出入口刚刚被关上,他们马上就离开了。

在安海,什么让伍灿廷刻骨铭心?茶。外国人。用现在的话说,国际贸易。没了外商,茶的销售锐减,茶农如濒临干枯的水坑里的鱼。当然,伍灿廷身上带有迁徙的基因,这里的人有多次大迁徙的记忆。西晋,他们的祖先从中原南迁来到这里,一直面对东边的大海。后来,这里是海上丝绸之路的起点——“东方第一大港”。又后来,左邻右舍,有的过台湾,有的下南洋。伍家的移居,不像内地人,有那么多的心理障碍。内地农民,土里刨食,难免热土难离。这里的人,除了土里刨食,钱财还有别的来路。有时他们抓住生意的心,比抓住土地的心还强。

伍灿廷离开安海,他是带着一种意识离开的,他去寻找,找到广州。那里还有外国人,还可以做茶的生意。所以,这不是农民迁移,不是盲目迁移,这是脱胎换骨,从做小买卖开始。这小买卖应该也有茶,因伍灿廷是茶农出身,不能简单地说是没钱买地,生存方式已经发生了变化,伍家由农民变成商人。他很快取得成效,1681 年搬进大宅院。伍家第一个有商业头脑的应该就是伍灿廷。

1731 年,一个承上启下的人物出世,叫伍国莹,这就是伍秉鉴的父亲。伍国莹去潘振承的散货档当伙计。伍家就这样一步一步接近他们的目标。

潘振承何许人也?基本可以说是福建老乡。潘振承是福建同安人,船工出身,后在广州创办同文行,成为广州十三行的总商,是伍秉鉴之前的世界首富。潘振承会多国外语,包括葡萄牙语西班牙语英语,几次勇闯大海,堪称“胆商”。潘振承做什么生意?丝绸、陶瓷等,其中之一也是茶。

伍国莹已经站在巨人边上。但成功还需要机遇,还要借助天时。

先说机遇,巨人有可能把他搁到肩膀上吗?

天上是不会自己掉馅饼的。

机遇属于早就把条件准备好了的人。

一天,潘振承让人把伍国莹叫到前厅。

伍国莹见潘振承端着盖杯,专注地吹着茶叶沫子,恭敬地问:“老爷,您有事?”

坐在花梨木雕花椅子上的潘振承,一边慢慢品茶,一边审视着这个朴朴实实的后生家。

“识字吗？”

“识几个。”

潘振承和他说闽南话。

潘振承和他认老乡，伍国莹心里踏实了。

潘振承指了指墙上挂的条幅问：“顶头的字识不识？”

伍国莹已经看过多遍，说：“识。”

潘振承说：“念给我听。”

伍国莹一字一字念：“商人四德——智、仁、勇、信。”又念：“人弃我取，人取我予。”

潘振承说，我们做生意的人，得拜拜说这话的人，跟读书人拜孔子一样。

伍国莹从潘振承那里知道了商祖白圭。

潘振承让他去跟账房先生管账。现在的账房先生已经老了，不能后继无人。

这是伍国莹的人生转折。

我有一个朋友，叫天转，他很羡慕他一个朋友的名字——天赐。天赐儿子结婚，请帖衬字是：天赐良缘。我说，你的名字也很好，什么时候开大公司，请帖衬底就写天转乾坤。

再说天时，1757 年，也就是伍国莹 26 岁的时候，乾隆皇帝下圣旨，关掉其他海关，只留广州一个海关，这就是“一口通商”。这对于控制广州海关的十三行自然是绝好的商机。但对于才 26 岁的伍国莹，条件尚未成熟，而且，他还是一个知恩必报的人，他没借机自立门户。但他在这其间，却熟悉了大量外国客商，并得到他们的好评。伍国莹到年近花甲，才自己创业，创办怡和行，为伍家的事业奠了基。

伍国莹 1800 年撒手人寰，把怡和行交给了他认为最有商业头脑的儿子伍秉钧，偏偏伍秉钧短命，不到一年就意外病逝，由上帝选择的伍秉鉴才成为怡和行的新掌门人。时人并没有看好伍秉鉴，有人甚至断言怡和行会败在伍秉鉴的手上。只有在潘振承死后也当上了总商的潘有度对他另有评价。《晚清首富伍秉鉴》中说:“与大众的眼光相反,潘有度更看好伍秉鉴。潘有度比伍秉鉴年长十几岁,几乎是看着伍秉鉴长大,他心知在伍国莹的众多子女中,唯有伍秉鉴最像伍国莹,低调沉稳,看似没有锋芒,却胸中自有丘壑。”

伍秉鉴怎么让人对他刮目相看的?

茶走向世界,有人把它比喻成钻石,有时,它比金子还要贵。而伍家长期独领风骚。

伍秉鉴把怡和行的茶做到极致,他和福建等产茶区有密切的关系,有相对固定的茶农。从采茶开始把好质量关,茶农都知道伍秉鉴一发现毛茶中有烂茶、死茶、折蒂茶绝不收购,他们之间形成一种信誉。所以,只要盖上“伍家戳记”就是上好的茶。但伍秉鉴并没有得意忘形,物极必反,他是一个有危机感的商人,懂得未雨绸缪。

如果说,伍家从一开始就注意和洋人做生意,到伍秉鉴就想到国外去挣钱,他有超前的商业意识,到国外去做广告,到国外去投资,从怡和行,发展到跨国集团。《晚清首富伍秉鉴》说:“商场如战场,数十年来,伍秉鉴凭自己的经营哲学,在这片充满机遇、风险及挑战的广袤领域东征西讨。在国内拥有地产、房产、茶园、店铺。伍氏又在国外进行铁路投资、证券交易,并涉足保险业务。”

所以,伍家有一个特点,都会说一口流利的广州式英语,他家连 80 多岁的老妈子都会说几句英语。连同工匠工人都可以和外国商人直接交谈。伍秉鉴的商业伙伴威廉姆斯说,可以把广州人称为“语言之神”。

当了广州十三行商总的伍秉鉴仍然有一种平常心,当英国商人提出让怡和行独家代理销售羽纱的时候,伍秉鉴并没有感到心安理得。羽纱像传说中的百鸟裙(由一百种鸟的羽毛织成,会变幻各种颜色)一样惹人眼目。其他的行商自然心理有点儿不平衡。在伍秉鉴的生日宴会上,自然还是宾客盈门,他却哪壶不开提哪壶,让所有的人都很尴尬。没想到伍秉鉴却说,自己资金周转不开,这一笔生意要和大家分摊。伍秉鉴会做人会做生意,并不靠商总身份,他不吃独食。这自然赢得所有人的拥戴。

诗人海涅说:“每一个心灵都是一个宇宙,每一块墓碑底下都埋着一部世界史。”伍秉鉴一生都在广州,没读万卷书,没行万里路,因做大生意,大量接触欧美商人,弥补了他的缺陷,仍然是见多识广,又谙熟生意经。乃祖识商祖白圭的字句,伍秉鉴应该是精通白圭商论:“吾治生产,犹伊尹、吕尚之谋,孙吴用兵,商鞅行法是也。是故其智不足与权变,勇不足以决断,仁不能以取予,强不能有所守,虽欲学吾术,终不告之矣。”伍秉鉴比美国大几岁,由于他有独到的眼光,他看重美国商人,看到美国的前景。

伍家和潘家,伍国莹在潘振承时候当过潘家同文行的账房先生,伍家创办怡和行后,之间互相有关照,到潘有度和伍秉鉴,可以说是兄弟关系了,遇事也一块儿商量办法。都当过广州十三行商总,可算世交。

1801 年,也就是伍秉鉴刚刚当了怡和行掌门人的时候,广州十三行有一场风波。那一年,北京永定水灾。粤海关监督让行商捐 25 万两。潘有度是总商,他想出 5 万两,没想到这就触怒了监督大人,潘有度退让,表示可以出 10 万两。监督大人因和潘有度原来有过节,继续找碴,强令潘有度捐 50 万两,否则,要上奏朝廷。潘有度有点文人气,双方较上劲。粤海关监督来真的,写了奏折,送往京师。潘有度一时束手无策。伍秉鉴却很淡定,他把几位德高望重的掌门人,齐聚公行,宴请粤海关监督。席间,伍秉鉴自然说了一些奉承的话,同时掏心里话对监督说:“潘有度若被告倒,商总难当,再也没人敢出来主事。”听话听音,粤海关监督琢磨,告倒潘有度,后患无穷,于是借了伍秉鉴的台阶,命快马追回奏折。伍秉鉴那时刚过而立之年,却已经有掌控全局的心智。

无疑,伍秉鉴是他那个时代的商业巨才。反过来说,“一口通商”“广州十三行”是清朝实行海禁出现的一个怪胎。欧美已经进入工业时代,世界首富却出在落后的中国,这本身也就是一个怪胎。中国人绝对不可以以此为荣。作为晋江人,现在写伍秉鉴,也不是为了沾光,也不是想对谁说:“我们先前比你们阔多了。”清政府把对外贸易和海关税收都交给民间的广州十三行,以示天朝上国凌驾在一切之上,洋人没有资格和它的官员直接对话。钱还是要的,清朝实行保商制度,外商都必须有一家行商作保。称“以官制商,以商制夷"。还作了一个离奇规定:"欠饷之案,俱移会督抚,将罚行商家产,查封变抵,其不敷银两,着新办行业之新商,代为补足。如行闭无人揭开,众商摊贴完结。"

这个怪胎光彩夺目。《大清商埠》给我们展开当时的画面:"耸立在江边的夷楼高大宽敞,窗户棂条拼成几何图案,嵌着晶莹剔透的彩色玻璃。夷楼后面有少量的茶铺、食肆、瓷器店、兑银店、沽衣店、杂货店……西洋人把这条街叫中国街,街北正面是令人仰慕的十三行会所。"明朝朱元璋曾规定农民可以穿纱,商人不能穿纱,以示农民的地位比商人的地位高,但是农民没钱商人有钱,这种规定只能是一句空话。"遍身罗绮者,不是养蚕人。"清朝和明朝一脉相承,还是轻商,对外商更加不放在眼里。洋商划地城外,一个月只有三天可以入城,洋人太太要进城买东西,还要收"太太税"。但结果也绝对是"天朝上国"想象不到的。

自是繁华地不同,鱼鳞万户海城中。
人家尽畜珊瑚鸟,高挂栏杆碧玉笼。
奇珍大半出西洋,番舶归时亦置装。
新出牛郎印光缎,花边钱满十三行。

伍秉鉴有多富?当时,美国的富豪也只有几百万美元,而伍秉鉴的财富却是他们的几十倍,甚至上百倍。清政府的财政是4000万两白银,伍秉鉴的财富是26000万两。现在中国的财政是10亿,首富也只达到1000多亿。

我们说海上丝绸之路,丝绸是排在第一位的。我们也说丝瓷之路,瓷也很重要,外国人就叫中国CHN。原来欧洲比较冷,不能种甘蔗,没有糖,欧洲贵族还喜欢甜食,糖也重要。茶在最后。可是,原先,整个世界,只有中国才有茶。美国人萨拉罗斯写的《茶叶大盗——改变世界史的中国茶》说,中国控制世界茶叶市场两个世纪。鸦片战争前的两个世纪,就是从郑芝龙到伍秉鉴。茶催生了一个世界首富伍秉鉴。

《茶叶大盗》说,中国茶改变世界史。

我们从以前已经掌握的资料,郑芝龙就和欧洲人做茶的生意。郑芝龙的第一门外语是葡萄牙语,那是17世纪中叶。

那么,我们现在看看茶这个商品在世界市场上是怎样发酵的?萨拉罗斯告诉我们:"17世纪60年代,葡萄牙布拉甘孔王朝的凯瑟琳公主与英王查理二世成婚,茶叶作为其嫁妆的一部分(中国茶和中国茶具),从此流入英国……作为外来的奢侈品,茶叶迅速在气候寒冷干燥的英国成为上流社会阶层用于展示自身气质、品位的理想载体。打这以后,它迅速渗透到下层社会阶层的日常生活中。因而到了18世纪,茶叶一跃成为最受欢迎的饮品,风靡全英,其销量甚至超过了啤酒。"

茶是中国茶,饮茶却成了英国人的象征。茶叶贸易利润一下子占了英国经济总量的10%。如此惊人。英国向中国出口棉布,中国向英国出口茶,茶的利润远远地大于棉布,形成巨大的贸易逆差,英国白银滚滚流进中国。

狄更斯1838年出版《雾都孤儿》。那个时代的英国伦敦被称为"雾都"。

我问最近在英国伦敦的散文家韩小蕙,现在伦敦有没有雾?她给我发过来的照片,伦敦是蓝天白云。

17、18世纪英国是工业大生产,"雾都"的"雾"是雾霾。

这我们就明白了,为什么茶不但成为英国上流社会阶层用于展示自身气质、品位的理想载体,还会迅速渗透到下层社会。工厂工人下午工作,中间休息15分钟喝茶,不但不影响工作,工作效率反倒提高了。"下午茶"没有成为贵族的专利,反而在全英固定下来。

英国人把喝茶当作"国饮"。作为伍秉鉴的祖籍地,晋江也可以把喝茶称为"市饮"。泉州一带大概有数万家茶店,催生一个全国百强县——安溪。非典时候,晋江令人担心,它跟几个重灾区有密切的关系:广州、香港、北京,但非典一例也没有出现,这是不是和晋江人喝铁观音有关?客人一来,晋江人必以茶待客。平时,晋江人自己也离不开茶。茶成为晋江最常见的礼品。

萨拉罗斯说:“对于东印度公司而言,长期以来,任何国家——更何况是‘落后的东方国家’中的一员——胆敢如此明目张胆地无视一个拥有震慑全世界的强大海军的国家所发出的贸易倡议,是完全不合理的。”然而,奉行闭关锁国主义的中国,还是成功地与大不列颠保持着若即若离的关系,即使英国的进口量已占到全国茶叶产量的五分之一。他们是在什么情况下,如何令销量增长到这个地步的?这对西方人来说仍是一个谜。甚至连茶叶的那些名称都如同谜一样难以理解:雀舌、龙井、玉女峰、镜岩、海龟石、三僧岩。这些是绿茶还是红茶?……小小的茶叶就这样成了地球上依旧敢于与大英帝国叫板的一个大国的象征。

当时,闭目塞听的中国人,对茶在英国发生的惊心动魄的变化,一无所知。接着,英国人鬼鬼祟祟开始做什么小动作,也听之任之,一点防人之心也没有。当然,居于高位的皇权还觉得自己是中心,不把蛮夷小国看在眼里。白银滚滚而来,仍然做着盛世的美梦。

英国开始制订它的战略计划,挣脱中国的束缚,让茶叶产业落户印度。

萨拉罗斯说:“若要茶叶产业成功落户印度,英国需要从(中国)最好的茶树上采集最健康的样本,成千上万的茶种以及中国顶尖茶匠传承了千百年的工艺。完成这个任务的人必须是一个植物猎人、一个园艺学家、一个窃贼、一个间谍。”应该说,在鸦片战争之前,这还只是一股暗流。

茶叶很轻,但它在17、18世纪的大变革中分量却很重。

有必要说说1773年12月16日晚的美国“波士顿倾茶事件”。

东印度公司有一批积压的茶叶,想把它倾销到北美殖民地,得到英国政府的支持,颁布了《救济东印度公司条例》,给他们专利权,而且进口关税全免。茶价是殖民地私茶价格的一半,这严重损害了殖民地茶商的利益。在北美殖民地人民群情激奋的情况下,约翰·托马斯策动了“波士顿倾茶事件”,60位美国人乔装成印第安人,潜入停泊在波士顿港的东印度公司的货船,把340多箱茶叶推入大海,海里到处漂着茶叶,波士顿港那一天夜里成为一个大茶壶。中国茶引爆了美国独立战争。后来,美国人在茶叶码头立了一个纪念碑。

那一年，伍秉鉴4岁。伍秉鉴不知道波士顿倾茶事件。他父亲伍国莹应该也不知道。但是，伍秉鉴的生意伙伴就有很多美国人，后来才听英国商人米尔顿说起这件事。美国独立以后，发展对外贸易。美国作家休斯说："在美国的每一条小河旁的每一个村庄，连只可乘五人的帆船都在准备出发到中国去装运茶叶。"

在茶成为世界性饮品的历史进程里，有两个人是值得研究的：一个是做茶生意成为世界首富的中国人伍秉鉴，一个是"茶叶大盗"英国人福钧（福尼特）。不管你在感情上能不能接受，一个东方，一个西方，这两个人物构成两部传奇。

这是两个绝顶聪明的人，但是在道义的天平上，不能同日而语。

伍秉鉴有很多做生意的外国朋友，全都有名有姓，但有一个朋友，人们只叫他波士顿商人。他欠了伍秉鉴7.2万银元。这位波士顿商人生意亏本，有家难回。伍秉鉴把他找来，当他的面，把借据撕毁，让这位波士顿商人和在场的伍绍荣（伍秉鉴的儿子）以及管家目瞪口呆。伍秉鉴对波士顿商人说："你是我的老朋友，人很诚实，只是运气不好。现在我们之间的债务一笔勾销，你可以回国了。"并对他说，"钱财是身外之物，你不必为此挂怀，我祝愿你合家团圆。"伍秉鉴这个举动在西方传为美谈。这种影响极大，后来，有艘美国船试水，居然用"浩官"（伍秉鉴商名）给那艘船命名。

福钧呢？他也有他的故事。他有很多中国朋友，他甚至给自己起了一个中国名字。但是，他却有另一种嘴脸。盗走中国茶之后，他又来了，发现有些中国人为了满足外国人的愿望，在制茶过程中，掺了普鲁士蓝和石膏粉。加了添加剂的茶翠绿翠绿的。他把一些这样的茶寄回英国，而后在公共展览会上，同时展示，指出中国茶含有致癌物。这样，占据英国市场的中国茶慢慢被印度红茶代替了。当然，善有善报，恶有恶报。美国人萨拉罗斯还是把他归类为大盗。

人心是秤，东西评判人的标准并没有根本差别。

历史的一页翻过去了。福钧并不是超人，他只靠一把生锈的手枪和一条假辫子，却在闭关锁国的中华帝国做成他的大事业。我们还是豁达一点好，只能夸奖他。

当然，把茶生意做大的不仅一个伍秉鉴，前十三行总商潘振承也做茶生意。到中国盗茶的也不仅一个福钧。有一点是明确的，原来这个世界上，只有中国有茶。

茶是怎么来的？只有中国人能说清楚。

现在让外国人来讲也蛮有意思。

萨拉罗斯说："许多中国人相信茶叶是神话人物——中国医药和农业的创造者神农氏发现的。神农氏斜躺在一片山茶树的树荫之下，一片闪亮的有光泽的叶子掉进了他那个盛着开水的杯子里。那片薄而柔软的叶子立刻激起了一阵阵浅绿色的涟漪。神农氏熟悉具有治愈功能的植物，他远足一天就能辨认出多达 70 种有毒植物。他确信这种药茶汤对人体是无害的，于是呷了一小口，发现它的味道爽口宜人——芳香、微苦，具有提神和滋补的作用。"萨拉罗斯说这是儒家的说法，还有另一种是佛教徒的说法：茶是释迦牟尼的眉毛变的。"事实上，极品茶叶叶片背面那纤细的银色绒毛确实酷似纤细的人类睫毛。大慈大悲的佛祖释迦牟尼留给信徒们这一伟大遗产，让他们在虔诚的修行中能保持灵台清明、精力充沛，从而专心致志地研习佛法。"

万变不离其宗，茶是原来只生长在中国土地上的一种植物。中国人把它放在水里，于是成为一种饮品。

《盗茶笔记》讲了历史上 5 个到中国盗茶的人，他们是朝鲜的金大廉、日本的荣西、印尼的杰奇逊、英国的福钧、俄国的索洛夫左夫。

金大廉，公元 828 年，朝鲜使者，在唐文宗宴会上品到茶，于是念念不忘，到乡间寻找……他把唐文宗赐予的茶种带回朝鲜，奉王命将茶种在智异山南面双溪寺一带。朝鲜茶史从这里开始。

荣西，公元 1187 年，受日本天皇之托，到浙江天台山学佛。在寺庙中知道了各种制茶的秘密，把大宋皇帝赠送的茶种和制茶技术带回日本。回国后，种茶于筑前背振山和福多圣福寺，后又分植于宇治。宇治茶是日本品牌茶,荣西成了日本的茶祖。

中国皇帝是傻皇帝,有趣的是清朝那么腐败的皇帝倒不傻,到西方人对中国茶红了眼的时候,他们没有给他们送茶种。

门是看好了,贼却溜了进来。

杰奇逊,公元1833年,从印尼来,这已经是接受东印度公司的派遣。他6次来中国,在中国学茶,而后,把茶种带回印尼。

福钧,英国人,公元1849年,他还起了一个中国名叫吴智恩,此人堪称大盗。这个中国通在中国待了9年,把20000多株茶树种在喜马拉雅山支脉大吉岭。

索洛夫左夫,公元1893年,这是一个俄国佬。他把从中国偷回的茶种带回去,没能种活,但他带回一个红茶大王刘俊周。此人后来当了苏联国营茶厂的经理,格鲁吉亚的刘茶县就是用他的名字命名。列宁三次接见他。

中国茶的专有就这样流失了。

给中国茶带来重创的是福钧。当他成功地制作了印度红茶,同时披露中国茶里有致癌成分,于是,英国人全部改用印度红茶。中国茶控制世界的时代结束了。

伍秉鉴生活在中国茶的全盛时期,他没有受到印度红茶的冲击,冲击他的是另一种植物,冲击他的是一场因国家落后而挨打的战争,是一条耻辱的不平等条约,可以说让他死不瞑目。

鸦片战争前的200年,中国控制着世界茶叶市场。与此同时,英国东印度公司已经开始着手偷盗中国的茶籽和种茶制茶的技术。他们一方面用从中国偷来的而后制作的红茶作为饮料,为处于雾霾时代的英国人排毒;一方面把鸦片输送到中国,让中国人中毒。

以公元1881年厦门为例,进口货物鸦片占61.8%,而出口货物茶叶占65%。

伍秉鉴和欧美商人、朋友

伍秉鉴是一个财富传奇,是中国传奇,也是世界传奇。

一千年，他是中国头号非官商人。连红顶商人胡雪岩都无法望其项背。

但要讲伍秉鉴的财富历程，一开始却一点也不奇。这个世界首富，他是怎么挖到第一桶金的呢？现成的——伍秉鉴是一个富二代。不过，伍家事业，本来并不是交到他手里。父亲伍国莹看好的是伍秉鉴的大哥伍秉钧，认为他脑子比较通窍。反过来说，就是伍秉鉴比大哥笨。伍秉鉴也没有和大哥争，他这个人比较忠厚。偏偏大哥英年早逝，重任才落在他的肩上。外人也没有看好他，甚至有人认为，伍国莹创办的怡和行可能会败在伍秉鉴的手里。伍秉鉴也可能是一种大智若愚，你很难发现他的机敏，但在略显笨拙中，感觉他心里边有一种沉甸甸的东西，一种底气、一种内力。

很多人都想知道伍秉鉴的商业智慧，就像看《三国演义》要看诸葛亮的神机妙算，舌战群儒、草船借箭、借东风、火烧赤壁、空城计……都可以拍案叫好。伍秉鉴却常常叫人皱眉头。但事后，生意做好做大的却是伍秉鉴。这仿佛有一个秘密，伍秉鉴有很多生意伙伴，欧美朋友，那秘密好像就藏在他们身上。我们一个一个来看看伍秉鉴和这些朋友的交往。

史密斯

史密斯把一船棉花从欧洲运到广州，十三行的行商到广州港接货。

中国原来没有棉花，“宋元之间始传其种于中国，关陕闽广首获其利，盖此物出外夷，闽广通海舶，关陕通西域故也。”中国原来只有木棉，明朝推广种植棉花，到清末可以说是产棉大国，但多是亚洲棉和非洲棉，质量较差。行商们希望得到上好的欧洲大陆棉花。

史密斯运来的是欧洲大陆棉花，但是陈棉花。看过货，行商们都面露难色闪到一边。

买方卖方产生争执。

史密斯说，这是你们让我送过来的。

行商们说，你没说是陈棉花。

史密斯说，你们这是出尔反尔，我觉得是被耍弄了。我不远万里运了过来，难道你们让我再运回去？

行商们说，我们要的是当年的欧洲大陆棉花。

潘有度和卢观恒是商总，都认为这是一笔赔本生意，但也不想伤和气，就决定大家分摊，大事化小。

当时，贸易还都是口头承诺，没有合同，没有明细规定。争执时有发生。

在一边一直不作声的伍秉鉴突然出来说话，他说，这批货，我要了。让所有的人都目瞪口呆。等明白过来，史密斯感恩不尽，其他行商如释重负。

这批货不能再积压，只能低价出手，伍秉鉴损失了10000多两银子。

史密斯知道后，来找伍秉鉴，要和他分担损失。伍秉鉴只是说，以后做生意要多小心，并没有接受史密斯的好意。

行商里本来就没有看好伍秉鉴的人认为，这是向外商示弱，是胆小如鼠。

伍秉鉴那年36岁，父亲、大哥相继去世不久，他在没有准备的情况下接手怡和行，有些人是要看他笑话的，他却在这个时候做了这笔赔本买卖，自然遭到贬评。这种事，商总都不出来扛，大家分摊也没得说，伍秉鉴这一出算是什么戏？

商人都是射利者，一旦失信，就会让对方心存芥蒂，所以，诚信是非常重要的。当然，父兄留下雄厚资本，伍秉鉴才做出这惊人之举。结果是伍秉鉴结交了一个日后精诚合作的生意伙伴。

米尔顿

茶叶是伍家的支柱产业，米尔顿是英国茶商。他要求增订200箱茶叶。

伍家的茶叶已经卖完，伍秉鉴拒绝了米尔顿。

对于大多数商人来说，货没了是可以变通的。比如进别人的货，再贴自己的标签。伍秉鉴把信誉看得很重，很多人认为他是死心眼儿，这是一笔不菲的收入。

生意没做成，伍秉鉴为米尔顿泡上好的茶。米尔顿盯上他的青花瓷茶具，伍秉鉴送他一套一模一样的茶具。

米尔顿品着茶说，喝茶已经成为英国人的国饮，英国人喝茶很讲究，得有好的环境，还要有好心情，他们习惯加点糖和奶。英国绅士把茶锁在箱子里，要喝茶时才把钥匙交给佣人。伍秉鉴知道，不但英国绅士喝茶，英国工人也喝茶，英国已经形成喝下午茶的习惯。不但英国人喜欢茶，美国人也喜欢茶。就是这个米尔顿给伍秉鉴讲了美国波士顿倾茶事件。由此，伍秉鉴知道了茶在世界的影响。就这样，西方的白银滚滚流进中国，作为个人，伍秉鉴是最大的获利者。

伍秉鉴陪米尔顿喝茶，他没有像满清朝廷只看到涌进来的白银。伍秉鉴有一种危机感，物极必反，天大的好事不可能总落在自己头上。茶是伍家的支柱产业，在它极盛时，伍秉鉴想到国外去投资，以此分摊风险。结果，不出所料，原来英国主要喝中国茶，到20世纪，60%换成印度红茶，另一个茶叶王国替掉了中国。伍秉鉴时候，这个时代还没有到来，但"茶叶大盗"已经潜入中国，而且，一场迫不及待的战争会走在它的前边。

一个史密斯，一个米尔顿，一次赔本生意，一次唾手可得的钱不要，我们没有看到伍家的钱流进来，只看到伍家的钱流出去。再加上一个波士顿商人，一张7.2万两的借条，几乎是不假思索，信手就撕掉了。

伍秉鉴身上有一种大气，有超越一般商人的个性。

胡安

胡安是西班牙商人。

胡安对伍家的茶叶没作什么挑剔，他来找伍秉鉴，就想压压价。别的行商都可以讲价，讲价应该是常理。而其他商行的价格都比伍家低，他希望伍家能作一些让步。伍秉鉴在午休，伍绍荣挡了驾。其实伍秉鉴是假寐，他支着耳朵听着，伍绍荣真顶不住，他就出面了。

不打笑面人，胡安就认准要和伍家做生意，这种对手最难对付。伍绍荣还嫩点儿，伍秉鉴听着，有点儿躺不住了。

没想到伍绍荣给胡安讲起了故事：做药材生意的有两种人，有的懂得药材，有的不懂药材。懂药材的往往价格稳定，不懂药材的价格浮动。有个姓韩的生意人，他懂药材，总是自己上山采药，他讲"真不二价"，人们知道后，都愿意买他的药材……

胡安问，故事讲完了？

伍绍荣说，讲完了，胡安先生，请您把"真不二价"反过来念念。

胡安说，是"价二不真……"

伍秉鉴听到这里，放心了，直接回屋睡觉去。

阿斯特

阿斯特，美国富翁，排在财富榜前5位。

青年时代和一个普通家庭的女孩沙拉结婚，沙拉有两样特殊的嫁妆，美丽和聪明。沙拉对毛皮有超凡的鉴赏力，加上阿斯特能说会道，总能从印地安人区买回物美价廉的毛皮，精心加工后，价格翻十番。

这个美国皮货商和伍秉鉴未曾谋面，只通过书信来往，但他和伍秉鉴做生意，他有自己的商船，来回不断，把毛皮运到广州，把茶叶和丝绸运回美国。

阿斯特能够成为美国富翁，伍秉鉴是很重要的因素。

有一次，阿斯特在信中向伍秉鉴诉苦："富人们都热衷于穿美丽华贵的毛皮，我为他们供应这种毛皮，却被指责为奸商，低价买进高价抛售，是天下所有商人的特质。"

伍秉鉴能说什么？中国是农业社会，商人被骂了一千年。"无商不奸"，中国商人不诉苦，因为不挨骂的商人是不存在的。

伯驾

伯驾，美国人，他不做生意，他是个眼科医生。他想在广州办个眼科医院，没钱，想得到伍秉鉴的帮助。

事情好像很简单，一家眼科医院就在新豆腐栏街挂牌营业了。这个医院有两个特点，一是伍秉鉴出10万银元赞助，一是伯驾看病不收费。

伍秉鉴出10万银元，是行善，这很明白。可伯驾，一个美国人，他跑到中国给人看病不收费，他又是为什么？

伍秉鉴让伍绍荣去调查伯驾是什么人？

原来伯驾是一个传教士，他通过给人看病传播基督教。

伍秉鉴不是信徒，但他也没有干预，毕竟伯驾在中国20多年，为5万多中国人看过病。

后来，林则徐曾到这家医院看病，孙中山曾到这家医院学医。

现在这家医院还在，是中山医院附属第二医院。

罗素

罗素，美国人。

罗素19世纪20年代到中国做贸易，和伍秉鉴是贸易伙伴。罗素有钱后，在广州办旗昌洋行，伍秉鉴占旗昌洋行一半以上股份，还是罗素的保商。也就是说伍秉鉴促成了罗素。

福布斯

福布斯，美国人。

我们确实很少谈论商人，美国《华尔街报》评1001～2000年的世界50富豪，其中伍秉鉴祖籍安海，很多人都不信，唯一能信的是安海确实有姓伍的。当我们翻阅资料，发现美国“铁路大王”福布斯是伍秉鉴的干儿子，又吓了一跳。

不读书的泉州人也知道马可·波罗，他游中国游泉州，回到威尼斯，被关进监狱。《马可·波罗游记》是他在无聊中给他的狱友讲述的中国见闻，几百年后，它又成了福布斯到中国的寻宝图。不过，出现在广州，出现在伍秉鉴面前的福布斯只是一个年轻的水手，不一样的是身材高大、精力充沛，还有身上带着一本《马可·波罗游记》。

我开篇说，伍秉鉴一开始并不传奇，不过，在福布斯这里，一开始就是一个传奇，他怎么会从那么多水手里，一眼发现了福布斯？而且说他不是一辈甘于当水手的人。这可称作慧眼了。

除了直觉，福布斯说的两句话应该是一个关键。一句是向往东方，茶的芳香让人忘记烦恼。一句是到广州，看到商馆、货箱、留辫子的中国人，没有看到财富。伯乐会相马，马也得会相伯乐。

怎么会没看到财富，伍秉鉴就是财富。

伍秉鉴说，你留下来，我会让你看到财富。一句话，点石成金。

对于一个生意人，能不能看到财富这太重要啦。

20多年前，我和晋江企业家柯子江曾有三句问答：你有厂子吗？没有。你懂技术吗？不懂。你有资金吗？没有。后边才是真正的回答：我没有厂子别人有厂子。我不懂技术别人懂技术。我没有资金别人有资金。无中生有，这就是柯子江看到的财富。我做过一个专题《晋江鞋》：1979年，林土秋拆开姐姐从外边带回来的一个胸罩，林土秋发现了财富。1989年，林慧生、李振义引进意大利流水线，林慧生、李振义发现了财富。1999年，丁志忠请乒乓球世界冠军孔令辉当安踏的代言人，丁志忠发现了财富。10年一个发现。但2009年，我没有找到制鞋业中的那个新人。最近，我和洪辉煌合作《晋江人性格》，讨论一个残酷的问题，"敢为天下先的"晋江人走向保守。毛泽东说过哲学上的否定肯定规律。否定在一定条件下会转化为肯定。夺取政权之后，富起来之后，都会从敢打敢拼走向保守。富起来后走向保守，就是不能再发现新的财富。伍秉鉴的财富传奇就是他不断地发现新的财富，没有一成不变的财富。

《晚清首富伍秉鉴》里伍秉鉴有一句话说得很好："财富不是人人都能看得到的，人生中有很多东西远比财富重要，比如机遇、选择……你能来到这里，就是一种机遇，若你选择留下来，我相信你一定会看到财富。"

伍秉鉴是外商的保商，被他看上，自然顺风顺水，他把福布斯安排在罗素的旗昌洋行，那里，他占了一半以上的股份。

改革开放初期，邓小平对一个准备下海的烈士子弟说，我只能给你三样东西：现金3万，给你写3张条子，帮你打3个电话。

后来罗素回美国，实际上就把旗昌洋行交给了福布斯。伍秉鉴认福布斯为义子。

在伍秉鉴翅膀底下的福布斯羽翼渐丰。

有一天，福布斯看到属于自己的财富。他看准美国的铁路业。临走时，一样看好美国铁路业的伍秉鉴给他一张50万元的银票。

福布斯当然很感动，他说："什么时候都要记住，你有一个儿子在美国。"

这个儿子有多大的分量呢？有人说："福布斯和美国铁路的关系，就像华盛顿与美国的关系。”

美国的铁路大王是在广州十三行孕育的。用中国话说，伍秉鉴是摸着福布斯的脑袋看着他长大的。

福布斯无形中也为伍秉鉴铺了一条到美国的路，伍秉鉴投资美国铁路等行业，怡和行成为跨国公司，每年从美国获数十万两白银。

伍秉鉴是不是一开始就从福布斯身上看到财富？就像诸葛亮早就看出会是三国鼎立。连福布斯也问他，这是不是也是一种投资？

应该是。

如果想当商人，解剖这个细胞会很有价值。

威廉姆斯

威廉姆斯醉心于中国陶瓷。他唯一遗憾的是中国瓷器上只有中国的山水、仕女、花鸟鱼虫、中国的书法，而没有西方的文化。伍秉鉴是可以变通的，他马上满足他这方面的要求。

威廉姆斯是伍秉鉴几十年的朋友，他常常来拜访老朋友，以至于伍秉鉴托他到西方做广告。

伍秉鉴心里郁闷时，也会向老朋友掏出心窝里的话：“感谢你相信我，咱们一起做生意这么些年，我从来不做那种伤天害理的事情。清者自清，相信历史会还我一个清白。”

亨特

美国人亨特值得注意的是他做了两件事。

第一件——

亨特出一道题让伍秉鉴算，伍秉鉴算了两天。

亨特问：“你有多少钱？”

伍秉鉴答：“2600 万两。”

第二件——

亨特说：“没有一个行商愿意去干这种（鸦片）买卖。”

《东印度公司对华贸易编年史》印证他的说法：“没有一个广州行商和鸦片有关，他们无论用什么方式，都不愿意做这件事。”

伍秉鉴和鸦片战争

我本来在写一本独立的小书《郑芝龙》，算个中篇历史散文。之后，再写《郑成功》，再写《施琅》。最后合成一个大散文《谁把名字写在大海上》。完成了《郑芝龙》初稿，跳出一个思路，我写了一个万字散文《海丝八大商人》，这时，我产生一个想法，请几个人共同做《海丝八大商人》：我写序篇，张百隐写《林銮》、胡建志写《黄护》（后来是黄汉瑜写《黄护》）、石晶写《李五》、粘良图写《郑芝龙》、叶荣宗写《郑成功》、林德生写《伍秉鉴》、颜瑛瑛写《黄秀烺》、陈东挺写《陈清机》（后来是高俊仁写《陈清机》）、叶子清写注、许自典画八大商人、许竹敬画历代商船。

海丝八大商人是我挑选出来，我定的标准也可能不太标准。如伍秉鉴，说他是广州商人更准确一些。不过，我们总是把一些大侨也说成晋江人，以籍贯划分，这也可以作为一种归类法。毕竟，伍秉鉴也是祖籍晋江安海。从唐朝到民国，中间还可能有遗漏。另，到民国到陈清机并不是终止，我们在南洋出了很多大侨，如和陈嘉庚齐名的李清泉，曾被《福布斯》评为华人十大巨富的蔡万霖、郑周敏、陈永裁、王永庆。据说，施至诚后来成了菲律宾首富。大陆开放后，也出巨富，许荣茂、许连捷、丁志忠，还有澳门的许建康等。热心教育事业的大侨让人记住他们的名字，捐 1 个亿办仰恩大学的吴庆星，捐 6000 万办季延中学的郭文梯，为几百所小学盖教学楼的吕振万等。

后来，我又单独写这部《被忽视的海丝八大商人》。这里边，我最怕的是写伍秉鉴，伍秉鉴对我来说太陌生，但自己最满意的又是写郑芝龙和伍秉鉴的比较。于是就这样写了下来，从《来安平的郑芝龙》，自然接到《离开安平的伍秉鉴》。我企图从安海的视角寻找伍秉鉴，但伍家离开安海后，一去不回。这让我有些尴尬。其实，离开后，在广州，也还藕断丝连，伍国莹去福建老乡潘振承的同文行当账房先生，传到伍秉鉴，怡和行的支柱产业也还是茶叶，和福建等产茶区一直保持密切的关系。但是，伍秉鉴已经变成广州人，一口广式英语，语言改变了，祖籍地正从他们的生活中淡出去。

最近,伍家的后人又来认祖,为什么当时伍秉鉴及其子女没回来光宗耀祖呢?这也许和那场战争有关。在安海,两个最辉煌的商人家族,郑芝龙、郑成功这一支消失了,伍秉鉴这一支也消失了,令人叹惋。

安海古镇,一直称文化古镇。有近千年的石井书院,当然是文化古镇。但石井书院不是朱熹的书院,是后人尊朱熹而建,作为文化古镇,在中国得排在数百名。安海镇有古港、古桥(国家重点文物保护)、古寺、古塔,有海丝八大商人(长期被忽视),尤其有郑氏家族和伍氏家族,中国要谈海商古镇,无出其右。

谁都有一本难念的经,我们再回到晚清首富伍秉鉴的艰难岁月。

山雨欲来风满楼。

黑云压城城欲摧。

我们来解剖一下这场战争和战争中的人,当然,我们这次讨论的落点在伍秉鉴。

美国总统约翰昆西亚当斯说,鸦片战争的起因是磕头,正如美国独立战争的起因是茶叶。这带有戏谑的成分,但它们都是战争的导火索,偶然就是必然。政治是战争的继续,战争是政治的继续。英国几次想用和平交往打开中国大门,首先卡在见面礼,英国人不肯对中国皇帝三跪九拜,所以没有进入实质会谈,于是不欢而散。一次是1793年的马嘎尔尼访华。一次是1816年罗尔·阿美士德访华。

马嘎尔尼访华,是在乾隆年间,名义上是参加乾隆帝83岁寿诞,一行800多人,行程9个月,带来很多奇珍异宝。习惯让人朝拜的清朝皇帝,对于以祝寿为名而谈生意,自然不快,只是一般的礼节接待。英王的表文说的是,想在北京设使馆,多开几个贸易点,宁波、天津、舟山,还想借一个不设防的小岛居住。没有进行实质性的会谈,后来甚至可以说是下了逐客令。阿美士德访华,在道光年间,还是那一套,不懂规矩,立即滚蛋。英国急需市场,志在必得。给脸不要脸,那就不客气啦。从美国人的眼睛看,战争爆发的原因是磕头,倒也很幽默。

英国为什么要发动鸦片战争?中国茶、中国丝绸、中国陶瓷在英国畅销，但是英国羊毛、英国呢绒制品却无法真正打开中国市场，而已经拥有4亿人口的中国市场，对新兴的资本主义有巨大的诱惑力。贸易逆差成了一个死结。和平的谈判解决不了，于是下毒，向中国走私鸦片。当满清朝廷明白过来，这是生死攸关，中英双方都达到极限。

驻华商务监督义律，本来认为通过鸦片获取利润是一种耻辱，但是国家利益高于一切，商业道德变得无足轻重。他极力要挑起这场战争。

而鸦片商都达到癫狂的地步。马克思说："如果有百分二十的利润，资本就会蠢蠢欲动；如果有百分之五十的利润，资本就会冒险；如果有百分之百的利润，资本就敢于冒绞首的危险；如果有百分之三百的利润，资本就敢于践踏人间法律。"

我们看看伍秉鉴最大的贸易伙伴颠地，这个鸦片"渠魁"。钦差大臣林则徐奉旨到广州禁烟，伍秉鉴劝说，颠地不听，嘲笑伍秉鉴胆小，害怕风险。伍秉鉴无奈，表示只要交出鸦片，由伍家赔偿全部损失，他仍然不接受。林则徐说颠地"诚为首恶，断难姑容"。林则徐要审讯他，他还提条件，保证24小时放回。后来，林则徐把伍秉鉴套上锁链押到宝顺洋行，宣称，如果颠地不接受审讯，就将伍秉鉴处死。颠地都不考虑老朋友的死活。他得到义律的支持，态度更加强硬。不接受制裁，逃离广州城。最后，林则徐对外国不法商人实行断绝水粮，义律不得不交出鸦片，其中颠地的宝顺洋行是一千七百箱。

还有一个数额巨大的，一千五百箱，是旗昌洋行，那应该是伍秉鉴的干儿子福布斯的。

鸦片战争当然是英国侵略中国的非正义战争。但是，英国胜了，中国输了。有人说中国输在武器落后，英国是船坚炮利。实际上是闭关锁国的封建主义输给扩张的资本主义，是落后的生产力输给先进的生产力。

我们的主将是林则徐。

"海纳百川，有容乃大；壁立千仞，无欲则刚。"百度上说，此联为清末政治家林则徐任两广总督时在总督府衙题书的堂联。意为：大海因为有宽广的度量才容纳了成百上千的河流；高山因为没有勾心斗角的凡世杂欲才如此挺拔。上下联最后一字——“大”与“刚”，意思是说，这种浩然之气，最伟大、最刚强。更表明了作者至大至刚的浩然之气。这种海纳百川的胸怀和“壁立千仞”的刚直，来源于“无欲”。这样的气度和“无欲”情怀，以及至大至刚的浩然之气，正是心理健康不可缺少的维生素。

林则徐到广州，贴了两张告示：《收呈示稿》和《关防示稿》。一是目标明确，专为查禁鸦片。二是人员纪律严明，堵塞贪腐。无欲则刚，这十天做到了。

十天，查收鸦片两万多箱，在虎门销毁。

这就是鸦片战争中的林则徐，无可挑剔。林则徐、关天培是壁立千仞。

可是战争一爆发，为什么都轰然倒地？无欲则刚，刚在哪里？峣峣者易折，佼佼者易污。个人折了，国家民族败了。一个欲望小国战胜一个无欲大国，这难道不发人深思吗？英国因征服海洋而大，中国因海禁而小。有欲小国成大国强国，无欲大国变小国弱国。

鸦片战争来得是时候，清朝应该醒一醒，从1840到1900，中间还有60年，可是醒不过来。1800年，中国GNP占全世界的33%，到1900年这个“无欲”的中国GNP只占世界的6.2%。1800年，欧洲的GNP占全世界的28%，到1900年这个“欲望”的欧洲的GNP上升到全世界的62%。1800年，美国的GNP只占全世界的0.8%，到1900年，已经是23.6%。

我曾提出一个问题，富起来需要多少时间？答案是十年。这是信息年代。

那么，我们再看看，一个国家要衰落需要多少时间？以清朝为例，也不过是几十年时间。

我想重新解读一下这副楹联。

闭关锁国，谈什么“海纳百川”？“大”就不存在了。

海洋文化是人类的大欲望，如果林则徐赢，要干什么？不还是回到锁国？所以，他没有力量，实则是无欲不刚。

海洋文化对几百年“无欲”的，也就是“知足常乐”的中国人来说是陌生的。

有人作这样解释:所谓“海洋文化”,是指依赖于海洋进行商品生产所形成的文化观念和形态。

他又作了一番形象表述:文化有各种划分,最重要的一种划分法是按照生成的地域划分——大陆文化与海洋文化。大陆文化是指以大陆为背景的文化,海洋文化是指以海洋为生成背景的文化。大陆文化是农业文化,海洋文化则是商业文化,两者代表人类文明两个不同的发展阶段与发展水平。海洋文化无疑更具有人类生命的本然性和壮美性:其硬汉子强人精神,其崇尚力量的品格,其崇尚自由的天性,其强烈的竞争冒险意识和开创意识,其激情与浪漫,其壮美心态等,都与大陆文化的讲求以柔克刚,讲求中庸之道,讲求温良恭俭让,讲求好汉不吃眼前亏,讲求三思而后行,讲求靠天吃饭,讲求守成本分,讲求禁欲节度,讲求知足常乐等等,迥然有别。形象地说,大陆文化保守,海洋文化开放;大陆文化信奉故土难离,海洋文化崇尚流动;大陆文化劝人忍耐,海洋文化同情反抗;大陆文化崇尚勤劳,海洋文化崇尚机遇;大陆文化相信“一分汗水,一分收获”,海洋文化信奉“能拼才会赢”。总之,大陆文化一切要循规蹈矩,海洋文化处处想不守规矩。由此,我们认识到海洋文化是一种先进文化。

海纳百川,有容乃大。这对于实行海禁的大清帝国是一个讽刺。

壁立千仞,无欲则刚。盲目自大的天朝上国,在资本主义大欲望大扩张的时代,已经岌岌可危。可是整个大清帝国那时还沉醉在崩塌前夜的美梦中。

这种情况林则徐不知道吗?

他只能洁身自好,所以第一个躺下的就是他。

完成背景的分析,我们就可以看清这个世界首富伍秉鉴了。

伍秉鉴是不是靠鸦片发家的?

林则徐关押了伍秉鉴的儿子伍绍荣,伍秉鉴想倾尽家产来赎他的儿子。林则徐说:“本官不要你的钱,本官要你的脑袋。”并给伍秉鉴套上枷锁押到宝顺洋行,如果伍秉鉴的生意伙伴颠地不接受审讯就要砍伍秉鉴的头。这个世界级商业巨子一下子威风扫地。颠地顽抗到底,林则徐并没有杀伍秉鉴,还把他的儿子伍绍荣给放了,为什么?因为,终于也没有找到伍秉鉴做鸦片生意的实证。

清者自清,这一点应该还伍秉鉴一个清白。

但是,清朝实行保商制度,伍秉鉴担保的外商走私鸦片,为这,伍秉鉴曾受过制裁。有一次罚了伍秉鉴16万两银子。鸦片在中国泛滥,作为十三行的商总,伍秉鉴当然难辞其咎。他还是明智的,让儿子帮林则徐向外商收鸦片。伍秉鉴也到商馆劝说,甚至不惜血本,只要外商肯把鸦片交出来,伍家赔偿全部损失。由于颠地搅和、使倒劲,伍绍荣只收缴了一千多箱。林则徐已经有过调查,认为伍绍荣是搪塞,曾认为伍秉鉴父子跟外商是一伙的,自然不领情,还派人捉拿伍绍荣,对伍秉鉴也不客气。

伍秉鉴是鸦片战争中最矛盾的一个人。

存在决定意识。

伍秉鉴成为世界首富,除了他个人的商业才华,还有两个条件:一,清朝海禁,"一口通商",他是广州十三行的商总。二,聚集在广州这个"一口"上的英美商人群体,正是这个群体让伍家的茶叶畅销欧美,也是这个群体,让怡和行成为一个跨国公司。他靠清朝,也靠外商,缺一不可。林则徐收缴鸦片,他可以说是尽心尽力。但林则徐断了外商水粮,他偷偷给送食物。外商真饿死了,他就没有贸易伙伴了,还有英国政府也断不会善罢甘休,就会引起战争。可战争一爆发,他的两个条件就都没有了,他的理想帝国就会终结。他还比较清醒,知道战争是迟早的事。个人在战争中太渺小了。不管谁输谁赢,他是败局已定。

很长时间里,伍秉鉴是猪八戒照镜子,里外不是人。

伍秉鉴是鸦片战争中一个尴尬人,尴尬人难免尴尬事。

不过,在整个鸦片战争中,伍秉鉴态度比较鲜明,这是他的个人素质。作为一个精明的商人他有他的底线,他没有参与走私鸦片,不做这种伤天害理的事情。和家人一起,帮助林则徐收缴鸦片。战争中捐资造船造炮,还买了几百门洋炮。战败后,《广州合约》赔英国600万两,伍家出了100万两。但他由于地位尴尬,总也洗不清。林则徐曾说要他脑袋,老百姓更是骂声不绝,说他“勾结外商,走私鸦片”,伍秉鉴在逆境中一直保持中国人的本色。伍秉鉴不是土豪。

伍秉鉴的理想是“一口通商”的政策一百年不变。伍秉鉴有没有想过“一口通商”的荒诞?伍秉鉴是这个政策的既得利益者,所以是存在决定意识。这是他的局限性。但是,除了欧美殖民者一定要攻破中国的大门,还有,“一口通商”本身就是闭关锁国而生出来的一个怪胎,注定是短命的。这也是十三行的宿命。伍秉鉴这个世界首富主要是“一口通商”催成的惊艳花朵,季节到了,落花流水春去也。

荷兰人侵占台湾那年,郑成功出生,郑成功赶走荷兰人后病逝,荷兰侵占台湾39年,郑成功活了39岁。但郑成功不仅是一个民族英雄,他还是中国海洋文化的先锋人物,他是作为民族英雄死去的,他没有更多的机会,这就是历史悲剧,无可挽回。伍秉鉴在“一口通商”的年代成为世界首富,其实,他已经超越广州十三行,成为跨国集团公司,他还可以创造更大的事业,但他就在“一口通商”结束时死去。他也没有更多的机会,这也是历史悲剧,一样不可挽回。

胡雪岩说:“做生意怎样算精明,十三档算盘,盘进盘出,丝毫不漏这算不得什么!顶要紧的是眼光,生意做得越大,眼光要越了得,做大生意的眼光,一定要看大局。你的眼光看到一个省,能做一省的生意;看得到天下,能做天下的生意;看得到外国,能做外国的生意。”伍秉鉴的眼光是留给后人的精神财富。

写伍秉鉴越写越远,本来,海丝之路就源远流长,它的源头曾经有些寂寞了,但商路却越来越宽广。一路上有一个一个的闪光点,创造了一个一个现在都无法跨越的奇迹。这就是说,历史不是让后人去效仿,历史激发人们进行新的开拓。

维吾尔人

王蒙

一、春天

原来不知道中国有个维吾尔族，一九四九年以前，中国官方最多承认咱们是汉满蒙回藏五大民族。知道维吾尔是始自庆祝中华人民共和国诞生。那一回中国一下子出了五十六个民族。

应该是一九五〇年建立新中国一周年的文艺晚会吧，来自新疆的维吾尔族艺术家表演了《迎春舞曲》，"哎，我们尽情地跳跃，在五星红旗下面，我们快乐地迎接着，美丽的春天"，这歌声的曲调像是抛出的绣球，夹带着泪水滚得遍地碧草如茵。"太阳一出来，赶走那寒冷和黑暗，毛泽东给我们，带来那快乐和温暖。"不，它不一样，许多云南的歌、东北的歌、蒙古族的歌、藏族的歌，它们都是倾吐，是诉说，是表达，是呐喊。而维吾尔的《迎春舞曲》是潮涌，是波浪，是滚滚滔滔，是一片汪洋，是从心的深处燃烧起火焰，是笑逐颜开也是泪流满面。尤其是，在唱到赶走了"寒冷和黑暗"的时候我听到了婴儿与妇女的哭声，包括"哆拉哆拉，与梭梭梭梭梭梭哆"的过门，被后来北京的淘气鬼孩子们唱成"人人都说辣椒辣"的，也是那样激动心肺，化释块垒，按摩灵魂。

后来知道这音乐的旋律取材于《十二木卡姆》舞曲。它给了我冲击，我怔在那里：什么歌舞体会得如此深深，它表现得如此披心沥胆。应该就是此次晚会上吧，"火树银花不夜天，弟兄姐妹舞蹁跹"，柳亚子赋词；毛主席和之："一唱雄鸡天下白，万方奏乐有于阗（田）"，于田是和田地区的一个大县，古代还叫过于阗国呢，那里百分之九十几的维吾尔居民。那里的妇人，除了围白纱巾，还常常在纱巾上别住一个小小的如同玩具一般的小黑帽子，似有含意。别的县市，没见过这样打扮的。

更早接触的是王洛宾改编的新疆歌曲："温柔美丽的姑娘，我的都是你的，你不答应我要求，我向喀什噶尔（河）跳下去。"一九六四年坐车快要到达喀什时经过喀什噶尔河，我为有幸亲眼看到寄托了爱情的决绝幽默的喀什噶尔河，而狂喜得几乎喊起来。还有最初听过"那天从你门前过，你端着一盆水往外泼""掀起你的盖头来，让我看一看你的脸""达坂城的石头硬又平啊，西瓜大又圆啊"……那是一九四八年平津学生大联欢时唱起来的歌曲，由中共中央华北局城市工作部领导的北平与天津地下党组织的。城工部的办公大楼在河北省泊头市，坚牢的高墙建筑，像一个碉堡。城工部部长是刘仁，副部长是武光。

一九五一年，我在区里做其时还叫作新民主主义青年团的工作，结识了一位自行从乌鲁木齐来到北京上中学，并且成为一个积极分子、团员、团干部的女生，从她那里学会了用汉字标志的维吾尔语发音唱《伟大的毛泽东》：

"巴哈米兹能巴哈班尼达赫依毛泽东，阿亚特米兹能甲尼甲尼达赫依毛泽东……"（我们花园的园丁是领袖毛泽东，我们生活的意志是伟大的毛泽东……）你能不为这样的歌词而感动吗？

一九五二年，庆祝中华人民共和国成立三周年，苏联派来阵容强大的艺术家演出团，来自乌兹别克的人民演员姑海丽·巴依用汉语演唱了这首关于伟大园丁的歌曲，而且在原歌唱"万岁万岁万岁"的地方，用生动的笑声代替了吐字，以笑为唱，以唱为笑。维吾尔语中的小舌音与送气音，发音部位深入，歌声更给人以掏心窝子的感觉。维吾尔人表达痛苦的"啊赫"与表达疲累的"呜夫"绘声绘象，令人感同身受。我想起后来读到的维吾尔/乌兹别克诗人纳瓦依的名言："忧郁是歌曲的灵魂。"一旦忧郁沉重，就会更期待忧郁的消释，就会以生命倾吐，以生命讴歌，以生命呼唤。忧郁的灵魂盼到了伟大的园丁与满园的春色，怎么能够不欢歌笑语如花儿盛开？那次演出中还有苏联人民演员、哈萨克斯坦的哈里玛·纳塞罗娃，她唱了《哈萨克圆舞曲》,同样带动了满地欢笑的翻滚。

这样,一九六三年,我在中国文联组织的读书会上与新疆文联的领导同志策划了去新疆的事宜,为此我给妻子瑞芳电话,她立即回答:“新疆挺好的,新疆的歌舞挺好的。”

而对父亲说了我去新疆的前景的时候,父亲的第一反应是:“新疆的维吾尔人体形很好……”

如此这般,一九六三年底经过中途换车五天四夜旅程,第五天黄昏时分到达乌鲁木齐火车南站,一开车门,还在月台上,立刻被车站扩音装置播送的维吾尔语歌声所陶醉,所惊叹,所新奇。抬头是博格达峰的皑皑雪山,然后是乌鲁木齐河引入了和平渠,还有街道的冰天雪地,是内地不常见的橙红色橘黄色洋铁顶楼房屋顶,是奇妙的维吾尔语与维吾尔文字与汉语汉字的相伴……

赴疆不久,见到了从北京去的大作家大诗人的时候,他们刚刚从南疆回来,他们众口一声地赞美词是:“多么好的人民!”

你为什么这样高兴?莫非你以为自己是去旅游?好的,我引用过《红楼梦》里有的版本说是黛玉、有的说是宝钗的诗句“焦首朝朝还暮暮,煎心日日复年年”。我知道那并不是一个快乐的年代。然而不正是那个不快乐的年代更需要光明、乐观、自信或者是叫作文化自信,需要尽自己的力量学习上进充实,需要创新,努力汲取新的生活经验,经营新的生活方式——我称之为生活创新吗?

在那个不快乐的年代,我开始了我的地理创新、知识创新、文化领域创新、交友创新、写作题材创新,或者可以说是命运创新、人生创新!我没有可能创新那时的政治气候,但是或许当真敢于创新自己。

二、麦盖提·洋达克

新疆,维吾尔,一个极有特色的地方。山重水复疑无路,柳暗花明又一村。天外有天,山外有山,城外有城,言外有言,曰维吾尔语:阿尔泰语系,主宾谓结构,粘着语,一个动词十来个词尾。诗外有诗,中国除了四言五言七言还有西域的“柔巴依”与“格则勒”，而唐明皇早就制定了来自龟兹（今阿克苏）的词牌“苏幕遮”，范仲淹吟咏了“碧云天，黄叶地，秋色连波，波上寒烟翠”，成为最有名的“苏幕遮”形象代言人，他是北宋名臣，他词通新疆，神通新疆。

我在赴疆路途上写的诗句有：“日月推移时差多，寒温易貌越千河，似曾相识天山雪，几度寻她梦巍峨”；“乌鞘岿峰走铁龙，黄河阔浪跨长虹，多情应笑天公老，自有男儿胜天公”……

一九六四年夏，我来到了喀什地区麦盖提县洋达克乡红旗人民公社。“洋达克”的原意是骆驼刺，就是说那里是一个长满沙漠野生骆驼刺的地方。骆驼刺是草外有草：远芳何必尽如茵？劲草星星亦动人！劳动旗红闹戈壁，骆驼刺里韶华新！由于工作成绩，那里被自治区领导王恩茂树立为全区三多（粮多、棉多、油多），五好（好水渠、好林带、好条田、好道路、好居民点），一强（人强）新农村榜样。

县文化馆派了工作人员阿不都米吉提·阿吾提做我的向导与半通不通的翻译，帮我深扎人民，深入生活。他是我较深结识的第一个维吾尔人。他戴着巴达木黑白花纹小帽，经常穿着条绒衣服，朴厚、谦逊、彬彬有礼，面带笑容，满头大汗，冲刷脸上的泥沙，带着浓重的南疆口音艰难地说着汉语，向我介绍各方面的情况，陪我采访了当地的库万大队书记、买合甫汗妇女队长等著名先进人物。我们每天晨兴夜寐，东跑西颠，辛苦得很，也感觉新鲜得很。那时候农村电话只有手摇式的，当听到库万（即库尔班）使劲摇着电话机，吃力地叫喊着“曼，库万书记（我是库万书记）”，很有不同感。而买合甫汗说话时频频摊开双手的姿势也显得极其大气，甚至使我想起苏联表现二战后东欧风云的影片《阴谋》，片子的主角是一个女共产党人政治家，买合甫汗的风度紧跟此姐。

只是阿吾提的口音土得掉渣，特别是所有的 F 音他一律发成 P，房子叫成旁子，吃饭说成吃盼，叫人忍俊不禁。他常常显示着满脸满身的泥汗，不知道是不是与下述状况有关：饮用水也是从大渠里或者一种叫作涝坝水塘里舀上来的，而渠水涝坝水都裹着泥沙。你喝一碗水，速度慢一点，快要喝完的时候会发现不少沉淀在碗底的泥沙。而喀什人最潇洒的午餐方式是带上一个苞谷馕,走到渠边,拿起一个馕,噌地向上游抛去,然后是馕被水流冲下来,然后再去捡拾馕饼。喀什噶尔人“逝者如斯夫”的要点不在于“不舍昼夜”,而在于“润我馕饼”。润我馕兮,渠水长流,逝者如斯,无夜无昼。有斯大渠兮,无患无忧。他们会感激水与水渠,小麦、苞谷、菜籽、棉花与馕。如果孔圣人看到南疆维吾尔人的逝者如斯,他会不会有更接地气的不同的感受呢?喀什人觉得吸了水的馕饼已经够湿软,就可以开口享受上苍的赐予了。而宗教徒的进食伴随对于主上的感恩。如果还偏于干硬,再向上游抛 N 次捡拾 N 次,齐活。

新疆有一种说法,说是肉食为主的哈萨克人一年要吃一车动物的毛,吃菜多的汉族是一年吃一车草,而维吾尔人是一年吃一车土。倒不是仅仅指大渠水里的泥沙,尤其是指用陶土做的馕坑土炉,咸而香新烤熟了的馕背面,总会多多少少地沾上一点用盐水和泥烧就的馕坑壁上的土。那个土也好吃。本来咱们就认为人是女娲用泥捏出来的嘛。

米吉提带我去县里与他的朋友伊明相会,伊明穿着翻领土布衫弹着都塔尔(双弦琴)循循善诱地教我唱影片《阿娜尔汗》的主题歌。而在县委招待所基建工地上,我听到了抬生土坯的女孩子边干活边唱“阿娜尔姑丽”(石榴花)的原版。原版唱道:“夜晚我睡不着觉啊我的孩子,且先赶走聒噪不休的鸦鸟。”而影片版的唱词是“我的热瓦甫琴声是多么响亮,莫非装上了金子做的琴弦?”成那种呐喊式、召唤式、不吐不快式的歌唱,给我的心里注入了一片光明、一片自由、一片活泼泼沉甸甸的强调。我还发现维吾尔人干起活来相当轻松,他们很少用肩挑运,他们两个人抬一个抬把子。抬把子是红柳条编的,面积不小,凹陷很浅,放上要运的材料,例如砖瓦土石,二人四手抬起来走,我的经验是抬的物件很少超二十公斤的,费力比肩挑小得多。

阿吾提此前结过一次婚,后来“另干了”(这是维吾尔人吸收的汉语口语对离婚的说法,生动精确),我来时他刚刚再婚,他的新婚妻子是确确实实的美女。这个时机让这位哥们儿去洋达克村陪我“采风”,确实太扫兴而我未免缺德。所以他与我一道,对我来说即使有一千般好处,却有一条坏处:与我一起活动上三四天,就要找借口离开农村回县城找媳妇去。而他说的“明天回来”也是极其靠不住的,他的明天多半是明天的明天或者是明天的明天的明天……他的善良、友谊与好脾气里包含着一种稀松、拖拉、没有准头、跟你穷对付。真是好人啊,真是没有办法呀!

而后林花谢了春红,太匆匆! 20世纪90年代初,经过了一番大历史的风云变幻,已在北京定居的我再一次到喀什讲演,这位老友米吉提专诚从麦盖提赶了来,经过四分之一个世纪,在全新的情况下再次见面,很是感动。只是见面握手,分别握手,人头簇拥之中,一切的一切何其仓促!

此后进入新世纪,老友阿不都米吉提·阿吉提逝去,归于永恒。是担任多年喀什地区妇联主席的茹仙古丽与我取得了联系,她是米吉提的女儿。我们多次在北京见面,包括她的两个女儿都请到了家里吃大盘鸡与抓饭。她特别告诉我,她的父亲坚持孩子们必须上汉语学校,以扩展孩子们的发展空间。今年春节前还收到她寄来的喀什噶尔馕饼。我对喀什寄来的馕充满期待,然而,毕竟不是当年的味道了,这些事,后面分解。

三、巴彦岱

一九六五年,我干脆去到了伊犁哈萨克自治州伊宁县巴彦岱镇红旗人民公社二大队劳动锻炼。我与维吾尔、哈萨克、汉、回、满、蒙古、乌兹别克、俄罗斯、柯尔克孜各族社员同吃同住同劳动了年复一年。我住到了阿不都热合曼·努尔与赫里其罕·乌斯曼老夫妇家里。应该是土改以后,没有结过婚的热合曼与丧偶的赫里其罕结为夫妇。热合曼那时一无所有,赫里其罕则有一套房子。他们在一九六〇年困难时期收养了来自兰州孤儿院的孩子部周安,将其更名为阿不都克里穆。他们有一个小院子,三株大苹果树,一个葡萄架,靠近木门——应该叫“柴扉”——是玫瑰花。我住进克里穆原来住过的一间厢房,只有四五平方米,一个土炕,内墙上挂着一张未经鞣制的生牛皮,散发着腥味,还有一面细罗,与牛皮综合成一张现代派画面。小房间的木门有意留开了门楣上的一个三角形空隙,提供了鸟儿飞进飞出的通道。而我住进去没几天，一对黑色的燕子飞来了，在门楣上方门梁上安家落户，开始了勤劳的筑巢安居工程。

热合曼首先发表了感想，传出去了：老王是个善人，好几年没有燕子来了，他一到，燕子就在他眼前筑起窝来了。用燕子筑窝考察人品是不是可行，我不清楚，也无意向组织人事部门推荐这样的识别人品方法。但是至少说明我与飞鸟相亲。一只燕子、两只燕子，然后孵化出四只小燕子。我的小屋每天凌晨四时开始燕子的家庭联欢，小合唱与二重唱、三重唱、四重唱，也有对话、研讨会、辩论小品、语言类节目。它们的声音好听，它扰乱睡觉，它叽叽喳喳，它哓哓喋喋，它亲亲密密，黏黏糊糊，足以填补我来到村里头五个月只有孤家寡人时难免的一点点孤独。

天色渐亮，我也渐渐醒转，我干脆从矮矮的土炕上站立起来，走到燕巢旁边，与燕子室友与家族成员互问早安。阴影里我看到了那么多双小小的黑中透亮的眼睛，然后是小脑袋，然后是翅膀上的羽毛。巨大的与不无茫然的我，与它们这个亲密的多话家庭结为一体。我不胜这种生命的差别与奇异，相通与相亲。此前，无论如何也想不到这样的脉脉含情与一片嘈杂的新的生活体验。

羡慕小燕子的热络，知道了燕子除了觅食、哺喂小仔、打盹，它们的生活内容便是交谈沟通，如陕北绥德民歌《三十里铺》中所唱的“说不完的话”，民歌说的是见到了“情哥哥”，燕子则是见到自身夫妻儿女一家子，至于它们怎样在门楣上分析切磋，就是我所不知的了。我决心也要在新的环境交谈，也要说话，也要了解维吾尔人、哈萨克人、新疆各族同胞。我要和人民交流如燕子呢喃的频密与多情，不论有多少莫名与难解，我相信人民，我相信生活，我相信辽阔的新疆，相信燕子飞入寻常百姓家，不介意你的民族归属与是否具有王谢大户背景，我更相信我们已经并且终将生活在永远的春天。我也相信这燕语的调性，相当靠近维吾尔语。头一年春天在南疆莎车，自治区党委书记林渤民同志特别鼓励我深入生活，学习维吾尔语。他说生活就是恋爱，通过翻译“搞”恋爱不是好办法。好挑毛病的人儿们，也许会质疑生活怎么还需要特别嘱咐去深入，但是我完全明白，如果一切是自我自由，我不会深入到那么深入的地方去。

而一家燕子，除了亲昵，除了温馨，除了涉嫌小资与琼瑶、邓丽君情调外，它们还告诉了我生命的威严与胜汰无情的铁律，以及小资的不中用。一只雏燕涉嫌疾病，它被抛到地上，温情燕道主义使我拾起落地的半死不活的雏燕放回燕窝，没有等我来得及转身，病燕立即再次被衔抛于地。我似乎看到了燕子父母的怒目而视，它们正在准备必要时把王蒙也叼起来，抛到我们常说的“历史的”“社会的”垃圾堆中，而燕子们也许会说是“生命的垃圾”堆里去。

不成功，就成仁；不垃圾，您就努力深入生活、深入边疆、深入亲爱的各族人民吧。

四、好汉子

20 世纪 60 年代，八届十中全会以后，政治形势一天紧似一天，我难以再在自治区文联上班，下乡参加“四清”社教，也因政审不合格被退回。区党委与文联的领导想出了一个极好的方法，下放我到一个条件较好的伊犁州伊宁县巴彦岱镇红旗人民公社锻炼，兼任二大队副大队长。从此开始了我的村干部生涯。文革开始后不再提副大队长了，但我的大队干部身份已经树立起来了。

二大队大队长马穆提 · 乌守尔刚刚去大寨取经回来。他是大队干部中年纪最大的一个。他穿着一身黑条绒衣服，口里常含几粒用烟草制就的“那斯”，品味苦涩火辣，专治稀松懒散。他的雍容微笑，他的身高力大，他的端庄诚笃，他的腹腔共鸣男中音……我越琢磨越佩服，他本来足足地像一位族长、议长、军政委、副总统，至少也是董事长，但是他，真的，是文盲。

直到六月初，他还穿着这一身黑条绒。我才知道，他欠着生产队的账，在参观大寨支用了生产队的钱以后，他不可能再有购买替换冬装的衣衫的普鲁，普鲁就是现钱，在新疆，最最不懂民族兄弟的语言的汉族，也知道这个词儿。

怎么回事呢？他的“阿衣郎子”即妻子据说是花钱太快，或者说是收入的普鲁太少。我也见过这位大队长夫人,有点娇滴滴,白白软软细细,哼着哟着喂着呷着走路,有病呻吟与无病呻吟相结合。维吾尔语的主要感叹词是“喂呷”,相当于“唉哟”。更重要的是公社整天开会动员女性社员出工,但是此姐绝对不出工,据说自古他们的妇女是不下地的,她不能接受“男女都一样”的观念。就如自古打麦场上大牲畜是不戴笼嘴的,他们认为夏收季节是老天对万牲包括人类的恩惠。麦收期间人与马都可以放开肚皮。我见过多少次,上级领导前来检查麦场,他们临时给牛马戴上笼嘴,领导一走,立即解放牛马的嘴巴,搞得牛马消化不良,整吃整拉整粒整团。习惯的力量令人恐怖。

而上过学的维吾尔人也喜欢找我讨论,毛主席所讲“时代不同了,男女都一样”究竟是什么意思。译成维吾尔文以后,文本无论如何会令人解释为:“时代更替变化很大很明显完全不同啦,但男人女人分类则变化很小很少,时代已非原来的时代,男女则还是照样的男女”。我给他们解释这是指时代变化引起了社会观念的变化,过去认为男尊女卑,男强女弱,现在认为男男女女平等,同工同酬等等。他们死活接受不了我的诠解,他们在语法上如此呆板较劲,令我觉得绝望。我怀疑他们是不接受男女平等观念,他们有意无意地跟你抬杠,将意识形态的命题歪曲为语言学(非意识形态)死结。

还是年轻人可爱,他们动辄走在一起唱“打格打格哟路哒蒙唉米孜”(我们走在大路上)与“丁艾孜哒帕拉霍特塔衣内普蒙啊”(大海航行靠舵手),传达的是昂扬与清新。

马穆提大哥传出来的一个故事使我感动——有一位当地的老新疆汉族社员告诉我,有一次大队长一边在大渠边走路,一边自言自语,被这位汉族农民听到了,大队长一路与自己谈队里的工作事宜:这块地的深耕,那块地的轮作,还有优秀麦种陕西 134 与乌克兰 86……

大队支部书记叫阿西穆·优素普,绰号是黄胡子。“黄胡子”一词在这里本来代表的是东北抗日联军旧部。一部分抗日联军人员在形势不利的情况下进入苏联,辗转来到新疆伊犁地区,他们作风彪悍,与当地居民开始时有些隔阂。而阿西穆的黄胡子,纯粹是生理细节特点,他的胡子不仅黄,而且稀疏,不如大队长的派头。

他也是文盲,他说话办事极有章法分寸,他讲的话无懈可击,他处理各种事务公正合理。有一次赶上了伊犁地区数十年不遇的大雨,新疆地区那时的特点是农家屋平平的泥顶子,靠厚厚的麦草泥吸收与散发雨水,冬天则是爬上房顶把积雪扫下,在这个冬多雪而夏少雨的地方,无须考虑房顶雨水的引流。一旦下了大雨,房泥吸水饱和,不但会滴答水,还会叭叭地从房顶往室内掉泥片泥块。夜间大雨,阿西穆把大队干部全叫了起来,我不忘大雨中阿西穆带着我到一些穷困、屋顶泥薄的农家检查漏雨落泥情况,接引老弱病残人民公社社员到大队部避雨的情景。农村干部是经常在火线上拼搏的。大雨中农村干部救援弱势农民的经验,我写到获奖长篇小说《这边风景》里,这就叫作"生活是创作的源泉"。

听过一次书记同志的长篇大论,是教训大队的会计与出纳,那是两个帅气的小伙子,两个人工作有了差错,书记结合忆苦思甜给两人上了一个多小时的阶级教育课,诚恳雄辩,高屋建瓴。

阿西穆翻修自己的房屋,我参与帮助他上过顶子,站在高处脚手架上搭手运送摆正梁、檩、椽、苇席……农村都是这样,盖房靠自家,上顶子时候乡亲邻友一拥而上。一直到数十年后,每逢回到巴彦岱,见到阿西穆兄,我都会问他房顶子的情况,以示对他的屋顶施工质量终身负责。

他九十多岁了,有点罗锅,还算健康,不久前我在巴彦岱见到了他。我表达了对他老的一点心意。

大队还有一位与我"级别"相当的副大队长塔里甫,"塔里甫"一词是伊斯兰神学研究生的意思,是阿富汗的"塔里班"一词的词根。我们的这位塔里甫显得带几分儒雅乃至文弱。他常常要黑夜骑马去各田地检查浇水情况。他有一个十岁左右的男孩,长得眉清目秀,却有佝偻病,背腰腿脚发育不良,站不起来也坐不起来。我去看望他们,给他讲了一大堆补钙呀补维D呀之类的话,他表示他全懂,也都做了,但是不管用。然后他说了一些我听不懂的名词与理论,表达的是无望。后来,这个病孩子去世了,令人难过。

本村有一对近亲结婚的极友善文明的夫妇,男方是中央民族学院的毕业生,不愿在喀什任教,回来当农民。他是乌兹别克族,而乌兹别克语与维吾尔语的差别小于北京话与天津话的差别。他有一个聪明伶俐的儿子,却渐渐显示出来了发育不良的疾病,也早早地夭折了。他的父母非常悲伤,为儿子举行了正式的乃兹尔葬礼祈祷。以至于村里有人提出质疑,认为做法有些夸大了。

大队有一个出纳,聪明麻利,善于言谈交际,他与一位地主的女儿恋爱,当时正是抓社会主义教育运动的高潮,对于地富后代的阶级斗争是很敏感的。我大队对他的这个可能被认为是中了阶级敌人糖衣炮弹的婚姻居然没有什么反应,"社教"工作队来了四五个月,然后走了,也对此没有什么说法。在某些条件下,马虎与厚道彼此不能分离。他与"所谓地主的闺女"正常地结了婚,他们的生活幸福。我听到过那位女孩子"哥哥"长"哥哥"短地叫他,那个女孩老实巴交而且甘甜,她的大眼睛流露出太多的请求与期待。

五、乱避于乡

这里毕竟是边远地区啊,老百姓的话:"天高皇帝远,人少马牛多。""文革"开始以后,西大桥上仍然有一位俄罗斯族老汉练摊儿,他小本经营,出售未曾去核的杏干、葡萄干、莫合烟(苏联文学作品中称"马合烟")。最奇怪的是还有一些女明星的小照片,上演了《海霞》,他那里就有了蔡明的肖像;上演了《同志,感谢你》,就有了刘晓庆。照片的黑白对比度反差特别强,别有风味。领导层管理层对这位俄罗斯族商贩没有任何干涉,倒是百姓们恶评如潮,都说他悭吝贪婪,对顾客一分一厘不让,而在这个边远的地方,来买你东西的都是乡里乡亲,怎么可以只讲价钱不讲面子呢?

"文革"开始一年多了,伊宁市武斗激烈,我们想找一个比较僻静的地方住,居然被介绍去看一个小院子的房屋,是准备出卖的,两千多元。由于我自己的政治敏感,觉得在"文革"高潮中置产成为房主,未免不识时务也不合逻辑,没有敢走这一步。

我还碰到过一个人物，开始我是在一生产队参加劳动，后来是六生产队。一九六五年密云欲雨的时刻，《人民文学》杂志十期，发表了林雨的小说《政治连长》，影响很大。于是，包括与北京时差160分钟的我所在的巴彦岱，也要求各人民公社生产队设政治队长。我们六队的政治队长曾是中学教师，因为男女作风问题被处理，回乡务农。我姑且只称他的绰号“快嘴”吧，他说话的速度赛过了语言类节目明星。他的名言是“人们的设备没有大区别，送风呜响可就差老鼻子了”。从他担任了政治队长，每天上工前给大家讲话五分钟，他的小嘴吧唧吧唧令全队鼓掌喝彩。这天他早上刚刚讲了阶级斗争，晚上却从一个地主婆的家里吃饭走了出来。我当时为什么走过那里，已经无由可想。他见了我似乎有点尴尬，还解释了几句，说是个什么“礼行”。维吾尔人的“礼行”很多，出生有类似满月的四十天礼，葬礼几天几天也有悼念活动，男孩子有割礼，婚姻有喜宴，出门患病丧事等有“乃孜尔”聚宴与祈祷……他当然能够自圆其说，大概其，难得糊涂，倒也是司空见惯。

面目清秀的大队会计多才多艺，一九七〇年春天，他画了“一打三反”漫画，说明本村本乡敌我斗争多么激烈。可那时的“一打三反”中恰恰揪出了他的一个什么舅舅，他一边画着连环画批他的舅舅，指名道姓说是舅舅参加了反革命集团，一边向舅舅照常侍候问安，并无不便不顺之尴尬。而过了几个月，说是周总理指出不可以滥划集团，随着上级“精神”的传达贯彻，雨后春笋一样冒出来的反革命集团一个个无疾而终，大风大雨了一阵子，天下太平。然后该吃、吃，该喝、喝，该割包皮割包皮，该娶媳妇娶媳妇。

我上小学时读过胡适的《差不多先生传》，讽刺国人的不认真不细致不严格。没想到来到新疆，在维吾尔人当中发现了的不仅是“差不多先生”，而且是差不多大师、差不多教主、差不多老爷、差不多活祖宗。

差不多云云透露着懒散马虎不负责任，但也表现了某种坚持与耐性，甚至还表现了善良与无条件与人为善。当年在麦盖提就见过，一个远道而来的农民，为了找公社书记，在墙角蹲了十几个小时，他早晨七点到了，勤劳的书记已经坐上六根棍马车下村检查生产，他墙角一靠一躲，灌木一般坚持了十六个多小时。夜十一时半了,书记回来,他终于迎到了书记同志,说了自己要说的话,提了自己要提的申请。然后说不定他要走上六个小时回自己的“房子”。这是新疆,一个村落距离另一个村落可以是几百米,可以是几公里,可以是几十公里。维吾尔人的耐性无与伦比,他们像石头一样,磨砺得与他们打交道的人也必须创造耐性方面的世界纪录。

马虎拖拉凑合是美德吗?不是。在“文革”条件下也许硬是变成了——是!

一个也是在新疆结识的读书人告诉我,说是明末清初戏曲家李渔小说中曾引用当时的谚语:“大乱避于乡,小乱避于城”,像“文革”这样的大乱避之于边远乡村,乃是上上之选。我不敢自吹一九六三年底赴新疆是我的避乱之策,但是我当时感觉到在北京一个大学教书不是办法,我无法理解与实行无产阶级专政下的继续革命学说,在大学里我比较碍眼,不若到新疆歌唱祖国统一与民族团结友爱以及我们新疆好地方,还要鼓励大学毕业生到农村去,到边疆去,到艰苦的地方去。如果说当时的内地还是前现代,那么新疆是前前现代,日子好过得多。

我经历过这样的事,我骑着一辆上海造“生产”牌自行车,前叉子断了再焊接上了,全车除了铃不响哪儿都响。就这样,我的车在伊宁市与巴彦岱也都成为维吾尔弟兄的抢手利器。所有的弟兄借车时都说是一小时、半小时、一刻钟乃至十分钟,说是去放下一张收条或者取回一块肥皂就回来。一般说,本日自行车回到我手,就算谢天谢地,弄不好三天后车才返回。当然,他们可能同时带回了一点北京不常见的无花果,或者是伊犁的男人也常常手执的红玫瑰。他们给我讲,玫瑰是天堂的消息,是真主的恩宠,是生命的享有,而且他们宣称准备帮我栽种成片的玫瑰园。或者,他们带来一枚柳叶,卷起来给我吹一个凄然的爱情歌曲,那样的歌曲里动辄声称自己的心已经焦灼为串烤,阿拉伯语叫作“卡瓦甫”的。

有关我的破自行车的更加美好的记忆是我骑着车,砰的一声,一个身材高大的维吾尔女孩儿坐到破车的破货架子上了,叫着“大队长”,她要我带她到三公里以外的一个路口。到了地点,噌就蹦下去了,我甚至没有看清她的面孔。下车的时候回头，只看到青春万岁的背影。那时的新华书店里没有我十年前已经打出清样的《青春万岁》的踪影，我姐姐说她听到过一个孩子到书店里问“《青春万岁》出来了吗？”不，出不来了，我想代书店回答。我在离北京很远的地方，我的生活里则出现了另类的青春万岁。

还有一次我骑着自行车碰到对面骑车而来的大队出纳，他发现我的提包里有一瓶伊犁大曲，便将我拉到公路旁的玉米青纱帐里，拧下车铃，用上衣下摆将铃碗擦净，以此为伊犁酒樽，一樽二人，互祝各自萨拉买提（健康），一饮而尽。

至少是伊犁，人们纷纷不断地引用一个谚语：“人生在世，除了死亡，其他都是游玩。”也许不应该译成游玩，“塔玛霞”，包括了轻松、享受、自娱、快活，也许还有自由。还有一句谚语：“如果你有两个馕，你吃一个就可以了，另一个留着作手鼓，你可以敲起手鼓来跳舞。”

果然发生过这样一件事，伊犁地区有旱田，即山坡地，略略有所修整，但不是内地的那种精雕细刻的梯田。这一年旱田丰收，上远山收割春麦的人原计划两天的活，干了三天仍然没有完结，可人们带的馕已经吃完。他们决定停一顿饭，收完麦子再下山回家用餐。按常理我们应该认为此种情况下收敛休息，减少能量消耗。但他们是怎样克服饥饿感的呢？难以置信，他们是通过跳了一回舞来克服难耐的饿感的。你对这种办法会怎样评价呢？

也许这证明这个地区的营养状态良好，肚子里已经积存了一些油水。伊犁人张嘴就会提到自己家乡的小麦、胡麻、蜂蜜、奶油、干酪、苹果与葡萄架。而且，我印象最深的是一九六五年夏天的两个月，伊宁市干脆取消了粮票使用，你背起一个口袋或者麻袋，你到馕铺子买热馕去吧，管够管饱。这个时间段，能做到不要粮票供应粮油制品的，中国境内还有别处吗？

维吾尔人还有一个谚语说伊宁（汉族则干脆将伊宁市、县直接称为“伊犁”）人的特点，“伊宁的好汉子，吹牛皮的大王，虽然哆哩哆嗦，冬天也要穿西装。”吹大炮，取笑他人，夸张其词，已经成为天经地义的生活方式，快乐源泉。谁受不了取笑，就被说成小心眼儿、伪娘、发育不良、不算伊犁男儿。

农民也是一样,他们说什么年轻时碰到过一条巨蟒,吞掉了两把砍土镘,最后被他徒手撕成八截,血溅苜蓿地。一面吹得天花乱坠,一面听着众位中青年女社员的笑骂:“泡！泡！泡！”(牛皮！大炮！胡吹！)他仍然吹得遍体舒泰,姑娘媳妇们听得心花怒放,骂得更是痛快淋漓。这样的初心、乡愁,百世难忘!

“好汉子”,这个汉语词已经直接被维吾尔语使用,读如“吼汉咂”。如果硬译加音译他们谈论对伊宁好汉的反应,则是“伊宁的呶者(好汉),同时是伊宁的泡者(吹大泡者)”。

他们有时候一面吹嘘自己的慷慨大方,一方面又显摆自己有好方法让一毛不拔的铁公鸡请客,加上付账时候的“躲付”妙计,小小地算计了某一个愚而奸诈的买买提或者赛买提,这也是伊犁维吾尔好汉的一大乐事也!说到这一类话,他们都是相声演员的胚子。伊犁维吾尔,牛啊!

我现在也常常反刍我的伊犁哥们儿们。什么是他们的大炮特色与放炮本质呢？乐观主义？爱乡情意？自我安慰？语言技巧？言说功力？驱逐烦闷？寻觅噱头？挖掘谈资？显摆吹嘘？与他人相处中小试锋芒？不容小觑？释放？发泄？趁机拉拢？趁机打压？略施小计？就酒的小菜一碟？帮助消化……反正人生苦短,不如意事常八九,你应该宁牛勿,宁吹勿泄,宁可吹大发了让女生们笑,不可动辄诉苦,满脸晦气,用窝囊废风貌博得廉价的眼泪。我现在相当讨厌电视节目对于“泪点”的装腔作势人为营造,不管是多么成功的节目。中华民族绝对不能成为一个泪迹斑斑的民族。

六、获奖

此生中我还没见识过领教过比一九六六年图尔迪家中点燃发射的这一炮(泡)更威烈的大泡(炮)。

我的房东大姐赫里倩姆有一个姐姐或堂姐,叫阿茜罕。维吾尔人的兄弟姐妹称呼有时我搞不明晰。第一,他们不讲辈分,只讲年龄,岁数大的,管爹也可以叫哥,叔叔伯伯更可以叫哥;妈妈、姨姨、姑姑都可以叫姐,同时侄儿女外甥儿女也都可以是你的兄姐。第二，即使在旧时代，他们结婚、离婚、再婚都比较正常，与这个人同父，与那个人同母，与另外一个人同父同母但并非同一家庭中长大，第四个人不同父不同母却是生活在一起成长在一起。所以一定是兄弟姊妹相称相亲。

阿茜罕有两个似亲似故也可能非亲非故的孩子。儿子伊犁区（后来改作州）党校干部，名图尔迪·苏菲，据说由于某些"问题"从一九五九年就"挂"了起来，"挂"就是没有工作任务了，等待"结论"已经七年，不妨再等七年。而后"文革"爆发，更挂于一边了。但也没有受处分，没有划成"分子"。"划为分子"，也是有维吾尔特色的说法，他们从不说到底是啥分子，如"地、富、反、坏、右"分子，"地方民族主义""贪污""蜕化变质"分子等等。而只说某某人已成分子，大家也就心照不宣了，听起来颇有大而化之的幽默，却也有可能是不无幸灾乐祸的窃喜。他人"分子"了，俺没有分子，能不雀跃乎？

阿茜汗女儿叫什么什么克孜，名字忘了，天真可爱。她是本镇小学教师。她把照片送给了我，被我珍藏，后来丢了，对不起。

一九六六年"文革"爆发，不久，我在假日应邀到图尔迪在伊宁市的住家去小坐。到后他嘱咐我说今天有重要客人光临。他的妻子是乌兹别克族，能干、漂亮，抚育着四五个孩子，本人是著名的食品店十门市部售货员，把一个不足 20 平方米的家整理得头头是道。她的名字似乎是玛赫卜莱提罕。

我与图尔迪坐好，喝了一会儿奶茶。顺便说一下，第一，如果是以喀什噶尔为代表的南疆人，他应该先吃两口馕再喝茶；以伊犁为代表的北疆人，则是反其道而行之，先喝茶再掰碎馕泡到奶茶里喝。这一点我的记忆与描述可能与事实相反，可怜王副大队长已经年老昏聩，竟然说不清这样的生动情节了，评论家甚至于称赞王某的《这边风景》是维吾尔生活习俗的百科全书。惭愧呀，丢人呀！如果发微信，这里肯定要上一个号啕大哭的表情了。

第二，像王蒙这样，坚持掰碎了馕泡入奶茶再边吃边喝的路子到了二十一世纪,已经属于过时的老派了。老派维吾尔人,玩笑话叫作“老缠头”,缠头,是更古老的习惯,维吾尔男子曾经用“赛来”巾缠头代替帽子,像如今印度的某个民族一样。汉族曾经不甚郑重地将缠头用作维吾尔人的绰号,但绝无恶意。维吾尔人也曾经根据俄语的发音将汉族人称作赫依达衣,即kitay,本源也绝无恶意可言,只有愚昧无知的人才会在这样的说法上生事作乱。

果然,二十分钟后,进来一位中等身材的先生。他微驼着背,手抚前胸,问好致敬,同时左右张望,对不起,他的神态使我想起北方人称作“小捋”,新疆人称作“贼娃子”的某类人物。

图尔迪介绍说:“他是反修医院的内科主任帕郎契(某某人)。”

医生坐下,悄悄从胸前上衣内兜里掏出一个药水瓶子,上写“药用酒精,不可入口”。他说:“今天咱们干掉它,力量大得很。”

我说:“不能喝。”

他说:“我喝了一年了。”

图尔迪体己地低声告诉我:“可以喝。我喝过。”

毋庸赘言,那个时期,美丽的、已经开始出产而后来成为中国名牌的“伊力特”、当时叫作“伊犁大曲”的名酒,常有供应短缺情况。“伊力特”成名出道以后,我曾应邀给他们题字:“一杯伊力特,双泪落君前!”

酒饮三巡。维吾尔人习惯,众人只用一个杯子,依次旋转轮流,规矩严格,每次饮酒都有一个公认的德高望重的“酒官”掌握节奏与顺序。我们只有三个人,从简,就约定俗成地按规矩喝将起来。

终于,内科主任站立起来,正式宣布,经他的查访与案卷科研,老王此人,不仅是一个作家,而且是苏联斯大林文学奖获得者!

一开头,图尔迪一怔,事出意外,晴天霹雳。他用了一秒加半秒的时间,略一眨眼,过程完成,立即心领神会,神清气爽。他被鼓动了起来,兴奋了起来,脸色泛红,笑容满面,显出了中年人的面部纹络,嘴唇使劲,鼓掌跺脚,接过了内科主任杀过来的好球,喝道:“当然!绝对!老王是斯大林文学奖金获得者!我们的老王我们不简单!”(维吾尔语说到定语用途的物主代词时,要在主词后面再重复一次同一代词的宾格,即“我们的老王我们”)

我拦阻这两位老弟的激情神哨,他们却更加亢奋。他们大喊大叫:“老王,不要客气,不要胆小,不要怕!得了斯大林奖就是得——了,得了奖为什么不说是得——了奖?得了奖为什么一定要说是没有得——过?”

维吾尔人的语言逻辑构思逻辑与表演逻辑无与伦比,我必须承认,在他们麻利干脆情理并茂地斥责了我的胆小畏缩孱弱没有面对巨大光荣的勇气之后,我至少有五十分之一秒时间,不免疑惑,莫非我本来就硬是获得过斯大林——要不就是托尔斯泰、契诃夫,或高尔基,或西蒙诺夫,也许是伏罗希洛夫文学奖——了?我学会的第一个苏联歌是《喀秋莎》,第二个歌就是“联队最光荣,走呀走过草原……我们的将军,就是伏罗希洛夫,从前的工人,今天做委员!”到二十世纪中期,伏氏任苏联最高苏维埃主席。真的?天啊,我本来就是具有获得苏维埃社会主义共和国联盟文学大奖的质素的!我硬是被挫折得忘了自己惊喜如狂的获奖经历啦?一时泪花翻滚,心如刀绞,立刻自我提醒,总不至于瞬间失常吧?

二位维吾尔哥们儿的讲法太坚决、太清晰、板上钉钉、嘎嘣那个脆哟!他们又是蓦然出手,泰山压顶,煽情如火,论理严密,完美无缺!我、我、我,我也真想拍桌子立即接受这项国际文学奖啊!

我体验了一下瞬间得奖的满足感与疯狂感。于是我含笑降低分贝给他们解释:中国当代作家只有丁玲师的《太阳照在桑干河上》与周立波师的《暴风骤雨》得过斯大林奖。

他们反而更加火爆:“丁?玲?周?立?啥?不认识。我们知道的就是老王获奖!”

不能再讨论,再讨论起来他们一定可以喊得整个区党校家属院沸沸扬扬,能够喊遍新疆维吾尔自治区与伊犁哈萨克自治州,一直到伊宁县巴彦岱红旗人民公社。这将成为一个事件,这个事件传到乌鲁木齐,乃至于传到北京,也许会传到莫斯科,甚至于会变成王某招摇撞骗冒充斯奖得主的惊人奇闻,那就成了真正的国际笑话或者国际罪行啦,您哪您。

平静了十来分钟,他们高谈阔论了鲁迅、巴金、纳瓦依(维吾尔\乌兹别克族诗人)、莪默·迦谟(波斯诗人),酒过五巡,内科主任二次两眼发直,大喊大叫,进入第二次高潮:“老王进去过克里姆林宫,他受过斯大林大元帅接见!”图尔迪则喝道:“同时接见王蒙同志的就有伏罗希洛夫!”我耳边响起了四部合唱与轮唱:“从前的工人、工人、工人工人,今天、今天、今天做委员、委员、委员委员!”

他们的激情像洪水,已经决口,力能发电。我的拦阻像用一个小砍土镘挖起的一块土,根本不可能阻挡他们的气势与规模。他们一唱一和,声称他们都在莫斯科与阿拉木图的《真理报》上看到过我领奖与被接见的照片。医生说本来今天他找到了刊有王某人获奖与在克里姆林宫被斯元帅接见的苏联报纸,出门时被“头发长而见识短”的婆娘打搅,只顾赶紧离家会王大作家,却忘记了带上哈萨克加盟共和国阿拉木图版《真理报》。而图尔迪甚至为自己曾用那张报纸卷了莫合烟而悔恨无比。他哭了。我也要哭了。我则是一喜后的无比尴尬狼狈,如坐针毡,哭笑不得。时而感觉到入了重围,登天无路,入地无门。时而感觉到嘻嘻哈哈、轻松愉快而又稀奇古怪,白日做梦,边地游仙。甚至我也迷惘:这到底是怎么回事呢?我究竟想起了或是忘记了什么呢?我现在究竟是干什么说什么想着什么呢?我喝醉了?我也喝了五杯药用酒精啦!他们讲酒精过去多用俄语借词“алкоголь”(读阿勒阔高里),现在则干脆用汉语“jiujing”。第一次获奖高潮来源于酒力,第二次高潮肯定是来源于药力喽!

同时我很欣赏二位维吾尔知识分子老弟的政治正确,甚至是政治精到。他们的政治警觉性绝对不在王某人之下。毕竟是“反修”医院的大夫,毕竟是一直“挂”着,等候处理的党校老师。毕竟同处反修斗争第一线,这里离“修”不过七十几公里。

首先这里是伊犁,苏联的影响不能小觑,他们有意无意地想让我知道这一点。第二,几年前刚刚发生过边民外逃事件,中苏交恶,涉苏言语十分敏感。第三,涉及国际文学奖,他们俩包括我老王,除了苏联的奖别国的不怎么知道,知道个诺贝尔如果说出来无异于意欲叛国通敌。第四,苏共二十大后,赫鲁晓夫大骂斯大林,但是中共发出了不同声音。这里的二位老弟大喊斯大林的什么奖,没有修正主义的问题,没有里通外国(新疆叫作“两个脑袋”)的问题。相反,他们矢口不提苏联那边从一九五七年取代斯大林奖的、一九二五年其实就设立过的更老资格的列宁文学艺术奖。他们滴水不漏。他们喝着反修药酒,从心所欲,不逾矩!

我想起了来疆前在京参加学习的日子,一位德高望重的老教授向领导表示要控诉赫鲁晓夫,他认识到了一九五七年落马的中国知识分子,都是受了赫鲁晓夫的害……又怎么能不提约瑟夫·维萨里昂诺维奇·斯大林同志呢?

七、炮与泡

这段故事我一直贮存了四十五年,四十五年来一回想便觉得有几分离奇,有几分古怪,有几分难解。撒酒疯?他们二位激动得声泪俱下,郑重得指天画地,讲述得惊心动魄,完全超出了正常理智的底限。直到二十一世纪,我与在京工作的一位维吾尔高级别领导同志交流,他们听得也是忍俊不禁。他们告诉我,喝了掺凉水的药用酒精之后,“反修”医生已经就任了该年度斯大林文学奖评奖委员会主任,而“挂”起来的党校教员,至少是该委员会副主任。他们当时就是隆重庄严地将他们主管的“斯大林文学奖”授予你老王无疑了。

伊犁的炮手果然了得!维吾尔的炮手惊天动地!无怪乎最有名的维吾尔诗人铁衣甫江在诗里嘲讽“那些用舌头攻城略地的勇士”,可惜的是他的这句诗被作了“别有用心”解析,“文革”前夕文艺(假)整风时给他找了麻烦,被称作用雕虫小技猖狂进攻。在我的经验里,用舌头攻占碉堡,是维吾尔人生活方式生活趣味,是日常生活的必有,是维吾尔的常态,特别是喝了酒。他们可爱于斯、荒唐于斯、幻想于斯、聪敏于斯、匠心独运于斯、笑一笑十年少于斯、雕虫小技于斯……特定情况下谁知道是否别有用心于斯。注意,这是一个说话的民族,说话是他们的首爱,然后才是歌舞、打馕拉面、戴花帽、梳小辫、经营数公里长的葡萄架,与湖南茯砖茶水加奶皮子的女人竟日饮。

也许喝酒的魅力恰恰在于此,兴奋了,大叫了,无化为有,有化为无,心想事成，想到什么成什么，坚持什么就一定是什么。天可以翻，地可以覆，奖可以得，财可以发，舌头可以攻城略地！如若不然，喝那个酒干什么？

也许更简单一点说，他们第一要表达伊犁人的眼界、心胸、牛气与词令，表达伊犁人的想象力与表现力。第二要表达对老王的友善乃至喜爱，激情与想象力。他们爱上了你。他们要让你高兴，兴之所至，金石为开。

喝酒干什么？我早就注意到了汉族与维吾尔族喝酒的不同路数。汉族人慢慢地品，将酒斟在美丽酒器中，闻一闻，徐徐入口，咂摸滋味，滋润口舌，再徐徐细细咽下，是一种享受。而维吾尔人更喜欢的是一饮而尽的豪爽，直奔兴奋的迅捷。喝完后他们更愿意表演酒的热辣刺激带来的不堪忍受的痛苦，与对此种痛苦与折磨的享受。酒入口时他们表现出的是某种准迫害狂的辛辣与自我撕裂，苦就是楚，痛就是快。他们追求的是亢奋燃烧腾云驾雾翻江倒海的感觉。

从“老规矩”来说，一些老穆斯林是不喝酒的。但是新疆各族同胞的男性公民，大多嗜酒。波斯大诗人阿菲兹吟道：

来啊！拿美酒来！酒能消除世间的烦恼。
在这蓝天下——人们都应自由无羁；
我为这崇高理想奋斗——感到自豪。
告诉你什么？昨夜我在酒店里昏醉，
一位传令天使把虚幻世界的喜讯带到。

而莪默·迦谟的“柔巴雅特”（一种诗歌体例，犹如汉族的绝句）是这样说的：

空闲时候多读快乐的书稿，
莫让心头生长忧郁的杂草。
何不饮酒呢一杯一杯一杯，
谁管死亡的踪影慢慢来到。

我将后一首诗译成五绝："无事须寻欢，有生莫断肠。遣怀书共酒，何问寿与殇？"

宗教圣地麦加有泉水曰天方圣泉，原文叫啧哞啧哞水，而维吾尔的青年想喝酒的时候一般不提酒，将酒说成啧哞啧哞水。

有人问我，"你怎么那么快就学会了说维吾尔语？"

我回答："我与维吾尔人共同喝了两吨白酒。"

当然喝酒也会喝出娄子。五生产队的一位维吾尔青年与四生产队的回族青年一起饮酒，醉后发生口角，然后是肢体冲突，然后是一人打死了另一个人，然后是审判与服刑。还有一次是几个生产队干部饮酒，醉后有人说红卫兵是艾纠居母纠居（小妖），被夺权而上的"造反派"队长掀翻了桌子，将胡说八道的人扭送公安机关，使有问题的人受到应有的惩处。

顺便说一下，这里提到的维吾尔农民，绝大多数是文盲，但是他们很精明，很有掂量，喝醉了，就更有主张，更有警觉，更要坚决立于不败之地。

莪默·迦谟还有一首律诗，我也很喜欢：

我们一手拿着可兰经一手拿着酒壶，
有时候是清真有时候也会拆拆（读擦）烂污。
在同一个蓝宝石般晶莹的苍穹下面，
何必划分什么穆斯林与什么异教徒？

波斯大诗人莪默·迦谟的诗的乌兹别克文手抄本，我是上世纪七十年代后期，从自治区文联的评论家帕塔尔江那里得到的，我手抄了一部分，背诵了一部分。帕塔尔江与我讲过他的一些阅读经验，当实在找不着书读的时候，他读过电话簿。其后许多年，我在观看美国电影《雨人》时看到了"雨人"（自闭症患者）夜宿旅店背诵电话簿的情节，不禁想到帕塔尔江。可惜斯时他已离世，没有交谈的机会了。他的手抄本《柔巴雅特》，带给我许多知识与快乐，我想念他。

帕塔尔江的另一个故事是运动初期他在乌拉泊劳动，听到敲锣打鼓，当时叫作“小将”的人们来了，与他一起劳动的其他处境不妙的作家立即藏匿起来。但是他的视力与听力都有不足，听不懂别人的关照。结果他落到了“小将”们手里。批斗后他问旁人，“小将们”在他的衣服背面写了什么？作家们告诉他写的是“黑作家”。他打趣道：“周扬同志在二次文代会后的一次全国委员会议上，点名表扬了我，可是你们几个小子看不起我，不承认我是作家，现在你们知道了吧，你们不承认，人民承认！”

维吾尔人对酒的兴趣与他们对于玩（塔玛霞）的兴趣分不开，对于塔玛霞的兴趣又与他们对于很多非塔玛霞的事情闹不清、不知如何反应是好有关系，世事纷纷乱如麻，说来归其塔玛霞。你甚至可以说他们有点玩世不恭，但不是魏晋名士风度，而是伊宁好汉——冒泡大王的路子。他们如是说伊宁人，然后再说阿克苏人南（傻）瓜，说和田人顽固，卖东西收钱的时候承认一元人民币是一元，承认十个一角钱是一元，但是决不相信两张五角的票子是一元。至于喀什噶尔人呢，说他们“口臭”，不是说口腔不洁，而是说说话太巧妙，语带挖苦。如果你在馆子里吃完饭没有结账就走人，店主追出来绝对不会喊什么“钱呢？你们没有交钱啊！”而是温文尔雅地说：“先生，那么我该找您多少零儿呢？”

有一次与英国友人聊起说话的艺术，英国人赞美喀什噶尔的讨账说法，说这是地道的英国绅士风度。

八、语言通天

我在新疆的时候，多次听维吾尔农民讲过，语言可以通天，这句话，一直到离开了新疆四十七年后即二〇一五年才庶几弄明白了它的含意。

二〇〇四年，我在接受俄罗斯科学院远东研究所的荣誉博士学位后，回程中顺访哈萨克斯坦原首都阿拉木图市。位于阿拉木图图书馆的中国文化中心主任、原驻华大使库阿尼什·苏丹诺夫招待我们晚宴，他的夫人表达对文学事业的尊敬的时候说，“我们认为，‘语言可以通天’。”

二〇一五年，我读了土耳其诺奖得主帕穆克的长篇小说《我的名字叫红》，然后看了《读书》杂志上的评论，才了解了语言通天说的重大意义。伊斯兰教坚决否定偶像崇拜，认为能宣示真主圣谕与表达信徒的崇拜的只有能变成经文与祷词的言语文字。经文的语言极其宏伟精到讲究，它表达了一切，通神通天。至于绘画，表达的是真主眼睛里的世界，所以细密画要的是二维空间与散点透视。这样，土耳其小说上写到的画派问题，也就是一个牵扯到具象神学的极其严肃重大的信仰问题了。

你或许未能很好地体验贯通"叫红"所讲的神学文艺观，但是你无法不欣赏沉醉于伊斯兰世界的"细密画"。而欣赏"细密画"丝毫不影响你同样震服于文艺复兴时期的欧洲三维油画与源远流长的中国文人画。同时，你完全不明白，你震惊于"叫红"们提到的或有的对于文艺复兴画派的格格不入。

是不是有时候维吾尔人太陶醉于夸张于语言了呢？岂止是攻城，他们自觉是语言可以攻心夺魄。

物极必反，言极也必定成炮、成泡、成油滑，成为对言与言所表现的伟大、真诚与崇拜的亵渎。我们大队的几个民兵骨干加一个干部一个小学教师，一起喝酒进入了神哨阶段，一位青年说，他善写攻魂夺魄的情书，他的情书百发百中，所向无敌。众人不信，他当场写好春心荡漾的求爱信札，然后几个小子骑马出巡，星光中见到一个中年女子迎面走来，将信札抛给了她……关键在于次日写信的小子收到了回信，那位结过几次婚的女子接受他的求欢，要求立即月照柳梢头，人约黄昏后，成其好事，吓得小子落荒而逃。

回想起在新疆参加的各种聚会，差不多都专门邀请一个善于词令的人，他在整个喝茶吃饭饮酒过程中，滔滔不绝，妙语连珠，鼓掌欢笑，春色满园。而所有参加聚会的人，一要个个善于用最美好的语言歌颂友人，表达赞美，彰显自己的真诚热烈聪敏，好友遍天下，从而确立自己的声誉。另一方面又要时有幽默，略有揶揄，逗得大家捧腹，更显示出智巧光鲜，四海之内、至少是本席餐饮之周遭，皆为兄弟的团结友好深情无限。

对于语言文字的特殊尊重，发展成了对诗歌的尊重，人们像敬神一样地敬诗。一九八一年我与诗人铁衣甫江共游鄯善县，我们在一户农民家里做客，来了许多中青年农民，他们一个又一个地起立朗诵"老铁"的诗，然后是古典的维吾尔语诗篇，其盛况是在内地农村想也想不到的。而即使在他们遭遇政治运动，处境不妙的时期，只要一有机会，就仍然是语带机锋，欢声笑语，把说与听笑话、机敏话、微言大义的话作为人生极高的享受。

而铁兄最有趣的经验是，改革开放后不久，他到苏联的哈萨克斯坦探望母亲与弟弟，他到了阿拉木图的一个郊区，而那个郊区按照规定是不准外国人前去的。他受到苏联警察的追究，不得不亮出他一九四六年十六岁时在苏联哈萨克共和国阿拉木图出版的诗集，以求宽大通融。警察见诗起敬，乃允许他待一个晚上，同时要求他写一个检讨。

他告诉我，在祖国的历次运动中写了不知多少检讨，而后做客苏联一个多小时，开始写检讨。

我们俩笑出了眼泪。

而我报答铁衣甫江的隽语是同去鄯善县他下乡劳动时住过的一农家，女主人临走时给了诗人不少棵刚收获的大白菜。我赞道："真是人民的诗人啊，吃到这么多人民的白菜！"他为之喷饭。直到他患不治之症，北京住院一段时间，只好回乌鲁木齐，之前出席赛福鼎同志安排的小型送别会时，他还提起这句话。

九、诗人与维吾尔知识分子

另一个维吾尔大诗人是克里木·霍加，熟朋友更喜欢称他为霍加也夫，正像他们称铁衣甫江是艾力尤夫一样。

而克兄是哈密人，他有极好的汉文底子，他是很好的翻译家，我参加过以他为核心之一的周总理诗作与《红楼梦》前四十回的汉译维研讨。他的知识与语言感觉不能不令人赞赏。一九六四年一月四日，新年节日气氛中我从《光明日报》副刊上读到他用汉语发表的《柔巴依》即前面讲到波斯诗人时说的"柔巴雅特"体歌颂党的诗篇。

（一）

任何一个人都很平凡，
他只是大海里的一滴。
当他心里扎下党的根子，
能用双臂拥抱整个世纪。

（三）

孩子们脸上没有眼泪和悲伤，
任何角落没有黑暗和凄怆，
颗颗谷粒上也闪耀着光芒，
因为有了你，亲爱的共产党。

那次他发表了十首，这里只引用了两首。他的文笔令人羡慕。“柔巴依”犹如内地的“七绝”，也许比七绝还“绝”，除了韵脚的讲究还有句首与句腰的说法，我未知其详，只知道他的诗令我佩服羡慕。紧接着看到的却是他在当时的城市“五反”运动中的一点点窘态。他不但诗写得好，形象也与诗很吻合，高个子，笑容可掬，头发有些自来的弯曲。即使某些窘态中，他永远含着微笑，他散发着中华谦逊与善良亲切，他宽容了一切，当然也包括他自己。

与他相比，铁衣甫江似乎更强壮、豪爽、机敏。他是边境地区霍城人氏，父亲是经师毛拉，自己上过经文学校。少年诗名远扬，解放后他参加过朝鲜战场对志愿军的慰问。他写的一批歌颂志愿军的诗结集《当我看见山》，气势宏伟。他的《献给祖国》等诗集脍炙人口。他写道：

多么自豪啊，我有幸成为
时代的一名乐师和歌手。
这红色的岁月充满了，
新世纪的光荣和骄傲。

再看他的柔巴依：

水滴汇聚成波澜壮阔的海洋，
没有大海生活之帆怎能远航？
倘若为了你那涓滴自吹自擂，

试试一滴水珠能走什么船舫！
我从情人眼里寻找温柔欢喜，
看不到渴望的笑靥只好叹气。
她说想看到笑脸其实也容易，
只需把枪弹射向人民的仇敌。

为之一震。厉害了，我的铁诗人！

铁衣甫江有幸与赛福鼎同志友谊深厚。但是“文革”中他也有一段时间被“双开”下乡劳动，在离乌鲁木齐不远的呼图壁县。据说由于他懂经文，受到尊重，日子过得不错。根据赛福鼎同志关于文联的人才不要散失的指示他又被“收回”。他家里挂着厚厚的壁毯。他的妻子赫里倩姆，在七一棉纺厂工作。十一届三中全会后，他当选中国作家协会副主席。

霍加也夫的妻子高华丽娅是塔塔尔人，金发美人，非常有性情。可能她花钱比较冲，造成了克诗人的某些尴尬。他们有三个女儿一个儿子。对于她的回忆加深了我对全面小康的期待。我们总算渐渐与贫困拉开了距离。

二位诗人每天都在研究一些新名词，都有心得。“文革”中常常说某个文学作品“放毒”，他们就研究这个毒字。毒，在维吾尔语中读音为“栽害尔”，栽害尔变成了他们的口头禅，每天这个栽害尔那个栽害尔，批判不止。他们还不停地找我讨论汉语“活该”二字的维吾尔语译法，对这个汉语词陶醉不已。

他们两人，铁五十九岁，克六十岁，都因同样的肺癌而去世。我想这与他们吸莫合烟有关。莫合烟就是苏联小说里常常写到的马合烟。苏联诗人特瓦尔托夫斯基描写红军战士瓦西里·焦尔金的时候写道：

战士的马合烟卷，
正像战士的婆姨，
凶恶、呛辣、霸气，
却不可缺乏须臾！

可惜，他们没有能在的好时光多写几年、多活几年。他们走得太快了。

加上前面提到的帕塔尔江，这三位彼时的维吾尔文学大家都随身带着匕首，都会宰羊。尤其奇妙的是他们都会打馕，维吾尔人当中，一般只是女人打馕，但这三位不同。另外还有一位专打窝窝馕的老编辑、评论家。经过长期研究，我认定美国人喜欢的称作"背钩"的以色列面包，就是新疆的窝窝馕。人类是命运的共同体，地域、宗教、民族的区分抹杀不了人类生活的共同性。

一九九〇年二位诗人先过世了，我也从文化部的岗位上全身而退。我去看望高华丽娅与赫里倩姆，两位各自搂着我号啕痛哭。朋友们看到这种情况说，做人能做到这样，也就可以了。

到现在霍加也夫的孩子们还与我有联系有来往，我们是世交，通家之好。他的外孙女艾特丽巴嫁到德国，也与我有微信联系。

至于铁衣甫江，我一九七五年后获得实际上的创作假，全靠他的支持。他临终还与友人谈及与王某的交往呢。

还有许多维吾尔知识分子。特别是歌唱家迪里拜尔·尤努斯。她在中央音乐学院读研究生时获得了芬兰的声乐奖。在国际交流协会的成立会上与她相识。我找几位在京的新疆领导同志一道帮她解决了当时婚姻大事上的一些难题。后来一段时期她在欧洲开拓自己的事业，我在波恩正巧与上演歌剧《塞维利亚的理发室》的她碰头，我看到她拿着的歌谱，厚得更像博士论文的参考书。我还获得过机会在访问瑞典哥德堡时与妻瑞芳一道住在她与男友的住所。无论何时，她见到我都以爹爹相称。目前她或在北京，担任中国音乐学院的教授，带硕士生，或在新疆歌舞团主持一个以她的名字命名的工作室，整理新疆民间音乐宝库。她的奋斗精神、学习精神、工作精神，令世间许多庸人汗颜。她可以使用汉语、维吾尔语、英语、瑞典语、芬兰语。为了国际交流的方便，她保留了芬兰护照，同时她有在祖国长期居留的身份。

我也时而想起与我有同室之谊的诗人阿不都热衣木·哈斯木。他是个大帅哥，嗜酒、善词令，做人或有频频虚晃一枪处，他也是俺们伊犁人。

传说他与妻子——新疆大学一位老师离了婚,而且到边界的另一边与那里的一个女子结了婚,显然那时中苏边界随随便便。因此他一直涉嫌有一个准克格伯神秘媳妇,中苏交恶以后边界严峻了,此婚姻从人间蒸发。没有任何其他人见过他的媳妇,但一提起这件事都觉得神秘古怪,似乎此诗人又是艳福不浅。当时新疆有个词儿,叫作“两个脑袋”,他是两个脑袋的吗?

在与之同室期间,有几次他回来得很晚,说是到他原妻那边去了。说是在商议复婚的事,始终未成功。因为原妻提出今后要处处听她的,“听她的没错”。英俊的诗人一直较劲,他问:“为什么她认为只要‘听她的’就‘没有错失’呢?”他像一个硬是答不上入学考题的孩子,悲哀无助。

他由于酗酒,患了胃癌,做过手术切掉了大部分胃,后来又活了十余年,终于去世。他一生生活得不太正常,他本来可能过得更好、成就更多,他的生命力倒也算是相当坚强的了。

十、温柔

写到这里我才越来越意识到我对新疆、对维吾尔人的记忆里的时间元素。不可思议,不可接受,不过如此。半个世纪以前的事了,人生能有几回五十年?孩子,不哭!回忆中的事件与人物都变得分外温柔。我已经告别了二十世纪,告别了巴彦岱,告别了那么多亲人、朋友,往事似烟非烟其实都没有什么大不了的。那时的友人,一个又一个地离我而去。连前面提到的在维吾尔父母照顾下成长的汉族孤儿部周安——阿不都克里木也于二〇一七年春季离世。叫作天人相隔,叫作一去不复返,叫作仍然活鲜。那时去一趟新疆,先从北京坐火车到西安,下车住店,第二天午后上另一趟车走四天三夜才到乌鲁木齐。前现代的旅行为什么反而富有凄楚与壮阔的情怀?记忆至少是刻下了那么深。而现在的四小时飞行,也许只剩下了时间带来的焦躁与期待,却失去了对于空间与道路距离的感受。那时候新疆没有啤酒,极偶然来一点啤酒,卖一块多钱一瓶,而在北京原价是三毛六。那时候烤全羊是一个神话中的概念。那时候人们将喀什说成哈什,现在,人们都读如喀秋莎的 ka 了。那时候伊宁市最高只有三层楼房,现在伊宁市最高的是沿伊犁河建筑的恒大雅苑与恒大绿州公寓,三十三层楼,不加屋顶设备间是98.18米。那时候乌鲁木齐最繁华的地点是南门、大十字、小十字、百花村,而最雄伟的高层建筑是昆仑宾馆,俗称八楼。现在八层大楼算是什么呢?八楼的附加建筑其实已经是九层楼了。八楼生活在更高耸得多的楼群里。只有在刀郎的歌里八楼还略显神气。而我在的那时,二道桥建个小小的百货公司也要大肆报道。现在地名依旧,风物全新,车水马龙,宾客如云。但是我已经找不到当年的馕的味道,那时发面靠的是酵面,发酵到欲酸未酸之时,掌握好火候赶紧打馕,馕有一股西北地区叫作酵头子的朴厚生鲜的味儿。现在多用发酵(其实是膨化)粉,那股子微微的鲜酸头儿没有了。加上也可能是陶土馕坑变成了金属馕坑,甚至于是馕坑变成了电烤箱,你上哪里找真正的老馕去?所谓祖母的厨房,只活在、仍活在记忆里。包括最最受欢迎的摩登的阿不拉馕,也与记忆错了位。工具与材料进化无罪,老王的记忆正在过时,呜呼却未尽哀哉。

还有南疆到处栽种的白栎树,过去的新疆人根本没有见过。茅盾写过的名篇是《白杨礼赞》,现在已经被确实更美好更成材的白栎替代了。援疆的专家从自己的家乡找到了最适合新疆水土的内地树种。而过去的沙枣,又如何能与若羌的灰枣与和田的骏枣相比,后二者树苗来自内地,带来的是无与伦比的营养与美味、滋补与效益。若羌连续八年是西部十二省中农牧民人均收入最高的县份。骏枣大如梨,枣肉嚼起来如半干牛肉。新疆不但是灯火耀高楼,通明不用愁,而且有例如库尔勒的孔雀河上的游船,让人想起巴黎的塞纳河。

毕竟还有胡杨林,还有雪山,还有塔克拉玛干的沙漠,还有电影歌曲《花儿为什么这样红》的背景艾提尕清真大寺与巩乃斯草原,弃我去者昨日之日不可留,迷我眼者今日繁花迷行舟!你相信这里写的是新疆吗?

而且,人事早非当年。国家领导人已经改变了若干届。新疆的老领导,一个个离开了我们。在“文革”当中有过戏剧化经历,而且更早担任过我所向往的中共中央华北局城工部副部长的、一九一一年出生的武光同志,活了一百零四岁,于二〇一五年去世,之前我到北京医院看望了已经昏睡的他老人家。分管过文教工作的书记,“一二·九”运动中参加革命运动的林渤民同志,后在京任中国科协党组书记,我在医院与他碰过面。他在二〇一四年去世,享年九十九岁。是他从一开始就谆谆嘱咐我一定要学维吾尔语,并且策划了“文革”前夕对我的赴伊犁“锻炼”的最佳安排。他仪表堂堂,永远透露着几分高贵与文雅。

赛福鼎同志一家都与我友好亲近,我至今感到赛老的音容笑貌。赛老最怕、最想避免的就是维吾尔民族落在发展与潮流的后面。赛老最期盼的就是以《十二木卡姆》为素材,做成大交响乐,举世演奏,响彻寰宇。而健在的司马义·艾买提、阿不来提·阿不都热西提等同志,与他们的交流,仍然时时唤起我的新疆乡愁与对维吾尔等各族同胞亲切的与特别的情思。

时间哪里去了?不,哪里也没有去,时间在我心里,你们在我心里,友情在我们心里,微笑与眼泪在我心里。我也在你们心里。

时间在天地间也在天地外,时间就是天命、天心、天意。我在梦里滔滔不绝地卖弄维吾尔语,我与你们一起扬麦场、掰玉米、浇夜水、说笑话(也许是语带双关),余音绕梁。我还被邀参加你们的许愿聚餐,叫作乃孜尔,你们颂祷,我安静地坐在一边祝福。

一切都是瞬息,一切都会过去,一切仍然刻骨铭心,一切仍然生动栩栩,形神俱全,欢声笑语。神龟虽寿,犹有尽时,感恩之心,永无止期。天长地久有时尽,此爱绵绵无绝期。也许本来应该与你们一道活得更好?也许并没有遗憾,只有满意,只有得意。试试为我做一个其他的设计,能不能在那样的岁月中活得这样有收获而且居然不乏欢愉!人可以老,友情不老;人事可以无常,人心有常;政治社会情势会有这样那样的变化沧桑,人民、国家、乡土的眷顾万古长青,百年如一日。对于永恒来说,千年如一瞬;对于虚无来说,瞬间永远,心动即是永恒,泪花即是永恒,一笑一颦皆是永恒,一诗一文更是永恒。我有过各种愚蠢与昏乱,所幸是从没有虚无,充满生命与趣味的新疆与维吾尔,填充丰富了我本来最可能最痛心的空虚。唉,阿不都热合曼哥,唉,赫里其汗姐,唉,铁依甫江哥与霍加也夫哥,王蒙想念着你们,念叨着你们。道可道,非常道,乃大道,善良依旧,爱心依旧,俏皮依旧，记忆与怀念温柔了天山与塔里木河、枞树林与茫茫大漠、和田玉与胡杨林、《福乐智慧》与《木卡姆》、龙卷风与雪峰……塔玛霞的快乐精神永远护佑着中国维吾尔人，中国山山水水，民族五十六个！

一九六七年，伊宁市发生了两派小将间武斗。后来，一位维吾尔教师问我，年轻人怎么这样激烈啊？我们这边，我们是一批手软的人，我们怎么能在政治辩论之中下狠手呢？

当时他说的是事实。请看人们描绘当时一些城市两派形成以后的情况，维吾尔干部见面后，有时互相问候“你是什么观点？”一位回答说，“我是造叛（反）”。另一个人则说，“曼（我）保杭（皇）”。然后笑嘻嘻再见。应该说他们是怀着塔玛霞的游戏精神来参加“文革”的。汉族干部就紧张多啦。瑞芳妻的教书同事祖尔东·萨比尔，后来是著名作家，当时在伊犁二中闹了一回“革命”，过了个把月发现“革”得无趣，学校又停了课，干脆回了大湟渠——人民渠龙口附近团结公社老家，过了大半年，说是要复课闹革命了，他回来了，同时带上了一个俊俊的媳妇。

一九六七年我从北京接来了我的姨母董效帮助料理家务，姨母到后没有几天发作了脑溢血，不幸去世。那一天午夜，我发觉了姨母的病情严重，临时带去诊病，援我以手的就是这位认定维吾尔人出手绵软的老师。他半夜赶起了马车，送我们到了医院急诊。

许多年过去了，情况自然有各样的变化，但是我仍然乐观，维吾尔兄弟姊妹是笑眯眯的，是绵软的，是活泼与快乐的。他们说：“可以听阿訇的话，不能学阿訇的样儿。”他们喜欢商品交易，他们说“如果一天没有做成生易，那就把左口袋里的商品码到右口袋里去吧。”伊犁的哈萨克人称维吾尔人是“萨尔特”，萨尔特一语是小商人的意思。他们是具有中国新疆特色的人民，他们营造的是世俗生活，不是极端的神权狂热。他们永远不可能接受三种势力的疯狂与仇视。

他们有什么缺点吗？当然。我前边已经提到他们借自行车十分钟，闹不好是三天后才还给你。他们有的人会向你借钱，让你十分为难。我就多次碰到这种情况，包括一个很有分量的人物写一个小纸条来借钱的事儿。

多数情况下他们会拖延还钱的时间。但是你一旦调动工作，要离开那边了，会有许多你忘记的“债户”来找你“还账”。债户实在凑不齐现款，也会提着奶油或者手工纺织的土布或者挑补花的窗帘来与你告别。他们有他们的底线。

在我最最不快乐的处境下面，我与维吾尔弟兄一起享受了生活的别开生面的和蔼与童趣，在一个不快乐的年代，我天真地度过了当时看来可以说是也算够快乐了的、更是大有获得的十六年。说起一九六三到一九七九，我越来越庆幸。有道是人生如球场，关键在后半场，即使前半场开局精彩，进了球却误判越位，然后一不做二不休连续被误判罚进了五个点球，以零比五败得惨不忍睹，架不住下半场天时地利人和技高志猛而且绝对不犯规、不呷兴奋剂，您与各族队友进了六个球！悲莫悲兮生别离，乐莫乐兮新相知，何所遇兮维吾尔，念伊犁兮长相思。至今，回忆你们的故事仍然使我充满了快乐与温暖，甚至是得意洋洋。我想念你们，我感恩你们，我祝福你们，我也惦记你们。今天还有事儿，明天好得多。今天还有莫名其妙的外来病毒妖风的影响，明天会雨过天晴，阳光灿烂，新疆是一个日照最充足的地方。老王与你们一起，内心充满阳光。

真情写作

埋在土里的爱

马万里

我从小是吃着娘捂的豆瓣酱长大的，那种味道是娘独特的味道。

小的时候，娘每年都会在秋天豆子成熟时节，去附近的农村捡拾豆子。然后放起来留待第二年的五黄六月天给我们捂豆酱吃。娘会在西红柿下来时，买许多便宜的西红柿下豆瓣酱，最奢侈的是买几个便宜的西瓜下西瓜豆瓣酱。那时，娘总爱在暮色四合时站在街口等卖西瓜的人最后降价。然后买一些小瓜蛋蛋，抑或被人退回来的生瓜。第二天她会派爹跑到附近的农村采摘一些桑叶或者梅豆的叶子。把叶子一片片用清水洗净，控干水分后在阴凉处晾着。在一张干净的牛皮纸上先撒上一层白面粉，然后将煮好的黄豆均匀地摊在上面，下手把面粉裹匀，放到她里间屋里的方桌上，在上面先盖一层桑叶，再盖一层小棉被。四五天就会长出绿毛毛来，这时屋子里就会弥漫出一种浓浓的霉味，娘就把小被子、桑叶撤掉，把豆瓣转移到大锅排上自然风干。最后再把绿毛毛用手掰开，一颗颗胖胖的黄豆就像身怀六甲的孕妇一样充满了喜气。娘就开始往备好的瓮里下，最后再放入西红柿或西瓜，里边放盐、花椒、大料，偶尔还会放一些花生粒。最后娘用干净的白布将瓮口密封严实，再盖上盖子。西瓜豆瓣酱和西红柿豆瓣酱是不能放在一起捂的，那样会串味。一般娘喜欢放在煤火边上温，天气好、日头毒的时候也会放在当院里让太阳照晒。但夏天雨水多，豆瓣酱最忌淋雨，一旦瓮里进了雨水，一瓮上好的豆瓣酱就彻底毁了。

生过孩子后，我依然爱吃娘做的豆瓣酱。每每领儿子回娘家，娘就会在煤火边提前给我炕像锅巴一样的酱饼，又焦、又咸、又香。每次只需咬一点点，就满口酱香了。儿子一进屋就能闻见那种霉味，他说是脚臭味，他往往会皱眉苦脸，捏着鼻子拒绝吃。我便笑他不懂。我们小时候吃饭，用筷子夹一点点豆瓣酱，放在糊涂里可以喝下一大碗的糊涂。娘为了让我们能多吃饭，让我们长高、长胖，她会变着花样给我们烙烙馍吃，烙馍蘸酱、蒸馍蘸酱、糊涂蘸酱、甜面叶蘸酱都很好吃。那时生活清苦，豆瓣酱为我们的粗茶淡饭增加了许多美味。

本以为一切美好的事物都能天长地久，本以为能永远享受到娘的这种美味。然而，突然在一个猝不及防的刹那，冰冷的铁门在我身后戛然落下，娘温暖的目光没了，我们像断了翅膀的小鹰一下子失去了依靠。娘生病了，而且是绝症。娘在医院经受化疗、放疗的痛苦，她曾大把大把地吞食黑色的药粒。以致她的舌头到喉咙部都浸染成黑色。但依然没能挽救住她的生命。娘许是猜测到时日不多了，她在化疗第二个疗程后回家，就开始给我们做豆瓣酱，她依然精心地做，捂好后给我们姊妹五个每人分了一饭盒，让我们带回各自的小家吃。娘特意多给了我一份，让我留着慢慢吃。我的泪水像海潮似的溢出了眼眶，随便说了一句，娘啊，这以后该咋弄啊，没豆瓣酱我吃不下饭啊！在最冷的冬至到来的前一天，我骨瘦如柴的娘走了。

娘走之后，我的日子就很惨淡了。我一直想念娘，想念她的豆瓣酱，那一年我的体重迅速下降，由120斤跌至96斤。爱人心疼我，曾去超市里买豆瓣酱，但超市里的豆瓣酱没有黄豆，即便有也是少得可怜，不耐嚼，不好吃，不像娘做的那样有风骨。爱人也曾去问会做豆瓣酱的同事索要过，但拿回家的味道还是不一样。有一天在我们家附近的月季农贸市场里，我突然发现有一家“杨大娘腌菜”，她做的豆瓣酱和我娘做的很像，重要的是她的摊位上写着“杨大娘腌菜”里边有个娘字，我总以为肯定是我娘在冥冥之中还关爱着我，特意派她给我送豆瓣酱来了，就开始买她的豆瓣酱吃，但依然不是娘的味道。

娘去后的第三年，弟弟家开始翻盖房子，在挖地基时意外地发现在苹果树旁埋了一只瓮，两个弟弟当时都愣了，他们惊得张大了嘴巴，还以为挖到了什么稀世珍宝，但那瓮显然是自己家里用过的，埋得也浅。他们急忙把我喊回家，我们把瓮小心翼翼地搬了出来，打开口一看是娘做的豆瓣酱。我一下子闻到了娘的味道了，我仿佛看到了娘的那双巧手，看到了娘温润的目光，看到了娘下豆瓣酱时的一丝不苟……我不由得放声大哭。瓶口处还有一个硬纸片上写着：给小霞。娘没文化，字也写得歪歪扭扭。娘活着的时候我曾埋怨过娘，为啥小时候不上学，不像我同学的妈妈是师范毕业，人家给女儿写过许多信，当时我羡慕得很。“给小霞”这三个字分明是娘写给我的一封最珍贵的书信啊！娘这一生，没有什么追求和梦想，她的梦想全都在自家的孩子身上，她想把我们一个个养活，一个个养胖就心满意足了，就完成任务了。没想到我随口说的一句话，娘会在病痛之中依然奉若神明，娘用了多大的劲，费了多大的力专门给我做了一大瓮的豆瓣酱。她得的是肺癌，终日咳嗽不止，我不敢想象她为我做豆瓣酱时的模样，我一想心就会像针扎一样疼。我不知道，我的重口味，我的暴脾气是否和吃豆瓣酱有关。母女连心，娘喜欢看我大口大口地吞吃豆瓣酱的馋相，她总是默默地给我冲杯菊花水端来让我喝。年幼时，我很瘦弱，娘和爹一边一个拉着我的手去给我看病。看完病回来，娘给我买了一毛钱的猪头肉，包在黄色的草纸里，他们嘱我快吃，说家里孩子多，有好东西也轮不到你的口。我让他俩吃，他们都说不爱吃肉。现在想来，我们幼年的顽皮，成长的艰辛，还有我们与生俱来的软弱，我们异于常人的禀赋，我们从小到大最详尽的档案，全都在娘的心里记着呢！我们记的往往是娘的一点一滴，而她记的，却是儿女的全部啊！

我满含着热泪把那只瓮带回家，放在堂屋的桌上，像供奉神明一样，供奉着这只瓮……

空空的墓穴

不要站在我的墓边哭泣
我不在里边，我没有睡去
我化作清风随处飞舞
我化作雪地上闪闪发光的钻石

我化作阳光催熟成长的谷物
我化作秋天绵绵的细雨
当你从寂静的早晨醒来
我是催你快速起床的动力
我是一只安静的小鸟在空中盘旋着飞舞
我也是天空中柔和的星子
不要站在我的墓边哭泣
我不在里边,我没有死去
我以为这就是娘!

母亲和岳母

钟兆云

一、母子絮语

母亲蹒跚上车那一刻,明白过来的旺仔突然冲上前,咬着她的裤角,继而扑在她身上,摇头摆尾,似有万千衷肠要诉。轿车开动了,它还急起直追了好一段路,风带着一径的落叶在秋阳下萧萧飘落。这情景让我不无悲伤。那时妻已上班,看了我发在微信上的照片后评论:“我快泪奔了。”远在千里之外的二姐则留言:“很快就要见到老妈了,泪水止不住涌出。老妈离开已有五个月了,女儿真的好想您!”

“有母亲在,你还是儿子。”一位朋友的留言深深触动着我的心弦。虽然已为人父十六年,但我还是母亲的儿子。

父亲去世后的五年间,母亲来城里和我们住过几次,时间长短不一,这次分别,还是不忘说:“也许这是最后一次了,我的病我知道……”这样的话总让我揪心,仿佛生离死别就在眼前,不由得便想起4月间二姐在老家送母亲上车后发来的短信:“在车上听了那首《烛光里的妈妈》,不由得思绪如潮,泪如泉涌!想到不能经常看到老妈了,想到老妈一天一天就这么老去,不知哪天就会离开我们,我就无法控制自己的情绪。弟弟呀,有空时多陪陪她吧,这样的机会只会越来越少!还有,要叫九九多喊几声奶奶,老妈最开心的就是有人和她说话!”

能经常和母亲说话,何尝不是我最开心的事!

母亲是中秋节前两天回家的。每逢佳节倍思亲,中秋之夜,我不由自主地又来到楼下母亲的卧室,人去房空,却仍在床头坐了许久,只觉母亲的气息依旧萦绕在心间。母亲在时，我每晚临睡前，总要到她房间里坐坐，和她说上几句话，顺便看看蚊香是否够用，或者帮她掖掖被角。偶尔夜深回家，也必然到她房间请安，这已成为一门必修课。

某个周末晚回，正门已反锁，只得从母亲居住的地下室穿过。卷门已开，是母亲按的按钮，知道她在等我，为此夜不能寐，乃急急奔向她床前请罪。她却不多话，拉着我的手，摸摸我的脸，道声"你回来我就放心了，可别太累啊"，万千疼爱，尽在一言。有母亲在，我既不敢任性地通宵达旦工作，也不敢贪玩，更不能放浪形骸，朋友聚会喝酒也得定时定量，尽量早回，免得她牵挂失眠。今年上半年赶一部长篇时，曾留下如此打油诗："凌晨三时许，挨得老母骂。正午命小憩，始得上书房。淋手再焚香，咖啡添浓意。操觚且弄瓢，此中有真意……"

见过母亲的朋友都说她知书达礼，风趣幽默，其实她大字不识一个。记得读小学时，人民公社发起扫盲运动，我也曾当过母亲的小老师，可那时为了多快好省地建设社会主义，生肖属牛的母亲天天都得起早摸黑连轴转，哪有多余的时间和精力来识文断字？往往一个字还没认全，眼皮就沉重得用筷子也撑不住，只好半途而废。让人吃惊的是，母亲虽终身文盲，世情道理却懂得一箩筐，风趣幽默更不在话下。这次省城长聚，连爱好音乐的儿子都称说奶奶唱的山歌好听，她有次还让我们猜谜语。其一说"雷声轰轰，雨脚飘飘，揹哩（挑着）脚头（锄头）腾圳走（沿河走）"，打一乡村劳作项目。我冥思苦想，仍答不上来，母亲笑着揭示谜底为砻谷后，不禁莞尔，孩提时代亲历的砻谷场面顿时栩栩如生于眼前。第二个谜面是："竹子出溜溜，走过村子串过户，目汁（泪水）跌下深潭井，骨头化撇（丢掉）没人收。"这该是小时常偷吃的甘蔗吧，从母亲哈哈大笑中，知道这次得了满分。我不知道这两个有点生分的谜语是母亲创作还是改造而来，以蔗汁比作"目汁"，以"深潭井"比作咽喉，何其有才！

人民公社化让母亲落下一身疾病，能享福时，却已是发如雪，背如弓，个头也越来越矮小，性格却一如既往地刚硬且固执。母亲着实是老了，步履一年比一年蹒跚。这次能来，一是看在最小孙子请求的面子，二来想到我们搬到市郊的新家看看。我们上班或上学,家就空了,为了陪她打发寂寞时光,妻特地要来了一条刚满月的狗崽。调皮的小狗在一次戏耍时竟把老主人的脚尖咬出了一丁点血。我闻讯欲揍之,母亲却拦下说,畜生不懂事,揍它何益?我坚持要去防疫站打针,她怎么也不配合,还跟我理论一番,说以前在家也没少被狗啃、遭猫咬,擦把肥皂或猪潲就万事大吉,这么小的狗,哪来的狂犬病?不要见风就是雨,我的命也没有这样金贵!一些朋友得知老人来城,想请她去饭馆吃饭,她一概谢绝,说这个样子,出去只会给大家丢人。这次来福州,也只是在有天晚上开着车带她到新建的江滨大道兜了阵风,即使想带她去打蛋白清一类增强体质的营养剂,她也是不挪半步。望八之年的母亲就这样成了宅女,大概是生死由之了,只要有子女陪着,就是莫大的幸福。母亲每挪动一小步,都要咬牙,腰疼难耐啊!可为了让我们释怀,竟不惜颠簸五六个小时来见。

宅在家里的母亲,在我们上班后,打发时光的办法除了喂狗,便是轮流观看随身带来的十几盒客家山歌剧。每个片名她都知道,看时每盒都不会拿错,一个个故事情节还能倒背如流,寓教于乐的思想也能津津道来,这对一个年龄一大把的文盲来说,可真是有点怪了。

我参加工作置房后,母亲偕父亲来住过十年,帮助我们带大孩子。有一年我们兄弟姐妹几大家还齐聚福州,热热闹闹地给她做七旬大寿。这是父亲过世前最后也是最齐的一次亲人聚会,连在加拿大的外甥女也跨洋越海飞了回来,其乐融融的一幕,至今温馨于心。痛失父亲之后,有母亲在身边,温馨也是相伴的,每天晨起时,幸福的早餐已在那里热气腾腾地等着我们。因为幸福,所以总觉得相聚的时间过得飞快,送母亲回家时每每都是万般不舍。母亲自然也是不舍,似乎这真是最后一次了,于是帮助清理卫生、整理东西,仿佛这样可以让我永保无虞。这次回家前,她竟不辞劳苦地爬上三楼,把我还算干净的书房打扫得不染纤尘。母亲长期腿疾,爬楼之艰难可想而知,以前她是不上书房的。下班回家看到她累成那样,于责备中又不禁热泪潸潸。母亲还特地炸了我小时爱吃的客家粄子。也许是年岁渐长,也许是吃时粄子还没消热,我竟然少有地咳嗽起来。母亲见状,说话的语气和看我的眼神便都不安起来。我推说系饮酒造成，她立马便泡了蜂蜜，又煎煮了中草药，命我服下。我知道，这辈子除了母亲，没有哪个人更爱我。

可我有多爱母亲呢？我真觉得愧疚！就说这年国庆，本来已说好亲自送母亲回老家，可中秋前因为便车之故，想到母子在福州同住了近半年，而开车者又是子侄辈的同乡，和母亲也熟，自己手头创作正忙，就以此为理由让母亲提前几天坐便车回去。母亲倒没说什么，但我分明看到她的脸忽闪过一丝的阴翳和失落。

妻一向贤惠，母亲乐此不疲地宣传，让乡村人觉得这是在说故事、编童话。有哪个年轻的儿媳妇会跟农村婆婆同睡一张床，何况这床还是公公作古时的卧榻？有哪个城里的儿媳会再三给农村婆婆买衣物、给零用钱？这次，妻满满当当地给母亲准备了一些日常药品。母亲嗫嚅着，多要了一个漂亮的枕头。我问其故，答是：过年回来，你少不得出门喝酒，晚上如果迟归，她陪我睡时用得上。翁婿成父子容易，婆媳成母女难上难，有儿媳如此，这或许是母亲最骄傲的事，比我所谓的成才还值得炫耀。

母亲临走那晚，我坐在她床头，摸着她被岁月的风刀霜剑刻得沟壑纵横的脸，情不自禁地把脸紧紧贴上这位几乎耗尽了一生生我养我爱我的人，真的怕这张曾经丰润的脸再行老去、有朝一日离我而去！母亲也伸出那弯弯曲曲的手指，摸我的脸，继而搂住我，轻轻拍着我的后背。她每次回家，都要郑重其事地再三叮嘱，诸如要认真工作、夫妻恩爱呀，诸如要保重身体、注意门窗安全呀。我们从不嫌老人啰嗦，其实，像爱干净一样，进入耄耋之年的母亲，话语也还是简洁的。

母亲出门上车之际，忠诚的旺仔从适才的嬉戏中意识过来，知道这段时间对它呵护备至的老主人即将离它而去，乃以它的方式表达依依不舍。狗亦如此，人何以堪！

唉，母爱总让人泪奔，可这世间最圣洁的爱能陪伴我们走多远呢？

看着旺仔发疯似的追着小车奔跑，自责突然贯注我全身，再忙，也还不到没空陪伴母亲回家的程度呀！“何为孝，色难。”如果有我同在，她就可以一路上哼山歌，数涵洞，说上一车的笑话。油然想到上年底二姐从老家发来的短信:“今天去看了老妈,把你在母校的照片给她看了,她只说子呀子,别太累了,要注意身体呀!我问要不要和你通话,她说不要扰乱你的工作!”又油然想到那句客家谚语:“父母爱子万年长,子爱父母路般长。”可我连这一小段路都舍不得陪!

父亲,我向你的在天之灵保证,今后一定更爱母亲,从每个细节上,从每次神态上,从每一声言语上!

自古多情伤离别,那些年,母亲不在身边的日子里,逢年过节总会收到二姐的短信:“什么时候回家看咱妈?”有人说,母亲在,兄弟姐妹就还是一家人;母亲去,兄弟姐妹往往就成了亲戚。话糙理不糙,一切珍贵的情感,只能用心来呵护、珍惜。

岁岁重阳今再度,二姐少不得又是这般何时回家看妈的短信。正在北京出差的我向母亲致电请安,才知妻已先行一步打过电话了,儿子九九也送去了祝福,说得还挺有意思:九九重阳节,送给奶奶久久的祝福,九九就是久久,重阳节肯定也是长寿节,奶奶肯定健康长寿千千岁。母亲接我电话后,说老年人要快乐,年轻人更要快乐,千万要注意身体。听罢,不觉心头滚烫。问她回去这些天在做甚?母亲说,在喂鸡鸭,以便儿孙春节回家有口福。还郑重地嘱咐:今年过年早些回。电话这头,我含泪点头如捣蒜。我知道,只要最疼爱我的这个女人还在,我就永远是个孩子!

岁月静好,我情愿永远做母亲的孩子!

二、点点是离人泪

年岁渐长,生离死别便多了起来。草活一秋,人活一世,生老病死本是自然规律,只因注进了一份情缘,便不再是轻松的“死去何所道”,也不是草草的“托体同山阿”了。只余下千疮百孔的心,和说不出的感伤与怀念。

五年前在北京参加全国作家代表大会行将结束时,接妻急电,说岳母在福州家中大吐血,心中一惊,忙嘱妻送省立医院。查说是肺癌,且是晚期,心头不禁泛起阵阵酸楚,无心参加当晚的文艺联欢会,连忙请假,改签机票急急飞回。把岳母转往肿瘤医院检查,也说是同一个病况。开刀做手术后，便进了ICU（重症监护室）。事先几无症状，一发现便是晚期。好好的一个人，怎么突然就这样了？老天欺人欺得一塌糊涂！

岳母生性胆小，胆小里透着些可爱。当年妻分娩，我在医院护理到凌晨回家，门被反锁，按了几遍门铃不见动静，打宅电没人接，再噔噔噔下到大门口，按功率更强的电铃也毫无反应，只得流落街头，就近找了家宾馆住，还忐忑岳母是不是出了状况。第二天见面，她说一个人待在家里非常害怕，蒙头而睡，虽然听到了门铃声，却担心是小偷……如此解释，连同说话时一脸无辜中略带一丝羞赧的神情，让人哭笑不得。儿子懂事后，少不得调侃外婆：连电话都怕接，害得我的出生太不隆重太没规格太不被在乎了，我要是早几年知道，肯定也要迟几天叫您这个胆小鬼外婆的。孩子有孩子的报复方式，那些年儿子每见外婆带年幼的表弟来省城小住，常常冷不丁地戴上鬼壳面脸，或悄悄地把木制小蛇在他们眼前晃手里塞兜里藏，不仅把老太太吓个魂飞魄散，每每也把小表弟吓得哇哇大哭，儿子便笑表弟身上流淌了外婆太多的胆小基因，就是得把他吓得勇敢些。大人听后莫不捧腹，岳母拍拍因为受惊还在急剧起伏的胸脯，捧着儿子的小脸，就着汗涔涔的脸亲了下去……

这么“胆小”的人，如果告诉她得了不治之症，八成会先吓个半死。我们和岳父商量后，决心隐瞒病情，和医生、护士一起编造“美丽的谎言”。对医院三个月做后事准备的秘密报告，妻坚决不信，转回到老家后，坚持采用民间偏方。或许是我们的虔诚感动了上天，被判了死刑的岳母熬过了一坎又一坎。是奇迹，也是岳母隐忍的毅力。如今想来，唏嘘之余唯有佩服。

每天灌三大碗苦苦的中草药，还要接二连三地化疗，那份滋味可想而知。但岳母只是默默地咬紧牙，默默地承受。看到岳母在这般煎熬中维持生命，亲人莫不心酸。也许是中草药的作用，岳母没像常人化疗那般大把地掉发。妥妥如瀑飘逸的满头银发，帮助我们瞒了她好些年。岳母病情稍有好转，便忍不住带上一包中草药，坐火车从闽北山城来省城和我们小住。岳母是爱干净之人，她一来，我们的家便常常一尘不染。她可以在大衣柜旁一站数小时，原先杂乱无章的衣物，经她的巧手折叠、摆放，井井有条不说，还能赏心悦目。她做的棉鞋纳的鞋垫，不仅品相好看，还经久耐用，几位得到馈赠的友人感叹说，拿到街上卖肯定要被一抢而空。

有次她咳得实在厉害，不无悲观地说，这是什么病呀，怎么总不见好？可能这真是最后一次来福州了。我和妻极力哄她，没事没事，不过是富贵病，会好的，你不是还想去香港嘛，到时我们全家再一起去。母亲是位小学教员，做人做事脚踏实地，在职时基本围着学生、家庭转，别说省城，连身边闻名天下的武夷山都没去过。但我知道，岳母愿识乾坤大，对美好的地方充满了向往，总希望能身临其境一把。于是在她退休后，随着我们的经济逐渐宽裕，我请双方的父母先后去了广东、北京、台湾等地旅游。她说如能再去趟香港，这辈子就没什么遗憾了。就在我们为之张罗时，她却病倒了，如果能提早几年行孝就好了，这事让我自责良久。

一天，我在给她削水果时，她看着我说，有件事我对不起你，今天不说怕今后没机会了，你不会埋怨我吧？岳母说的是，当初我并非她心目中的"驸马"人选，而且她不想让女儿远嫁他乡。她的掌上明珠一米六八，身材高挑，肤如凝脂，容貌出众，又是大学生，家庭条件也非我那个泥腿子之家可比。而作为大学同窗的我，一身泥土气息，既无潘安之貌，也无子建之才，个头勉强和她女儿看齐，今后在何处工作还无着落。这事我以前听妻提过，如今见岳母致歉，忙笑着说，当年你反对得有道理，哪个父母不希望女儿嫁个好人家，一辈子吃香喝辣不愁，我怎会埋怨呢！照照镜子，我都知道自己的斤两，再说了，还得感谢你不甚赞成，让我励志更有了方向！其实，我始终没有被岳母瞧不起的感觉，而且从内心里是感激岳母的，当年她看到女儿"非君莫嫁"，再无他话。记得娶亲时，我只付了不足万元的聘金，用于妻那头的婚宴所需，而岳母还给我们双双打了金戒指回礼。岳母虽然清贫一生，却淡泊一世。我们婚前婚后，她从没向我们要过钱物，有次小舅子买房她才万般不情愿地开过一次口，却只说是借，过了几年无论如何都要如数归还，让人无语。

岳母听我言罢，似信非信地看着我，咽了咽口水，又问，你现在有名了，也当官了，不会……最后几个字她在舌尖上打住了。我知其意，说，我家没有陈世美的基因，我已经和你家公主约好了，过好这辈子，下辈子就不做夫妻了。她顿时又紧张起来，那做什么？我飞快地回答，做亲人，做兄妹，所以，下辈子你还是我的亲人！

我也真是一直把岳母当至亲的。当初我和妻约法三章，善待双方父母，哪怕对彼此少爱一点，都得给四个老人多些爱，尽可能不要在双方父母在场时争执，更忌家暴。岳母天性善良，与世无争，从不嫌弃我的泥腿子父母，还认真辨听我父母的客家话，只是有时他们一个说东，一个道西，答非所问，牛头不对马嘴，让人捧腹。四位老人和我们一起居住时，彼此关心，从没发生龃龉。父亲率先过世后，那段大家庭热热闹闹相聚的美好岁月，只能通过回忆去想念。现在，又缺了岳母这一角，真是乐莫乐兮长相聚，悲莫悲兮生离别。

岳母被癌魔缠上后，我无法照顾到位，只能嘱妻多替我尽孝，多找时间回家看望和陪伴。三个儿女中，岳母对妻的话几乎言听计从，每每她抗拒吃药或发生情绪波动，妻是最好的救火队长，只要她一到，僵局立马改观。妻是孝女，这些年菩萨什么的求了不少；我是唯物主义者，只能多买几盒据说对老人有效果的海参、片仔癀孝敬。有一年春节，我还花五位数买了虫草给老人滋补，她连声责怪我不该破费。我笑着说，女婿半个子，也就是一点钱吧，当初你不是常给我做爆米花嘛，它们可能还没有你做的爆米花好吃呢！她听后眼里漾着热泪，说，我这个女婿没选错。又说亲家走得那么安详，我真羡慕他，实在不行时能给我安乐死就好了。她一悲观，我便给她打气，别想那么多，孙儿考上大学远行时，还得请“岳母”刺字，起码是赠送个座右铭呢。岳母听出了我的意思，知道这里说的“岳母”一语双关，既是她，也是岳飞的母亲。我喜欢开玩笑，以前曾戏称她是叶利钦的妹妹、叶玉卿的姐姐，谁叫她的名字叫叶瑶卿呢！

书页有痕，人生有限，见一天少一天。每逢节假日，妻便常带孩子往娘家跑，有时儿子不太情愿，我便告诉他，有首歌叫《外婆的澎湖湾》，有部电影叫《摇啊摇，摇到外婆桥》，你可以想象自己的澎湖湾、外婆桥，别今后没了外婆，你就空余念想了。我也身体力行，每年春节回闽西老家过完年，都要不辞辛劳地绕道去闽北探望老人。上年春节回家，她已气喘得不行，脸色惨白，原本说要到照相馆拍张全家福的，她却无法挪身，背她去吧，全身痛得龇牙咧嘴，只好将就着在家里照。这次是报了病危的，没想她又熬过来了，但咳嗽频频，气若游丝。我们觉得应该把实情相告，以便让她心中有底。她听后，比我们预料的还要镇静，只是感到委屈、无辜。她从不抽烟，老伴和两个女婿也不抽，每每儿子点烟，又都躲得远远的，好端端的怎么会得肺癌呢？早在福州医治时，我们也觉奇怪，医生说，长年吸粉尘也可能致癌。这么说来，在教坛上吸了大半辈子粉笔灰的岳母，惨遭了职业病。她闻之惨笑，说，这样也算死得其所了，战士死在战场，教师死在讲台，只是自己离开讲台十多年了，还没逃过这个劫数。她还说，自上次吐血后，我也感觉可能是不治之症，化疗了二十多次，疼痛难忍，真是生不如死，死了也就解脱了，可我不算太老，想看看孙辈长大，我还能做事，我有工资，不拖累别人，我还想照顾你们的奶奶、爸爸和这个家啊！所以再苦的药也吃，再痛的化疗也做，只为了和亲人多待上一些时间。她说得声泪俱下，我们听得泪水婆娑。女人固然柔弱，母亲却坚如磐石！

岳母不仅通情达理，还是孝道之人，婆媳关系一直没有亮过红灯，还把这良好的基因和家风遗传给了女儿。我是要感谢她给了我一个好妻子的，她时常给农民婆婆买衣物，还在婆婆痛苦或生病时陪同睡觉。我母亲夸赞儿媳后，村里的妯娌说什么都不信呢！这些年，我事业略有小成，离不开妻的支持，买菜做饭洗衣拖地板以及接送孩子等家务活，几乎是她一手承包的。虽然我可以做，但她总是亲力亲为。我这个甩手掌柜，身在福中得知福，得感恩哪，而感恩的源头就在岳母这边！岳母年近百岁的婆婆闻此不幸，逢人便哗啦啦地流泪，这么好的媳妇上哪儿找呢，倒不如让我去顶替！人生最悲痛，莫过于白发人送黑发人。岳母不是什么名人伟人，只是个普通的女人，用一己之力和一辈子做了个好公民、好妻子、好儿媳、好母亲、好老师，“叶老师为人师表，桃李满天下”的赞誉，难道不是对她的最高奖赏吗？

岳母病后，我们始终不放弃，尽最大努力寻医救治。岳母虽预感自己的身体出了大问题，但还是遵从晚辈们的意愿，凭着顽强的求生欲望和坚韧的毅力，动了开腹手术，一次次反复入院治疗、服药打针，一次次从死亡线上回到她深爱着的亲人身边，就连医生护士也不止一次地感叹生命的伟大。

本年入夏后，岳母的情况危如累卵，妻一放暑假，马上赶回陪侍，我也每天了解病情。一天妻说，妈妈痛得特别难受，哀求医生给她施行安乐死，一个劲地说，我真的忍受不了了，让我早死早解脱。妻边说边哭，我在电话这头听着也潸然泪下。我想着赶过去探望，但妻说，妈不会同意，她一直强调绝不能影响我的工作，只能看情况再说了。我情难自禁，在待命中，妻隔两天又打来电话，说，妈今天在医院昏迷了许久，醒过来后看到我在身边，便攒劲用脚踢我，要我快回福州去照顾你们和婆婆。她已经这样了，还想着外孙和女婿，可怜天下父母心！

没能把女儿赶回福州，岳母复以果决的态度对一直以来毫无怨言护理的岳父说，回家吧，我不行了，死也要死在家里，不能连累你们！挣扎着回到家，眼见她话也不能说了，妻急电我。我带着还在上课的儿子快马加鞭赶到，汤米不进、陷入深度昏迷的岳母忽然回光返照，睁大眼睛看着我，嘴巴嚅动着，还试图举起手来。我俯在她身边，紧握着她还有余温的手说，妈，你想说的我都知道，你放心，我会照顾好家里的！我知道，你有太多的不甘，人家得癌症一年左右就走了，你抗争了五年却还得走，换了谁都不甘心啊！妈，你真的很不容易，你真的很坚强，我们都为你骄傲！我哽咽难语。一行清泪从她那还略有知觉的眼眶里溢出，点点是离人泪！

2016 年 7 月 26 日上午这天，一个叫叶瑶卿的女教师停止了生命的时钟，怀着太多的眷恋和牵挂独自西行。这是我出生以来送走的第二位至亲。一叶扁舟向瑶池，卿本佳人长相忆。这条悲欢离合的路，岳母在我们的目送中终于走完了，一路走好！

结婚二十年来，我已习惯了家中有她的日子，期待她牵着孙子或挽着岳父坐火车来探亲。而今，再也看不到她在我们的衣柜前整理衣物、在厨房忙碌的身影，再也等不到她亲手做的爆米花了。一切的一切，瞬间都成了绵绵无期的追忆……

岁月深处的想念最是伤心。岳母归去，正如她活着。一个人只要活在记忆里，她就万寿无疆。

花白

宁新路

屠汉刚进院,“花白”就大叫。“花白”是我家的肥猪,白里透红,我叫它“花白”。屠汉是冲“花白”来的,院外大锅的开水在白浪翻滚,是杀猪水,为“花白”准备的。也不仅仅是屠汉进院时它就叫,自这锅水冒汽,它就察觉到了凶气,神慌乱,食不吃,不停转圈。难道它真闻到了杀气,看出屠汉是它的煞星?“花白”太聪明,屠汉身上的确杀气太重。

屠汉当然是杀“花白”来的。他让家人清早就作宰猪准备,院外架好了吊猪割肉的架子,也支好了剁肉的板子。大锅烧得正欢,水早开了。半个锅盖上,摆好了大砍刀、长尖刀、铁钩子、铁刮子、磨刀石。这些闪烁寒光的刀器,是杀和割猪肉用的。我看到这场面,顿感天要塌下来了。他们怎么会杀“花白”呢,“花白”怎么能杀呢?“花白”从一年前来我家时的猫那么大,长到现在的小牛般大,每天与我在一起,形影不离,怎么能杀它呢?它是多么聪明可爱啊!它喜欢吃我给它打的食,喜欢跟着我撒欢,喜欢让我抱它,喜欢我给它挠痒。它在家里进进出出,也跟着人东奔西跑,已成家里一员,更是我的玩伴和朋友。我离不开它,不能杀它!

我喊,不能杀“花白”!屠汉哪会听我的。我对父亲大嚷,不能杀“花白!”父亲说,明天是小年,杀了“莲花白”过小年,也过大年。我仍对父亲急嚷,能不杀“花白”吗?杀了“花白”我就不活了!父亲厉声说,不杀它拿什么过年?家里过年就指望它了!我的腿被屠汉的杀气吓软了,也被父亲的威力吓得不敢吱声。

他们动手杀“花白”了。手拿麻绳的屠汉和他徒弟,朝“花白”缩手缩脚走去。“花白”知道危难降临,望着我大叫,恐惧地往墙角退缩。

屠汉和他徒弟是杀猪老手，他们有又快又准地把猪擒住的绝技。他们猫腰步步逼近“花白”，把“花白”逼到了墙角。正当“花白”惊跳时，屠汉手疾眼快抓住了“花白”的两只后蹄，猛然一拉一翻，把它掀翻在地，并“唰唰”几下捆绑了双蹄。接着是他徒弟上手，一个扑上扭住“花白”的两只耳朵，一个利索地捆住了前蹄。“花白”被他们彻底放倒在地，动弹不得，它尖叫，它的吼声震得树叶直落。

汉子在拴捆的蹄子间插上扁担，即要抬走。我的心被揪了起来，揪出了嗓子眼儿，我喊：“‘花白’快逃！”“花白”立刻惊跳起来。可它被绑得太牢，即使它拼命用力，可麻绳粗大，捆得太牢，难以解脱。我幼稚的心在企盼他们抬不动“花白”。“花白”大又肥，我看他们怎么抬得动！而屠汉和徒弟等几个人居然把它抬了起来，不是抬起，而是拖地而拉。“花白”背被拉破，大惊，发疯跳跃，把个抬它的一干人，还有我父亲，抡了个人仰马翻。我兴奋，我朝“花白”大喊：“‘花白’使劲！”它便暴跳如雷般跳跃。屠汉却有招，当他扭住它两只耳朵，它的头摆不动，身也摆不动了。他们接着抬，仍没有抬起，还是边抬边拖般把它拉到了院外。

“花白”惨叫，泪水泉涌，弥漫双眼，它在寻找我，我也在哭，我的心被揪得疼痛难忍，但我没有办法拦住屠汉，更不敢拦我父亲。我被屠汉的凶狠吓得浑身哆嗦，只能盼望“花白”有挣脱捆绑的最后机会，但却看不到它有一丝挣脱绳索的可能。

当“花白”在惊天动地般的嚎叫中，被拖到大锅旁时，屠汉的长刀随之捅进它的咽喉。刀入，“花白”暴怒、惨叫，又是惨痛哀鸣的长叫，是十里外都能听得见的惨叫声。我疼痛难忍的心，似被插进了长刀，似在喷血。刀出，一股鲜血随刀喷射而出，喷在了屠汉的身上。我拼命喊：“花——白——！”“花白”暴怒，没想到它挣脱了前后的捆绑，撞倒了屠汉，爬起就跑。它的脖子流着血，发疯地蹿向果园，转眼看不见了。我大喊：“花白——快跑——快跑！”盼望它跑得远远的，跑到让他们找不到的地方。

受伤的屠汉，恼羞成怒地叫嚷说，一年天天杀猪，也没碰到一刀杀不死的猪，这猪怪事了！屠汉脸挂丢人的难堪，但我狂喜。屠汉哪肯罢休，他叫上徒弟，还有我父亲，跟着血迹很快找到了“花白”，一路的草上都是血。“花白”倒在一丛草里，刀口仍流着血，它喘着弱气，显然血快流光，无力动弹了。

屠汉把它绑了个结实，随之又在咽喉要害处狠狠捅了两刀。这两刀，一刀比一刀深，一刀比一刀流出的血少。流干了血的“花白”，呼出一口长气，四蹄抖动几下，双眼紧紧闭上了。“花白”不动了，它死了吗？我被吓得哆嗦。我的“花白”，给我带来很多快乐的好朋友、好伙伴，也许真被杀死了。眼前的惨状，让我眼冒金星，天转地旋。

屠汉几个人把杀死的“花白”吃力地抬回，扔到开水翻腾的大锅里，这是要烫毛。烫刮了毛，才能开膛破肚。我盼望“花白”没有死，赶紧从锅里跳出来，可毛正被刮去，“花白”一丝不动了。“花白”真是死了！“花白”死了，我的心碎了。接下来肉体分解的一幕幕惨痛，与前面的惨痛加在一起，把我幻想的心摧毁了。我的魂魄被吓走，我的心里尽是刀伤。我想念我的“花白”，我对无力救它而陷入痛苦。我连续几天发高烧，烧退病好，小脸瘦成了猴子相。

我吃不下“花白”的肉。我不能吃“花白”的肉，我吃不下我猪朋友的肉，可锅里的红烧肉，香气勾魂。数天后，饿极了的我，终于扛不住猪肉的诱惑，我吃了猪肉，含泪吃下了又肥又香的猪肉。我感到每口肉，嚼碎的是“花白”，胃里翻腾着油腻的东西。

从此以后，我家每年春节前，都要杀一头猪。当然是我父亲花钱请屠汉来杀的，不杀猪，没钱没肉，就过不了年。农村人过年，家家得杀猪，早成习俗。屠汉有的是杀猪活，他从早到晚都在忙，杀了村里的杀村外的，每天有杀不完的猪。请他杀猪，得提前个把月。约了也未必如约而来，还得去催，常常催了几遍才能来。尽管是请他来杀的猪，但我憎恨屠汉。

每一头猪都是母亲和兄弟姐妹桶桶食料养大喂肥的，每头猪都会成为家里难以离开的一员，可每头猪都得被宰杀掉，每头猪的离开都是人与猪的泪水永别，每头猪都成了不得不吃的美餐，每口猪肉都让人下咽时有疼痛的心酸。这难道就是人与猪的宿命吗？我接受不了这个现实。

但有了“花白”刻骨铭心的离别伤痛，已知道宰杀是它们最终的归宿，也是我没法改变的现实。后来每逢宰杀，我都躲得远远的，免得经受难以接受的伤痛。至于猪肉，不吃也是由不得我的，不吃也没别的什么可吃的肉。红烧肉那么诱人，肉夹馍那么诱人，猪肉臊子面那么诱人，摆在一个饥饿的孩子面前，还能有什么选择呢？年年宰着、年年被留恋的猪，最终还是被吃了。至今吃掉了多少头猪，连自己也说不清，不知怀念过多少头心爱的猪朋友，他们那不同的可爱的神态，很难忘却。真是肉吃在嘴里，与它们的情却缠在心底。

村里常常都会宰杀猪的，常常会有凄惨的猪叫声，每年春节临近，村里村外成了屠宰场。我每当听到猪的惨叫声，心就颤抖，腿就发抖。我讨厌屠汉，我讨厌这惨叫声。

我恨那个屠汉，他虽让我吃到了香美的猪肉，可他每年残暴地杀着我家心爱的猪，我不愿看到他。可宰杀猪，是我无法摆脱的现实，每当我吃下猪朋友的肉时，就为自己开脱，它们融入了我的身体，它们没有死，而是化成了我身体的一部分。这样想来，对他们的悲惨命运，也就得到了几许宽慰。

宰猪的惨叫声，是无法拒绝的。久而久之，看到的宰杀越发频繁，痛楚的神经渐渐没感觉了，甚至不再恨屠汉，居然习惯了对它们随时的宰杀和难听的惨叫声。我努力不恨屠汉了，是因为屠汉每当给我家杀猪都非常卖力，而且得到的只是一条猪尾巴、两只猪耳朵，还有两块钱薄酬。他宰杀全村和村周边十里内外的猪，都收这么少的酬劳。他非常辛苦，起早贪黑，雨天雪地的，还要面临被猪咬的危险。他的腿和胳膊，被猪咬的疤痕一块又一块。每当我看到他身上的累累伤疤，我就恨不起他来了。

父亲三劫

李志明

父亲离世整整一百天了。

孩子出生百日，要庆祝；人歿百日，要祭奠。生者与歿者，这都是一个重要日子。

我们来到墓地时，父亲的新坟已经长出了稀疏的杂草。葬礼上那根用作招魂的柳树棒子还插在坟头上，上面拴着的草纸在风吹雨打中不见了踪影，却抽出了几根细小的枝条在寒风中抖动着绿意，像父亲对人世的留恋和不舍。

墓地在一座水库大坝的下面，面积本来不大，还被大坝挤占了一部分。爷爷奶奶的坟墓紧贴大坝，父亲就躺在他父母的脚下，其位置处于整块土地的中心。躺在里边的父亲头枕西山头，脚蹬东山崖，应该是妥帖舒服的，这完全满足了他生前的心愿，也让我感到了稍稍的心安。

父亲认真考虑自己身后的归宿问题，是在连遭两场大病突袭之后。像一个久经沙场的拳击手突然挨了致命的两击，再也没有向命运反击的气力，只能向无情的岁月认输。也许就在此时，他第一次看到了自己生命的终点。

2012 年深秋的一天，母亲来电说，父亲因为墓地的事，心中烦闷，吃不香睡不好，天天唉声叹气，怕时间长了身体再出毛病，让我抽时间回家商量一下。我问，墓地的事咋了？母亲说一句两句扯不清，让我回去再说。我周六赶回老家，父亲与往日见我时大不相同，一副郁闷不乐的样子。仔细一问，方知原委。

村子里每个家族都有自己的墓地。墓地是家族的历史，也是村庄的记忆。苍松翠柏覆盖的墓地，肃穆庄严神秘，是村庄这棵老树错综复杂的根。上世纪六七十年代，“文革”熊熊烈火中，墓地被当作封建残余毁掉了。古老的墓地还原为生产队的良田，改革开放后又承包给了个人。虽然现在家族的墓地还在使用，但已是别人家的责任田，不能留坟头修墓碑栽松柏。

我们李家的墓地被外姓人家承包着，承包人论起来还是远房亲戚。母亲讲，父亲两场大病之后，就经常去墓地转悠，给自己百年之后选个称心如意的归宿地。他最终想躺在我爷爷奶奶脚下的空地上，永远守着自己的父母。可不知为什么，承包人不同意父亲的想法，他让父亲占紧贴大坝与爷爷平行的地方。人活着有长幼之分，死后亦然。和自己的父母平起平坐，父亲自然不同意。母亲又托人从中斡旋了几次，还是没戏。父亲自此郁闷起来，天天耷个脸，不言不语。母亲着急起来，就让我出面再去协商此事。由我出面协商，母亲是经过深思熟虑的，一是我是父母唯一的儿子，从礼节上应该去；二是我在县里当个小干部，有点面子。

我明白了事情的原委，心里一阵难过，鼻子酸酸的。说实在的，尽管父亲得了两场大病，我内心还从未把父亲与死亡联系在一起。在我的印象里，父亲永远是坚强的，一生遇到过许多灾难，都没有击倒他，两场疾病就能把他拿下？父亲的身体一向很好，极少生病，偶尔的小病小灾都被他不声不响地扛过去了。当他因为脑血栓躺到病床上时，我感到惊愕，好长时间不相信这是真的。父亲身材偏瘦，血压正常，怎么会得这种病？据医生分析，父亲得病的原因有两种可能，一是父亲连续几天在山上忙着种花生，饮不上水，身体缺水所致；二是父亲长期抽烟引发。我查阅了有关资料，抽烟确实是导致脑血管出问题的原因之一，但应该对于偏胖或血压异常者更有可能，所以我更相信第一种原因。母亲讲，父亲那几天为了赶墒情种花生，头顶星月两头不见明在山上忙活，吃晚饭时，突然感到手不听使唤，筷子几次掉到地上。父亲并未在意，还认为是劳累过度，休息一下就好了。可第二天早上，右胳膊抬不起来了，右腿也没了劲。母亲感到了事态的严重，忙打电话给我。当时我正在外地出差，就委托同学将父亲接到医院。我从外地赶回来时，父亲半个身子已不能动了。

父亲在医院住了十几天，我和妹妹轮流值班看护。这是我和父亲单独相处最长的一次。父亲一生威严有余，缺少亲和力，在我们兄妹面前总是一副威严的神态，动辄说教呵斥，很少与我们交流。在他面前，我们像老鼠见猫，能躲则躲，大气不敢出。我工作之后，自觉翅膀硬了，长期的压抑情绪如岩浆喷发，与父亲有过几次激烈的正面交锋，结果是两败俱伤，加重了父子间的隔阂。

而此刻，在我眼中大山一样的父亲，却轰然倒在了床上，如一摊扶不起的泥。我感到窒息难受。父亲真的老了，无论他承认不承认，严酷的事实无法改变。在此期间，我给父亲洗过一次脚，这是第一次也是唯一一次给父亲洗脚。如果父亲身体行动方便，我想这样孝顺他一下，他绝对不会接受。即使到了生命的最后，他坚决不在床上大小便，仍然挣扎着上厕所。我端详着父亲的双脚，心中如倒了五味瓶。这是怎样的一双脚呀，脚掌如铁，皮肤乌黑，青筋暴突，像污泥之下有数条蛇在蠕动。父亲在工厂干了三十年，白天在厂里上班，晚上赶回家中帮母亲干农活，每天往返五六十里地，一辆"大金鹿"自行车彻底散了架。退休后回村承包了五亩山地，栽树木种庄稼种蔬菜，起早贪黑，一干又是二十年，一天也不肯歇着。长年超负荷的劳动透支了父亲的身体，他双脚变形，筋骨受损，晚年时常全身疼痛。后来我慢慢理解了父亲，虽然他外表严厉，但内心对孩子的爱并不少，他为我们像一盏灯熬干了自己。

好在及时救治，父亲逃过一劫。除左腿留下了一点后遗症外，其余并无大碍。推车挑水之类的重活不能干了，一些轻活并不受影响。我们本想父亲的劫难就此过去了，心中感到庆幸。谁承想，仅仅过了一年的时间，疾病的魔爪再次伸向了父亲。

一切都毫无症兆，父亲被突如其来的腹痛折磨得死去活来。刚开始认为是胃疼，在村卫生室打针吃药没有效果，且疼痛的间隔越来越短。我得知情况后，迅速将父亲接到医院。经过一番检查，确诊为心肌梗塞。父亲心脏中的一截血管已堵塞了 90%。县级医院的医疗条件有限，与医院协商，从北京请来专家为父亲安放了支架。

两次病魔的侵袭，击中的都是父亲的要害部位。父亲的生命好像被掏空了。眼前的父亲，像一片树叶，在门里门外飘来飘去。我真的害怕，他被一阵风带向不可知的远处。

关于墓地的事情，都是母亲告诉我的，父亲始终没向我吐一个字。在我面前，他始终保持着作为父亲的权威和尊严。但我心里明白，强悍的父亲毕竟老了，他内心充满了对我的期待。此时，我不能让他失望。我提着精心准备的礼品，怀着一颗虔诚的心，去实现父亲的心愿。事情比想象的顺利，远房亲戚很给面子，痛快地答应了父亲的请求。

从远房亲戚家出来，我如释重负。我和母亲沿着一条蜿蜒的小路，走进了李家的墓地。正值初秋，墓地里是茂盛的玉米和一些疯长的杂树，不见坟头。如果是路人，不会想到这是一片百年墓地，而是一块普通的农田而已。但对于我，对于家族，那是割不断的根脉，是让李家后人长跪不起的地方。

母亲指着一片空地给我看，说那就是父亲看中将来栖身的地方。这一小片土地，没有庄稼和杂树，只种着一些蔬菜。真没想到父亲对自己百年之后的栖身之处如此看重。父亲是名老党员，一直以唯物主义者自居，经常教育我们说哪里黄土不埋人。可到了晚年，却对自己的栖身之处如此看重，甚至有些计较，我真的有些理解不了。年龄决定心态，也许我还未到父亲的年纪吧。

两场劫难之后，父亲度过了五年多的平静日子。

2014 年 12 月下旬，妹妹从日照打来电话，告诉我父亲肺囊肿发炎住院了，还让我不用担心，打几天针就会好的。我本想赶过去看看，怎奈年底工作乱成一锅粥，就决定元旦放假一并回去。

元旦当天，我驱车数百里赶到这家海滨城市的医院。

父亲还在打针，脸膛红润，气色很好。见到我，表现得很高兴。我向医生询问病情，医生说打了七天针了，咳嗽不要紧了，但发炎的囊肿并未缩小，可能是药力达不到。医生拿 CT 片子给我看，父亲肺部有一个拇指肚大的洞，这个黑洞就是发炎的囊肿。我仔细看着这个洞，像黑夜中张开的神秘大嘴,在贪婪地吞噬着什么。也许由于直觉,一种不祥的预感向我袭来,我不由得打了个冷战。已经打了十天针了,每天打上七八袋各种消炎药,一个小小的囊肿竟然没有一点变化,难道这囊肿变成了石头?我对这家医院的水平产生了怀疑。

第二天,我让北京的朋友联系专家给父亲诊疗。朋友当天就联系好了专家,让我把父亲做的CT片子发到专家的邮箱。很快就有了结果,经专家诊断可能是肺癌,并且已经扩散至胸腺。我顿时就蒙了,仿佛看到父亲肺部的洞变成了血盆大口,正一点一点将父亲吞了进去,一丝声息都没有。我没敢告诉母亲,只把消息告诉了妹妹。妹妹当时就哭了起来。但还是抱着一丝希望,我拿着父亲所有的检查结果,赶到省城医院。我同学是这家医院的脑血管专家,他给介绍了一位肺病专家。专家说,父亲已经是肺癌晚期了,还有几个月的活头。他让回去做一下活检,确认一下癌的类型,再拿治疗方案。我如跌落进冰窖,浑身发抖,情绪低落到了极点。同学建议不要再给父亲做任何治疗。他说,病情发展到这种程度,以父亲现在的年龄及身体状况而言,任何治疗都只能增加老人的痛苦,弄不好还会加快老人离世的步伐。后来事实证明,老同学的建议是对的。

我深深体会到,面对亲人死亡的到来,束手无策,坐以待毙,那是一种钝刀割心的感觉,一种精神上的凌迟。隐隐的疼痛贯穿漫漫长夜,泪水被黑夜吸尽。

尽管同学给了我放弃给父亲治疗的建议,但面对站在死亡边缘的父亲,真的无所作为,我良心上怎么也跨不过这道槛,况且心中还残存着一丝希望,期盼奇迹能够发生。于是,我再次与省城的同学联系,告知了活检结果,希望给拿出一个治疗方案。同学理解我的心情,与专家商量后回电说,可简单做一下放疗,但千万不要化疗。

做放疗,一个疗程就是二十天。弄不好病情就会露馅。如何糊弄过父亲,我是动了一番脑子的。我对父亲说,省城的医生看了你的病情,因为囊肿的位置比较特殊,消炎药使不上劲,下一步需要用烤电的方式把囊肿烤下去。父亲没有怀疑,痛快答应了。

为期一个月的放疗开始了。父亲对自己的病情十分在意，每天都是主动催着妹妹按时陪他去医院，稍晚一点就发脾气。我曾陪父亲去放疗过几次。看到那些排队放疗的人，一个个脸色黑黢黢的形同枯木，身轻如纸，在与死神作着最后的争斗。人离死神越近，求生的欲望越强。一种莫名的悲哀从心底油然而生，我感叹命运的无常。在放疗等待室中，墙上挂着与肿瘤有关的知识以及放疗的注意事项，难道父亲熟视无睹，对自己的病没有一点怀疑？但父亲从来没有问过，像一个听话的小学生定时来，做完就走，从不多言多语。是知道了不愿说破，还是不愿承认这个事实？也许父亲早就对自己的病产生了怀疑，只是他没有勇气戳破这张纸罢了。

我从网上查了鳞状肺癌的病因，得这种癌的人，90% 以上是由于抽烟引起的。父亲是个抽烟的"瘾君子"，从十五六岁开始，一抽就是五十多年，直到得了脑血拴不得不戒烟为止。

所有人都相信父亲的病是他长期抽烟所致，我也相信。但我信得不够坚决，不够理直气状。因为我心中有一个结，这个结随着父亲病情的加重，慢慢变成了一座山压在我心上，我感到窒息，夜里经常做噩梦。我猜测，父亲的病不仅仅因为抽烟，也许还有一个我不愿想、不敢想的原因。

父亲于 20 世纪 90 年代初退休。那时，乡镇企业发展风起云涌，如雨后春笋，企业急需大量技术人才，像父亲这样的退休工人很多都被企业聘去，且待遇不低。父亲干了一辈子维修工，技术一流，各种技术比武获奖无数。一些企业知道父亲的含金量，多次请他出山，并且开出优厚的待遇，父亲却不为所动，天天和几亩山地较劲。我那时大学毕业刚参加工作，激情昂扬，充满梦想，对父亲的态度实在不理解，觉得父亲保守迂腐，一身好手艺白白浪费掉了，真是可惜。我回家做父亲的工作，他却油盐不进，根本不吃我那一套。我和父亲发生了激烈争吵。父亲气得脸色苍白，抬手要打我，看到我梗着脖子不服气的样子，也许觉得儿子已经长大，再打不合适，无奈放下了手。后来，我又联合妹妹给父亲施压，把母亲也拉到了我们这边。不知是父亲迫于我们的压力，还是自己想通了一点，他被请进了一家离村子只有几里地的小化工厂当技术员。那个年月，许多小企业像一现的昙花，建得快倒得也快。父亲干了一年，小化工厂就倒闭了。父亲一分钱也未拿到，三百多天的汗水全打了水漂。更可怕的是，这种作坊式的小化工厂没有一点防护措施，直接接触有毒气体。父亲离开化工厂后，老是胸闷咳嗽，几年后才慢慢好了起来。

父亲的病是不是与此有关？

或者，是诱发此病的原因之一？

如果真是如此，我的罪过就大了。

这种折磨，无人能够理解。

悲催的是，我永远得不到一个准确的答案了。心中这个结，一辈子都无法解开。

我将永久活在不安和愧疚里，直到我离开这个世界。

一个月的放疗，有了效果，父亲肺上的洞扩展明显慢了。代价也是巨大的，他的身体彻底垮了，如一尊风吹雨打的泥塑，随时都会倒塌下去。经医生推荐，父亲开始吃凯罗特。这是一种外国进口的抗癌药，几百元一片。我从有关资料上知道，这种药只对腺状型肺癌有效。但还是抱着试一试的想法，也许奇迹真能出现呢？当人走上绝境回天无力时，就把科学抛在了脑后。

父亲的病情还是一天天在加重。开始间隔性发烧，每隔十天半月就住一次院。后来隔三五天，最后天天发烧，全靠打抗生素、激素维持。发烧的原因，主要是放疗时留下的创伤在发炎。这时我后悔没听老同学的建议，如果不做放疗，父亲的身体垮得不会这么快，以自身的抵抗力，或许还能多坚持一些日子。

父亲最终没有逃过这一劫。2015 年 8 月 24 日下午 5 点，父亲因肺癌引发心脏衰竭，永远离开了我们。他走得安详平静，没有留下任何话语。父亲一生爱干净，临走前没忘记让母亲给他擦了擦脸。

我想，父亲之所以离去得安详平静，也许是因为他早就有了称心的归宿之地。

有一种悔恨叫永远

杜卫东

1

一直想写一篇有关父亲的文章。五年了，却未着一字。

我睡眠不好，夜里多梦，真希望哪一天父亲能够悄然走进我的梦境。我会给他捶捶背、揉揉肩、洗洗脚。如果父亲有兴致，还可以带他逛逛王府井、大栅栏，回到三原胡同的大杂院去看一看健在的老街坊，那里有他太多的人生记忆。当然，我不会忘了在前门歇一下脚，去吃两屉都一处的烧卖。父亲最爱这一口儿了，烧卖就酒，越吃越有。我虽然戒酒多年，但是只要父亲高兴，也会和他开怀对饮。微醺半醉的时候，我会说出那句在心里尘封已久、却终未在他生前说出的话：爸爸，我是爱你的！可是，近两千个漫漫长夜，晨昏交替、春去冬来，父亲却一次也未曾走入我的梦中。

或许，九泉之下的父亲在生我的气？

父亲享年九十二岁，算是高寿；按民间说法，叫作喜丧。按说，我没有必要心怀自责。别的不说，三十多年来父亲起码喝掉了我孝敬他的上百瓶茅台吧？可是，我还是无法宽宥自己。面对无尽的夜色时常暗自垂泪——因为父亲神志清醒的最后时光，我没有到医院去探视；等我赶去时，他已经被推进了重症监护室，浑身上下插满了管子。我攥着他的手，他毫无反应；我叫他，他的眼皮动也不动一下。

事情本不该这样。那之前，妹妹刚带父亲做了全面体检，连医生都啧啧称奇，说九十多岁的老爷子，各项指标这么好，看来活过一百岁不成问题！家人也很高兴，开始设想怎样为百岁寿星庆生。没想到，晚上父亲看电视，起身时不小心摔了一跤。原本不是什么大不了的事儿，妹妹不放心，执意送医院检查。医生没查出什么毛病，只是觉得老人年岁大了，可以留院观察几天。妻子探视后回来告诉我，父亲红光满面、思维清晰，没事儿。妹妹为了增强老人体质特意开了一些营养针，还差两针，打完就可以出院了。正赶上那些天杂志社事情多，我听了便掉以轻心，想等到父亲出院了再去家里看望。没想到，护工喂饭时不当心呛到老人，当晚就被送进了重症监护室。

我第一时间赶到医院，听家人讲述了经过，怒不可遏，想找那护工讨个说法。兄嫂拦住了我，说他不是有意；再说一个护工穷了吧唧的，找了又能怎样？我听了家人的劝告，没有去找那个护工的麻烦。但是直到今天，我都无法解除心中的纠结。父亲本该享百年之寿，因为你的失职才驾鹤西去。我没有去找你理论，决不意味着我原谅了你。

皇天后土在上，我指天发誓——我恨你！

2

印象中，人到中年的父亲风流倜傥。他有一条浅驼色毛料裤，一双棕色皮凉鞋，前后有包头的那种。我刚记事时他领我上街，配上一件白衬衣，在当年以灰色为主要色调的人流中还是挺博眼球的。当然，必须是夏天，如果是秋天或是冬天，父亲蓝色的棉袄就会淹没在滚滚的人流中了。

上小学后，有了级别意识。在我居住的那个大杂院，父亲无疑级别最高。这个判断并非成年后作出，而是源于我幼时经历的一个场景。大约是秋天，因为父亲的那条裤子已经收起来了，皮凉鞋也打上鞋油装进一个纸盒子放到了床底下。一天傍晚，他正在房间里听收音机，记忆中的父亲特别喜欢京剧，凡收音机里播放裘盛戎或马连良，必会跟着有滋有味地哼唱几句。忽听院里有人喊，杜科长，杜科长在家吗？

杜科长？

那是20世纪60年代初，在我们这个大杂院里，有新侨饭店的厨师、电车公司的司机、首钢的工人、小饭馆的白案、公安局留用的旧警察，科长无疑是最大的官儿了，而这个官儿居然和我的父亲联系到了一起，让初谙世事的我着实得意了一把。这突如其来的大呼小叫，估计也部分满足了父亲的虚荣心。那时他四十来岁，耳聪目明，本可以在第一时间跨出房门，可是他没有马上起身。还是把门的邻居李大妈出门往里一指，说尽头北屋。

从此，不但我，全院的街坊都知道了，父亲是科长——北京市某公司科长。

这种小小的得意在我心中保持到了五年级。从二年级开始，我每次考试都是双百，年年被评为三好学生。1966 年五一节前夕，我在学校布置黑板报，听见背后有一阵叽叽喳喳的议论声，回头一看，是新报到的几位实习老师来对号入座我这个学生里的小名人。那一刻，我的内心颇为享受。可是到了五年级下半学期，“文化大革命”爆发，作为少先队大队长的我，加入红卫兵的申请竟连个顿号都没有就被驳回了，理由是我的父亲有历史问题。这使我的自尊心受到重重一击，并让我的某些猜测得到了证实。

父亲很少在院子里悠闲地喝茶了，见了街坊也不再矜持地点头微笑。有几次我睡觉后，他背对着我在昏暗的台灯下写材料，而且会不时发出一两声长吁短叹。有一天，趁父亲的抽屉未锁，我偷偷翻出里面的几页纸，像贼一样慌慌张张看了一遍才大体得知，为一家生计，父亲在 1946 年经人介绍曾服役于傅作义麾下，后来随部队起义。干的似乎是文书、书记之类的差事。顺带说一句，父亲读过几年私塾，算是有文化的人，毛笔字写得极好，我幼时临摹的字帖就是他的手笔。我所以和文字打了一辈子交道，和早年写字尚好不无关联。看了父亲的“交代材料”，我才把爷爷在世时的一个情节对上了号：当年你爸爸，即我的父亲、他的儿子——用毛笔字写给上峰的报告，长官一看，连竖大拇指，吃饭时竟把他请入了上席。啧、啧，爷爷咂了两下嘴，摇晃着脑袋，毫不吝啬地称赞他的儿子：你爸爸，才子啊！我至今也忘不了爷爷说这话时的神态——已有些浑浊的眼睛放着光，两道花白的眉毛弯成了月牙；他用手轻轻捋着下颚的一撮白须，脸上的笑容像绽放的秋菊。正值三年困难时期，父母上班，爷爷已逾七十高龄，却操持起了几乎全部家务：买菜、做饭，照料我和妹妹两个尚未成年的孙辈。任劳任怨、平和慈祥，无论发生了什么事，永远都是一副波澜不惊的样子。当然，也少有兴奋的理由，日子过得艰难，每天要用秤称着口粮做饭，常常是一屉窝头、一锅熬白菜就是全家人的饭食，那是留在我记忆中唯一一次爷爷志得意满时的神态。我当时不满七岁，自然没有能力把爷爷的话上升到政治层面解读，不过，也懵懵懂懂感到用词有些怪异。年事渐长后才明白了，“长官”“上峰”一类词儿有着鲜明的时代胎记，在特定的历史时期是专属于某个政治集团的。也是在那一次，谈兴正浓的爷爷告诉我，老杜家也曾是书香门第，他的父亲是秀才，他的爷爷则高中过举人。我父亲从小天资聪慧，爷爷本寄希望于他光耀门楣，不想恰逢战乱，终是整日为稻粱谋了。

感谢上苍。我暗自担心的两件事后来都没有发生：爸爸被剃了阴阳头批斗，红卫兵抄了我们的家。父亲还是每天早上上班、晚上回家，时不时会休几天病假，一直到“文化大革命”结束。我虽然没有能在最疯狂的年代加入红卫兵，但后来担任学生干部、参军、入党、提干，也没有受到父亲所谓“历史问题”的影响。

一切都是命运的安排。

3

写这篇文章时，我当然希望父亲能有一些可歌可泣的人生经历供我炫耀。可是，从记忆深处浮现出来的细节，每每令我失望。

比如，我的父亲有些自私。父亲的那一代，杜家只有他和老姑兄妹两人。用老姑的话说，她是被爷爷骗到宣化的。在爷爷嘴里，宣化府是个富足的宝地。老姑嫁过去之后才知道，那里的风沙一点也不比北京小，繁华和富足却远远不如北京。我的老姑父是一个非常宽厚的人，他来北京时常常两腿夹着我，揪着我的脑袋说，长脖鹿、长脖鹿！可能是因为营养不良，我那时的脖子比较长的缘故吧？我估计爷爷促成这一桩婚姻，多半是认为这个男人可以终身依靠，事实证明爷爷的判断十分靠谱。问题是，宣化离北京近，老姑每年都要回娘家住一段时间，爷爷不在了，父亲的住所自然就具备了娘家的功能。每次老姑来，可以感觉到父亲从心底溢出的兴奋，老姑离去时又多少会表现出一些伤感。兄妹情深，由此可见一斑。以致老姑早父亲两年离世时，我们一直瞒着他，怕已九十高龄的父亲经受不起这一沉重的打击。而对于舅舅，我母亲的弟弟，他似乎就显得疏淡了许多，这不公平。母亲是重庆人，娘家只剩了舅舅一家，来一趟北京殊为不易，我们都希望舅舅舅妈来北京多住一些日子。可是印象中他们六七年来北京一次，最长也住不过两个月。舅妈离世后，舅舅一个人形只影单，我们就一再请他来北京，并寄去了旅资。年近八十的舅舅来了，我们很高兴，希望他安心常住，内向寡言的舅舅也答应了。可是半个月后，当我买了大包小包的东西去看望他时，父亲说舅舅已于两天前离去。我不相信父亲的解释，也不想听父亲的解释。待了不到十分钟，就愤然离去，还险些把带去的大包小包东西拿走。虽终未那样做，但临出门还是留下了一句令老人伤心的话："这些东西本来不是买给你的。"

这件事勾起了我对父亲沉淀许久的一段旧怨。我小时候，一个烈日炎炎的午后，天蓝、云淡、无风，树梢纹丝不动，只有蝉儿在院子里的老槐树上高一声低一声嘶鸣。大杂院很静，街坊们都在午休。突然，一向温文尔雅的父亲竟在院子里厉声叫骂起来，是"居然欺负到我头上了"一类颇为激愤的话。这之后，患有半身不遂的电车公司退休司机王大爷，拄着拐棍一瘸一拐地来到我家向父亲道歉，低声下气地解释，说他实在没有注意小屋里睡的是谁，请求父亲原谅。父亲虽然不再骂了，但脸色依然铁青。那小屋一米多宽、三米多长，本是王大爷家的一间储藏室，借来我住的。那天腿脚不便的王大爷不知搭错了哪根神经，拿出夜壶到小屋里撒了一泡尿，正巧躺在里边床上的是我姐姐而不是我。我确信王大爷不是有意的，可是父亲听了姐姐的诉说怒不可遏。我觉得他有点小题大做了，印象中王大爷对我是很不错的，他的儿子毕业于北京航空学院，分配到沈阳的一家军工厂做工程师，家境相对宽裕一些。爷爷活着的时候常到他家里聊天。三年困难时期，正在长身体的我天天饿得眼冒金星。饥饿难挨的时候就会推开王大爷的家门，冲正在和他聊天的爷爷喊饿，王大爷或王大妈便会把烤在炉台上的半个窝头递给我。那窝头烤得金黄焦脆，是我幼时记忆中最好的美食了。偶尔老两口炖了一点儿肉或鱼，也一定会用小碗盛上几块悄悄端给我。那可是物资极度紧缺的年代啊！想起这一份情谊，今天仍然口舌生香，感慨万端。后来我们搬了家，一天王大妈托人捎来话，让我的妻子去给她洗洗头。王大爷已经去世了，王大妈一人生活，孤苦伶仃，据说已经三个月没洗头了。我听了不由得心酸，已有八个月身孕的妻子知道，小时候老两口对我的关照，忙不迭帮老人去洗了头，蹲起蹲下，还因此导致了早产。

父亲的自私和偏执还有一些细节可证。

印象中，父亲一向身体不好，常休病假。病假休够半年，要拿劳保。父亲一个月八十多块钱的工资，加上母亲挣的三四十块钱，要养活一家八口人，必须一分钱掰成两半花，所以他病休的时间永远不会超过六个月。我那时虽小，但内心对此颇有微词，觉得父亲有点揩国家的油儿。后来父亲以九十二岁高龄去世，也证明了他对身体的极端在意。七十岁以后，父亲每天喝八钱白酒，八十岁以后改喝红酒。每次我去看他，少则五百多则上千，总会给他留些钱，而这些钱基本上被父亲买了营养品。父亲睡眠也不好，但安眠药是绝少吃的，看了电视广告，“年轻态”的脑白金便成了他床头的必备之物。而且每次给我打电话，多半是告诉我他近来胃口不好，连最爱吃的饺子一顿也只吃了七八个。一个八九十岁的老人吃七八个还少吗？我嘴上安慰他，心里便有些不屑。后来父亲因摔了一跤住院，我所以在他清醒的时候没有及时去看望，除了妻子传递的信息和工作忙以外，也是综合父亲一贯的表现，觉得老人不会有什么事儿。

没想到一念之差，天悬地隔。

4

我努力回忆最后一次到家里看望父亲的情景，或许是因为太平常，记忆已经模糊了。而在重症监护室看到的场景，却如刀削斧凿一般刻在了我记忆的深处——在规定的时间里每次只能进去一人，穿上医院准备好的衣帽、套上鞋套后，我推开了重症监护室的门，靠窗的一张病床上，躺着插着管子、罩着呼吸机的父亲。隔着玻璃罩，我可以看见满脸皱纹的父亲张着嘴,双眼紧闭。脸上除了木然和痛苦外,没有一点生机。

这就是我的父亲吗?这就是世界上那个最疼我的男人,那个将我的每一点进步都引以为傲的男人吗?我站在床头,拉起他骨瘦如柴的右手,叫了一声爸,泪水一下子涌了出来。我仿佛走进了一条时空隧道,那么多的往事如同一把折扇,合上时风收云敛,一旦打开,便如扇面上的山水小品一样扑面而来。

我想起了小时候父亲参加家长会回来时的情景,风华正茂的父亲每每如同一位凯旋的将军,脸上抑制不住的是满足、欣慰和一缕掩饰不住的得意。他或许是怕我骄傲,会抿着嘴角控制着随时可能绽放的笑容。而我也不急于发问,我确信班主任会把我作为表扬的重点。终是父亲沉不住气,会故作严肃地对我说:今天祁老师又表扬你了,前后一共提了你五次,五次啊!父亲重复了一遍这个令他骄傲的数字,又敲打我:不过你不要骄傲,也不要拿糖。要明白,这个世界上能人多得很,你拿糖人家就可以不用你。那是我第一次听到拿糖这个词,并明白了它的意思就是自视过高。这个叮嘱或许是父亲人生经验的总结,尽管精辟,但对于一个十几岁的小学生来说还是有些形而上。后来,这句话影响了我的一生,让我始终能够摆正自己在生活中的位置,即便光环笼罩的时候,也不会过分地自以为了不起。

当兵时,我的指导员是1962年入伍的河南兵,姓仝,叫仝仁道。他的为人像他的名字一样,润泽而高尚。他不苟言笑,却吃苦在前,关心连队的每一名士兵。那时,他也就三十岁出头,但是在我的心目中却是一位极有威严的首长。知道我家在北京,他探亲时路过,顺便到我家作了一次家访。回到部队后,指导员很是感慨,说你父亲真是个热心人,那么大岁数了还非要陪着他逛了故宫、天安门和颐和园,他很过意不去,让我一再转达他的谢意。并在我离开连队上调分部创作组时,送给了我一套军装,因为在北京游览时,父亲坚持不让他付账。我知道父亲本是很宅的人,性格孤傲,不善于交际。他这样做半是出于对仝指导员的好感,因为后来他不止一次向我感叹,你们仝指导员真是个好人,好人哪!半是期待儿子的进步。我能想象父亲当年在北京街头行走时的背影,疲惫而坚韧。在匆匆的人流中,在晚霞的映照里，与其说是夕阳把他的背影拉长，毋宁说是爱，对儿子深入骨髓的父爱。

还有一件事令我永远不能忘怀。1976 年从部队退伍，一个偶然的机会我被抽调到刚刚恢复业务的中国青年出版社帮助工作，经过一段时间的试用拟正式调入。对于我，这是一次千载难逢的机会。退伍后我在北京第一机床厂当了铸造工人，那是个我完全不适应的环境。在所有的同龄人当中，我是唯一的党员，又是技术最差的一名青工，而我在中国青年出版社帮助工作期间，撰写的两篇人物通讯均受到了出版社领导的高度赞扬。如果调动成功，我的特长就能发挥，我的人生命运就会改写。可是接到出版社的商调函，车间主任坚决不同意。那是一个偏执、固执而又说一不二的人，他反对的理由很狭隘：想进高楼坐办公室，门儿也没有，我就让他蹲沙坑，修模子。我很愤慨，也很无奈，我知道没人能帮得了我。父亲是饿死不求人的性格，又刚刚退了休，他有人可求吗？肯舍下脸去求人吗？听我说明情况后，父亲一句话也没有说，只是皱着眉头，一根接一根地抽烟，烟头在烟灰缸里堆成了小山。第二天我下班后父亲不在家，晚饭后父亲回来了，一言不发，如此往复。第四天晚上十点多钟，父亲一进门便瘫坐在椅子上，筋疲力尽，仿佛一个历经坎坷的旅人终于走到了目的地。半晌，他看了我一眼，轻描淡写地说了一句，你调动的事应该有希望了。果然，过了不到半个月，我便接到了中国青年出版社的正式调令。原来父亲辗转打听到，北京市劳动局局长的秘书曾经是他的同事，头两天他去了没好意思敲门。第三天去了，人却不在家。第四天他一直守候在单元门口，张网已待，终于在晚上九点多钟等到了已久未联络的同事。母亲后来告诉我，当你爸终于艰难地说出了找他的理由后，如同等待判决的囚犯。那个同事侠肝义胆，说，老杜，可怜天下父母心，这件事我会努力给你去办。父亲听了双手握住那个同事的手，几乎掉泪。

此刻，我就握着父亲的手，我想象这只手当初紧握那只手时的情景。这一握，峰回路转、柳暗花明，一个人的人生命运彻底改写。而现在，我无论如何也不能把眼前这个上着呼吸机、插着管子的垂危老者，与当年那个在寒风中徘徊了三个晚上的人联系到一起。那时的他正值壮年,生命如同灌浆的麦穗,饱满而充实。时间真是一个无形的杀手,于不知不觉中将人的生命之树蛀空。我叫着父亲,他毫无反应。我的眼睛模糊了,泪水噗噗落下,在泪花中,这两个影像终于重合。

生命的过程就是这样:漫长而短促,模糊又分明。

5

我的左手手腕有一道伤疤。昏迷中的父亲在残存的意识中,不会有一点关于它的记忆。即便在他神志清醒的几十年间,恐怕也没有弄清楚这道伤口产生的真相。他一直以为,那是我一次无意中的自伤。

父亲,现在我可以告诉你,它其实源于对你的怨恨。

我记事的时候正赶上三年困难时期,那个年月,每个人都有定量的口粮,爷爷习惯做捞饭,蒸熟的饭每人一份儿,所剩的米汤无疑就成了我觊觎的美食。饥饿难挨的时候,我曾经在一碗开水里倒点劣质的酱油充饥,米汤远比酱油水更富有诱惑力。可是只要父亲在家,米饭捞出上屉蒸了,他必推开门高喊一声,小胖儿!小胖儿并不胖,细脖儿顶一个大脑壳,瘦得已接近《三毛流浪记》中的三毛。他兄妹六个,母亲没有工作,靠当工人的父亲每月不到六十元的工资过活,生活的窘迫可想而知。每次,小胖儿一定应声而至,在我羡慕嫉妒恨的目光中,端起半锅米汤颠颠而去,似乎这一声呼唤已经成了他生活中的期盼与享受。

对此我当然不快。印象中,爷爷也曾表示过疑义,解决的方案是,能不能给自家的孩子留下一半儿。父亲的回答令我失望,嗨,不就是半锅米汤吗?接下来发生的事则几乎击穿了我容忍的底线:小胖儿常常到我家串门,一般是选择饭点儿的时候。以我当时的智力都能准确无误地判断出,他是项庄舞剑意在沛公,何况身为科长的父亲呢?可是,每一次他对小胖儿的到来都没有表现出反感,而是掰下半个窝头,或是盛上小半碗米饭递过去说:吃吧,胖儿。我还吃不饱呢,为什么要给他?当然,这是我在心中发出的抗议,嘴上却不敢说出来,能做到的只能是把脸一耷拉,而父亲似乎完全忽略了我的神情。

小胖儿和我同龄，是我幼时最好的玩伴儿，我们曾经仿照桃园三结义拜过把子。所以我虽然不情愿，但只能选择面对。如果因为半个窝头翻了脸，还有什么义气可言？我那时并不懂得什么叫作患难与共，结为异性兄弟的做法也是依据贴在墙上的年画。

不光是小胖儿，父亲对院子里其他的小孩儿也同样表现得比较慷慨。终于，我对父亲的不满在一个夏天像火山一样爆发了。那天下班时，他自行车后架上居然用塑料绳绑了一个黑蹦筋西瓜，足有二十斤重，这太令人兴奋了。不但我和我的姐姐、妹妹，包括小胖儿以及二丫、秃子、小眼儿、顺子，凡是院子里看见西瓜的半大孩子，眼睛里都冒出了贪婪的光。那个年月，普通人家吃一次西瓜真的比较奢侈。

我在暗自计划这个西瓜能够分给我多大一块，结论是一顿肯定吃不了。我觉得合理的方案是吃半个留半个。那个时候虽然没有冰箱，但接一盆凉水把西瓜放到里面拔起来，估计到第二天上午不会有什么问题。我在房间里洗完澡，正准备精神抖擞地去享用西瓜时，忽然听见门外的父亲在喊：小胖儿、秃子、二妞儿，来来来，吃西瓜！我隔着门缝一看，小饭桌上已经摆满了切开的西瓜，小胖儿他们先于我正甩开腮帮子啃。我真的愤怒了，不可遏止，我觉得父亲太过分了，简直不可理喻：哪有自家孩子还一口没吃，邻家小孩便蜂拥而上的道理？于是我伸出手掌猛然推门，想以此发泄心中的不满，但是我忘了，门锁着，房间里黑着灯。我一掌推在玻璃上，玻璃碎了，我的手腕上顿时鲜血直流。父亲见状大惊，骂了一句，你这孩子作死啊！忙抱起我赶到离家很近的同仁医院急诊室，清洗完伤口，缝了七八针。

很疼，但是我始终没有掉一滴眼泪。

6

我的母亲是重庆人，或许是从小吃辣椒的缘故吧，脾气比较暴躁。她现在也九十高龄，患有轻度老年痴呆，一会儿清醒一会儿糊涂。即便糊涂的时候，一见到我也会两眼放光，笑着叫着我的小名调侃：咱俩是龙虎斗。我属小龙，性格叛逆的我在成长期遭遇属虎的母亲，打是没少挨的。相反，籍贯河北的父亲却有一些儒士风度，很少动粗。

印象中，父亲下手最狠的一次是我十岁那年。

起因非常简单，我去游泳，回来时饥肠辘辘，便用准备坐公交车的五分钱买了两碗小豆粥。车依然坐了——下车时我藏在大人身后躲过了售票员的眼睛。到家后我很有些得意地把逃票的经历讲给父亲听，我以为父亲会为我的机智褒奖我，我亲眼看见过同院的刘大妈因为儿子从菜摊抱回两棵大白菜而眉飞色舞。但是我实在没有想到，父亲定定地望着我，目光中不但没有我期待的嘉许，反而嗖嗖冒出一股寒气，落地成冰。他突然将右臂抡成 90 度圆，以迅雷不及掩耳之势，啪的在我脸颊上落下了重重一掌，发出的响声绝对不亚于春节时小伙伴燃放的钢鞭。钢鞭是一种炮仗，清脆、持久，带着一股动人心魄的爆发力。

我眼前金星乱溅，一下子被打蒙了。

父亲居然出手如此之狠。这以前我和同院的小伙伴们曾瞒着大人到护城河游泳，因为走散了记不清归途，回家时已很晚了。父亲以为我有不测，见到我气急败坏，高声呵骂着扬起手臂。街坊们一看父亲真是动了怒，忙上前劝阻，却只见那高扬的手臂缓缓落下，只是在我的脸颊上轻轻拍了一下。邻居们都笑了，说，杜叔，您这是打小崽儿呢，还是替他挠痒痒呢？

可是这一次不同，过了好一会儿我的耳朵仍嗡嗡作响，脸颊火辣辣地疼。

我很委屈，那一晚我没有吃饭。睡觉的时候，父亲用手抚摸着我的脸颊，问：还疼吗？我没有说话，只是默默地流泪。在那一刻，我甚至在内心发誓，一旦有能力自立，便离家出走，即便父亲病了，也不再回来看他一眼。我要让他为自己的这一记耳光付出 10 倍乃至 100 倍的代价。

父亲似乎看透了我的心事，沉默良久，他靠在床边，点燃了一支香烟。

就是在那个月色如水的夜晚，我第一次听到了那个曾流传久远的故事：在很久很久以前，有一对母子相依为命，母亲很疼爱自己的儿子，以致对他百般呵护纵容。有一次，儿子偷了邻居的东西拿回家，母亲不但不责备，还夸奖他聪明能干。于是儿子一发而不可收拾，最后发展成了一名江洋大盗。后来他被逮捕归案，判了斩刑。临刑前，儿子提出再吃一口母亲的奶水。痛不欲生的母亲答应了，没想到儿子一口咬掉了她的奶头，并指责她说："你生养了我，却不教育我。如果当初我偷了邻居的东西你不是夸奖我，而是责备我，让我明辨是非，我怎么会有今天的下场呢！我好恨你呀！"

讲完这个故事，父亲拿一块湿毛巾擦去我脸上的泪痕，说："我当财务科长十几年，从我手上走过的钱财成千上万，我虽清贫，但聊可自慰的是，从没有拿过公家一根草棍儿！我今天所以打你，就是想让你牢牢记住——蚁穴虽小可溃千里长堤。那个江洋大盗最初也是从偷一些小东西开始的。当然，你没有去偷人家东西，但是上车不打票，和偷拿人家东西在本质上没什么两样，都是一个字——贪！"说着，父亲站起身，从衣架的衬衫里取出钱包，掏出两毛钱放在桌子上，严肃地叮嘱我："你再去游泳，要多打一张票，要向售票员说明情况，能做到吗？"

我点点头，泪水再一次溢出眼眶。

10岁的我虽然还不能完全懂得这故事中蕴含的深奥道理，但是凭直觉感受到了父亲的舐犊之情。从那以后，每逢在生活中遇到金钱的诱惑，我都会想起那记耳光，想起那个月色如水的夜晚……

父亲蜷缩在病床上，我轻轻攥住他的手腕，将拇指和食指合拢起来形成一个圆，父亲的手腕在这个圆里竟然晃晃荡荡。我的心不由得一颤——哦，当年那个风流倜傥的父亲已经随时光走远，留在原点的分明是一个行将就木的老人。我简直不敢想象，他在五十多年前就是用这只手给了我一记受用终身的耳光。我俯下身，把嘴贴近父亲的耳朵，声音哽咽，爸，您能再打我一记耳光吗？父亲紧闭的眼球动了一下，我知道那只是生命体征没有消失前的偶然反应，但我却宁愿相信他听到了儿子的呼唤。儿子已年近花甲，因为这记耳光，他才有可能从一名青年工人成长为一名编审和主编；也因为您的这记耳光，您的孙子才能够成为清华美院的一名高材生，至今视金钱如粪土，视艺术为生命。

记得父亲七十岁大寿时，全家人都去了。四世同堂，足有20多口人。大哥花了200多元，特意为父亲订做了一个大号的蛋糕，孙辈们则忙着在蛋糕上插满了70根红蜡烛。蜡烛点燃了，在《祝你生日快乐》的乐曲声中，父亲鼓足气去吹熄蜡烛。吹完蜡烛，大姐代表全家向父亲祝酒，祝父亲长命百岁。

父亲端起酒杯，仰头喝了一口，然后，望望家人略带歉疚地喃喃道："难得你们有如此孝心。我这一生……唉，只有一把算盘，两袖清风，没有什么财产可以留给你们。想起来，实在有些惭愧啊！"人老了，便容易伤感。大哥见父亲的眼圈有些发红，忙劝阻道："哎，您何必自责呢？儿女们都已自立，可以凭借自己的双手吃饭，一个个不都挺好吗？"我也说："您没给我们留下多少财物，却给我们留下了猎枪，这是可以终生受用的。"父亲闻言先是一愣，继而欣慰地笑了。在烛光的映照下，我看见他脸上的每一条皱纹都舒展开来。

回家的路上，10岁的儿子问我："爸爸，你说爷爷给你留下了猎枪，放在什么地方了，我怎么从来没有见过呢？"

于是，我向他讲述了我10岁时经历的故事。

7

通过关系，我们把父亲从酒仙桥医院转至了北京医院重症室，我们祈盼北京最好的医疗条件能够在父亲身上出现奇迹。然而，终是回天无力，情况越来越恶化，父亲要完全靠呼吸机和插管维持生命体征。医生已经几次暗示我们放弃治疗，拔掉管子、撤掉呼吸机，几分钟之内父亲的生命体征就彻底消失了，而继续抢救，结局必定是人财两空。

在救治与否的态度上，家人发生了分歧，二哥的意思是与其看着老人受罪，不如让他早升仙境。我和妹妹则表示反对，妹妹所以反对，更多是因感情因素，因为晚年的父母一直由她照料，她无法面对父亲已经不治的事实。而我反对的心结是，父亲本来身体无虞，可以享有世纪之寿，因此在他清醒时我才没有及时去医院探望，我不甘心他就这样撒手而去。

最后大家取得了一致，哪怕只有万分之一的希望，也要尽百分之百的努力。

首先遇到的问题是钱，父亲的治疗费已经突破了医保的上限——三十万元。也就是说，继续治疗，每天七八千元的费用完全要自理。父亲1948年1月随傅作义将军起义，被编入人民解放军序列，按政策算是解放前参加革命，应该享有离休待遇。离休和退休的最大区别就是，前者的治疗费用全部由国家兜底，后者在一年之内的上限是三十万元。问题是，父亲随傅作义将军起义后，因为家庭生活困难，曾经朋友介绍去一家私营公司干了一段时间。我问过一位在组织部门任职的中学同学，他说像父亲的情况，如果找到相关证明人，证明父亲是在建国之前加入人民解放军序列，这之后到私企干过几个月后又到了国企，那么完全有可能享受离休待遇。但即便找到证明人，全套程序走完，至少也要仨月半年，远水根本不解近渴。我知道父亲绝少求人，退休时本来可以解决这个问题，但是他主动放弃了。他当然没有想到会有这么一天，清高的性格会将他晚年的医疗费用，像山一样压在了疼他爱他的子女头上。

在北京医院的走廊里，我问大哥，你能出多少钱？10万。他犹豫了一下说。他是工人退休，生活并不宽裕，我知道这10万元对他意味着什么。我又问姐姐和妹妹，他们表示各能出20万，连退休金一月只有三四千元的二哥也表示可以拿出5万元。我表态，我可以拿出30万，如果这些钱都花光了，我们卖房。没有人表示异议，虽然大家都明白，花出去的钱很可能打了水漂，但是儿女们都愿意作一次尝试，尽一次孝心——或许它很愚昧、很没有意义。明知没有意义却仍不肯放弃，是因为爱得太深！

医生又把我们叫进了办公室，让我们告诉她救治与否的决定。全部是杜姓人，外姓的姑爷、儿媳一律不得入内。我们面对的话题太严酷了，必须由他血脉相连的儿女决定。

我近乎乞求："大夫，无论再花多少钱，能不能让我父亲的意识恢复清醒，哪怕是一天甚至一个小时。"

医生是个四十多岁的中年妇女,温文尔雅,气质端庄,她翻了翻父亲的监测记录,很无奈地摇摇头。

“我们不怕花钱,无论花多少钱。”姐姐说。

医生放下监测记录,向上推了一下眼镜:“你们的孝心我很感动。现在这个社会,能把亲情看得比金钱重的已经不多了。不过现在不是钱不钱的问题,问题是,我们的医疗手段根本做不到无所不能。”

沉默,难言的沉默,除了沉默,便是我们眼里闪烁的泪花。我们的父亲注定要离开这个世界了,无论我们多么不舍,但是让我们同意摘去他的氧气面罩,拔掉维系他生命的管子,让老人的生命停止在我们手里,我们做不到。虽然我们知道,有尊严地离去已经成了一个文明社会的刻度;虽然我们知道,安乐死在许多国家已经获得了法律上的认可。可是,父亲是多么眷恋这个世界啊!他清醒的时候没有赋予我们这个权利,没有表达过这样的意愿。

“继续救治?”医生问。

“对!”我点点头,“不惜代价。”

医生透过镜片扫视了一下在场的其他人,见没有人表示异议,就站起身抚平了一下白大褂,走向门外,她是去履行职责;我们也站起身,抹去眼角的泪花,走向痛楚,我们是去尽一份儿女的孝心。

为了确保分分钟钟可以联系到家属,我们二人一组分成了三个班次,并在医院对面的宾馆里租了两间客房,毕竟哥嫂和姐姐都年近七十了,连日操劳,他们已有些力不从心,我的妻子和妹妹在医院守护,他们在宾馆待命。我有车,妻子让我回家去安抚一下焦灼中的母亲,只有妹夫一个人在家照料老人,她有些不放心。

没承想,汽车刚刚开上长安街,妻子就打来电话,说情况不好让我速归。

这一刻终于到来了。我知道它就像秋风中的一片枯叶,随时会落到我们头上,但是真的飘落时,我还是觉得心中无比悲凉。在重症监护室的门口,我看见了泪眼模糊的妹妹和妻子,我知道,我来晚了,我在父亲远赴天国的时候没有能守护在他身边。

推开监护室的门,父亲依然躺在那里,只不过身上的管子和头上的氧气罩都已除去了,他显得更加瘦小,像是一个未曾发育的少年。我双膝一软,扑通一声跪在地上,以头触地,冲着父亲嘣嘣嘣磕了三个响头,我说不出一句话,我的眼睛已经被泪水模糊,我的声音已变成哽咽。妻子和妹妹将我扶起,我一步步走到父亲床头,从蹒跚学步到刚才迈出的几步,我伴随父亲走过了他的大半生。父亲像一位力竭而逝的行者,躺在那里是那么无助、疲惫和悲凉。我把脸颊贴近他的额头,额头还有生命的余温;我把他的手贴在我的脸上,那手却已经没有了生命的热度。父亲走了,此刻,他的灵魂脱离了肉体的躯壳,或许正在房间的某一个角落注视着我们。他太眷恋这个世界了,他实在不舍深爱他的亲人,但是他终将化作一缕青烟,消失在茫茫的天宇之间。在为他穿衣服的时候,我看见他的双脚因为护栏的阻隔已经变形,怎么掰都掰不过来了。我不知道,老人对儿女的做法是欣慰,还是无奈;是感动,还是生气?

结束这篇文字的时候,我从柜子里请出了父亲的遗像,他温情地注视着我,目光中像是蕴含着万语千言。爸爸,明天就是您五周年的忌日了,我会在您的墓碑前点燃这篇迟到的文字,天堂里的您如果读到了,就在明天晚上披清风明月走入儿子的梦中,与儿子把酒相谈,一诉别离之苦吧!有一种悔恨叫永远。五年了,近两千个漫漫长夜,一想到在您清醒的最后时光,我没有能和您说上一句话,捧上哪怕一盏清茶,儿子就泪流满面,痛悔不已。

好吗?亲爱的爸爸。明夜,我在梦中等你。

眼见得情趣(四题)

史冰

对面山花

三月,家乡的映山红定是灿烂地笑着。

老家门口对面的山叫岭子倒乎。打记事能跑起,便不知深浅地野游,也就发现了岭子倒乎那片映山红。那当儿的我叫不出她的名字,也有知晓的人能说出杜鹃的,没放心上。我只记了个山荆子花,老大了才知道误叫了不知多少年。唉,没知识真可怕!

有映山红的那座山通到顶叫小黑洼。在响应承包自留山那会儿,我们家承包了小黑洼地界。黑洼那儿有几堰荒地,父母抽出大把时间,起早贪黑地把它修整好喽。到第二年开春,熏上几堆肥,就整堰整堰地撒种下胡萝卜籽。黑洼地处高势,土质属落叶黑土,土层厚实,到秋收时节,胡萝卜的收成自然没得说啦。

劳有所得必是高兴的。每逢开春修地归途,母亲就会顺便折几枝映山红回来,找个玻璃水瓶一插,放在木柜上,三间石板房一下子就亮彩起来。我也喜欢踩着板凳,把柜盖擦得油亮亮的。从此,她的美便种在了我的心底。

从家里出发到她的领地,少说得一公里远。你兴许会说,邪乎吧!一公里远在家能看到?嘿,还就是能望见,不光这儿,关键是能望见她时,整面南山坡,由她带出的一撮撮山桃晕染,也就跃入眼帘啦。

年长了,胆儿也跟着肥。折山花也就成了我和小伙伴逢春必做的一件趣事。也曾担心如此折来会不会哪天给折没喽,母亲说:不碍的,不修不茂,但要留主枝。

后来我走出了大山。每年映山红盛开时节,即便赶不上回山,也要致电问问娘亲:岭子倒乎的映山红开了没?耐烦的是可得知花的开与不开,不耐烦的就是娘亲的嗔怪——想知道也不回来看看!每此,会闭目仰思,想那个早春、岭子倒乎的那丛鲜艳!也只有从小望着她长大的山里娃,才更懂得那份藏于心底的情有多深、有多酽!

一点儿也不用怀疑,那必定是锁定一辈子的爱了……

小院蝉

习性随天。小院就这么几棵树,椿树、花椒和香槐。椿树长得最高,香槐守在大门口。蝉(山里人管它叫呜嘤娃)不于这两棵落脚,偏偏缠在一棵满是刺刺的花椒树上,变换着位置,且鸣叫声远。

呜嘤娃的叫跟婴儿的哭有一拼,高兴了给个动静,不高兴了也给你送信。天闷欲雨时,雨过天晴时,呜嘤娃都有反应。雨逼近了,天沉沉的,它嘶啦啦的长调一阵紧似一阵,雨一露面便没了声。等雨过了,阳光刚移出云朵,它便又开唱起来,且是不觉累的那种……反正这山上猛禽少见,大肚儿蜘蛛人们也不待见,猫侵犯也有难度,索性它就豪放着。秋蝉鸣声最响,你越是想午休会儿,它鸣得就越欢。情急时就去花椒树下转着圈儿找它,以便捉了来喂猫。等你无从下手时,忽悟出它为何专拣花椒树栖,便不由自主停下捉念,怜惜起它的短生来……

出尘饮露,一个季节(2 至 3 周)便是一生。想来一个生命,高洁一生,也只为一鸣,最后又回归生身处。出世高隐,命尽藏深!如此思来,呜嘤娃应是最有立场的,打哪儿来回哪儿去,不偏不离,承续着纯粹。对,呜嘤娃是真的纯粹者。

我找到了!

落地生根

落地生根也叫“不死鸟”,属景天科草本植物,云南白药的医药功能她具备。

不死鸟到我手中时只四片叶子,茎躯很粗壮,有长长的根须。我特意找了一个枣泥色的花盆,红配绿挺好看,把她植下土,使她稳稳地扎下根来。也就半年时间,落地生根出落得亭亭玉立。其姿态次第分叶,层层拔高,叶叶相叠,似竹非竹,气节不让,无人不夸修养得好。

渐渐地,夸奖她的人越是多起来,个子也越发高长。可眼见得脖子细了,叶子瘦了且羞卷着,不舒展,不痛不痒的。我有了些担心和恐慌。从她宽厚的掌心上我还见分娩出的小叶叶,似微版绿蝶,竟要飞的样子,预示了她的运程,让我更觉危机的逼近。

终于有人看上了她的模样,我鬼使神差折断她的头,拱手送了出去。一则想让她的美像我接她进室时一样地美好下去,二则实不愿看她在我眼前颓废掉。所以做了件又蠢又傻的事儿。

真的是要了她的命!

其实从我把她折首送人时,潜意识就让我心头一紧:错了,头没了,身子还能撑多久!悔恨就开始抽打自己的心。果然,她开始报复我对她的虐待。没了头她再也不拔高了,不向上伸展啦!更让我感到惭愧的是,如此残酷状态下,她从不节外生枝,只是,只是她的臂膀和手掌更加蜷缩,肤色也日日变差,从红绿到绿,绿到褐色,再由褐色变黄,然后瘫软,搭在盆沿上……接下来的又一层面容倒颜,也随着色变瘫软下来,后续叠压在先倒下的瘫软上……我实在接受不了这种信号!

必须拯救她!我又一次摆布她的命运。先是把她粗壮的躯体彻底从花盆中移出,移植到了屋外的厚土中,以求厚土给予她力量,滋养她能存活下来。虽然没了头,个子还是高,怕招摇引祸,随后我又把她拦腰折断,一枝四叶留泡在室内花瓶中。如初接她入室一样,心想再泡些根须出来命就能扛住。唉!生命就这样被我无知的善待又一次分割,且一个在室内,一个在室外。结局残痛啊!她们双双去了……在我不分时令、不知命理的主观臆断中,她们的躯体瘫软在了土壤和花瓶两地,如埋咒的雕塑,静静地倒在那儿,看着我……

没理由不接受这惩罚,我也必须面对。倒下的雕塑渐渐让我清醒,悄悄地把她的残躯片片收好吧,一并葬于厚土中……

曾经的花盆还在,土也在,种点什么呢?这盆没倒掉的土哇……激动得我差点喊出来,泪在眼圈里打转转——我笑了,且小心翼翼地把一个个留着小须须的绿芽芽往土壤里固定,这些个落地的绿微蝶哟!

她们居然还活着,我甚至忽视了从那宽厚的掌心上分娩出的小生命的去向啦,如获至宝啊!

一个姐妹走近跟我搭话:“姐,这些个小绿芽芽是什么植物,好养吗?”

“好养呀!她叫——落地生根……”

咫尺之地

说不清母亲怎么想的,这鸡鸭鹅雁的为什么圈一起养?

坐在门槛上正发呆的我,被呱哒……呱哒……的声音惊过神来,是那只小野鸡出成绩了。老娘亲闻声而动,三步并作两步,手脚麻利地直奔鸡棚,口中念念有词:“死公鸡,光吃不产出的主,还总惦记捞便宜,看你快还是我快!”话一收,豆青色的小野鸡蛋牢实地握在了她的手中,不乏得意地笑道:“这儿一窝,最数小野鸡下的蛋好吃,不愧是闯江湖出身,真填活人,一天一个贡品,又嫩又细,还不腥。一会儿就给你煮了啊!”看都不看我,丢着一句话进屋去。好笑之余,目追母亲的背影,不由得一阵心酸……

“妈,您说,非把个大雁、鹅和小野鸡关一块儿养,它们多憋屈呀!能飞不让飞,能跑不让跑,能游不让游的!”

“不懂了吧?你们不是都爱讲什么竞争力吗?我这个鸡棚里,它也讲。”老娘还自信地秀起名词啦。

“那您说说,怎么个讲法?”

“听着啊:个头大的,吃得就多,下的蛋也大,所以大白鹅占主位;小野鸡吃得杂,脑壳活,动作快,产蛋量高,质量好,它的成果这窝的成员都惦记,也最是让人不省心;大雁吧能飞,虽说翅膀硬却爹不开,可它的蛋壳厚啊,谁都啄不动,气得大白鹅直拧雁的脖子……哈——哈——”一串开心的仰头笑声。

说来也是，看那大雁被大白鹅啄得脖子都露出血丝啦！

“妈，干脆把鹅宰了算了，能吃，能喝，能拉，不爱下蛋不说，还总盯着蛋窝，做不劳而获的事儿！”我不自然地露出反感的言语。

“你还别说啊，不下是不下，下一个就顶俩。姿态个头摆那儿了，没得争！”

“还有那只老母鸡、红冠公鸡、小白鸽呢，有什么哲学可讲？”我接茬问。

“你看啊，这老母鸡呀想得开，守本分，一天一个蛋，爱谁要谁要，呱哒呱哒完成任务算完事儿；小白鸽最小，是个精灵，吃不了几口小食，没成果，也不穷咋呼，最悠哉啦；再说这红冠公鸡，虽说爱惦记别人的成果，可它真有用，与大白鹅搭一帮，红白二将避邪呀！”

根本不在乎我的反应。呵呵，我可是真服这老太太的圈养之道啦……

第二次回娘家是两个月后。进院门给报信的还是那只大白鹅，不经意间发现圈里的阵容明显小了。少不得问老娘个究竟。

“妈，那雁和小野鸡呢？”

“唉，还是适应不了呗，大雁的蛋壳太硬，鹅啄不动，就拧它脖子，雁行动又慢，生生地让鹅给欺负死啦！小野鸡不知为什么搞罢工，不吃不喝也把自己给耗死了……”

母亲诉说时，一直伸着脖子盯着窗外的鸡棚看，我分明看到了一双无助的眼神。等回过头来，还不忘补上一句：“是位置，位置不对……”

一场风花雪月的事

张世勤

一

你伸出手
递给我千佛山倾斜的角度
我接过与你三天的相识
一起下东坡

第一次见到她时，已是在我大学毕业之后。不过，我还没有离校。那时的我，手里尽管握着一纸留校报到证，却仍在犹豫彷徨。一些不明真相的同学对我的这一做法，深觉不可思议。其实，对他们来说不可思议的事又何止这一件！比如我作为学生头目，身边美女如云，怎么着也该有一场像样或者哪怕是不太像样的恋爱。可到底没有！这不仅让他们不解，我自己也略觉遗憾。

很快到了秋天，落寞和凄冷从校园中升腾，我搬出中文系宿舍，寄宿到了生物系研究生公寓。晚上，秋虫一阵阵地叫，遍地秋声让何去何从变得更加清冷。

一天，有位女同学过来看我。她是我的高中同学，读教育系，毕业后分配到了驻济另一所大学，早已经喜滋滋地去新单位报到上班。她说她们学校刚分来一位大学生，是从上海过来的，报到后还没有回家，人长得漂亮，还没有男朋友，你见见吧。

我沉吟了一下，说："还是不见了吧。"是啊，四年都过去了，曾经有过那么多机会，我都任由其擦肩而过，此时我还是一叶浮萍，没有心思也没有资格，对这样的事作出决断。

熬到初冬，我终于作出了最后决定：放弃留校，回家乡去。

我开始收拾行囊。然而戏剧性的一幕出现了，在我寄住的公寓里，她来了，一袭长裙，长发飘柔，面容清丽。

我说："你怎么知道我住在这里？"

她说："我已经找过你好几次了，你都不在。"

我暂时扔下手中的活，我说："咱们走走吧。"

二

后来

你把那座山邮给了我

打开一看

竟是一汪泪水

千佛山，是一座生命之山，它并不止千年古迹让人流连。那一级级台阶，历经风雨和踩磨，闪着幽幽的光。夕阳中的温柔宁静，充满着散漫的温情。我们从山的右边攀到山的左边，又从左边攀到右边。我第一次感觉到了生活的美好，同时更感觉到了生活的诡谲和无奈。

她问我："听说你没谈过恋爱？"

我说："没有。"她显然是相信的。她即使不相信也没关系。因为我那时心高气傲，总认为天涯何处无芳草，怎么可能见到一汪浅水就赶紧下网捕捞呢？那样即便有收获，也只能是小鱼小虾。可我得承认，她不是小虾，完全算得上是美人鱼。她的靓丽形象大致是符合我的审美口味的。

她说："你为什么要改签留校报到证？"

我说："我想回我的家乡。"

她很好奇："你的家乡很美吗？"

我讪然作答："山区中的平原，谈不上多美。但也许到了那里，我的心才更加踏实。”

她说：“难道济南不好吗？”

我说：“好。”

她说：“那你还是考研再考回来吧。”她不知道，当时系里有好几位老师，好心地动员我考研究生，我都没考，这决计要回去了，干吗还要再考呢？当然，若我能早一些时间见到她，她的建议或许会让我改变的。

我那时是一个固执的人，从来不懂得与生活妥协。我说：“《文心雕龙》全文不过37000多字，研究文章却早已不止370万字，你觉得有意思吗？”我当时对中文系学生考研究生抱有很大的成见，后来发现事实不是这样，知识是无穷尽的，专与精更是非常必要的。研究生的研究方向也并不止那么枯燥的一个两个。

听到我的意见，她一定感到很遗憾。我也理解，因为很多感情本来就是为无疾而终作准备的。有时，很亲近的两个人，都会有中间隔着一座山的感觉，何况是我们呢？

三

以噩梦，独自走过
夜晚这黑色长廊
你在哪里
还隐在三月的花丛里
淡淡浅浅地向我微笑吗
还站在飞扬的瀑布下
蓬蓬勃勃地洗浴吗
还奔跑在旷野的雪地里
浓浓烈烈的纯洁吗

归去的火车在田野间奔驰，所有深秋的作物，被遗弃在初冬的冷风中，无语地守望。风吹乱了我的长发，我像李白高声朗诵着诗篇出逃长安城一样，空许一腔豪情，混入了家乡城市的茫茫人海。

我小心翼翼地用真诚将一份一份的陌生，兑换成宽阔的空间，努力给所有的渴望和梦想以安居的场所。

我坚信，爱就在前方，我不能停下自己前行的步伐。

四

在你目光的沟沿上
有一片郁郁的黑森林
可以耕种相思
有七彩的颜色
可以编织梦中的蝴蝶
是否把心底所有的语言
说给山听
夕阳西下
山头上只剩下
一个美丽的剪影

四个季节，像四个面目不同的人，常常敲打我的房门，打听是否有个喜欢写字的人住在里面。我收缩内心，甘于平庸，在烟火气十足的世界里，仔细坚守着心中的一片净土，弱弱地自说自话。

在单位的传达室，我意外地见到了她，一个真正的她。她和我来自同一所学校，艺术系，一开口，便是民族唱法。她晚我一年毕业，也回到了这座城市。

从此，一个人的孤寂，变成了两个人的打拼。我们用积蓄换来了一架钢琴，让她歌唱生活的美好；也换来了一台电脑，供我倾吐心中的块垒；而且，爱情的絮语到底也被孩子偷听去，成为了他成长的养料。

生活总是平凡的，但正是平凡的生活，却给予了我很多不平凡的感受。

家在变大，我也在成长。曾经的往事，一并被风吹过。

五

经十路仍然由东往西
英雄山路仍然从南到北
一条条知名与不知名的巷子
一部分是经另一部分是纬
倾听暮鼓晨钟再望千泉之美
远天正舞红霞近前飞驰济水

时隔多年之后，济南，我又回来了。这让我知道，在这个世界上，山一直在转，水一直在转，万物生生不息。原来，在这座我曾经十分熟悉的城市里，它留给我的不止是一枚小舢板一样窄窄的校徽。或许正是这枚不起眼的校徽，那些被灌满的亲情还有师恩，多年来一直牵引着我向前向前。一如我内心的渴望，有梦想，就让它飞！

记得刚结婚那阵，她说她很美。是啊，哪个女人在自己美不美的问题上有过商量的余地？我们一同回忆着那座冬青树染绿的校园，还有我们曾经十八岁的青春。歌声开始在我和她之间回荡，让这座充斥着钢筋水泥硬邦邦的城市变得从未有过的生动。歌声妆点着爱恋，也抚慰着缱绻。

对于大学校园里那个又拉起了一圈院墙的小红院，我进去过多次，宛若秦淮两岸，丝竹之声相闻。我说："你们那里面，其实有一个很美的女生。"她问我："谁呀，叫什么？"我无法叫上她的名字，所以只能给她描述，发型、脸蛋、身材。她说："噢，可能是舞蹈专业的。"其后，每次一同出行，所到之处，她都要想想，是否当地有她舞蹈专业的同学。如果有，她一定要把她叫过来，让我一见，确定我所说的心中佳人是否此人。可每次，我都摇头，这让她遗憾。后来，有了儿子，儿子也热情地加入进来，帮我们一同寻找。这成为了我们共同的一个美好话题。

她来到济南后，请她的女同学吃饭，让我作陪。席间，她突然想起她这位同学就是舞蹈专业的，而且也向她的女同学调侃了我多年来的寻找。两个女人大笑不已。我打眼看去，却并未与心中的影像完全吻合。其实，这么多年，它已经只是作为一个笑话存在，或者说早已沦落为枯燥出行的一抹色彩。

想不到她的女同学比她还要热情，饭毕去她家后，我们一个房间一个房间地转，客厅、书房、卧室、餐厅，全是她的照片。我终于找到了，是她。二十多年前的样子终于浮现了出来。两个女人谈兴不止，对我取笑不已。我和她丈夫把两个女人晾到一边，温上酒，对酌言欢。她丈夫是一位儒雅、沉稳的领导，对这通闹腾，却并不尴尬，或许他一见到我就能看得出来，我不过就是一株无公害的乡野植物，被移植进了城里而已。

面对一座偌大的城市，我的行动范围却出奇地狭窄。玉函路、舜玉路。舜玉路、玉函路。当年，我像载我入校的那列火车一样，昂首长鸣，牛皮哄哄地一头拱进济南。如今，青春的气焰已经燃尽，只剩下一丝尾火，摇曳迷离。我不敢乱走乱动，因为我怕说不定在哪条巷子里，我会不期然撞见当年的自己，万一他仍然傻傻地站在原地，正凭雨打，一任风吹，那我该怎么办？不管我是选择去握手，还是试图去拥抱，大明湖应该都不会相信眼泪！

生活不会被风花雪月覆盖，把未来铺展开之后，迈上一只脚，就可以继续前行。

寻找小白

孤岛

小白,你在哪儿?

小白,此刻,你在谁的家里安身?

今天是 10 月 5 日,塞外的一场秋雨使乌鲁木齐的气温,从前几天最低温度十四五度骤降到零度,我的心也冷到了极处。

我疼爱的小白狗狗你已丢失半年了……在这半年里,我无时无地不在挂念,无时无地不在寻找。本来,我想它可能会在秋天申酉之月出现(哪怕只是露一下脸),但是没有。它一失踪就像一阵飘过的风,一场遗失的梦。

小白是一只小型的白色比熊犬。昨日,妻在朋友圈发了一个自己制造的 H5 音视频《夏天的记忆》,展示了三页照片和一段文字,有一页全是小白的照片,共五张。其中两张照片上这个纯一色、毛发洁白如雪的小精灵,露着黑黑亮亮的纯真大眼睛,扑闪扑闪的;蓬松的头发两边分别匀称地耷拉着一只白色绒毛覆盖的耳朵,一跑动起来,双耳在风中上下颤动飘摇;那又圆又黑的小鼻头,让人怜爱不已。还有三张分别是我、妻子、儿子抱着狗孩子小白的亲热模样。小白,漂亮单纯可爱,曾让我喜怜无比,如今却让我伤心思念。望着小白昔日的旧影,一股酸涩又一次次涌上喉头、鼻孔,我忍不住又一次要掉泪。

小白,你在哪里?

我不禁要问天,问天上落下的雨:我的小白,你在哪里?

小白,我记得 4 月 23 日那天,早上七点零十分,我带你出门,你从单元门口起跑,一路狂奔,跳过马路,跑到格林威治城 B 区,风也似的在我前面跳跃着向前,你撒尿之际,我气喘吁吁地赶到,你又拔腿就跑,跑出了我的视线……我想你在这里丢不了的,一会儿就会自觉转回来,到你近日最爱去的两个母狗发情的地方……但是,仅仅三五分钟时间,小白的身影却再没有重现……我和妻子找遍了重点地方,找遍了整个小区,边找边喊小白的名字,偶尔我还打打口哨(你听得懂我的口哨招呼),没有见到你那俊俏可爱、蹦蹦跳跳的身影……

小白,以前,曾有两次爸爸没赶上你的脚步,你跑丢了,我和你妈妈一个去找,一个在楼侧的花坛旁等你,过不多久,你自己就跑着回来了。可是这次,怎么你一跑丢,就消失得无影无踪了呢?我想可能是有人看见你这么漂亮可爱,又无人陪着,就逗你过去将你抱走了……你纯真无我,你从不认生,任何人与你打招呼,叫你、向你招手,哪怕吹个口哨、打个响指,你都会应声跑去,跳起来伸着前蹄,仰着头望着人家,一副希望人抱你的样子。你不像别的小狗,心理防范意识很重,陌生人或半熟的人叫它,理都不理,人还没有走近,就自动跑开了,根本抓不到它。

我所居住的格林威治城小区,是乌鲁木齐的一个比较偏远宁静、半新的公务员小区,小区很大,但独门独院,狗一般是丢不了的,有那么多流浪狗在我搬来之前就流浪在这里,从来无须人照看,飘荡几年了也还在这里自由流浪。而我的小白跟着我们搬到这里也有两年,两年里与我一起跑遍了小区的任何一个角落,即便它迷失于小区任何地方,都可以随时自己回家。然而,令我不解的事实却是:就几分钟未跟上,它就这样消失得无影无踪了……

晚上,下起了小雨,我撑着雨伞,打着强光手电筒继续在小区的各个角落寻找我的小白,转啊转啊,雨使我悲郁到了极点,时间仿佛被侵蚀,我不禁得了伤风感冒。

第二天,不停流鼻涕的我,与妻一起去小区物业调看小区监控录像,然而,失望的是只看到了小白一闪即过的身影——物业说许多路段没有录像或录像坏了,给我留下了许多盲影哑音,无法看到小白最后跑到哪儿,是丢了,还是落到了谁的手里。我们又赶到设在小区里的西源社区去调看监控录像,录像是看了,也清晰,监控范围却很小,只有社区门口一条路的录像。最终查不到小白是怎么丢的,或被谁逮走的。

我们格林威治城小区很多人都喜欢小白，包括以前在幸福路居住时，也是有太多养狗或不养狗的人，疼爱俊俏、聪慧的小白，甚至不少小母狗、公狗都在后面跟着它游乐。我妻这样描述小白：“人见人爱，花见花开。”有一次，就在小白跑丢的地方附近遛小白，跟在小白后面小跑，我一转过楼角，看到一位中年男人双手刚将小白抱起，他发现我追来后，赶快放下它，转身进了停在小道旁边的面包车……

小白丢后第三天，我写了一则寻狗启事，并附上了小白的俊靓照片，先后打印了三十多份，有黑白、有彩色，然后回到小区，一张张地张贴在小区各个大门口、商店超市门口、重要路点。之后，我又与小区里的几个熟人打了招呼，留了电话，说若发现小白的身影就通知我。结果，仍然不见小白的身影。

此间，有两个半熟的人给我打过电话，一个说看见很像小白的一只小白狗在小区北大门车站附近转悠。一个说在商店外面，看到一只白色小狗，很像寻狗启事上的小白。我赶快打的士赶到，结果发现不是我疼爱的小白，第一次是那只小白狗秀秀，被一家商店主人收养的流浪土狗；另一次是一只瘸腿的长毛小白狗，粗白毛，不知姓名，被一家酒吧半收养着。小白依然如泥入大海、杳无音信。

从此，我每天上班前和下班后回到小区，都要一次次走到小白丢失的地方附近转悠，东张西望，茫然寻找，像一个失魂落魄的人，一个探路的小偷。

小白啊，我的小白！你知道吗，你刚丢的那一个星期里，我天天将两层单元大门都用石头支撑着敞开着（并告诉单元里的熟人），每天还几次从五楼下到一楼，看看大门是否敞开着，你是否能走进来。我日夜翘盼着你的归来……

到第一个星期六，我叫上妻子，徒步走到相距近两公里的畅和苑，这个离我们小区最近的、被隔离成一个个小院的大小区，混进一个个有保安看护的大门，到里面去寻找我的小白。小白从来没有到过这个小区，但我还是要抱着一种希望来这里找它。人生有时就是这样，理性明明知道是错的事情，但感情却偏偏要指挥着手脚如是这般地去做，就像西西弗斯不断地重复着推滚着石头上山，推上去滚下来，滚下来又推上去，最终还是没有将石头推到山顶。人啊，何尝不是如此，输了结果赢了过程！

即使每次寻找,我都是失望而归,但我仍不甘心、不气馁、不放弃。

之后,我步行到更远的地方去寻找小白的身影……我甚至拖着疲惫的身影,从小区一路步行着到平川路口——自从搬到格林威治城以后,我一直都是坐车来回,这还是第一次步行那么远,第一次徒步走过长长的铁路桥……后来之后来,我还步行走到更远的金阳小区,走到我上班坐车单趟需要40多分钟的红山。而且在下班时,也从红山步行到金阳小区、平川路口,乃至回到格林威治城。为了寻找可爱可怜的小白,为了绝望中的希望,哪怕仅仅只是给一路上小白留下点我的气味——万一小白有一天流浪归来或从别人家逃脱出来,自个儿寻路回家,一路上也有我身上的气味,给它聊做无形的航标。即使这是一厢情愿的绝望之虚幻,我也愿意无怨无悔地去做!为了它,为了我的小白,我愿意拖着疲惫的身子,挪着酸痛的脚,走在回家必经的路上。

之后,我听说它有可能被卖到宠物市场的消息,便一次、两次、三次乃至无数次跑到华凌市场的宠物市场,走近、走进一家家宠物店、一个个关着狗的铁笼子,去看去辨认有无我的小白身影——我希望在这里找到小白,又害怕在这里与我的狗孩子相遇。找到它是我内心最大的希望,但我的小白那么小,那么漂亮、纯真、可爱,如果被当作商品在这里兜售,那是一种对小白和我的双重凌辱。

这个可爱可怜的小生命,让人心疼的狗娃!

三年前,也就是2013年4月23日的那一天,清明节,我妻子和她的妹妹、妹夫一起在青年路,遇到了一只可爱的小白狗,虽然一身的白毛有些灰灰的尘污,头上还滴有西红柿汁的红印记,但掩不住它的漂亮、天真、可爱、机灵。我妻子买了香肠喂它,它却不吃(可能有人给它喂过了),但跟着他们走,一路快乐地摇着尾巴,我妻子说“让我抱抱你”,它就真的就让她抱了起来。妻妹、妹夫对我妻子说,“这只流浪小狗多可爱,你把它养上吧!我们还有事,如没事儿,我们就抱养了。”妻子马上给我打来电话,商量此事。我本来是不打算再养小动物的,因为就在前一年的2012年,我到北京挂职大半年,家里养了八年的一只叫贝贝的大公鸡突然去世。去世后,很怀念,就没有埋葬，而是花了一千多元钱做成了标本，摆在家里，让我可以日夜守望。我不想再养小动物，养大公鸡贝贝像养孩子一样养了八年，太忙累、太牵挂了，想歇息缓冲一下，但听妻子电话里不断说，那只小流浪狗真的又可爱又可怜，我便改变本意应承了下来。

妻子打完电话，发现小白狗跑开了，又跟着一个提着货的女子摇着尾巴小跑着，她停下来它也停下来。我妻子追过去，问那位女子："这小狗，是你的？"那女子说："不是，可能是流浪狗，没人管。你把它收养上呗，瞧它多可爱！"于是，我妻子叫了一下小狗，它就过来了，然后就把它抱在怀里——在怀里，它又依偎又很骄傲，仿佛说：我又有主人妈妈了！

因为抱着宠物不能上公交车，我妻子背着沉重的包，一路抱着它往幸福路方向步行，我也立即从家里赶过去迎接。

根据养狗朋友的建议，我们先带它到宠物医院做了检查，服了驱虫药。年轻的姓周的医生掰开它的嘴，看了看它的牙，说它的年龄才十个月左右，还不到一岁，看它毛发的样子在外流浪时间不长，最多半个多月。我们将它抱回家，烧热水给它洗澡，洗得白白的，它也高兴地乱蹦乱跳。

给新来的小家伙起什么名字呢？妻说，见到它时，妹夫给它随便起了一个"小白"的名字，将小白抱回家后，妻子认为此名太普通，想重新起一个独特、高雅一点的名字，我说："'小白'？好，就要这个名字！"为什么呢？当时，我正在做一个课件，准备给自治区图书馆做讲座《诸子百家第一家：管子》，哲学家兼政治家、军事家的管子（即管仲、管夷吾）所辅佐的小君主齐桓公，小名就叫小白，一个善良得看上去有点柔弱的齐僖公的三公子，后来不出管仲早年所料，在大公子死后，在鲍叔牙的帮助下赶走了高傲得有些暴躁的二公子纠，登上了齐国的皇位。鲍叔牙力举管仲主政，于是，管仲被封为宰相，被小白呼为"相父"。"相父"管仲治国理政，道德、经济、法治、军事并举，内修德政、外举义兵，励精图治十余年，海边那个小小的齐国最终强大成为号令天下的霸主国，小白齐桓公也变成了"春秋五霸""战国七雄"中的第一位霸主……或许，冥冥中，这个小白狗狗就是那个齐桓公小白多少世转化之后的又一次灵体转世，而我的灵体在两千年前或许就是那位管子，一位胸有韬略、心怀天下的通才书生。只是，天时不遇，命运多劫，它此世成为人见人爱、花见花开的比熊犬小白，而我也回到了一个初级阶段：一个心怀天下、满腹韬略却始终郁郁不得志的落寞文人、一个民间的易经高手，一个疼爱小动物的小白狗娃养父、贝贝大公鸡养父。而如今，贝贝故去，小白失踪，而我和我的文联所有同事们，却突然要天天赶到单位"刷脸"，接受一天两次的打考勤的严纪管理。

我的小白，看上去那么秀丽、俏俊，像一条美丽的小母狗，但是，它叫起来不但不像小母狗那么娇滴滴，也不像一只小狗那么轻声细语，而是很雄浑、厚壮、粗豪。在外面，一听到哪儿有狗的乱叫声，它就一个劲往那儿跑去，想去管管"闲事"。在家里，它一听到别的狗乱叫或哀叫，马上激动地跑到门口或哪个离狗吠最近的窗边，喊出内气十足的干裂雄健的声音去声援它们，让我和我妻子、儿子感到十分吃惊，之后，又都忍不住发笑。小白这个矮小、秀气的小精灵，内心却怎么那么强大，那么底气十足。它个子那么小，却什么人、什么狗都不畏惧，如不是有过君主灵魂的坚定博爱经历，怎能如此淡定无我！

还有，小白那么爱吃肉和肉骨头，甚至不像别的狗那样，偶尔也吃点素菜、水果等，它连豆腐都不吃，何谈素菜、水果！两千年前的齐桓公小白与基本吃素的管仲相反，也嗜肉成癖，一次偶然与大臣聊天谈起，自己除了人肉，什么肉都吃过了。听了这话，有两个谗臣为了讨好齐桓公，一个割下自己大腿上的肉煮了端给齐桓公吃，一个蒸了自己的孩子献给齐桓公。齐桓公认为他们对自己很忠心，但管仲却告诉他，他们两个连自己身上的肉、自己亲生的孩子都不爱的人，怎么可能爱别人？他们这样做，只是为了骗取齐桓公的宠幸，赋予他们更大的权力，以满足他们更大的野心与贪欲。齐桓公先是听了管仲临终之言，将他们赶出宫廷外用，但后来心里放不下，想念着他们，又将他们招进宫廷委以重任。不久，这二人就把持朝政，禁闭齐桓公。最后，齐桓公自己死了好多天尸体发臭了，臭水流到了外面，才有人知道。

……

小白在别人眼里，仅仅是一只白色的比熊犬，而在我心里，则有了更深的含义。

从此，小白就成了我们家里的一个新成员。我们做它的养父养母，对它自称爸爸妈妈，儿子也愿意将它当作“弟弟”，对它自称“哥哥”。

然后，我们一家人都开始忙碌了起来。

养了小白，肩上有了一种新的责任，心里有了新的挂碍；养了小白，生活也有了一种新的乐趣。

我们怕它跑丢，就买来了狗绳，出门遛它，都给它套着绳子。这样，一直持续了半年多，有的遛狗者还嫌我们这样限制了狗狗的自由。在六道巷，在幸福路，在二道湾路……它套着狗绳跑在前面，我紧跟在其后，它快我也快，它慢我也慢，还不断地与它说话。有时，走到无车的开阔地，我还叫它与我这个爸爸一起赛跑，每次都是让它跑在前面一点点，喊着说“小白，你比爸爸跑得快，好，又赢了！”让它好开心。

妻给它买鞋子、衣服，夏天的、秋天的、冬天的，还有雨天的雨衣雨鞋，一套套、一双双，穿上去，漂亮的小白更加帅气了，特别是那双红红的鞋，配上它一身绒绒的白，雪里红似的。

我们一家基本吃素，我和妻子吃纯素整整 16 年，而我儿子从小就不爱吃猪肉羊肉，只偶尔吃点牛肉、鸡肉的，而此时又在上海上大学。但小白却不跟我们吃素菜、水果，最爱吃肉和肉骨头，尤其偏爱啃羊肉骨头，除了猪肉和猪肉骨头不怎么喜欢以外，其他如牛肉、鸡肉都喜欢。给小白买了狗粮，它却不爱吃（一两年后，它看到流浪狗经常吃我喂的狗粮，它才慢慢接受）。因为羊肉五六十元一公斤，太贵了，我们就到超市去买那些价格相对便宜些的鸡肉、鸭肉，回来洗净切好，放一点点盐炖熟，拌着白馍馍给它一起吃——幸亏它还吃馍馍。

岳父母、妻妹一家人都是吃肉的，自从我们养了小白以后，他们自觉地将吃剩的一些肉和肉骨头收起来，冻在冰箱里，来我家时一并送过来，或者我们去时顺便带过来。我们先拿出一部分现吃的，放到碗里用开水冲洗三遍，洗去盐分后给小白吃。其余的继续冻在冰箱里，陆陆续续拿出来化开，用水冲洗着给小白吃。

自从我家来了小白以后，吃素的我每次参加宴会吃饭，自己吃素，都要记着给小白打包剩下的肉菜回家——到家里挑出辣椒、葱、姜扔掉，留下肉，开水冲洗去辣味、咸味，然后再给它吃。狗不能吃辣的，也不能吃咸的——咸的吃多了就会出现红褐色的泪眼，对白狗来说太丑陋难看了。

如果遇到妻子晚上加班，我得婉谢晚上的聚餐应酬，从单位直接赶回家遛小白，再给它洗，给它弄吃的。我不忍心让在家孤独地盼望父母的小白，等到满屋漆黑了，还不见爸爸妈妈的身影。

如遇到我们两人一起出远门，我们就将小白送到妻妹或岳父母家里去，让他们帮助代养一段时间，他们也很喜欢小白。

我知道，小白来到我们家以后，一向忙碌的我更加忙禄了。

早晨天一亮，我就得起床——或者它也会将我挠醒，领着它出门——每次一开门，它就箭一样从五楼冲到一楼，跳起来急急如律令似的扒、挠单元门，等我赶到，打开里外两扇单元门，它就如风一样远逝而去，有时一下不见影子，我狠劲儿追，东瞧西看，追上它，一路紧跟着、陪着或走或跑，一玩一小时，看着小家伙尿尿、拉屎。下午也一样，我一下班赶到家，第一件事就是遛小白。就这样，遛小白成了我另一份公益工作。就这样，我的小白仍乐不思家，每次出门玩一两个小时都要我牵着或抱着它回家。

遛小白前，我一般先将凉水倒好，或者我得一手抱着它，一手给它倒凉水，再倒热水，拌成温水，给它洗澡。起初它很不愿意这样折腾它，在我洗蹄子时缩腿，或用腿蹬我，特别是我用毛巾给它擦干时，它既不情愿，也不耐烦，时时扭过脖子，伸出牙齿来咬布，咬我的手……一洗完，就开始疯跑，从房子这头跑到房子那头，又从那头跑到这头，一个人进行百米赛跑，有东西在地上，它就从空中跳过去。然后，突然跑来找我，咬我手中给它擦洗的毛巾，咬着使劲往后拖，并左右上下摆动着头颅，甩着毛巾……起初，我有点害怕它的发疯劲，渐渐地便成了一种习惯，成为我们父子之间的一种游戏。

我陪它玩，任由它拽着毛巾摇摆，一边还故意轻声喊着、叫着："欧呦，欧呦，小白，你好厉害！"后来，我还会拽着毛巾左右摇晃着紧咬着的小白，一会儿牵向东，一会儿牵向西，一会儿步履向前，像纤夫一样弓着身拉着小白，一会儿往后拖，有时还突然往上提起毛巾，将它拉起离开地面，它仍然咬着毛巾不放，我就喊着："哦，爸爸钓到鱼了，钓到了一条大鱼，大狗鱼！"它则仰着头，眼睛盯着我，任我变着花样与它玩，它很高兴有人陪它玩乐。

毛巾被咬坏了，我就找来一件妻子记者节发的黄色软布长袖，来逗它玩。一天天，一月月，这件衣服后来只剩下了两条长长的细带子（中间最结实的部分）。就这两条细带子，逗着让它咬，仍然玩得不亦乐乎，有几次我换成别的棉旧衣旧裤子，让它咬着、拖着与我玩乐，它咬了几下没兴趣松开了，还是喜欢那两条细带子。

许多狗独自在家，常把主人的鞋子咬坏，把家里搞得乱乱的；而小白，也许是与我玩够瘾了，我们上班后，它在家从来不咬鞋子、袜子，从来不在家里捣乱，只是或安静地睡觉，或蹲在飘窗的窗台上望着外面自由往来的流浪狗们狂吠。

小白几乎从不在家里尿尿、拉屎，除了有一两次它拉肚子，或我们晚上有重要活动回家太晚，它实在憋不住，才将屎尿拉到只有水没有鱼的鱼缸旁。

小白啊，你来到我家，我让你可以上沙发，可以上床，以示真心的慈爱与平等。

我们搬到格林威治城后，我常常手指着这间近130平方米的新房子，对它说："小白，这个家是爸爸妈妈哥哥的，也是你的。你是我们的孩子，你是我们家一个重要的家庭成员。"每次，它都睁着黑亮黑亮的纯真大眼睛望着我，而我的心一片澄静。

小白啊，我们每年都要给你过生日！

我们不知道你的出生日，就将捡到你的那一天定为你的生日，每年都记着买蛋糕，因为你虽不吃素菜、水果，却与大公鸡贝贝一样喜欢吃奶油和面包……

一位出家的老法师说："你的狗小白比有的人还有福气，住着那么大的房子，天天有人伺候，还有人陪它出去玩。"

然而，如今，你却突然丢了。是爸爸没有看好你，使你丢了。

小白，你丢后，我们家的房子一下子变得空荡荡的。你哥哥这些年在上海读大学，毕业后留在了当地打拼，平时我和你妈一上班，房子就空了。而以前，每天都有你在家看守着房子。

你丢后，我们上班准备出门时，再也没有你纯真地站在门口或蹲在沙发上，痴痴地目送着我们与你道“再见”；下班回家，再也不见你摇着尾巴“喋喋喋”地跑来热情迎接，在我们弯腰换鞋时蹦跳起来，伸出两只前爪，等待爸爸妈妈的拥抱。有时，你似乎想起来什么，突然转身跑开了，一会儿，看见你叼着你漂亮的小熊猫玩具，向我们跑过来，原来你是要带着你的宝贝小熊猫一起来迎接。

小白啊，自你走后，我睡床旁的狗窝一直空寂着，拂晓了再也没有你从窝里跳到床上，用你柔软的小舌头舔我的手、我的胳膊、我的脸，将我舔醒，叫我起来，让我带着你出门遛弯。我记得，新疆的冬天天亮得晚却黑得早，我早晚常常摸黑遛狗，普通小手电不够亮，妻子从网上买了一个强光手电筒，像舞台上聚光灯一样，照着聪明伶俐的小白在黑夜里出行。有人看见小白在一团圆圆的强光笼罩下显得突出耀眼，说是舞台上的聚光“演出”。

是啊，自从小白丢失后，我仿佛心中被割去了一块肉。

每次我们吃饭前，我瞥见餐桌旁的小白吃饭喝水的专用塑料碗，脑海里就闪现出小白的身影……不知它如今吃得可好否？

睡觉前，我看到床边小白的小狗窝（那是妻从网上买来的），就想念起：小白今夜睡在了哪里，可温暖安心否？

走进书房一坐下，我就想起昔日小白常常跑来坐在我怀里，我抱着它看书，或一手抱着它、一手写文章的情景就浮现在眼前……不知新的主人是否像我这样心疼着孩儿小白？

这已经不知是多少次了，我一走到卧室，无论是走近飘窗望窗外，还是给大理石台面上的盆花浇水，目睹飘窗大理石台面中间铺了新绒垫的小白昔日的专座上，一对穿着小绿衣的白色小熊猫玩具始终憨态可掬地靠着玻璃窗望着我——那是小白最爱的玩具，它们依然不动，而它们的小主人——我的小白却不知所终了……

一打开冰箱，我看见里面冰冻着从超市买来的一盆盆还没来得及给小白炖的生肉，一个个塑料袋里冰冻着我岳父岳母、妻妹、妹夫送来的熟肉骨头与熟肉，它们还有那么多，而享受它们的小白，却如梦一样消失不见了……不知爱吃肉的小白现在在哪里？是否能够在一个吃肉的人家庭里得到食欲更好的满足？在小白丢后，街坊邻舍都劝我们说：你们别担心，小白那么漂亮可爱，肯定会有好人家疼它的。我也相信一定会如斯。然而，我一想起我深深疼爱着的小白那么弱小、那么单纯，那么可爱，还那么无我无防，如今不知在何处，不知是否安好，就忍不住黯然神伤，忍不住一次次的泪水夺眶而出……

这半年来，我每次出近门或远门，无论是在乌鲁木齐，还是在伊犁，在博乐，在浙江，在上海的大街小巷、公园广场……我看到有人遛狗，看到有流浪狗走过，无论是小狗还是大狗，都勾起我对小白那痛至骨髓的思念，内心迷漫着忧伤和深深的愧疚。一看到类似的小型白狗，我就跑过去盯着它东瞧西望辨认，看看是否我的小白，还忍不住轻声呼唤几句“小白小白”，但每一次抬头奇怪地看我的，却是陌生的面孔。

这半年来，我的小白，你是否在另一个善心家庭里，天天有你最爱的肉或肉骨头吃，是否随时能跳上沙发和床，与主人爸爸妈妈依偎在一起，享受他们的抚摸、拥抱以及各种各样温存的爱？

是否每天早晨和黄昏，都带着你出门，任你快乐地奔跑、尽兴地游玩，在遇到大狗或凶狗时，立即跳出来赶开它们，给你以保护？

是否还有像我们家里一样给你准备了穿着绿色小肚兜的白色小熊猫玩具，让你叼着跑来跑去玩？

是否在家有人手拿毛巾或软布，让你摇着、拖着、甩着，发泄你的充足精力和淤积心中的一些不满，让你变得轻松、快乐和安然？

小白，希望你在一个良善的殷实之家，有着疼爱你的新的爸爸妈妈，过着快乐满足的日子，无须回忆，也不需要想念我们。我还希望，你若有新的美好的一切，让我看到并得到证实，我也好放心并常常去看你。如果你愿意，我随时将你接回到自己家里，哪怕爸爸再辛苦再忙碌，甚至少写些文章少写些书法少去忧国忧民，也要让你吃好喝好睡好玩好，幸福地度过美丽的一生！

有美一人，独倚青山

安然

1

梭罗在谈到一些至极的美好时，多次这样形容："像黎明一样美好。"

150 年之后，在羊狮慕大峡谷，一个春雨之夜，听闻此言，我心尖儿起了颤动。

心灵和心灵的相契之好，莫过于越过漫漫时空，有人于无言的交谈之后，冲着对方莞尔作笑。

是的，梭罗，我听懂了他。

羊狮慕地属湘赣边的武功山脉，海拔 1700 多米，全长约 4 公里，因深度大于宽度得名。

在远古，这里曾经是一片海域。

大峡谷的存在，向世人诠释着，何谓沧海桑田。

近两年，因为一个好的机缘，我得有长时间漫步高山之巅，日日朝圣于大峡谷。置身于大自然诗一般的美妙风景里，摆脱了在人群中起承转合的无奈，这实在是一桩"像黎明一样美好"的事情。

2

一些事情总是受着另一些事情导引才会发生。

前些年，我还没有邂逅大峡谷；前些年，我更不知自己正在走向大峡谷；前些年，没有来由地，我常常把自己化生成另外一些事物。

我想做一朵闲散的云、一棵婀娜的树、一枝妩媚的野花；或者深山小溪里的一条鱼，或者飞鸟口中落下的一粒麦种……

一个阳春日，我默立在闹市广场，对着一架紫藤说了一堆废话，好像我和它前生有个共同的秘密。

一个浅秋清晨，峨眉山巅，我于深庙的放生池里相认了一只乌龟，当时它正从睡梦中醒来。

秋更深了，在内蒙古响沙湾，一头老骆驼和它背上的那只长尾巴喜鹊让我挂念至今。

忘不掉的还有：夏日拂晓，我化生为额尔古纳河右岸的一朵牵牛花，又蓝又紫，在清凉的晨雾里微颤；初冬时节在江南丘陵，我进入一株乌桕，籽白如玉，一树红叶灼灼如火，像要把原野点燃。

“不可思议”（语出《金刚经》）。我是谁？我从哪儿来？我到哪儿去？也曾一路寻寻觅觅，执意要从生命的迷障中去找回纯一如圣婴的自己。不知不觉间，却不再执着于“我相”“人相”“物相”，而是谦卑地藏身在万物怀抱，自由地出入万物之中。

这些不可思议的“物我同一”经历，深藏着一份隐秘而久不自知的情怀——我似乎寄望于，与寄身的环境融为一体，从而确立一个新的自我。

这个嬗变来得神秘。我看得见心灵在嬗变中蓬勃生长，却缄默不言，不外道，怕一道就破。

一个人，一旦内心辽阔起来，她必得把眼睛和脚步从日常挪开，投向更辽阔的事物。她正在出走，在去往远方。

比人类世界和日常文化更大的世界是什么呢？

“自我”成长到此境，答案不言自明：是“自然”。

唯有自然，才能提供一个没有边界的精神王国。唯有自然，才有可能抗衡当代文化中的群体意识，而让“出走者”葆有个性，挖掘她生命质地里更深沉更丰满的自我。

嬗变至此，一枝花一朵云一条鱼一粒种子已经远远不够。

当逢此时，一座山的出现就具备了里程碑式的意义。

对于羊狮慕大峡谷，初时，我一见钟情倾慕万分；未几，这种肤浅的情感令我惭愧莫名。

这片远古深沉,集壮美和秀雅于一体的风景,它永久的威仪和无价的宁静,它亘古的寂寥和永恒的稳泰,不就是一座天造地设独一无二的庙宇么?对于我,在大峡谷中,万物皆神明,芥子藏须弥,一粒苔藓,一只毛毛虫,一声鸟鸣,几抹祥云,都给予了我足够的沉静和安宁。

原来,爱一个人的方式是亲密;爱一座山,比亲密更浓烈更神圣,它是信仰。

3

"现代艺术之父",法国画家保罗·塞尚,爱上了家乡的圣维克多山。费二十多年光阴,他从不同的季节和角度画山,最后倒在了山前。

圣维克多山,借助于塞尚的画笔长了脚,走向了世界。

我的爱一座山,是一种深沉广博的移情。听微信中有人诉说,"情书是多美的字眼啊",我洒然一笑。

她不会明白,情书已然不是一个人跋山涉水后的最爱了。

人类个体和个体的两两相爱甚至多角相爱,远远不能填补生命中巨大的茫然惶惑。一个人在另一个人身上寻找最深的归属地几乎没有可能。实现生命皈依的途径有二:信仰宗教和寻找自然造化。两者的目标所向,皆是让心灵安定沉静,像群山、大地、沙漠、海洋那样稳泰。

圣维克多山给予塞尚的,远不止那些呈现于世人面前的画作。纸上的圣维克多山和塞尚心里的圣维克多山吻合度有多高,取决于塞尚的笔力有多强。然而,为一座山生为一座山死的生命行为,已经让我确信:圣维多克山,就是塞尚的信仰。

一生爱上一座山是有福的。

缪斯赐我之笔力,并不足以描述一段人和山之间,深沉相依的情感浓度和深度。但是,羊狮慕已经给足了神明般的恩宠,我在大峡谷度过的每一个片刻,都是光明神圣的,这是一个朝圣者十足的荣耀。

塞尚去世后 5 年,1911 年,比塞尚小 1 岁,11 岁就移民美国的苏格兰人约翰·缪尔，也为他心爱的一座山，写下了经典名著《夏日走过山间》。书中记载的，是其31岁初次走过优美圣地山时的经历。

这时，他已经73岁。

42年，一座山在缪尔的心里持续生长，那蓬勃的爱意和敬意经历光阴的冲洗，愈发深沉浓厚。

很难想象，放在人和人之间，那追慕迷恋的情怀，可以沉淀在光阴深处而久久不置一语。

爱一座山，就可以在时光的河流中细作揣摩品味，慢慢表白。

因为，人心易变，肉身易坏，山却可以长生，它可以抵达时间的无涯之处，与地老共天荒。

白云苍狗世事变幻，黄沙漫起处，惊回首，那些记录一个人对另一个人情感的文字，已然暗淡失色难以动人。而一个人写给一座山、一汪湖，或一片沙漠的文字，却穿过岁月风沙，携带着安详安定的魅力，唤转越来越多的、走得越来越远的现代都市人。

这是因为，在一座山的怀抱里，生长着许多人们血脉基因里同根同源的东西，更容易唤起情感共鸣吧？

从前我认为最不辜负人生的事情是，有一个人值得相爱一生。如今我最想祝福的是，每一个人都能邂逅一座山。

世人装修新家，多爱悬挂山水画。白话讲这是讲究风水，往深里论，每个人心中都有一座山吧？那象征着我们需要找到一个恒常的事物，用以对抗生命中无所不在的流变：爱恨情仇、悲欢离合、环境污染、天灾人祸……

而在我看来，纵使人力巧夺天工，那纸上的一脉江山，终究少了天地所赋的真气元气和灵气，很难令自己动心注情。人可以描摹一切，却恰恰不能把八方天地中的玉华精魂注于纸墨之中，世间锦绣，本自天地间的无边风月织就。

好的是，自古往今，人类从来没有放弃充当江山风月搬运工的努力，文字、绘画、摄影等等无不尽其能。这既源于人类向往美追求美的本能，也源于人类踞美之心的小小“贪婪”。

现在再来看，我们努力着把八方好天地浓缩于方寸之间带回家的行为，真是有着孩子般的纯一可爱。我小时候，见着一块小小的石头子儿，只因喜其光滑，也要拾进口袋带回家中好好藏了呢。

也亏得人类世世代代，在大美小美面前始终如一，有着最纯真的欢喜崇拜，所以才发育成了一部丰厚的文明史吧。

从崇山峻岭中出走逐水而居的人类，谁也逃不脱无形之山的束缚。每个人的心底，都蕴藏着一种原始的气质。当远祖们从莽莽山野里走出来，大地上的崇山峻岭就注定会成为人类共有的心灵家园。

4

独步高山之巅，不想尘世。

在这里，生活的重担暂时得以放下，大自然对每一个懂得并敬惜她的人，都会慷慨地施以援手。她的慈悲之力，作用于芸芸众生，令万物和谐共荣。而人类，更是仰仗于大自然的恩泽，得以一次次校正在世事无尽的角逐中出了偏差的身心，回归生命本有的和谐之道。

多年以来，我养成了定期投奔山水的节奏，这种节奏已然成为生命自身的韵律，不可中断，不可延时，否则心里定生一片荒芜。

在我的内心，早已把每一程山水行旅归位于“朝圣”之举。

亏得我们的双脚，还拥有奔赴自然的动力和自由。

进峡谷前有友人相约：“卡上有钱一万多，到南方的海边，找个好地方享受享受。”

我笑了，你自个儿玩吧。

人生行至此境，花花世界已然了无诱惑，唯有亘古至今的山水风流，令我迷醉不已。

一个人降生于天地之间，在虚幻的繁华和享乐之中，总得适时抽身，细细打量一番置身的自然万物，并致以无尽的感恩之意。感谢它们的存在，令我们有可能穿越短短的人生局限，而去接通生命携带的远古的感受和记忆。

正是有幸伫立于自然中央，借鉴于山水的万古风貌和气息，我们才有可能，望见生命的来处和去处，从而也有可能，部分解除人生短暂的伤感和叹惜。

是的，大自然恢宏澎湃，天遥地阔间，人如浮蚁，渺小得不值一提。

朋友小雪转来一张图片，是一张羊狮慕的雨后秋景图。

峭壁万仞，植物万紫千红，薄岚湿润饱满，天幕若灰似白。这些层次丰满的景致里，却有一个小小人儿，紫红的伞，翠蓝的衣裳，眉眼全无，她是我。

这是现代版的《宋人山水图》。

无论是谁，在这张图片里，都只能占据那丁点位置，这就是我们在自然界的真实位置——小，小到可以忽略不计！

然而，正是亿万个小“我”的出现，才凸显出山水的价值和意义。是“我”的看见，“我”的称美，“我”的听见，“我”的陶醉，让亿万年生生不息的风景，让云朵，让霞光，让朝暾夕月，让鸟鸣，让山花的气息，让山色，让一切的一切，因为人类血脉情感的介入，而变得有了体温，有了意蕴，有了美的意义……

从这个意义上，自然对“我”的接纳慰藉，以及“我”对自然的缱绻依靠，正是造物主想要看到的“天人合一”图吧。

5

家住丘陵。从小，大山对我就是一种十足的引诱：那高山之巅，会有什么？

多年以来，我足迹所至的大山不少，无一例外的是，它们皆已开发成熟，人造景物甚多。

有没有一座山，人类活动的影响尽可能小，而远古的风韵保留最多？

唯有这样一座山，才能对我的日久存疑给出接近完美的解答。唯有这样一座山，才有可能充满淋漓神性令人“朝圣”情怀浓厚。

大地辽阔，山外有山，山路蜿蜒无尽，行走没有终点。我登上一座山，又告别一座山。

直到有一天，我登上了羊狮慕，从此不再说告别。

哦，命定的那座山，终于与卑微的我相逢了。

高山之巅有什么呢？

时光深处，一个小女孩在好奇发问。无疑，到了今天，羊狮慕大峡谷，给了她最为精彩的答案。

黎明时分，森林低处滴滴答答的露珠；

画眉、斑鸠、红嘴相思鸟、雨燕、栗耳凤鹛、灰眶雀鹛、百灵鸟、黑眉柳莺、白鹇、乌鸦等等的清晨音乐会；

求爱的野山羊，会酿酒的猴子，树林中倒挂下来一百多条"开会"的竹叶青蛇；

东方的启明星呼应西山的素月；

山谷中冉冉升起的红日以及捧日而出的朝霞；

峡谷中不断抬升的牛奶白的晨雾；

春天岭上的烂漫山花；

夏天山谷里的满天繁星；

秋天的猎猎山风，萧萧落叶；

冬天的白雪冰凌雾凇雨凇；

沐浴着阳光雨露而缓慢生长的万物；

群峦作屏云海为幕，不知天尽何处地始何方；

一只松鼠在摇落树叶；

一粒苔藓在侵蚀古岩；

一庭云彩在舒舒卷卷；

一股山泉在潺潺而下；

一只孤鸦在遥遥作喊；

两只鸟儿在夕照中归巢；

三朵杜鹃在小风中飘落；

辉煌的夕阳在眼际徐徐沉落；

……

天籁渐渐响起，山野开始低吟，长风如琴，任亘古的音律催眠长夜中的万物……

这就是羊狮慕。

无以相告，这是我眼里的羊狮慕，还是我心里的羊狮慕？

大峡谷如此美丽神奇。可是，"我知道什么呢？"蒙田这一问，问得我无语作答。

6

山间日久，幸遇美景缤纷，各有其韵，又各具其妙。

常常地，我的灵肉洁净如洗，在美的滋养中越发静定清慧。像那古老的睡莲，布满一湖宁静。

这深深的宁静，无时无刻，不在把我带往一个神奇之境：我竟然，一回又一回地，听到了自我开花的声音。

终有一天，这个自我会经由丰满抵达丰美，长成一树优美繁花吧。

常闻"人生如白驹过隙"。其实，只有虔诚抵达高山流水的怀抱，才能深切了悟"世间过客"的含意所指。

有时候，我呆伫于大峡谷的凌云岸上，止息妄念纷飞，忍不住伸出手，温存又敬畏地，抚摸那岩石的肌理和质地。一个坚硬的事实就是，羊狮慕大峡谷，在天地间已经活了亿万岁。

一朝知闻，身心巨震。短暂人生所历垒起的心墙迸裂开来，一点一点崩塌沉陷。爱恨离合，执着不舍，从此可以挥挥手——云淡了，风轻了。

亿万年的无形岁月，就凝固在了一面又一面巨崖里，在满山满谷的乱石岩里。在这里，光阴变得有了质感，具化为有形又有情的事物。在这里，过去现在将来融于一体，它们不可分割也不能分割。

毫无疑问，我触摸到的，既是沧海桑田，也是地老天荒。

我既不自惭肉身渺小，也不叹惋人生易逝。在这样庄严的时空里，一切为人者的忧愁怅惘都是不合时宜的。

相反，我的内心，荡漾起不可言述的隐秘欢乐：那是真正的永恒之物才能唤起的情感，是被引领着，一寸一寸溯往生命源头，所激发的血脉基因中的古老记忆。

大峡谷，令人透过世间纷纭，撇开光阴河流上的浮华，看见了“永恒”，相信了“永远”。

这个亿万岁的大峡谷，它冷峻和庄严的存在，无时不在以其神圣和永恒，启示着每一个闯进其怀抱的人：这里有一个比我们熟知的日常世界更伟大、更古老、更深沉的世界。文明和自然，我们缺一不可。两个家园，我们各有倚仗各有依赖。文明世界或许会有尽头，而自然家园，必将循着自身生死繁衍的至高法则，与天地同在。

7

有时我独步山间，会碰上三五成群的游人。他们操着人类的语言，彼此兴奋地赞美着山景。那一刻，我竟有些陌生，恍如是从梦境里穿越到了一个嘈嘈杂杂的坏世界。

某个时候，有人独行于山中某一处，大概是激动于峡谷中的美景，他不知怎样安置内心奔涌的激情，就会忍不住发出野兽般的嚎叫。我遥遥听到，总会想象一下他的样子。但这样的嚎叫，应该与他的外表无关，绅士和汉子的内心，同样沉睡着野性的基因吧。我作为一个女人，也屡屡有过在大美山水中放声嚎叫的冲动和作为呢。

还能怎么样？

美的杀伤力太大，人心的承受力有限，偶尔的放任狂野，倒更像是对造化唱颂的一首无字赞美诗，其情感的真挚和浓烈不容置疑。人的一生，能有几回这样元气饱满淋漓充沛作野兽嚎？凭借这罕有的嚎叫声，我们才可以在内心搭起一座通往远祖的桥梁，看见自己真实的来处和去处吧？如果恰好，在这动人心魄的嚎叫里，有人灵性所至有所得悟，是否有可能，他从此的人生画风大转，一派见素抱朴清风在野的姿态？

独行大峡谷，我静默如山，脚步轻轻，恭肃如仪，这是一个朝圣者应有的神色形容。不止于爱慕，不止于迷恋，更有崇仰和敬畏在其中，这是一场无数劫轮回里预定下来的朝圣，是我独自，在世间兜兜转转，起伏转承之后，积聚了足够的勇气和悟性，才敢来才能来，接受一座山的恩泽和洗礼。

在大峡谷，我看见自己分成了两个我：一个与万物同游，一个旁观她同万物游；一个安静无言，一个对着大山说着万语千言；一个内心奔涌着无尽的情感，一个极为冷静，打量她如何归置好这些情感；一个我要寻找新世界，一个我稳当地把守着旧时光……

最好玩的一件事，有一天风和日丽，我端坐于青山白云间惬意读书，不知不觉间午饭点到了，一个说要下山吃饭，另一个很不高兴，觉得她真是俗物——一个吃饭的念想就生生扫了雅兴。

每天有两个不同的"我"同步山间，无言执手，看山光山色，云卷云舒，日出日落。生命的和谐圆融，大概就是依赖于，这两重人格的互为补充互为渗透互为照耀。

8

一直觉得这是一个好听的故事。文字有一种节韵，内容的神妙也非笔墨能尽。

——起初，神创造天地。地是空虚混沌，渊面黑暗。神的灵运行在水面上。神说，"要有光"。就有了光。神看光是好的，就把光暗分开了。神称光为昼，称暗为夜。

……

西方人懂得省力气，凡事走轻巧便捷之道，神的威力真是巨大到不可思议：他轻言几声，就万物备齐，世界创立。

比较起来，东方人的勤劳勇敢敢于牺牲，似乎自盘古而来，代代相继。同样一个开天辟地，盘古的故事，听来就要悲壮得多，那舍我其谁的勇烈无畏，铮铮我心久不能平。

可惜的是，这个从前在祖母们怀抱中代代相传的启蒙神话，如今还有几个娃娃听闻？只恐上帝创世纪的传说更有听者。文化的传承和失落，一个神话即可明鉴几分。科学昌明时代，神话的远去似乎是一种必然，一个民族的精神发育史似乎已经横盘停滞……

独步羊狮慕，面对着太古造化而来的大峡谷，自然而然地，我执着于追问它的起源和演化，追问天长地久。信仰无类的我，记忆摇晃于“上帝之光”和“盘古开天”。

我在这两个故事中的摇摆，正如这个时代的价值摇摆。

好的是，无论如何，存世已久的大峡谷，惯看宇宙沧海桑田，白云苍狗。它完全没有在意一个独行者的遐思——江山风月本就依傍着地老天荒，徜徉于其中的人只是过客一枚，蜉蝣一粒，她杞人式的妄念种种，除了佐证其自大自负，别无意义。

倒不如，踏踏实实无所作为地单纯看风景，莫问，莫问天何以长地何能久？老子早有言：“天地所以能长且久者，以其不自生，故能长生。”

9

其实，对于美丽的自然物象和美好的自我生长，语言总是无力的。

我常常传递不了所见所感的万分之一，这令我愿意分享的善念无有落处。

或许很多时候，美就是这样无言的存在，美是安静的，美不喜欢多嘴，她需要的是个体生命全然的沉醉，而不是从他者的转述中得来廉价的二手分享。

只是，如此一来，我总是有些不好意思，觉得比之世间他人，自己从造物主手中领取太多。

神明的确恩赐了我特权。

在羊狮慕大峡谷，飞鸟繁花，日月星辰，流云飞瀑，春光秋色，我只管任性地去爱我所爱就好。在这里，可以欣慰地领略自我的圆满进程。

一个初夏的黎明，我独伫于凌云栈道，无语端看一树雪白清雅的云锦杜鹃。她们安详纯洁的神态，令我心中有神圣安宁的情感慢慢生长。

是时，一朵两朵三朵花儿在我的眼际飘落，她们坠如玉响，划开了大峡谷的万古宁静，更惊动了我。

我克制着，不去想她们的命运，也不想自己的命运。面对落花，我记起了佛家的"往生"。

"往生"，一个慰藉人心的好词，充满生生不息的强大力量。明明是去那寂灭死境，却说是去往勃勃"生"地。"死"之后就是"生"，死生演替，绝望孕育希望，悲哀连着欢喜。

的确，在悉心倾听万物的过程中，总有一些草木花朵、飞禽动物，可以让我们恍惚间有如相知三生。在我们凝视一朵花、一棵树、一株新芽之时，总会意外体会到，人和物之间发生着暖融亲切的能量互动，存在彼此间磁石般的相互吸引。这种体验，令人忘记生命界别的阻隔。"我们不是同类，却是知音"。一时，心里有百合盛开，翠色初染；有新月静照，星光飞泻；有黄鹂啼啭，蝴蝶翩翩……而这些都不够，这些都不及黎明来临时的美好。

我想说，这就是爱情降临了。

我想说，这样的对面含春，无语倾动，心意翻腾，如自远古来，往万古去，在同类身上，几乎无望知遇。人海苍茫，最深的信赖和最契合的理解，只能是浪漫者们的奢求。但是，造物主以仁慈之手，缔结了人和自然的知遇之美，令孤单的人类，获得了透过自然女神面纱窥见天人合一大美的特权。

毫无疑问，我们敏感的身心，由此获得了最深切最圆满的安抚和慰藉。

10

天气晴好的黄昏，我总是要在流云台上静守太阳落山。

德富芦花把日落比喻成"圣贤辞世"，那意味着，我已经幸运地，有过很多次"送别圣贤"的经历。三千大千世界，红尘滚滚，无奇不有，唯有圣贤音容，众生难有目睹。而我，却不知因了哪一世的修行之功，可以在万古羊狮慕，独自领受着造化的恩宠。

一个立夏前夕，黄昏五时左右，空山无人，我照旧恭立于流云台上，面西而立，虔敬地开始又一回送行。

突然，如接神谕，我一个转身，背对落日，目光越过山谷，望向东面的座座崖峰,有了前所未有的“看见”。

我看见,明亮而温暖的夕光打在一面一面直立巨崖上,其岩石的肌理沐光而现,隔着远远的山谷,竟然丝丝缕缕,纤毫分明,每一丝石肌都在述说着沧桑情怀……

万古寂静!落日正远!我在寂静中央,隔空注目着这一切。奇迹发生,一种前所未有的情感排山倒海而来,受这种力量驱使,我的眼里饱含热泪,忽忽长出翅膀向崖峰飞去……

“咣啷”一下,如神锤破法,我不仅看见了大山的骨骼,更知遇了大山的灵魂。我的心中,汹涌着滔滔巨浪,更缠绵着万千柔情。我知道,这是一种无以言说、无可复制的神性之爱。那是我经亿万年光阴流转,握着一个特定密码,千转百回后的蓦然回首:

那一刻,我体验到了至高无上的情感况味,完美、圆融、饱满、庄严、纯洁、光芒四射……

这是信仰之爱,比光阴长,比天地宽,比世界上所有的诗篇更美。

就这样,生命的情路蜿蜒到了羊狮慕,从此,有一份爱叫海枯石烂地老天荒。从此,一个渺小的女子迷失在大山深处,不知她是走向了苍茫远古,还是去往了无垠将来。可以肯定的一点是,幸运的她,冲出无常,不畏流变,邂逅了无以言说的永恒之美……

(注:武功山脉原系“湘赣海域”,距今5~4.1亿年前因大陆板块挤压而抬升露出水面,2.2亿年前因大陆板块碰撞海水退尽,形成大陆。200多万年前山体基本成形。)

遁入岁月的宅院

钟月

一

天气渐暖，多风少雨的春季来了，正是土木工程的时节，家里盘算着翻盖居住了十几年的老房子。屋顶的石板松动了，有些漏雨；屋里，长年的烟熏火燎，约有二尺粗的房柁和半尺多粗的房檩已没了木色，花架发黑还折了不少，固定石板的泥土之所以没有掉下来，完全依仗于荆条编的笆拍子。也难怪，歇山脊式的房顶本为雨水流下去顺畅，可这顶子却成了家里的一块场院，晒过草，晒过豆子，还晒过唐山地震那年阴雨绵绵、生产队分的发霉的麦子。

几乎是四年没有攀爬了，顺着围墙，我上房下房依然如履平地，熟门熟路，可见房顶的利用率之高。再不翻盖，恐怕哪一天石板也会从屋里掉下来砸到炕上。

我又一次登上房顶，想再看看我无数次登临过的地方。那高高的房脊斜斜的流水面上仿佛还晒着什么东西，好像处处都印着风吹日晒雨淋也无法抹去的足迹，印着我童年的天真、快乐和心酸。真不想这么潦草地告别啊，可又有什么办法？毕竟它老了，再不能为我们全家遮风挡雨，原地翻新或许是它涅槃重生的最好选择。放眼四望，北面东面鳞次栉比的房子都已翻新了，只有这两间还留着原始气派的韵味，高高的房脊向东西伸展着，从两端翘起，高傲地兀立，很有些老骥伏枥的感觉。突兀的屋脊两侧，东西和南北对称着，镇着石板的三溜青瓦已残破不堪。初春，小草已在瓦下的泥土里蠢蠢欲动，就要钻出来。我们虽住了十几年，但这房子原比父亲的年龄还大，听老人们一次次偶然说起，我的印象中逐渐形成了一条小河，今天多股水，明天又多一道泉，慢慢涌入，慢慢丰沛，终于，一座坐北朝南大宅院的景象渐次还原出来，栩栩如生了。

二

那曾是一座完整的四合院。整座宅院坐落在村南一处把角的地块，方方正正，南面、西面临街，东面是一条小胡同，北面是另一家的过道。正北一字排开的五间正房，木装修，玻璃窗，高地基，衬得全屋都很敞亮；房前左右两侧各是两大间的东西厢房；南面是一拉溜的五间南房，中间的一间是门厅，青石地面，矗立在方方墩墩门槛上的两扇朱漆大门镌刻着“忠厚传家久，诗书继世长”的家训。

传到我们这一代，借着“文革”的东风，连名字里都有了个“忠”字，名如其人，我的儿子也一样。不过，那“诗书”就不敢说了，我的叔辈们连初中都没上下来，大概没有人知道“诗书”为何物？至于他们的子孙，也没听说哪个考上大学了。

大院东侧约两三亩的空场是菜地和牲口棚，几挂大车和十几匹牲口晚间就停放在那里。一间小南房（因在大院东侧，我们一直称它小东屋）是晚间照料牲口的佣人值夜用的。据说，菜地里住着狐仙，月上中天时，常常自带食料帮着佣人喂牲口。正应了那句话，马无夜草不肥，家里的牲口在整夜整夜的饲养中膘肥体壮，像主人家的日子一样昂扬向上，精气神十足。连整夜吃豆子的牲口拉出的粪便都肥肥的，不用堆沤便直接撒到菜地里，催得那菜田总是绿油油的，生机勃勃。

据说，祖上是在脊骨山开灰窑的，那些大车便将石灰运到各村各户或琉璃河码头后远走天津。

太爷爷时代应该是这个家最鼎盛的时期了，虽说不上钟鸣鼎食，也是远近有名的大户，建了这所足以让子孙后代安逸舒适的气派宅院，青堂瓦舍，使佃唤婢，风光了几近二十年。两个少爷也就是我的爷辈们读到中学时家道中落，但二人的学识在别人眼里也已是先生一级的人物了。虽同出一门，但性格取向迥异，老大花钱如流水，老二于家里或学校尚知节俭。二人秉性不同便决定了二人的命运。太爷过世前按老大的意愿多给了他一些钱财，加上东厢房后面原是牲口棚的大片院子及南面的五间房，五间正房和两侧厢房则给了老二。太爷爷一死，灰窑也不开了，大宅院也画地为牢，院当中东西向垒起的一道又高又厚的大墙将大院分为南北两院。那大墙的古板、陈旧、敦实，宛若金刚，不容置疑。小时候，没少在大墙下玩耍，总觉它别扭，今日剜个坑，明日掏个洞，可它就是倒不了。大墙隔开的不仅是院子，还有亲情，墙南北的两家后来连话都没了。

默默无语的院落，高高耸立的大墙，几十年里，容纳了太多的沉重、浮躁和辛酸，容纳了太多的冷漠、隔膜和怨恨。

二爷爷因善于打理，家境不错，虽遭了丧妻之痛续娶一房、前后窝差距悬殊外，因为有文化，人又厚道，解放后一直在乡里任职，直至改革开放前后退休。而居家过日子就不是我亲爷爷的所长了。年纪不大，却早已在京华这片温柔之乡里瘫软融化了，一桩桩风流韵事几十年后还传到了我们孙辈的耳朵里，他是一家之主，没有人敢指责他的荒腔走板。习惯了大把花钱，父亲留下的钱财很快就光了。他又没有生财之道，就开始想着法子变卖家产，大车没了，牲口没了，东面的几亩菜田也没了，最后，连那两扇气派的“忠厚”“诗书”的大门也难逃厄运，卖给了一个贾姓的邻居，“久”和“长”不复存在。

我会走路了，曾在这安装“忠厚”“诗书”大门的门洞里走过了幼年。小小的我眼中，门槛又厚又高，每一次都要扶着门槛才能过去。门也是那样高大、厚重，推挪不动，望不到顶，在日复一日年轮的风雨中，朱漆虽然剥落，显出了木本色，但它依然坚守着这个已经衰颓的院落，傲然挺立，坚韧不屈。直到被主人卸下，轰隆隆倒地，劈成数瓣，成了人家家具的木料。

20 世纪 80 年代，初进残破的房山云居寺时，就听说了一句“只要大门不倒，寺院必有重生之日”的预言，果然，云居寺重生了，香烟袅袅，香客如织。可我家的大门倾倒了，于是，家已不是家。入不敷出的日子接踵而来，百无所依，爷爷只好在自己的五间房子上打主意，最后把门厅西面的两间房子（也就是我们一家后来住的那两间）以十五担玉米的价格一次性租给了别人，一租就是二十年。大门没了，留个空门厅又有何用？随着子女的增多，他干脆把它堵死改成了一间内屋，供儿女们居住。又在房子东面和过去佣人住的小东屋西新开了一处南向的狭长的走道。

否及泰来，败成了“无产阶级”，也未必是坏事。

一座熙熙攘攘的大宅院到解放前夕，只剩一个七零八落的空架子，没地，也没有财产，划定成分，响当当的贫农，连下中农都不是。所以，到“文革”时，也就没给子孙留下个狗崽子的黑帽子。挥洒之间，竟钻进了根红苗正的圈子里，历次运动下来，就少了无数揪斗和屈辱。塞翁失马，不是坏事，这马丢得是时候。

太爷辈建造的这所大宅院幻想着子孙们繁衍生息，兴旺发达，不绝如缕。可刚传一代就已经一分为二、东鳞西爪了，真能响应俗语所说的“富不过三代”。只有他老人家那辈儿红红火火，生前和死后进出在同一个气派的门厅。如今，门洞成了居室，儿孙们再没有进出的福分了。

两位秉性迥异的爷辈已匆匆去了，望着他们渐行渐远的背影，又该说些什么？真不知这勤俭与自立是天生的，还是后天的养成？更不敢说富足与贫穷留下的是福还是祸。

三

我父亲的母亲、我的亲奶奶是爷爷的第一任妻子，在父亲一岁时染病，年轻轻就走了。邻里的另一个女人过门后，一拉溜又生出了六个子女，小的比我还要小，前后的子女就有了天壤之别。父亲成了个野孩子，曾经被丢弃、被毒打、被往坑塘里赶，也算是命大，多少次死里逃生，总算活下来了。十一二岁时就独自住在当年佣人住过的、又堆了许多杂物的不足十平的小东屋里。直到1959年初从密云水库的工地上悄悄当了兵，成为中华人民共和国第一批光荣的义务兵。如今，每月也能从国家领到40元的优恤钱了。

20世纪60年代初，父亲带着母亲从支边的西藏回到家乡，无处可住，只得住进了当年的小东屋里。随着我们兄妹几人的陆续降生，小屋根本住不下，他们下狠心用当年在西藏工作时攒下的一点钱，又变卖了一些“贵重”物品，朝朋友借了些，凑足80元钱赎回了被老爷子赁给外人的那两间靠西侧的房子，我们一家才算有了一处稍显宽裕的住处。直到今天我都无法明白，对于年收入百八十元的农民来说，20 世纪 60 年代那有如天文数字一样的 80 元钱是怎样凑上的。

那是个清晨，夜色已经褪尽，浓浓的朝雾再也阻挡不住东升的日头，我们在渐退的朝雾中搬到了新家，实在也没什么可搬的。今后，向东 30 米走人家的院门出入已明显不行。于是，父母着手对旧房进行改造，在与屋门相对的南面又凿了一个南门，堵死冬天阴风呼啸的北窗后，新辟了两扇南窗。南房改成北房，在房东北拉上院墙与东院隔开，斩除门前丛生的荆棘杂草，一个没有墙垣的南向小院就这样形成了。虽然贫穷，总算是另立门户挑梁单过，一家六口人的日子便在艰难中向前爬行了。

屋里的陈设再简陋不过。西侧是占了多半间屋子的一张大炕，炕上一个破旧的纸箱子；北侧是烧柴的大灶台，中间是地炉和炉坑；南侧是两个墙柜和一张旧桌子；东面基本是空的，堆放杂物，东北角用铁丝在墙上固定了三块木板，放醋瓶、酱油瓶、刷牙缸之类的东西，东南角放了一个储水用的、每年冬天都要结冰的大水缸。有一年冬天，一只花蛇大概在屋顶待烦了，居然就从墙角的顶棚上溜下来，落在水缸的锅拍上。亏了有一个高粱秆编的大锅拍，要不，父母费力从六百多米外的井台挑来的一大缸水都要洗蛇了。

四

春天来了，我们在院中栽下了一棵脆枣树，在院南侧栽了一棵杨树和一棵槐树。大概是我们的日子太苦，富贵的槐树没有站住；杨树却长成了参天大树；枣树一天天长大，第三年就开始挂枣了，虽然没几个，却也成了饥饿年代我们心中最甜美的梦。像是急着要报答似的，连续几年，它结的枣一年比一年多，清甜的脆枣慰藉着我们的肠胃，也温暖着我们的心。可好景不长，大约七八年后的一个春天，它长出的叶子竟是黄的，也没有开花，入夏以后，叶子也一直卷着，舒展不开，我们才得出结论，“树疯了”——再不能结枣了！妈妈说是弟弟把它当成了饭笸箩，只要见了枣，就没命地摇，是给摇疯的。而我却以为，枣树的年纪不大，几年间就结了那么多枣，是过劳，生生累疯的。

随着我们兄妹四人年龄的增长，父母又将房北至北院那座大墙的空地压上两小间房子，摆了一张自制的弹簧大床分担大炕的压力。前院的院墙也垒上了，又用树条编了一个柴门，小院子严严实实。不大的房子配上不大的院子，我们这个6口之家一住就是15年。正是从这间老房子起步，我开始阅读中国历史。

20世纪70年代末，先是北院二爷爷家翻盖了旧房，一正两厢前后脚完成；接着是东院的老爷子家，三间旧南屋（含原来的门厅）翻盖成三间背北朝南的房子，前面都是一水的半墙半桩修玻璃。新房子虽没有旧房子气派了，毕竟是新的，透着新奇。只有我们家还守着古董般的旧房子直住到了20世纪80年代初。

当年那深宅大院仅存的、我们家那两间五十多岁的老房子一点一点被拆除了，竟这样潦潦草草，我的心在一点点收紧，再想做一次老宅的宅男而不能了。我想为这半百的老宅做一个祭奠般的告别，却已来不及。后来便幻想着会有一次隆重的弥补，可世间的一切又如何弥补呢！屋顶的石板一块块被拆下，顺着两根自制的滑竿滑下去，石板没了，房顶似乎只剩了头皮，光秃秃的很难看。接着，这难看也没有了，揭掉了破朽的荆条笆，露出许多夭折的花架和结实的檩条。拆除檩条最惊心动魄，两人从两头将房檩高高地抛起后扔在地上，以验证它的结实程度，不折不朽就可以继续使用。结果，十几根檩条没一根被摔断，连那房柁去了污垢后又继续使用了二十多年。代之而起的是两间新北房和作为配房的两小间东房。

繁华尽，风云灭。老宅所留的最后两间石板房烟消云散了，那是一个时代的最后终结，确切地说，是那个年代存世物的最后终结。其实，自那座宽厚的横亘东西的大墙垒起，老宅的兴旺就结束了。

总把新桃换旧符。是规律，也是无奈。

世事沧桑，物非人非，原来的四合院无论如何是找不到了。而记录这座大院历史的，只剩下爷辈们分家时又高又厚的、那座东西向的大墙，快一百岁了，仍巍然耸立在那里。

心中的一片阳光

——忆师长

田珍颖

“一日为师,终生为父。”这代代传下来的古训,是我们这个民族对师道的敬畏。

“父”存在于血脉中,“师”存在于精神里。

我的师长们在我的精神园地里,永远是一片灿烂的阳光。当我业绩有进时,他们光亮而温暖地照耀着我,为我的长进而快乐;当我遇挫难行时,他们更加光芒四射地照耀着我,唤我奋进,催我前行。

我心里记着每一位教过我的师长,然而我却始终没有攒够笔力来描绘他们。他们太平凡,然而却平凡得深厚。我只能选择几位师长,记于此文,以完成我对师道的敬畏和感恩。

先从小学说起,我要写的是一位姓党的老师。

那时,西安古城已经解放了。我在第二实验小学上学,正好要从小学四年级升入五年级。我们班同学听说要换班主任,着实在教室里敲桌拍凳地欢闹了一阵。因为我们被四年级时的吴老师“统治”得太苦了。吴老师,男,冬天穿件黑布棉大衣(我们因此给他起外号叫“黑大氅”)。他从师范刚毕业,年轻气盛。经常体罚我们,轻则靠墙站,重则全体下跪。发起脾气来,教鞭“哗哗”地敲着讲台,嘴里常带脏字,他常常无端地发火,弄得我们不知所措,连我这个班长也常得躲着他。一听说他调到别的学校了,最欢喜的是我们班。但新来的老师咋样?无人知晓。

所以,上课铃一响,我们“嗖嗖”地跑回自己座位,静静地等待着。

或者是惯性作祟,我们被吴老师训练得一听见上课铃,超速度坐好,低着头，谁也不敢正眼看吴老师。

党老师是怎么走上讲台的？事后，没有人能说清。

第一堂课，就这么心平气和地上下来了。党老师只用教鞭指着黑板上的生词，带着我们念几遍，就轻轻地放下教鞭（后来，党老师教我们两年的时间里，教鞭就只这一个用处）。下课了，望着党老师走出的背影，我们才正眼打量了这位老师——五短身材，眉毛特黑，一身蓝色家织粗布的制服，圆口布鞋，他就这么服饰简单地来上课了。

党老师是披着春天的阳光来的。那时，我们的学制是从春天开始第一学期。党老师爱笑，从不虎着脸训人。以前，吴老师看到我们没把扫除工具摆好，过去就是一脚，踢飞了扫帚，踢翻了簸箕，然后就是大声呵斥，罚站罚跪。可党老师从不这样，他看到扫除工具摆乱了，一声不响地去扶正摆好。第二天，我们的生活委员就会照他摆的样子让扫帚簸箕归位。

我们班真像沐浴在阳光里，天天觉得暖融融。

就这样，我幸福的五年级生活让我天天咧着嘴笑。

但不久，就遇到了从未遇过的难事。

那天中午，我们提前到校的同学，都会在校门前的大影壁前停留，几个布告栏、报纸栏在影壁两旁，我们都会习惯地浏览一番。我是经常早到校的。这一天我正在报栏前看报，旁边响起一个声音，在叫我的名字。扭头一看，是校长。

他姓李，矮矮的个子，说话是川贵一带口音，他穿着军管会的灰制服，是解放军进城后，派到我们学校当校长的。

他当然认识我，因为我是少先队大队主席。他叫了我的名字后，就毫不避讳旁边的同学，说："你爸妈现在该是在监狱里吧？"

我如五雷轰顶般怔住了，竟没注意到李校长和周围同学是怎样离开的。

放学回到家，我哭着向祖母诉说了经过。那时，我们偌大的家里，只剩祖母、我和一位保姆。父母在三年前，已开始将家业从西安转到上海，只剩这空宅尚待处理。此时，西安就解放了。

祖母听完我的诉说，十分平静地说："娃，别怕，你爸妈好好的。"说着从抽屉里取出一个信封，里面装着前些时候爸妈从上海寄来的照片，照片上的他们穿着列宁服，满面笑容。

第二天中午，我早早到校，在校长室前的过道里，静静地等着李校长从宿舍走向这里。我靠着墙，低着头，没看见党老师何时走到我跟前。他问我站在这里干啥？我小声地诉说原委，尽量不让眼泪掉下来。他听完后，毫不犹豫地说："这事你别管了，把照片给我，我转给李校长。"说完从我手里抽走装照片的信封。

我忐忑地过了两三天，党老师叫我去办公室，把照片还给我，说："没啥事，以后再有人跟你说这事，让他找我来！"

后来，大队辅导员史老师对我说，党老师拿着照片去质问李校长：凭啥说人家爸妈坐监狱了？还跟校长说：我班的学生有啥问题，你为啥不通过我这班主任，直接就找学生说？十几岁个碎娃懂个啥？

史老师说完，哈哈笑说，老党真够这个！说毕伸出大拇指。

又过了几个月，李校长犯生活作风的错误被调走了。党老师特别告诉我这事，还说："以后就不要为这事有负担，你爸妈是你爸妈，你是你。"

这是我一生中经历的第一次政治风波，党老师替我遮挡了风雨。后来，我走入社会，屡经风雨，再没有遇到像我的党老师这样的人能站在我身边！

党老师于我之恩，还在于他发现并启发了我的才华，在小学五、六年级时，是我一生中成长速度最快的时期。

记得有一个周末下午，学校组织少先队的大、中、小队长去看一部电影，是什么"历险记"。看完电影，我们排队回校，临解散时，大队辅导员史老师忽然对我说："礼拜一升旗仪式时，你向全校介绍这部电影，还要说说观后感。"

我十分为难，却不敢说"不"，犹豫间，我走进学校，来到党老师宿舍门口。

那时，家属宿舍在学校角落的一排房子里。党老师刚刚挑回一担水，正往门外的缸里倒;师娘在一旁洗衣服。

顺便说一句,师娘从乡下来,她比党老师高半头,壮壮实实的。党老师常带她上街,从不回避两个人身高的差距。

看我来了,党老师递给我一个小板凳,自己坐在另一个小凳子上,顺手拿起旁边菜筐里的芹菜,边择菜边问我有啥事?我嗫嗫嚅嚅地说着自己的为难。党老师笑了,说:“我当啥难事?这事能难倒你?”

接着他说,你平时回答问题,表达得那么清楚;你作文写得篇篇五分,叙述个电影有啥做不成?他教我,回去先把要说的写下来,再记熟。“但是,不是硬背,是记在脑子里,说话一样,说出来!”他强调着,还一只手伸开,做了个手势。最后,他一笑,说:“就像我讲课一样,从不翻备课本。”

我听懂了。我想起他讲课的样子。我回家照他说的写了,又反复记住。

但星期一,该我上台讲话了,我仍然紧张得手心冒汗,手里紧攥着稿子。我从队伍最后向升旗台走去,正好经过党老师身边。他一把抽走我手里的稿子,一挥手,小声说:“放开讲,没问题!”

我毫无退路,只有勇敢地面对全校师生,一努力,竟声音洪亮吐字清楚地讲了一个电影故事,并赢得了一片掌声。

从此,我变得口若悬河,多次参加讲演比赛,并拿到好名次。直到我成年时站在讲台上讲课,直到我两鬓斑白在研讨会上发言,我都是脱稿侃侃而谈,这常使我得到“出口成章”的赞扬。这时,我都会记得和感激党老师,他抽掉我手中稿子的一瞬间,那是如同让花儿绽放的一瞬间,是为我排除胆怯、注满信心和勇气的一瞬间,他托举起一个少年美丽的梦,开启了我一生滔滔不绝的演讲才能。

在党老师当我们班主任的两年里,我除了担任少先队大队主席外,还是班长。党老师经常毫不教条地教给我如何做人、如何工作。记得我们班有个非常调皮的焦同学。他经常在放学回家的路队中捣乱,全然不把我这个队长放在眼里。我们路队经常因为他边走边玩,而不得不停下来等他,耽误了一队同学回家的时间。

我向党老师告他的状。党老师非常耐心地听我说完，问我："你知道他家的情况吗？"我摇头。

于是，党老师把焦同学家的情况告诉我。原来他父亲打零工，母亲卧病在床，每天勉力糊些纸盒贴补家用。焦同学不懂事、贪玩，一回家就得帮着糊纸盒。他不愿回家，总想在路上多玩会儿。

党老师动员我说，你带几个同学，放学后到他家看看，帮着糊糊纸盒，做做家务，他或许就听你指挥了。

我照做了。果然焦同学再不在路上捣乱了。我和几个同学经常到他家帮忙干活，他在班上也变得守纪律了。

我们班在被学校评为先进班级时，在总结经验时，特别以焦同学的转变为例。党老师对我们班干部说："要想领导人，先去打动人。"这话，质朴而厚实，我记了一生，也用了一生。

小学毕业后，我离开了西安，来到北京，考上了女十二中，一上就是六年。

这是一所百年老校。解放前是一所教会学校，叫贝满女中，创始人是教会的贝满夫人。解放后，改为公立学校，命名为第十二女子中学。

在女十二中上学的六年，是我世界观、品性、风骨形成的重要阶段。

那是1952年，和我们年轻的共和国一样，我们是踏着有节奏的步子走进女十二中的。围着绿色松树的操场，庄重的灰色小楼，庭院中如盖的树荫，教室旁闪闪烁烁的小花……我们的初中生活，童话般地揭开了第一页。

我们静静地坐在教室里等待班主任。我在心中勾画着她的形象。事先早已听到了关于她的许许多多的传说：高中刚留校的优等生，十八岁，能指挥合唱，还会朗诵。

当她站在教室门口的一刹那，我不知道她是否有人们常说的紧张和激动，然而从她那浅浅的一笑里，我感到一股自信的力量从她心中升起。我望着她——白衣、蓝裤、短发，单调的色彩和朴实的气质和谐地融为一体。我不记得她当时发表了怎样的"就职演说"，只是当下课全体起立时，我从她那绝不威严的外表里，感到了一种威严的内在。我十分感叹：她只有十八岁啊！

这就是我中学时代第一个班主任——蒋雯先生。

我是她班上的中队主席，调皮，骄傲。然而，却由衷地崇拜着我的班主任。为了这个，我写了一首诗，记不清诗里的句子了，只记得至少有二三十行。为了把这首诗献给我的班主任，我在灯下一笔一画地抄写着，那张白纸上事先已用铅笔打好了格子，抄完后，又画上了黄色的小鸟、绿色的柳枝，还有杂花相映。当时，自以为极其漂亮了。第二天，在下课的间隙里，趁蒋雯老师刚刚走出教室，我便将那折得极方正的纸递给了她，她竟问也不问地接过去。过了一天，也是在下课时，她小声对我说："那诗我贴在宿舍墙上了。"说完眯着眼笑着。我并不怀疑她的话，但我却固执地想要证明它。于是，一天自习课时，我借故溜出了教室，悄悄地走进那个静静的小楼——我知道蒋雯老师住在这里，我蹑手蹑脚地走着，因为这座小楼学生们并不应随便进来。宿舍门虚掩着，轻轻一推，便闪出一道小缝，恰恰够我一只眼睛向里张望。我一眼便看到那张整洁的小窗前的墙上，果真贴着我的"杰作"。我高兴得几乎跳起来。一个孩子幼稚的心，得到了这样的呵护，那是何等快乐的事呀！

那时，蒋雯老师更主要的职务是少先队的总辅导员，统领着全校的红领巾们。她总是脚步匆匆，但又总是朝气蓬勃。在大队日时，她站在操场正前方的高台上，举起右臂，领着我们高呼"时刻准备着"！她那洪亮而充满激情的声音，会感染得我们热血沸腾。在这个岗位上，她工作了八年之久，于是，在我的关于女十二中的记忆中，她永远是胸前飘着红领巾的意气风发的样子。

我高中毕业后，上了大学，而后又走上工作岗位，但无论何时何地，我总能听到她的消息，因为她桃李满天下，又因为她的许多学生都那么由衷地爱着她、敬着她。

"十年浩劫"中，我曾在母校门口徘徊，到处可见的大字报，让我心中无比美丽的校园，变得满目疮痍。我没有看到蒋雯先生，或其他我熟悉的先生。一位校友告诉我：蒋先生是被“打倒”的走资派，大字报上说她“疯狂地发展执行了修正主义路线”，说她在教育中大搞“人性论”，说她用“纪律”把学生变成“驯服的绵羊”。这所有在当时流行于社会的罪名，横加于为教育事业鞠躬尽瘁的蒋先生的头上，她承受得了这份重压吗？我怅然地从母校门口离开时，心中竟陡然感到一阵悲凉，想到：如蒋先生这样的许多优秀的老师们，就被埋没在这层层叠叠的大字报之中了，我们心中的女十二中岂不也随他们的埋没而消失了！

“十年浩劫”的结束，让我们去追寻第二个春天。此时，我们见到的蒋先生，已两鬓染白，眼神中透出一种岁月铸就的严峻，而那严峻的后面，仍是当年那种激情四溢，她和我们的母校一起经历了一场生命的历练。她又走到学校的领导岗位上，又用她洪亮的声音感染着花朵般的孩子们。她不再如年轻时高呼“时刻准备着”，但她在总结半生的工作时，仍充满激情地说：“少先队是我生命中的一束火焰。”当她成为一名大学教师，主讲“教育理论”时，她的“中学教育管理”的专题，最早导入的思考，就是从少先队工作开始的。

我在《十月》杂志担任副主编时，曾觉得文学的覆盖面很局限，因此和中学老师校友聚会时，很少说文学。但蒋先生却令我意外地经常议论到《十月》发表过的作品。不少有我任责任编辑的作品，蒋先生都饶有兴趣地去阅读了。当长篇小说《废都》获得法国女评委文学奖，其作者贾平凹获得法国最高文学奖时，蒋先生都是最早打电话给我的人，她那永远洪亮的声音，那由衷高兴的心情，从电波传导过来，其感染力依旧不减当年。当我出版了新书赠与蒋先生时，她脸上的笑容，总让我想起年轻时的她，她用这种笑容面对着届届学生的成就。最近，我将刚出版的长篇报告文学《金色生命》赠给蒋先生，她手抚着书的封面，竟然说：“我会好好拜读，你是我的老师。”当时，我惶恐得难以言述，我看着她的白发，心想：这是一个怎样的老师啊！

是啊，这是一个怎样的老师呢？——奋笔至此，我却难以有个明确的结论了。这时，我忽然想起，1992 年蒋先生从教四十年时，学生们为她隆重地庆祝。就在那时她朗读了自己创作的一首诗。诗太长了,一共48行,但跳出来的句子,却让她自己和听着的学生们不禁热泪盈眶。她在诗中说:“我们每个人就像一棵树,经历了春夏秋冬。”她说这棵树,“曾在风雨中挺拔,也尽情地在阳光中潇洒,献给了人间营养,也带给世界芬芳。”她说,“最美丽的是事业地久天长。”她说,“不求功名卓著,不慕荣华富贵。”她说,“生命只要再有一分钟未来,就让它实现60秒的延伸,延伸出根再增加养分,延伸出果实去占有第二个春天。”读罢这些诗句,答案油然而出——这就是我们的蒋先生,也是我们所有的老师们的写照,他们是我们心目中永远的老师。

我曾经想过,蒋雯先生教我时间甚短,但她是我心中的“永远”,她给我的难道仅仅是“勤奋工作、永不停步”吗?

其实,在这八个字的后面,有一个坚强厚实的支撑,那就是一个人生命力的旺盛,如火山爆发、岩浆喷射一样。

上帝在赋予蒋雯老师一切才华时,也把一个负担给了她,那就是由于母亲的日本人血统,而带给她的矮小的身材。她只及我班小个子女同学的身高,排列在班级队伍中等的同学,与她说话,都要稍稍低头。她没有美丽的脸庞,没有浓密的头发让她扎成当时流行的辫子。但在一群比她身高的人们中,她永远是那个声音最洪亮、情绪最激昂,并能让这群人跟在她后面齐步走的人,她永远在精神上领导着她的同事们、同学们。这就是生命力,它能冲破一切外形的缺陷,让你昂首走在人生的道路上。

如今,女十二中已走过一百五十年的路程,在“文革”中改为男女合校的166中。无论它的称谓如何变,但每次校庆时,各年级不相识的同学最多的相问是:蒋雯先生来了吗?

这就是“永远”,永远的记忆,永远的老师。

上高一时,我遇到了在我当学生的历史中,对我最严的一位语文老师——余觉今先生,他在我作文本上留下的红笔书写的“4”分,成为我一生的警钟。我习惯了在作文课上余先生把我的习作当范文读,评点优长。但那一次,我惦着下课后的朗诵活动,写作文时,笔下稍显仓促,不想瞒不过余先生那双眼睛，一个“4”分，落在我从小学到大学的作文史上，让我终身铭记。

回想那次发作文时，我看到那个“4”分，顿感吃惊，心中还有些不满。余先生读着赵广建（作家赵树理的女儿）的作文，边分析，边从眼镜框上看我一眼。他一定看到了我装作漫不经心而实际心中不服的神情，就愈加分析广建作文的细致之处。待他分析完了，我也心平气和了，觉得自己的作文确有粗疏之处。

余先生从不正面批评我们，他温厚待人，在修正我们的错误时，常常是点到为止，手下留情。比如，上课时，哪个同学走神儿了，他一定恰当其时地点名，叫你回答问题。然后不管你答对答错，他都会轻轻地说声“坐下”。我常被他点名，也常在他轻声的“坐下”后，不敢再有造次。

余先生不苟言笑，师道在他身上体现着十分地尊严。但他的尊严绝不冷峻，他把师道的尊严，化作一种温暖，缓缓地输向我们，让我们既感到师道的不可动摇的尊严，又感到那尊严中深厚的暖意。

比如，我们的文娱委员李维玲，多才多艺的一个女孩，却从初中三年级起，让作文像铁栅栏似的挡住了路。她看了不少有关作文的书，每篇作文都费力地布局谋篇，但就是写不好，分数也上不去。待到余先生教语文，维玲的作文仍无长进，她觉得自己在作文课上一定是余先生不予关注的学生。忽然，有一次余先生让我们自由命题写一个场面。这种看似简单的练习，并不比一篇结构完整的作文容易写。维玲苦思冥想，忽然想起自己经历过的一次迎宾的场面：外宾如何满面春风地出现，群众如何自发地迎上去，孩子们跳着挥舞鲜花，女孩儿们辫子都甩起来……发作文时，维玲意外地看到了一个大大的红“5”分。余先生长长的评语中，告诉她：写自己熟悉的，写生活中发生过的……从此，维玲面前那扇铁栅栏移开了。她写作文从此如她唱歌一样欢畅。她在作文本前再不皱眉了，因为她知道，余先生关注着每个同学的每篇作文。

还有一个关于余先生的故事，主角是语文课代表张彦。这是个爱笑的女孩儿，一笑两个酒窝，而常常这笑是被余先生引出来的。原来，余先生对课代表张彦的“指示”,总是用一张字条传来。字条上工整地写着:“张彦同学,×××同志没交作业,请催交。”等等。署名永远是字体漂亮的“余觉今”三字。余先生在写好这张字条时,常在教研室从玻璃窗向外看,一见有我们班同学经过,他就两步奔出教研室,让我们把字条带给张彦。这样的次数多了,带字条成为我们班一道风景。拿字条的人,一进教室,就大呼张彦,然后,当众大声读着字条上的内容。最后,更大声地读着“余觉今”。这时,教室里一片善意的笑声,张彦更是一边笑出两个酒窝,一边忙不迭地满教室收作业,然后,急匆匆地奔向余先生的教研室。我们班特别喜欢余先生的字条带给我们的欢笑。小小的字条是那样地将余先生的温暖带给我们。

在讲着上面的故事时,张彦和维玲已经七十六岁,而我长她们一岁。我们争着你一句我一句地讲着,心情都回到那个属于我们和余先生的时代,仿佛先生还在我们身边。

高中二年级时,我们的语文老师换成蒋震先生,他还是我们的班主任。

蒋震先生是我在前文中写到的蒋雯先生同父异母的哥哥。师母杨中平,是与蒋雯老师同级毕业又同时留校任教的老师。他们一起在女十二中的园地里,培养着我们。

蒋震先生,也是不苟言笑,但表情中总带着文静的深意。他讲课的风格,沉稳、发人深思,甚至在课文的激烈处,他也不加快语速或提高声调,而是从不动声色中,将他发掘的思想,输送给你。

记得他讲鲁迅的《药》,即使是刑场上的鲜血淋淋、人血馒头的惨不忍睹,他也是用深沉的语调叙述着,绝不刻意渲染。只是一字一顿中,让你体会到深处融入潜流的内涵。

他讲李白的《梦游天姥吟留别》时,从范读中,就清晰吐字,缓缓读来,绝不用朗诵的腔调表演内容。一堂课讲下来,这首长诗中的许多句子,我都可以背诵。

蒋震先生讲课时的情感激越,常常在他龙飞凤舞的板书中透露出来,这是他平息激动的时候,而他这样的板书内容,又恰恰是他要传送给你的激越情感。我在蒋先生教授语文的一年里,懂得了什么叫"潜移默化";懂得授业者传达给我们的,不仅仅是技巧,那在技巧之后的内质,才是影响我们一辈子的财富。

与余觉今先生一样,蒋先生也从不正面批评我们,他不大注意我们外露的细节,却一点也不放过对我们品质的修正和滋养。

蒋先生和我有过一次令我难忘的谈话。起因是,我们班的一位钟同学(化名),喜欢我的爽朗干练,而希望和我成为好朋友。但我偏不喜欢她的做作,也嫌她有哮喘病,终年喉中有痰,而有意地疏远她冷落她。她苦恼地向蒋先生诉说了自己的心绪。于是,一个冬天的下午,蒋先生叫我到教研室,他和我围炉而坐,他一边用铁通条拨开炉中的煤球,让炉火旺盛,一边拉家常地语调平平地直说钟同学的苦恼。待听完我的申诉,他娓娓而谈,说友情对人生的温暖;说一个人要学会和各种人相处才为俊杰;说一个人心胸如海,才能容得别人的不足,而生活在相互通融中……

那次谈话,必是我终生该铭记的。因为我当时就体会出了蒋先生的细致用心:他是用钟同学的事作引子,把我引入一个做人的大境界中。而这正是那时的我的缺陷。

蒋先生是位博学、并因博学而眼界开阔的人,他经常拿些课外的文章读给我们听。一次,他拿着吴祖光先生的文章读给我们,吴先生在那篇文章中抨击一个解放军用枪击毙一只猴王的事。

这件事是蒋先生在20世纪90年代末去世时,我班的同学倪乃先想起的。而读那篇文章后不久就是"反右",那时我们听说,如果女十二中的右派数目再增加,蒋震先生一定忝列其中。

说到"反右",我又想起那位钟同学。蒋先生那样关顾着她,去说服我以友情为重后,钟同学竟在"反右"中给蒋先生贴大字报,批判他的"资产阶级思想"等等。那时,我们的风雨操场里,挂满了大字报,"反右"之风吹遍这个一向平静的百年名校。我没有问过蒋先生在看到钟同学的大字报时作何感想,但我看到那时老师们又开会又看大字报,却又如平常那样给我们上课。蒋先生仍如以往,手指捏根粉笔,腋下夹着备课本,走上讲台,用他那永不改变的声音，沉静而和缓地讲着诗文。我相信，那时他有一个强大如海的内心。

或许在我笔下，只触到蒋先生的沉稳。其实我们有时也会看到他的活跃，那是在球场上。才艺多样的蒋先生会打网球、踢足球等。而在学校的篮球场上，他的表演，则成了我们班的骄傲。那时，体育老师为了训练校篮球队的女孩子们，常将男老师临时组织起来，与校队展开对抗赛。这时，蒋先生就是教师队的主力，而我班的倪乃先，又是校队的主力，看他俩在场上互不相让地夺球，是我们全班最开心的事。我们在场外，一会儿为蒋先生加油，一会儿又为乃先鼓劲，把场外搅得喊声此起彼伏。那时场上的蒋先生，身手不凡，对乃先毫不相让。真让我们看到了另一个蒋先生，或者说，看到了一个内心十分丰富的蒋先生。

听到蒋先生去世的消息时，已经是上个世纪末。我打电话给师母杨先生，问及为何蒋先生病重时没有告诉我们。杨先生叹曰：他不让，他病得变了样子，不愿别人看到……

我相信这定是蒋先生的心迹，一个那样直立而尊严的人，到死也是尊严的。

当我未曾在上一段的末尾画上句号时，时间的隧道载我驶向七十多年前的时光，我沉浸在做少年和青年时的兴奋中，我眼前微笑着的是我的许多老师，我快步奔向他们，表现着我年少时的欢乐。然后，当我为上一段画上句号时，我从时间隧道里骤然返回，但现实并不凄寂，因为我带回了七十年前的那片阳光。我的许多老师至今早已离世，在这篇文章中写到的老师中，只有蒋雯老师健在。但我的怀念，并不哀切，因为我怀念的师长们，都化作一片阳光，照耀和温暖着我和他们所有的学生们，我们只要翻开记忆的这一页，就会看到这片永远灿烂的阳光。

附:《心中的一片阳光》

小学五、六年级,我在西安第二实验小学完成了我最初的学业。“二实”是这个学校的简称,它位于夏家什字。因此,解放后改名夏家什字小学。以后,我离开古城西安,四十年未能回去过。20世纪90年代初,我因公回到古城,曾寻找我家的旧址和“二实”,但竟然没有找到。

近几年,我惊喜地从百度地图上找到了夏家什字,并顺踪看到标示出的“莲湖区第二实验小学”,再向西寻,看到了我小时上学必经的“白鹭湾”。继而前行,竟然找到“南马道巷”的标志——这是我家在西安时的旧址。

这一系列的寻踪,让我萌发了年过古稀再回古城的动意,我知道我很难找到七十多年前的遗迹,但我相信,我一定能找到当年的那种气味——清新、温暖,永远充满生气的气味。

至于我的中学——女十二中,它就在眼前,北京东城区灯市口大街。但我不仅找不到当年的遗迹,连当年的气味也荡然无存。

这所创立于1864年的百年老校,如今在楼顶的最高处,用霓虹灯标出一条历史的线路:“贝满女中——女十二中——166中。”

原来的初中部,在灯市口大街上,现已划归他校。原来的高中部,在大街东口的同福夹道里。在近旁景山学校新兴校舍的对比下,它已显不出旧时的风光来。

当它被叫作贝满女中和女十二中时,许多东城的显贵,尤其是大知识分子,都把子女送到这里。冰心老人就曾是这里的学生。她对母校情意深笃。晚年时,她因身体情况,常常谢客,但却嘱咐保姆:只要女十二中来人,一定要见。我得此便利,多次拜访她老人家。有一次,她听说,已经改称为166中的母校,要合并到景山学校去,急忙向我们打听原委。待知道只是传闻时,才松了一口气。还嘱咐我们说,倘真有此事,需要写信申诉,她一定要参加。

解放后,私立贝满女中交付人民,改为公立学校,排列为第十二女子中学。那时，北京有女校十三所，大多数都是人所向往的好学校。同时亦有男校若干所，男女合校若干所。治校各有所长，各校自得其所。

不幸，在“文革”中，所有女中、男中，一律被革除，而改为男女合校。女十二中也被排列为166中。这个“革命”的决定，不知出自何人，但它正经受着历史和时间的检验。今天当我们的教育面临问题重重的现实中，或许女校、男校的恢复，是提不到日程上的。但当时间无情地向前推移时，它的正误的鉴别还会很远吗？

2014年，当以166中的名义纪念“贝满女中——女十二中——166中”建校150周年校庆时，主席台上出现了一位美国人，他是贝满女中创始人贝满夫人的后代。他从美国远渡重洋来到这个由他的先辈创立的百年老校，他带来了什么信息？他的满脸的笑容，能给我们以答案吗？

蔷薇花开夜未央

浇洁

雨后初霁，夜幕徐临，空气中氤氲着野蔷薇的清香。

临河的一间小店。四个两鬓微霜的文学爱好者——20 世纪 80 年代“山茶”诗社的社员们，当年以“蓝”字打头，按“山水花鸟，田园村庄”等诗情画意，各为自己取了一个笔名。这次应蓝田相邀，加上画家皖老、灵溪，六人团团围坐。少顷，在酒菜的催化润泽下，不知不觉谈兴撩起。

骨瘦风清的皖老，在众人品评墙上的一幅墨宝时，率先打开了话匣子：“来之前，画一幅画，应约题词‘和谐从心开始’，情急中却忘写了一个‘从’字，只得提笔在‘心’字上方加一个‘从’，添好后一看，居然变成‘和谐怂开始’。”

因个小性急，被人戏称“跳蚯蚓”的蓝水，快速吞下满口的菜，怕别人抢了话似的：“和谐怂开始，意外收获！刚好配你新取的雅号——憨翁。绝啦！”

“要和谐，总得有一方认怂。大到两国之间，小到夫妻相处。”“还得把对方当菩萨！”“认怂的程度，就是爱的程度呢。”大家七嘴八舌。

面对实实在在的生活，谁都有话要说！我们每个人，都在爱与被爱之间小心翼翼地活着，其间膨胀的烦恼是多么需要放松地倾诉。

多年披着长发，洋溢着艺术家气质的灵溪，五十多了仍颇显年轻：“我老婆说，我对别人都那么好，对她却简单粗暴。是啊，我也不知道为什么？”

“那还用说，熟视无睹呗！”言辞爽利的诗人蓝山，直视对坐的灵溪，将了他一军。

做了外公的灵溪，被说得有些羞赧，下意识地搔了一下头，讪笑着自饮了一杯。在人事的学堂里,谁都是无法毕业的学生。

“夫妻之间,需相互依顺,如果拗着来,就像拧毛巾越拧越拗。”皖老嗞溜一口白酒,说话慢条斯理,“其实霸道的一方,终归赢不了,在身体上也会有反应,例如年纪大些会弯腰驼背,自然界中存在着一种强大的平衡力。”对《易经》颇有研究,近读西方“潜意识”书籍的皖老,总有他新奇的见解。

“人啊,学会了在此处认怂,就能在彼处免遭些羞辱。”蓝村哲学系毕业,脸上不时升起幽思的云彩。他轻言细语,身子向来文弱单薄,我私下里称他“书生”。

圆脸蓝田撇了撇嘴,不以为然地摆摆手:“怂认多了,没了自信,闹不好还会生病!”

矛盾才是缤纷的人生。大家一时沉默了下来。

蓝田往喉咙里倒下一杯啤酒,突然话锋一转:“前几日到老家出谱,小车都堵了两三里路。每每看到厚厚的族谱,一大摞的名字,就感觉自身的渺小,人生就一个‘空’字。”一脸圆乎乎的他,弃文从商后,似有太阳雨的悲观。

“可你这一环很重要啊!承上启下,也可能继往开来。”许久没搭腔的诗人蓝山,夹起一块鱼,眼看它将被伸进张开的嘴里,却停在了半空,生怕吃下这口菜,也把话给咽下去了。

“人都逃不开名利二字,尤其是假惺惺的文人,看了,格外比世人恶心。”蓝村仍保留着难得的率真意气,几杯啤酒下肚就红脸。他酒量小,棋艺一流,虽屡有机遇登仕途,却不屑进取。

到了知天命的年龄,我仍喜欢愤青般的单纯与明朗,仿佛面对的是青葱时的自己,相处不累,看着舒坦。

上来一盘香溢红亮的“金牌佛手”,小店的招牌菜——红烧猪前蹄!

大家正聊得兴起,似乎一点也不在意。我看看左右,还没有一丝举筷的意思。那香艳的诱惑,使我顾不上女性的矜持,毫不客气地夹起一大块送进嘴里。啃完,大家竟还意犹未尽,我忙召唤道:“真好吃!快吃。”

皖老只象征性地夹了下其中的肉碎。那诗人蓝山,听蓝村书生般这么一论,索性放下筷子,身子往桌前凑了凑,语调急促高扬:“南北朝陶弘景的诗——‘山中何所有，岭上多白云。只可自怡悦，不堪持赠君’最合适你了！”蓝山博览群书，天马行空。

大家细一琢磨，觉得用此诗形容品性孤洁的蓝村，再贴切不过，纷纷点头。

“喝酒，喝酒！我们一起来敬一下我们的皖老。”当年主创《山茶》诗社，麾下有一百多号社员的诗人蓝山，论点得到大家的认可，眉飞目舞，领先站起来号令性地提议。

酒刚一落肚，蓝山吸了一个炒田螺，顾不上麻辣滋嘴，便迫不及待地转评皖老：“皖老的工笔画，细腻中有仙韵，国画又裹缠鬼气、暗含阴阳，类似元代张雨的书法。”

文艺界的人就是三句话离不开书艺，拉来扯去的。我用耳朵赏听着，时不时地瞅那盘里剩下的两三块油而不腻、香嫩筋滑的“金牌佛手”，又忍不住夹了一块！在我看来，没有什么比眼前热气腾腾的美食更动人、更急需品味的了。

“文联办公室，皖老那幅‘松下问童子’，是多疏朗的好画！”经商小有所得，却一直脱不开文事的蓝田，连忙赞许。

“现在年纪大了，工笔画描不动了，多画点简单的。”皖老触抚着酒杯，被点赞得有些不好意思。他菜吃得谦逊，只夹就近的碗。

“怪不得齐白石老人，年岁越大，越多写意，多以一花一鸟，一山一阳，一棵白菜入画。”灵溪似有所悟。

不到年老，哪知老年人的事。不过，大道至简，“一”字中深藏玄机。

“繁华褪尽见真淳！年轻时追求绚丽华美，中年后趋向清水芙蓉。”诗人蓝山已喝下几瓶啤酒，那独有的洒脱的笑，仿佛要从脸上飞溢开来。他和灵溪，三十年来醉心农耕文化，皆是有“泉石膏肓，烟霞痼疾”之人。

蓝山为人处世不拘一格，全凭行云流水诗人之性情。对得上眼的人，他妙语连珠，且重侠义，江湖上号称“铁仔”，朋友纵横全县各阶层。而正式的会议场合，他则居于一隅，一言不发。

茶品静，酒喝闹！逮到“年轻”二字，几个人对着干了几杯，不禁脸色红涨、春心拱动，顺着话杆子兴高采烈地忆起：三十年前，办诗社时读于坚、韩东的痴迷，自己掏钱刻印办刊的狂热，灌酒的妙计和醉酒后大跳霹雳舞，深夜在大街纵吼齐秦歌的豪情。好一个挚爱为本、鬻诗放歌的轻狂岁月！

少壮能几时，鬓发各已苍！笑着喝着，几个男人动了情，说集体去看一下圆脸蓝田的母亲——“我们的娘”。当年，一只手因公残缺的蓝田母亲，家里并不富裕，却笑吟吟地用一只手给我们搬凳泡茶，时常收留我们这群莽撞幼稚的“诗人”落脚、蹭饭。如今想来，都深感歉疚。

也只有在酒后微醺，男人才会流露出本性中温柔的一面。

灵溪微颤地握着身旁皖老的手说：“自从父亲去世后，老师您就像我的父亲一样。您如果有什么事，我真是会拼命的。”

皖老抿一口白酒，意味深长地笑笑。

满脸通红的蓝村，见大家酒兴下话语夸张，起身先告辞了。我们都懂他，任由他率性而去。他看不惯生活之瓷，哪怕喷釉般的虚伪与装饰。

脱俗之人，有的似刀锋伤人肌肤，有的如清泉自成风景。

“老板，来一盘小鱼干！”诗人蓝山，最喜用谷壳烟熏的港河小鱼干，竟自己招手点起了菜。

大家品咂着醇香的小鱼干，不禁聊起小时候：下田沟抓鱼的趣事；挑碗肚踢逿的盎然；大冬天跟在牛屁股后，抢捡热牛粪的乐呵；做“砌锅崽，砌碗崽，猫咪老鼠翻转来！”的游戏……富有创造力的童年记忆，让人人脸上笑容朵朵，蓝山还与圆脸蓝田交头接耳地坏笑起来。

几个男人吃了一会儿刚上的麻婆豆腐，终免不了插荤扯了扯女人——女人是艺术的上帝、家中的女皇，古代妓女对文化的传承与促进……蓝山和蓝田还唱起了当年的经典老歌——《我是一匹来自北方的狼》与《九百九十九朵玫瑰》，诗人蓝山唱到忘情处，竟把手搭在了蓝水肩上，亲昵地喊起了“师姐”。几个人各使伎俩劝下几杯酒，头顶上飘荡着少有的惬意。也是的，幸福感大多由志趣相投的人在一起孟浪说笑、虚度光阴来营造，而许多的悲剧也由话不投机相对无聊所引起。

四方韧劲的薯粉卷子，端上来了！这可是原先物质匮乏年代，请客过年的必备菜。

刚才还笑嘻嘻的灵溪，看着桌上父亲生前最爱吃的薯粉卷子，勾起了思念："有时候想想，真对不起叔叔。父亲过世后，我常提着大包小包地去看他，还亲自下厨给他做鸡汤薯粉卷子，表面上比他儿子还孝顺。只有我自己清楚，我去看他，其实看的是我父亲。"灵溪红了眼圈，低下了头。

世间唯有酒能让人如此忧喜无常！我听了汗毛直竖，不由得搁下了贪馋的筷子。是啊，我们想念某个人，就会不自觉地从他的亲人，甚至陌生人身上寻觅他的身影。

在我的印象中，灵溪有一幅"剪刀"画，最意味绵长。那把剪刀，是他做裁缝师傅的父亲，赖以养家糊口，拿在手上几十年、被摸得锃亮的剪刀，他小时候一直不敢触碰的神圣之物，就像他如今的画笔！灵溪在"剪刀"画中，复活了父亲的匠艺生命，倾注了对父亲无限的敬爱。

我们听了皆默然不语，谁都有掩藏心底不敢触及的真情，一旦剖开，便如石榴，晶莹动人。

许是灵溪的真情触动了皖老。长脸瘦削的他，寿眉下睁着一双透亮的睿眼，面孔里尽是道家风姿。上了年岁的人的相貌，形似老树，比言语更能清晰地展现内在思想的脉络。皖老用他特有的轻缓普通话回忆道："记得我哥临终时说，他一辈子最对不起两个人，一个是母亲，一个是妻子。因为他把所有的精力都放在迷恋的音乐上了。"

尘世哪有完美的真实？我想说：人，有时候需要依赖"不道德"的手杖，方能攀达残缺的成功。话到嘴边还是咽下了。

聊起他哥，那可是上世纪七八十年代我省著名的音乐评论家。皖老平静地叙说："他就是个音乐癫子。来了兴致，常头戴破斗笠，套一件大众白棉衫，在省城大街上跑。"

"癫子好！我喜欢。真性情无拘束。癫，不仅是疯癫，也是巅峰！米芾，就是米癫。"也许每个人都有癫狂的潜质与渴望。说起癫，一向沉稳的圆脸蓝田，嘴里还嚼着一口菜，竟有些语无伦次。

"我哥他呀，我行我素的一个人。好几回，还在省城最繁华的大街口跟人卜卦。刚好被省领导撞见，劝他说，你一个名人，这样影响多不好！

“我哥凛然回道：‘我凭本事挣钱，不丢人！’

“领导无奈，便想法子给他加了一级工资。一回，京城记者要来采访，他躲着不见，领导只好求他。他也没有一件像样的行头，临时，女婿帮他买了一套西服。”

这是个名利追他却逃跑的艺人，也是个活在自我意向中的人！

“那你们家书香门第，一定是有遗传哪！”被诗人蓝山用一句“风流不在谈锋胜，袖手无言味最长”勉强圈住自己的“跳蚰蚓”蓝水——我，终忍不住打断话题，爆出这么一句。

“是噢！”“是噢！”几个男人附和着，放下酒杯，双眼炯炯地听皖老讲述，任由绿爽的清炒莴笋，变凉转色。

皖老从衣袋里摸烟。蓝田眼尖，立马从桌上烟盒里抽出一支，起身弓腰，利索地帮忙点燃。烟云缭绕中，“我太小，记不起父亲的模样。听母亲说，他吃喝嫖赌，抽大烟，样样行！年轻时是宫廷画师。因为战乱，怕死，从安徽逃到江西，学着给人看病，却也像模像样。一次醉酒，与家人道别后上床，便安然去世。我曾按母亲的描述，长胡子、瓜皮帽，再照着自己的相貌，画过父亲的像。”

“特殊年代，艺人那样做很正常。”诗人蓝山难得平和地述评。

一个太会做人的人，离“人”远矣！如同看不见的东西，更为明亮。

怕皖老感伤，灵溪一口喝干杯中啤酒，再自动斟上半杯白酒，单敬起皖老，岔开了话题：“哎哟，我一天不到野外画一张画，整天都不舒服。我就是读的书少了，能够进入你们这个诗社圈子，我真的很幸运。说起来，我的绘画启蒙老师就是皖老，没有您，我不会有今天。”曾经高考抗战八年，仍没被录取的灵溪，在纸与色彩的构建中找到了自己。

尽管圆脸蓝田又给他加满了白酒，灵溪还是刹不住话：“真的！听你们说话，包括看电视，当然最主要是接触大自然，我就把那些感触到的细微东西运用到绘画之中。”

“大自然是最好的老师。中国画，起源于山水；不像西方绘画，文艺复兴从画女人裸体开始。”皖老接道。

我自顾自转桌子挑拣爱吃的菜，不忘洗耳恭听。没想到，灵溪对惯常叽喳、极难少言的我说，“我最喜欢你大声说话、无所顾忌的样子，笑起来还像个女孩。”

近来被婚姻搅得自卑灰色的我，只得视饕餮为菩提。正受宠若惊时，恰好他老婆打来了电话。灵溪用温和的语调询问妻子，要不要带点夜宵回去。

以友辅仁！我们几个趁机大赞灵溪知错就改，及一向良好的为人：真诚、感恩，对谁都不计回报地付出。

“人近五十，对所有恩怨，我不会那么计较，我要学会一分为二地看人了！今后说好话，多做事！”受灵溪所感，固执的我能自动表态，他们个个鼓掌。灵溪还大哥样，叮嘱我说：“说到做到噢！”

诗人蓝山，由此谈到：“古代教育，孔子分德、言、政、文。德，一直放在第一。”

不知是谁，聊起了王羲之的书法。“王羲之有洁癖，你看他的字多干净。”皖老的观点总有些独特：“练书法能治病。肠胃不畅的人，要练草书，气不会郁结，身体也就畅通了。积食便秘的人，多写写‘串’字，包你好！而泄泻不止的人，那‘串’字的中间一竖，应从下往上提。”年近八十的皖老，微醉着扶桌站起，边说边比画。

真是新鲜！我们听罢，皆哈哈大笑起来。

有思想的人，像五彩万花筒，总有一面能无意击中你。

……

餐桌上有多少和乐的营养，酣谈中有多少生存的养分，俗世里蕴藏着灿烂的温暖，宛若春雨后蓬松的土地，宛若紧凑长句中标点的呼吸。

欣于所遇，快然自足！在这样一个浮华躁动的年代，我们借酒之浪漫，俯察人情，自由漫谈。不知不觉，春夜已深。朦胧月光下，如能算作烂漫野蔷薇言，也不算辜负这天朗气清，惠风和畅。

尽管人难免被内心的欲望和遗憾所奴役，但终将怀揣梦想与诗意，浸染那风中的余香，拥有一个如蝶之夜。

红柳无言

申尊敬

无数次在红柳身旁久久徘徊,无数次把她们痴痴凝望,总觉得这些生灵看似寻常却非凡。

红柳是植物界的苦孩子,落生之地多荒凉,或沙漠,或戈壁,或荒原,天干地旱雨水少,人迹罕至风沙多。上苍没有格外宠爱她们,她们却在蛮荒之地快乐成长,个个都成了荒荒大漠一娇子。

初见红柳,心生爱怜。在兰新铁路一个名曰十三间房的小站上,几丛红柳在站房前的空地上一字排开,像列队迎客的佳丽。这里是闻名世界的”百里风区”,人称“风库”。来自天山垭口的 8 到 14 级大风,一年要刮 320 多天,屡有客运列车在这一带被刮翻。狂风啸叫着扑来时,觉得脚下的大地也颤抖,能在此地立身的只有红柳。这几丛红柳和小站同岁,20 年了,可叹她们长得只有半人高。

时在盛夏,狞厉的戈壁风终日呼啸,把几节车皮拍打得响个不停,出门人只能低头猫腰走。隔窗看那几丛风魔爪下的红柳,绯红的花儿照样在盛开,每一朵柳花都像一张灿烂的笑脸。风大时,她们弯着腰笑;风小时,她们直起腰笑。呼啸的狂风,把她们响亮的笑声传得很远很远。

几十年来,见过无数生在东南西北各种环境里的奇树异花,新疆哈密灰戈壁上狂风中那一丛丛小绿叶和一片片小红花,时常在我的脑海里晃动。生在这么恶劣的地方,她们肯定活得很苦很累,但从来不怨天恨地,总是忍着超常的苦和累,向人们展示最美的身姿和灿烂的笑容,为荒凉的瀚海添生机,让冷寂的戈壁变温馨。

再见红柳,百感交集。56 万平方公里的塔里木盆地上,几乎举目便可见红柳。一丛丛饱经沧桑的红柳，傲然挺立于苍凉的大漠上，近看星星点点，遥望如梦如幻。她们是镶嵌在大漠上的绿宝石，是旅人们绝望中的希望。

塔里木天广地阔，这里的红柳长得蓬蓬勃勃，活得潇潇洒洒。哪里有红柳，哪里就有生气。绿色稀缺的大漠上，每一丛红柳，都创建一块绿地；每一丛红柳，都固定一片沙地；每一丛红柳，都是一道动人的风景。在盆地中央33万多平方公里的塔克拉玛干沙漠里，有一种柽柳，永远比沙丘长得高，沙高一尺，她高一丈，每一墩柽柳的身下，都有一座高高的沙丘被固牢。车行在“天上无飞鸟，地上不长草”的“死亡之海”腹地，有时会在神秘的古河床上与丛丛红柳不期而遇。面对这样的奇迹，不能不感佩这些红柳的生命力之强大。

红柳与胡杨和梭梭，被誉为塔里木植物界的“三剑客”。胡杨生得高大威猛，号称生死不灭”三千岁”，自然是沙漠王子。我更愿把红柳称为瀚海仙子，她枝细叶小，通体褐红，花色绯红，远看近看都美如仙子。在2137公里长的塔里木河两岸，凡有胡杨处，必有红柳生。一个苍劲阳刚，一个纤细温柔，像恩爱的夫妻树，她们相依相偎，同观“大漠孤烟直”，共赏“长河落日圆”。任尔风吹沙打，她们年年岁岁不分离。有了红柳和胡杨来装点，这条穿越荒漠的巨长内陆河，苍凉却妩媚，也有了几分浪漫气息。

红柳花开，是沙漠里的一大盛事。每年的5到10月，正是红柳花艳时，也是大漠最美季。红柳的花，没有牡丹华贵，不如玫瑰浓艳，也不像茉莉有奇香，每一朵柳花都很娇小，高只有三五厘米，宽不足5毫米，但红柳的花，开得热烈奔放，开得潇洒大气。绯红色的花朵密密匝匝，把一根根柳枝变成了一个个又长又大的花棒，原本细小的柳叶竟被挤成“配角”了。挂满繁花的百千枝条，竖看一串串，横看一大片，远看似云锦。大漠轻风起，成团成片的红柳花在沙海上优哉游哉地摇啊摇，就像无数小船在瀚海上飘飘荡荡。

塔里木风和日丽的时候少，红柳的太平日子不太多。这里“一年一场风，从春刮到冬”，风沙里生、风沙里长的红柳，练就了抗击风魔的好本领，个个都英勇善战。每年的仲春到初冬，八九级的狂风，常会裹挟黄沙，呼啸而来，短则肆虐几小时，长则一连好几天，人称沙尘暴。其时，日月暗淡无光，天地浑然一色，人不能出门，车不能行驶，帐篷能被刮上天。沙暴之力，足可移动小沙丘，也能削矮大沙山。每逢沙暴袭来时，平日里看似娇弱的一丛丛红柳，立刻由美丽的仙子变成勇敢的战士，她们携手并肩，抖擞精神，每一丛红柳，就是一个战斗集体。她们同仇敌忾，团结得像一个人。每一丛红柳都齐心合力，斗志昂扬。她们各自为阵、各自为战。她们坚守在自己的阵地上，不断变换身姿，只为了以弱胜强。搏风斗沙时，她们既要保存自己，又要紧紧地护卫脚下的每一寸沙地，像母亲在危难时捍卫自己的孩子。勇斗风魔的红柳，看似柔弱实刚强。风魔可以蹂躏红柳的躯体，却无法击垮她们的斗志。风魔总有滚蛋时，红柳终是胜利者。没有沙暴的时候，沙海归于宁静，红柳们抖落满身的沙尘，该舞就舞，该唱就唱，快乐得像一群天使。

看似娇弱却坚韧的红柳，以其千万年来在防风固沙中的杰出表现，2002 年入选人类有史以来最浩大的塔克拉玛干沙漠公路绿化工程。专家们在西北荒漠里耐旱耐盐碱抗风沙的 173 种植物中，选出红柳和梭梭、沙拐枣这三大久经考验的英雄树，组成绿化沙漠公路的主力军。一年多后，436 公里长的沙漠公路两侧，红柳和她们的战友结成了 70 多米宽的林带，在茫茫沙海上筑起一道无比壮观的绿色小长城，这是人类治沙史上最伟大的壮举，红柳也成了沙漠公路的保护神。从此后，沙暴虽然依旧年年袭扰塔克拉玛干，却已很难加害沙漠公路了。2008 年，沙漠公路绿化工程被授予环境保护的政府最高奖——国家环境友好奖。凝聚着无数塔里木石油人和绿化专家心血的金色奖杯上，闪烁着红柳的熠熠光彩。

常见红柳，满怀敬意。红柳生于荒漠，死于荒漠，是大漠赤子。活着，她们绿化荒漠，防风固沙，改善生态；死了，她们的枝条变成编织筐箕的原料，还会服务人类。即使化为燃料，烧成灰烬，也要用最后的能量给人间带来温暖。在青藏高原，春天的红柳嫩枝和嫩叶，变为治疗风湿病的良药，造福万民，藏族人称其为观音树、菩萨柳。在南疆地区，不知何人发明了红柳烤肉，很快就成了风靡大西北的特色美食。新砍的红柳枝分泌出清香的红柳汁，穿上羊肉后，在胡杨炭火的熏烤下，能分解掉羊肉的膻味儿，又能把红柳特有的香味浸入肉里，烤出来的肉串就香到了极致。

红柳一生，不言不语，却是我们最好的老师。在苍茫的瀚海上，她们吃的是盐碱，喝的是风沙，却把最绚烂的花献给了苍茫。红柳的寿命，百年有余，从生到死，都在“苦甲天下”的地方，大自然为她们提供的生存条件，严酷得令人心痛。红柳的家乡，多在新疆、甘肃、青海、宁夏和内蒙古的沙荒区，年降雨量往往不足百毫米甚至只有几毫米，蒸发量却常超过3000 毫米。为了维持生命，红柳得把根须扎进十几米深的地下去汲取养料。生在塔克拉玛干沙漠里的红柳，冬天要经受零下 20 多度的严寒折磨，夏天要被零上 70 多度的地表高温炙烤。每一丛红柳从小到大，都要长期经受“苦其心志，劳其筋骨，饿其体肤”的煎熬，但她们都挺过来了，而且战胜了这些艰难困苦。

在塔里木，红柳是最苦的树，石油人是最苦的人，一个苦生苦长，一个大干苦干，常相伴也常相惜。石油人把红柳视为亲密的朋友、歌咏的对象、学习的榜样，他们是最懂也最爱红柳的人。在塔里木油田每一个荒漠中的作业区，红柳都是栽植最多的树种。石油人不能为红柳遮风挡沙，就把红柳请到家院里，给她们浇水施肥，为的是让这些亲爱的朋友们有更多的气力搏风斗沙。身在大漠的石油人，最难耐的是寂寞，看一眼在瀚海里寂寞百年的红柳，心里就敞亮多了。在塔克拉玛干沙漠里，身穿国旗红色工装的石油工人，照相时最爱和鲜花盛开的红柳合影。照片上，海浪般的沙山绯红色的花，把穿红衣服的石油人烘托得英姿勃勃，那是沙海影像一绝配。

红柳一生，从来无言胜有言，她们一直向我们“身教”着什么是顽强和坚韧，什么是拼搏与奉献。红柳生于生态环境十分恶劣的沙漠戈壁，却以自己的成长历程告诉我们，即便生在苦焦之地，再苦再难也要天天向上，该蓬勃时就蓬勃，该灿烂时就灿烂，别蹉跎了岁月，浪费了生命。

时间的味道

陈新

每次想到时间的时候，我心里都会莫名地紧张、疼痛或凄惶。

因为时间潺潺流过的声音多像秋寒时节枯叶随风飘落的哭泣，这无涯的时间流过的无情的形态，也是头也不回地青春风化和容颜剥蚀的无奈。

昨日多愁善感的雨，还淅沥沥地落在做着美梦的少年的天空，然而倏忽间一梦醒来，雨声已在中年茫然地滴答。

时间的倩影依然风姿绰约，世事的视野却已萧瑟苍凉。

这个世界，什么都会改变。

无论物质、精神、金钱、权力；抑或身体、健康、思想、灵魂……

除了时间，除了变化。

因为，天地玄黄，宇宙洪荒，没人知道时间是从什么时候产生的，又将到什么时候结束。

因而，长生不老的唯有时间，永恒不变的唯有变化。

变化，是变化的主题。时间，是时间的深邃。而且时间本身，是带着味道的，或咸或淡，或辣或酸，或苦或甜；或清香或暗香，或淡雅或馥郁。

时间是人生的挚友，时间也是人生的死敌。“时间，无须通知我们，就可改变一切。”余华说。

时间的风味，绽放在眼前，酸甜苦辣咸，触手可及。

时间的暗香，在岁月深处，馥郁如醇酒，历久弥鲜。

母亲是一个热爱时间的人，甚至，在我心中，她就是时间的代表。岁月有枯荣，晨昏有明昧，但我却从未想过，有一天，我已熟视无睹的母亲甜美且坚韧的生命，也会在绵延不断的时间里停滞、消逝。

在时势平仄起伏、贫穷却一成不变的那个不敢妄议的年代，母亲是我们村，甚至是我们公社唯一戴手表的人。而且那块表，还是世界名牌——瑞士梅花表。

行走在褴褛的人丛中，母亲是一个贫困交加、饥肠辘辘的农妇，别无二致，却有一块世界名牌手表，这似乎是一个悖论。岂知凡是不合常理的事，其背后都是有故事的。

劳作在尘土飞扬的农活中，用柔弱支撑着强大，用汗水滋养着家庭，母亲是一个普通的农妇，这一点没错。但在她成为普通农妇之前，她是被称为天之骄子的大学毕业生，是城里殷实家庭的一块小家碧玉。

在欢喜明朗的天空下，刚刚经过血与火铸造而成的全新国家里，其实大学毕业生并不多，有进步思想的大学毕业生尤其凤毛麟角，而有进步思想，出身望族开明家庭的女大学生，当然更是少之又少。

但我母亲，便是其中一员。

母亲毕业于四川财经学院（现西南财经大学），跟央视曾经的著名播音员罗京的父母是同窗。在成都这座被花朵包围的城市里，大学毕业后的母亲因爱上身为军医英俊伟岸的父亲，且随父亲转业回乡，从此变成了普通的村妇，变成了五个孩子的母亲。

生于四川乐山一个殷实之家，母亲的祖上有田地、工厂。抗日战争爆发，外祖父变卖商产，买飞机支援前方将士抗日，自此家道中落。

一朵生长于城里的娇花，从成都移栽至南充县大通公社农村后，门不当户不对的婚姻，也让她与娘家人的关系形同决裂。

大通，这座自明至清有过淡淡驿站风光的川北小镇，寂寥地横呈在地貌平平的红丘陵中，被贫瘠和鄙陋严严实实地包裹着。母亲逆着阳光而来，扎根于此，开枝散叶，像一只跌落蓝天孤飞的鸿鹄。自此，曾经的大家闺秀被烟尘浸染，闲适而暖暖的东风成了一生的忆念。

我无法寻迹匆匆那年的母亲，是在什么样的天气、什么样的时辰首次踏上远离故乡与亲人的这片川北一隅陌生的土地的。甚至也无从猜度她是哪一年中的哪一个季节，将自己的青春、甚至生命交给了这个她从未设想过、更未涉足过的远方。

但我能想象，从繁华中来，一脚踏上这片孤寂的土地，她一定显得那么茕茕孑立，但心中装着爱情的她，也应该是没有叹息和凄惶的。

既然来了，便笃定坚守。从此，热爱是她的故乡，热爱是她的命运，热爱更是她的归宿。

因为，即便没有只言片语的山盟海誓，她也再未离开过这片生长陌生和贫穷的土地。

然而，生命中的付出与得到，却非比春华秋实，是那么不近人情地难有关联。

虽然心中的激情风华正茂，勤劳的态度始终如一忠贞不二，呵护土地像呵护爱情一般虔诚和付出，但麻木而干瘪的土地却神情索然，回报她的只有布衣粗服，食不果腹。她自己一人或自己一家的挚诚及热火朝天，是那么微不足道，不过是那个时代轰轰烈烈而又滑稽可笑的喧嚣中的一粒轻而易举便被淹没的微尘。她何曾想过，她纵使有一双温暖如春的手，又怎能焐热岁敝寒凶、雪虐风号的整个冬天？

朗月当空，清辉满地，她已寻觅不到心灵的故乡。

令她难堪的是，她曾烂漫如花的理想，一片一片如凋谢的花瓣般疲惫地零落。

令人痛心的是，岁月剥蚀外表、剥蚀青春与容颜之时，水土之异，粗茶淡饭，拖儿带女，扶老携幼，还让母亲落下了胃病，做了胃部部分切除手术。

逆境中的母亲，像一株植物一般，本能地向上挣脱，但还是九死一生，且再不能干重体力活了，成了彻底的农村家庭妇女。

一家七口人，只有父亲一个人挣工分。贫穷如刀，摧残着我们的幸福，割裂着母亲的健康。自此，母亲便在父亲的强势中谨小慎微地生活，昔日的千金完完全全被俗尘遮掩，后因积劳成疾，生命的时针停摆在了她 49 岁那一年。

命运千障百碍，如花生命短暂得如此倏忽。母亲去世了，她粲然的生活竟然至今也不知道是被何种病魔剥夺。但我更宁愿相信，剥夺她生命的是沉重的贫困和深深的母爱。

母亲，从此葬在了我的灵魂深处。母亲，也成了我飘零人生如影随形的情愫和疼痛。

我肩负着母亲的期望成长，孤注一掷寒窗苦读，争取考到她曾经学习过的成都去生活，摆脱穷困。我长大了，实现了母亲的遗愿，费尽周折考上了大学，从农村重新混迹回到母亲年轻时奋斗过的城市。

我代替母亲饱含深情紧紧地拥抱她生前渴望回归的城市，听到了母亲曾多次对我形容过的这座美好的城市清晰而灼热的心跳。然而这座见证过母亲青春韶华的城市，却再也找不到丝毫她曾经留下的痕迹，留给我的，只有物是人非斯人已逝内心的怆然。

母亲远去的青春清澈如旧，成都的天空却不再澄碧，而是阴霾横呈。

然而，纵使锦城无锦，如今都市拥挤不堪的繁华和喧嚣已不属于过去，却依然对我构不成缅怀的威胁，依然碾不走我内心对母亲如团如簇滔滔不绝的思念。

在我童年的眼中，表面上看，母亲跟其他农村妇女没什么两样：头发枯焦，面黄肌瘦，衣服补丁缀补丁，生存于光阴的褶皱里。

但其实，母亲又与村里别的妇女有着很大的不同：首先，她是我的母亲，骨子里有着清雅的质感和悠扬的美，别的妇女不是我的母亲，也没有堪比我母亲的美；其次，她的手很巧，破旧衣服经她手中的针线密密缝上的补丁，像机器扎上去的一样整齐完美，贫穷的日子经她的缝缝补补，也变得音韵悠长有滋有味；第三，她说着七弯八拐湿软绵长的乐山话，与硬枝硬秆如同吵架的南充方言相去甚远，有着某种优美的神秘；最后，也是最重要的不同，就是她有一块手表，当时手表是十分稀有的物件，方圆几十里没有谁有第二块。

这块表，不是普通的手表，而是瑞士梅花表，母亲读大学的时候就有了——母亲的家境不错，外公又是开明绅士，所以母亲的生活品质要比同龄人略为高出一点点。

在村人的眼中，母亲最与众不同之处，便是她与时间的紧密关系：任何人想知道准确的时间,都要向她打听。

实在的母亲与隐约的时间,让一个暗淡悠久的村庄,多了一些连接外面世界的新潮和对未来走向的盼望。晨昏相伴的手表,浓缩了母亲青春岁月的美丽、阔步前进的梦和人生飘零的无助。也给母亲留存了过往时光唯一最引人关注和艳羡的韶华记忆。

虽然在长满贫瘠尘垢的农村,多数时候,时间就好似视而不见的空气,既缥缈又不重要。晨曦微起之时,人淡如菊的农人便起床披星忙碌,日落西山后则戴月归家如倦鸟歇息,早一点晚一点没关系,日月有序的更迭是那么索然,而又木然、自然。农村的时间,多数时候是断章取义的,或散漫而随意,亦如长在田里的青春,又如野花的自开自闭,一夜可以蓬勃起来,一夜也可以谢落下去。

但有时候,时间又太实在太重要了,如同埋没在泥里的金子,一旦发现,便熠熠生辉,诉说着岁月的轻与重。比如说啥时孩子上学,啥时孩子放学,啥时该给孩子准备午饭了;或者当某一件事的进展在不觉晓的慵懒中渐渐无精打采、昏昏欲睡时,准确的时间,往往能让其瞬间精神抖擞,并绽放出芬芳而殷殷的期盼。

其实,不主动去找时间,不是因为时间重要不重要,而是自己不知道时间重要不重要。

母亲已然成为时间的象征,她以优美而新潮的方式介入只生产贫穷的红丘陵,虽然这种介入会令人生出痛彻心扉的遗憾,但这丝毫不影响我为她骄傲,也为自己能有这样一位极受别人尊重的母亲而自豪。时间,让母亲成了独树一帜的乡村风景;时间,也让从城市移栽到农村的母亲落寞而辛酸的生命状态多了几许亮色。

但是我没想过,母亲华彩的生命会渐渐枯槁,会秋叶般飘零,并最终被时间淹没。

回望过去时光,已经泛黄的画卷是那么美好而又揪心。我也没想到,自己会被时间折磨,时常为此悲怆,为此暗自落泪。

也许,母亲去世不是失去了生命,而是走出了我所能看得到的时间。

痛彻心扉之时，我只能这样安慰自己。

还有一个故事，也与时间有关。表面的浮浅和内质的醇厚，都是时间的季节呈现。

几年前，穿行在人生青年秋色中的老袁刚搬来与我做邻居时，给人的印象挺不错的，因为他开朗热情，对人客气。

俗话说，阎王不打笑脸人，大家无法拒绝一颗和善的心。尤其是得知老袁离婚后，除了带走孩子，几乎净身出户时，大家更对憔悴忙碌的老袁充满了一丝隐隐的同情。

但是，随着时间的推移，邻居们却发现，开朗的老袁其实身上罩着一层令人迷惘的雾，他在雾的中心，表面上看他与我们邻近，却存在着某种看不透的距离。一扇总是紧闭的门，消减了彼此间起初盎然的友情，将我们与他隔成了两个世界。

老袁从不加入我们激战犹酣的“麻将长城战”，也不参与我们闻香品茗的“龙门阵聊天会”。除了循规蹈矩地上班，无论外面是否阳光灿烂，抑或欢乐明媚，他几乎都把自己和儿子关在家里，足不出户。总是避讳晾晒内心，没谁知道这父子俩在家里搞什么。

我所住那层楼 3 号房的老李是个热心人，每年春暖花开之时，他都如一面旗帜，会组织邻居们一起去踏青赏花，出尘入尘于最优美的风景里，优哉游哉。老袁搬来后，老李也邀请老袁参加，饱览山红水绿、通感大地的花期。

虽然老袁欣然前往，但大家在成都龙泉驿区桃花节上游玩时，满满的雅致却被老袁打翻在地，扫兴的感觉，如桃花落红。

那天中午，大家在鲜花簇拥的一个“农家乐”饭庄解决午餐，个个都像翩翩飞舞扑向桃蕊的蜜蜂，都想沾沾桃花开放时最美的运气。然而饭毕，就在大家或剔牙或打着饱嗝起身，欲继续填饱眼睛对桃花色彩的饥渴之时，老袁见桌上的麻婆豆腐还剩了半盘，却矫情地叫老板给他打包，说拿回家热热还能将就一顿饭。

老袁这么贪小便宜，让大家愕然，他的心情长街策马春风得意，我们却即刻瞧他不起，觉得他是睁眼瞎考状元丢人现眼——你在大酒店吃饭，倘是对剩菜打个包还没啥，这可是农家乐啊！何况手里拎着一袋“潲水”赏花，这像啥话呢？

老李媳妇喜欢嚼舌头，多少时候，她在评价人时都喜欢选择那些远离阳光背阴的词汇。见老袁的举动与艳丽的桃花风景背道而驰，她脸上先前美若桃花的云彩，顿时变成了黑压压的云朵，阴风惨惨地对我耳语：“明年春游，咱再不叫老袁了，这丢人真是丢得都上山下乡了！”

阴云吹了过来，我感觉老袁的另类也在渐渐罩住我心中的晴朗。

我没想到，剧情仍在继续。有时候，生活的原色不施粉黛也一样婀娜曲折令人惊诧。

有一年夏天，在炎炎的烈日下，我站在双桥子一抹绿色的行道树下歇息之时，无意间看见一个满头是汗的小孩子，正在家乐福外的垃圾桶里专注地翻找着废旧饮料瓶，臭气飘忽，令人掩鼻。正在我厌弃着这种夏天流行的城市元素的时候，却忽然发现，在臭气中淘宝的这个孩子不是别人，而是老袁的儿子小恩。

小恩啊，为何你的人生刚刚起幕，却已如此多舛？难道背后真有某种不能示人的凄凉？我的好奇像星火燎原，越燃越旺，由于怕触痛孩子刚刚发芽的自尊，便谨小慎微地问他：“小恩，你这是……勤工俭学？”

被我询问，小恩很尴尬。但还是嗫嚅着说：“我爸让我这半个月自己捡废品卖了养活自己，一天三顿都自己想办法解决。我爸说，我只有每天能给他交上 5 元钱的住宿费，晚上才能回家睡觉，否则我就只能在大街上睡。说这叫学会生存。”

小恩的话，让我的眼睛顿时成了浪潮涌动的海洋。我觉得老袁原来不仅抠门，还是个心肠狠毒的人——俗话说，虎毒还不食子呢，哪有父亲这样折磨孩子的？何况小恩才 12 岁呀！12 岁的孩子怎么自己养活自己？

被恻隐弄湿的怆然的心情，让我对老袁更添了一份恨。

那年冬天的一个周末的晚上，我开门倒垃圾时，凄厉的寒冷中一个影子吓了我一跳，定睛再看时，只见黑咕隆咚的走廊上，小恩正默默地蜷缩在墙的角落，冻得瑟瑟发抖。

刺骨的寒风挤过楼道的缝隙，如利刀般割着我的心，在这个被温暖和光明抛弃的角落，小恩孤独存在，我似乎猜到了什么，但还是问了原因。原来，小恩在吃晚餐时，嫌面条不好吃，便将碗里的面条偷偷倒进厨房的垃圾桶，结果被老袁发现了，便被罚在门外与黑暗及寒冷相处，面壁反思。

“为啥面条不好吃？”我问小恩。

听了我带着温暖语气的问话，小恩满面怨恨，眼泪夺眶而出。他悄悄地对我说：“那面条是用中午的剩菜汤汤煮的烩面，不仅难吃，还让我觉得里面尽是口水，我就吃不下。但我爸却从来舍不得把这些剩菜汤汤倒掉，说倒掉了可惜，是浪费！他全都用来拌面条吃了，还总强迫我跟他一起吃……”

说到伤心处，小恩抽泣起来：“我悄悄地说他是葛朗台，结果被他听见了，他很生气，便叫我到屋外反思。真的，我问过我的同学，没有一个家长有我爸这样抠门的！比如在学校我要喝水，他从来都只让我用空饮料瓶装家里的冷开水到学校喝，但别的同学却不这样，全都是父母给钱，他们想喝啥饮料就买啥饮料……”

联想到夏天里小恩在垃圾桶里翻找废旧塑料瓶的情景，我竟然一时听得头皮发麻。唉，小恩真可怜，他怎么有这样一个吝啬且抠门的父亲啊！

当同楼层的邻居都知道这件事后，更鄙视老袁，也更不愿意与老袁往来了。

……

却没想到，一个患难，却割开了老袁隐秘的世界。

那是雅安地震刚发生时的事。虽然成都远离灾区，但人们却心系灾区，也不时被灾区传来的故事所感动。忽一日，我发现通常情况下好为人首、喜欢俯视人的老李，竟然对老袁客气和尊重得不行。脊梁如山，何曾见他弯过？老李的突兀变化，不免令我匪夷所思。

“你今天咋这么反常？突然对老袁如此谄媚？”我以借书看的名义闪进老李的家后，低声问老李。

“人不可貌相啊！我们真的错了……”老李羞愧地解释起原因来，“你不知道，今天上午，老袁给雅安地震灾区捐了一万块钱啊！”

“你在说聊斋吧？老袁这个葛朗台，抠门抠得自己的鼻屎都舍不得丢的人，咋可能为灾区捐款？还一捐就是一万块？”

“你忘了我在红十字会上班吗？这事还能有假？他来捐钱时，我正好在现场。”老李说。

对呀，老李是在红十字会上班的呀！我怎么忘了这事呢？于是我对老李的话有些相信了。

“而且，老袁走后，我又在电脑里查了，发现无论是汶川地震，还是玉树地震，老袁都有捐款记录，金额也都上万……”

老李脸上写满了愧疚。又说，老袁平时喜欢看书、写东西，却不会打麻将、斗地主，所以看上去孤僻、不合群：“他就是一个文人，一个书痴，他有自己与众不同的精神世界，也需要自己孤独而安静的时间和环境，怎么合群呢？我们真的误解他了！”

老李的话让我心里顿时如打翻五味瓶……

善良，是善良人的通行证。老袁的故事是芬芳的，这个芬芳的呈现，是时间开出的花，如果没有时间的沉淀，人们就看不到他内心怡人的美。

这个世间的事，谁也逃不过时间之河的淹没，且没有“除非”。

立冬已经好几天了，新闻联播和微信群里都说，北京的天空已经下过了一场雪，东北三省和内蒙古地区，更是雨雪成灾雾霾沉沉。这几日，南方的天气也已开始寒凉，温度在加速跌落，窗外花园里原本生机勃勃的绿正被霜染，渐次飘零。

霜叶坠落翻滚的景致，不过是诸多世事的一个普通剪影，一个被时间摧折颓败的没落画面。大自然四季更迭，循环往复，冬去了，春还会再来。然而人生，倏忽而去，则消失如风。

时间无情地流逝，睹物思人，心境难免不受到感染，难免不有着一种紧张、疼痛和凄惶。

好在，时间是一条直线，没有那么多的坎坷和曲折。以今天为原点，时间向左，是过去；时间向右，是未来。

逝水不绝日滔滔。绵绵延延的时间又是个可爱的东西，它能让我们留下记忆，萌芽理想。记忆，像条月牙船，能载着我们悠悠地回望过去，回望曾经疏桐朗月的留恋，和一镜青铜的往事。理想，如慈航莲花，也能载着我们高调地展望未来，驶向幸福圆满的梦境，驶向鲜花盛开的圣殿。

无论向左，或向右，这都是用时间烹调出的不同味道。过去的味道，未来的味道。

时间的味道有时是寂寞的，但寂寞未必不好。

梁实秋说：“一个高韬隐遁的人，在从前的社会里还可以存在，而且还颇受人敬重，在现在的社会里是绝对的不可能。现在似乎只有两种类型的人了，一是在现实的泥涸中打转的人，一是偶然也从泥涸中昂起头来喘口气的人。寂寞便是供人喘息的几口新空气。喘几口气之后还得耐心地低头钻进泥涸里去。”

寂寞充盈着思考，结满了回味。

曾在过去的时间里，捕捉青春的悸动；曾在过去的时间里，眺望今天的神采；在今天的时间里，遥想人生黄昏的风景；也在今天的时间里，回望过去时间里的晨曦、雾霭。

时间的味道，有时候可能很苦，但即便苦，也要苦得像茶，苦中有一缕清香；时间的味道，有时候馥郁得清傲，但即便清傲，也要清傲得像幽兰，高挂一脸秋霜而不改一丝气节。

有人说，世间最珍贵的东西，是“得不到”和“已失去”，但我却觉得世间最珍贵的东西，莫过于眼前能够把握得住的幸福。“得不到”和“已失去”固然撩人，那是时间深处的芬芳或揪心，而眼前能够把握的幸福，则是带有体温能触摸得到的亲切。

时间流逝固然心痛，但这却是谁也改变不了的自然定律。“无论多么美好的体验都会成为过去，无论多么深切的悲哀也会落在昨天，一如时光的流逝毫不留情。生命就像是一个疗伤的过程，我们受伤、痊愈，再受伤、再痊愈。每一次的痊愈好像都是为了迎接下一次的受伤。或许总要彻彻底底地绝望一次，才能重新再活一次。”

虽然，过去已然过去，永远回不去，过去却非一纸荒凉；未来尚未到来，却可规划眼前的不可能，使之成为可能。

遥远之处，《诗经》窈窕如花，一路低吟浅唱，那种意韵满满的场景能让我们回望。近在咫尺，已经发黄的童年，凋落的母爱父爱，在我的灵魂深处，却愈发锃亮。而未来，总是暖阳高照，美艳诱人，并以一种理想的姿势诠释着生命的历程和情感的饱满。

谁说不是？

柔条冉冉，旭日曈曈；抑或寒舍青青，辉辉烟影……

都是时间的味道。

逝者如斯

万华伟

爷爷走了,那是个肃杀的秋日。风乍起,满地零落的枯叶,在寂寂的黄昏里,蝴蝶一般飞舞。

爷爷离去的前夜,我就有心灵感应。夜里,我辗转难眠,恍惚之中,好像有人在低声地唤我乳名。我惊诧莫名,一时间,怅然若失。挨到天亮,就接到了爷爷离世的噩耗。

我泪落如雨,不敢相信,那个曾经如山一般的身影,突然间就坍塌了!急急赶回家中,我长跪在爷爷面前,紧紧攥着爷爷的手。这是一双写满了沧桑的手,枯槁苍白,青筋凸起,像无声蜷伏在手背的蚯蚓。曾经,这双抱我在怀的手,那么粗大有力;这双摩挲我头顶的手,那么慈爱温厚……这双无私地给予我爱与温暖的手,此刻却僵硬冰凉,这异样的感觉让我心痛如锥。二十多年来,我不曾这样紧紧相握爷爷的手,羞愧难当,是我疏忽了陪伴我的童年,给予了我无限关爱的我的血脉相连的亲人!

秋雨沥沥,老屋前的台阶湿漉漉的,雾气弥漫上来,漫过门前高大的槐树,漫过老旧的门槛,漫过挂在泥墙上低头颔首的蓑笠,一点一点渗透到我的心里。

爷爷是个古旧的人,喜欢穿长衫,制作的蓑衣也略长,和他那件长夹袄正相配。在我小小的心里,穿上蓑衣的样子,威风凛凛,确有侠士风范。蓑衣两只宽大的蝴蝶袖张开着,像鸟的翅膀,斗笠恰又平添一份神秘。遇上下雨的日子,爷爷总是急急忙忙穿蓑戴笠,房前屋后,来回地遮盖来不及抢进来的东西:刚收的麦子啦,散着芳香的草垛啦,爸爸的自行车啦……我在屋里翘首以待,侠士的身影快如闪电,只听见塑料布呼啦啦响,爷爷的脚步声从这头响到那头。终于，侠士卸下了他的铠甲，挂在墙上，雨水顺着衣摆往下滴，地上一会儿就一大片濡湿。我巴巴地守在旁边，心里升腾起小小的愿望：要是能拥有一件这样的铠甲，到雨中冲锋陷阵，该多神气呀！爷爷似乎看出了我的心思，等天放晴，就把屋后棕树上长着的褐色棕衣，一块块剥下来，又一块一块铺在门板上。我跟着爷爷亦步亦趋，生怕漏掉一个细节。爷爷粗大的手却十分灵巧，先把细麻线穿进针眼，再一行行地纳，前襟、后块、宽大的蝴蝶袖。这样的衣服不用扣子，爷爷搓了麻绳相系。我像得了宝物，一上身，人就胖了许多，像一只小刺猬，逗得爷爷开怀大笑。

深秋时，树叶落了一地，爷爷更加忙碌了。为了补贴家用，每天，他挑着两个箩筐走村串户地收废品，一个箩筐里装着牙膏皮、破凉鞋等杂物，一个筐子里装着一个大玻璃瓶，里面是菱形的姜糖。一杆自制的小秤，只有筷子般长短，却精致实用。秤的每颗星子都是用铜丝镶进去的，小巧而亮闪闪的秤盘是纯铜的，小小的秤砣用一根细细的麻绳穿着。你不用怀疑秤的准度，爷爷经过反复比较核对，和家里那杆供村里人称粮称豆的大秤一般精准。爷爷熬制的姜糖很香，村里大人小孩都喜欢。

一阵秋雨一阵寒，晚秋的风有些刮脸了。连续多日地走乡串村，爷爷的脸糙得扎手。每天，我守在门口，直到暮色四合，爷爷才挑着担，步履蹒跚地回来。两个筐子里的废品倒出来，满院子都是。爷爷把玻璃瓶里剩下的几颗姜糖赏给我，我用舌头细细地舔着，香香甜甜的滋味，让我觉得那个秋天格外醉人。爷爷坐在门槛上，心满意足地看着我，悠悠吐一口烟，烟雾就一圈圈漫过爷爷头顶，飘向远方。

如果碰上阴雨连绵的日子，潮气大了，屋里连桌椅都要长霉。院墙上的牵牛花开始疯长，迅速爬满墙壁，让这个季节有着最后的妖娆。这时爷爷就在家自制烟叶，一把铡刀架在旁边，爷爷把晒干的大烟叶片切得细细的，再用一个大布袋收好，吊在床侧。爷爷有一根铜烟锅，烟锅经常在门槛上敲打，锅口都变得坑坑洼洼了。爷爷把烟丝装进烟锅里，按得紧实，点燃一根火柴，猛抽几口，那火星就晕开了，呛人的烟味直往屋里窜。接着，奶奶的咳嗽就一声紧似一声。

水乡的夜晚，总是那样潮湿和闷热。爷爷拎上一桶水泼在地上压压暑气，再把竹床搬到院里，点燃蚊香。一缕异香，四处弥散，躁动的夜便安宁下来。爷爷轻拂竹扇，丝丝凉意随着树影摇曳。我躺在竹床上，望着那繁星点点的夜空，看月亮一点点地移动。

我问："爷爷，月亮上面怎么有影子啊？"

"那是一棵桂花树。"

"树下好像有个人，是干什么的？"

"他叫吴刚，在砍桂花树。"

"桂花树会倒怎么办？"

"不会的。那是神树，今天砍一点，明天就还原了。"

星空慢慢变得邈远，桂花树模糊了，我在香甜的梦里分明见到了那个叫吴刚的神仙。

爷爷有一湾稻田，大约三亩地。站在高处远眺，就像弯弯的月亮。这田地，是爷爷最柔软的希望，也是爷爷最钟情的寄托。

插秧时节，奶奶牵着我走在窄窄的田埂上，给地里劳作的爷爷送饭。田埂边的野花开得不管不顾，蜂儿蝶儿上下蹁跹，我喜欢蹑手蹑脚地走近，轻轻抓住蝴蝶的两只翅膀，快速地放进玻璃瓶里。这样淘气的把戏，常常会受到爷爷警告，让我别糟蹋小生灵。说完，爷爷在秧田旁的水沟里洗净手，摸摸我的小脑瓜，再拿起筷，端起碗，有滋有味地吃起来。暖风微醺，他的大手摩挲我头顶的时候，我会感觉那温度像庄稼的汁液和泥土的温度，传到了我的血液，流进了我的灵魂。

因为爷爷，我总是觉得，无论我在哪里，我仍是农民的子孙，与泥土一脉相连。爷爷是一把庄稼好手，新插的秧苗，整整齐齐的，像一排排严谨的诗行。与其说爷爷是在种庄稼，不如说是在用粗糙的双手在大地绘一幅优美的田园风光，而劳动的光荣与收获的喜悦就荡漾在他深深的皱纹里。

趁着歇息半晌的工夫，爷爷便捉了田里的鳝鱼、泥鳅、甲鱼、乌龟让我带回家。待奶奶做完晚饭，爷爷就把甲鱼、乌龟糊上一层厚厚的稀泥，扔进尚有余烬的炉灶中。爷爷乐呵呵地说，晚上宵夜吃。我那时嘴馋，恨不能一口吞下，就不时问爷爷："好了没有?"爷爷总是微微一笑，说，等会儿，等会儿。

月上柳梢时，煤油灯的火苗渐渐暗淡。想吃的东西一时半会儿也进不了口，我便和小伙伴们在打谷场上疯玩。印象中，那时的月亮好大、好圆。一望无际的原野，那么辽阔，那天地相连的远方，是怎样的呢？我总会想，总也想不明白。

月亮渐渐升高，爷爷苍老的声音响起，悠长的乳名声，从巷口，从街上，一直传到谷场上。我故意不吭声，躲在草垛里。情急之下，爷爷大喊一声"甲鱼烧好了"！馋嘴猫一样的我立马就蹦了出来。爷爷牵着我的小手来到灶房，用火钳夹出熟透的甲鱼、乌龟，除去焦枯的泥，一股肉香扑鼻而来。爷爷把甲壳撕开，去掉内脏，蘸上酱油、醋，一口一口地喂给我吃。那鲜美的滋味，至今还回味在我的舌尖。

味蕾是有记忆的，在这个飘雪的冬天，我格外想念故乡的冬，和只属于爷爷的味道。

当大雪覆盖了乡村，屋檐上挂起了冰凌，爷爷便在堂屋中间升起了火炉，摆上两把椅子，一老一少，你一句我一句，开始了"床前明月光，疑是地上霜"的背诗比赛。待我困倦，爷爷就找来一个旧搪瓷杯，置于火炉之上，撮上些许苞谷粒，用一双木筷不断地翻搅。只听"砰"的一声，苞谷粒爆了，开成了一朵黄白相间的花。我刚要去抓这新奇的花朵时，又是一记脆响，此起彼伏的爆炸声在搪瓷杯里跳跃，香气四溢。在爆米花的诱惑下，爷爷教我背诵了近百首唐诗。我身上的那点文学底子，就是这样积攒下的。

爷爷不光教我背诗，还教我描红。他握着我的小手，一笔一画很耐心的样子，历历在目。横、竖、弯钩之于我，太单调太枯燥，写着写着，就如鬼画桃符。这时，爷爷就会手持竹尺，轻轻敲打我的掌心。我故意"哇"的一声大哭，哭声引来了奶奶。奶奶连忙说："乖，不哭，不写了，我们玩去。"爷爷拗不过奶奶，毛笔字就这样放弃了。很多年过去，我无从知晓当年爷爷的初衷，一个读过私塾的读书人，如何放弃了自己的梦想，在现实的土壤里，拼尽全力，成为一个地地道道的农人。有没有在某个明媚的午后，再回首曾经的过往？笨拙如我，一直不曾读懂爷爷的内心。如今他的梦想，已然化作了坟头的一缕青烟。

穷家小户的日子，爷爷总是想方设法让它有滋有味。雪还没来的时候，爷爷早早就备下了取暖的树蔸。每冬的树蔸都是我和弟弟陪着他去挖。那时，他穿着对襟黑棉袄，扛着一把铁锹，我推着独轮车，弟弟抱着一捆绳子稳稳地坐在上面。

邻村伐了几排大树做屋，细树枝到处都是。我和弟弟捡细枝，爷爷一个人对付树蔸。俗话说老树虬枝，它的根扎得很深，分枝又太多。挖树蔸，是个拼力气的活。爷爷索性脱了棉袄，对着一个大树蔸开挖。他边挖边拿着一把砍刀砍侧根，半个树蔸就悬空了。我跳下坑，抢过爷爷手上的砍刀"哼哧哼哧"用力地砍了起来。弟弟问，这么多树蔸，干吗非得把根全挖起来？爷爷说，带根的晒干了好烧，暖和。

直到日头偏西，爷爷才挖出来几个树蔸，我和弟弟捡的树枝也有两大捆。那些空了的土坑，像一只只大眼睛，望着寂寥的天空。炊烟开始缭绕，我们筋疲力尽，肚子饿得"咕咕"叫。独轮车上的树蔸伸着虬龙般的手臂，带着新鲜的泥土气息，在晚霞中苍劲如画。

新挖的树蔸摊在院子里，爷爷隔几天就再添几个进来。不久，院子里就堆了十多个。他摸着手上硬邦邦的老茧说，够了，够烧一冬了。这才罢休。

整个冬天，那些树蔸不紧不慢地烧着，像一个好脾气的老人，昼夜不息。爷爷在火堆边扒拉，用火钳在烧过的树蔸上敲打，把炭敲下来，让树蔸烧得更透一些。而我们小孩是不怕冷的，风在门外吼，我们在雪里跑。雪人堆了好几个，像将军一样守在门口。爷爷抵在门上喊：快进来，烤烤手脚，别冻坏了！这声音仿佛还在我的耳边。

如果时光可以停留，我愿意永远拥有这样的冬天。

然而岁月无声，逝者长已矣，我是永远失去爷爷了，然而人生中许多温暖的陪伴，加剧了日后的念念不忘。我知道，担受无以回报的恩惠是痛苦的，我却只能承受这样的痛苦，如落叶不能重返枝头，我再也触摸不到爷爷温暖的双手了。这个如土地一样质朴厚重的人,终于归于泥土。

清明回家,去了一趟爷爷的坟。他的坟茔就在河畔,新坟四周是绿油油的豌豆,有的已经开了蝶似的花,花上有无数双眼睛,一眨一眨,仿佛璀璨的星空。坐在坟边,静默良久,我知道我再也找不到与他重逢的方式了。空气中流动着甜丝丝的花香,故乡的河水在阳光下静静地流淌。倘若天地人生真有轮回,我愿再次久久地、久久地依偎在爷爷饱经沧桑的怀里……

图书在版编目(CIP)数据

北京文学年度散文随笔精选.2017 / 北京文学月刊社选编.—北京:光明日报出版社,2018.7
ISBN 978-7-5194-3902-6

Ⅰ.①北… Ⅱ.①北… Ⅲ.①散文集—中国—当代 Ⅳ.①I267

中国版本图书馆CIP数据核字(2018)第014621号

北京文学年度散文随笔精选.2017

BEIJINGWENXUE NIANDU SANWENSUIBI JINGXUAN. 2017

选　　编:北京文学月刊社

责任编辑:谢　香　李　倩　　　　责任校对:傅泉泽
封面设计:李尘工作室　　　　　　责任印制:曹　净

出版发行:光明日报出版社
地　　址:北京市西城区永安路106号,100050
电　　话:010-67078248(咨询),010-63131930(邮购)
传　　真:010-67078227,67078255
网　　址:http://book.gmw.cn
E - mail:renqing339@126.com
法律顾问:北京德恒律师事务所龚柳方律师

印　　刷:北京汇瑞嘉合文化发展有限公司
装　　订:北京汇瑞嘉合文化发展有限公司
本书如有破损、缺页、装订错误,请与本社联系调换,电话:010-67019571

开　　本:170×240mm
字　　数:305千字　　　　　　印　　张:21.25
版　　次:2018年8月第1版　　印　　次:2018年8月第1次印刷
书　　号:ISBN 978-7-5194-3902-6

定　　价:65.00元